# Im Bann des Wolfes

*Söhne der Luna 01*

Lara Wegner



SIEBEN VERLAG

3. Auflage 2010


Printed in Germany
Umschlaggestaltung: Mark Freier, München
Satz: Sieben Verlag, 64372 Ober-Ramstadt
Druck und Bindung: AALEXX Buchproduktion, Großburgwedel
ISBN: 978-3-940235-87-9

www.sieben-verlag.de

# 1

Das Abendrot verwandelte Aymar de Saint-Germain in einen roséfarbenen Marzipan-Engel. Mit Fingern und Händen dirigierte er einen Redefluss, dessen Geschwindigkeit seine Zuhörer atemlos zurück ließ. Zusätzlich sorgte das Flattern seiner Spitzenmanschetten für Konfusion. Madame Chrysanthemes Stirn schlug ungleichmäßige Wellen, während sie dem Comte zu folgen suchte.

»Das Ereignis erfordert Fingerspitzengefühl und einen Sinn für Perfektion. Die Kosten sind unerheblich. Morgen Abend, Madame Chrysantheme, werdet Ihr Gäste von größtem Anspruch in diesem Haus empfangen dürfen. Der Anlass muss unbedingt entsprechend gewürdigt werden. Über der ewigen Jugend liegt ein Schleier, den ich für meine handverlesene Gesellschaft zu lüften gedenke. Der kleinste Fehler wäre daher unverzeihlich!«

Die Verve seiner Worte drückte Saint-Germain tief in die Polster des niedrigen Fauteuils. An den Sessellehnen zog er sich zurück in eine aufrechte Haltung. Nachdem Madame Chrysantheme sich gesammelt und ihre Stirn sich nach Erwähnung der Kosten geglättet hatte, nickte sie.

»Ja nun, selbstverständlich steht Euch mein Etablissement samt der Küche zur Verfügung, Monsieur Le Comte. Wir verstehen uns darauf, den höchsten Anspruch zufrieden zu stellen. Notiere, Florine: Ein Gedeck für sechs Personen im Salon du Sang. Silber und Porzellan sowie das Kristall mit dem Goldrand.«

Florine tauchte den Federkiel in ein Tintenfässchen und notierte die Anweisung in die Kladde auf ihren Knien.

»Salon du Sang! Was für ein treffliches Motto. Es gibt nichts, was das Leben stärker beeinflussen könnte als Blut. Die Macht dieses ganz besonderen Saftes wird viel zu oft unterschätzt«, gab Saint-Germain eine der Weisheiten zum Besten, mit denen er zu einiger Berühmtheit gelangt war.

»Die Farbe des Salons ist eher von einem blassen Rot«, klärte Florine ihn auf.

»Ausgezeichnet!«, ging Saint-Germain über den Einwurf hinweg. »Gleichwohl stelle ich mir ein anderes Ambiente vor. Eine Szenerie, die auf den ersten Blick beeindruckt. Ein wenig dunkel, ohne düster zu sein. Gedämpft und leicht melancholisch, ein Mahnmal der Vergänglichkeit. Atmosphäre, versteht Ihr? Ich brauche Atmosphäre!«

Um diese Atmosphäre darzustellen, fuchtelte er vor seinem Gesicht herum und warf in Florine erste Fragen nach seinem Geisteszustand auf. Das affektierte Gebaren des Comte wurde von seinen weich gezeichneten Zügen verstärkt. Er hatte etwas von einem Mädchen, das sich in die Hülle eines Höflings kleidete. Das und seine gestelzten Worte machten ihn suspekt. Zwischen ihr und Madame Chrysantheme fand ein Blickwechsel statt. Diesen kurzfristigen und lukrativen Auftrag wollten sie sich keinesfalls entgehen lassen. Unmerklich wies Florine mit der Spitze des Federkiels zu Boden. Mehr an Verständigung brauchte es in ihrer langen Zusammenarbeit nicht. Der stumme Hinweis entlockte Madame Chrysantheme ein Strahlen.

»Damit können wir Euch dienen, Monsieur Le Comte. Unter meinem Haus befindet sich ein altes Gewölbe. Es sollte alle Anforderungen an Atmosphäre erfüllen.«

»Ein Gewölbe«, stieß Saint-Germain entzückt aus. »Verfügt es gar über einen Kerker?«

»Florine wird Euch die Örtlichkeit zeigen.«

Florine erhob sich, klemmte die Kladde unter ihren Arm und nahm eine Kerze auf. Sie führte Saint-Germain in den hinteren Teil des Hauses, das zu den exklusivsten von Versailles gehörte. Da er eine Duftfahne aus Hyazinthenparfum hinter sich her zog, war sie dankbar, ihm vorausgehen zu können. Vor den unbehauenen Steinstufen, die unter das Haus führten, erlitt der Comte einen weiteren Begeisterungsausbruch. Seine Stimme erzeugte einen von den Wänden zurückgeworfenen Hall. Der Auftrag war ihnen bereits so gut wie sicher.

»Den Weg hinunter werden wir mit Fackeln ausleuchten.«

»Nicht zu viele davon, kleine Mamsell. Gedämpftes Licht, mehr sollte es nicht sein.«

Kleine Mamsell? Saint-Germain entging die Grimasse, die sie hinter seinem Rücken zog. So hatte sie noch keiner genannt. Der Beiname entsprach nicht im Mindesten der gewichtigen Rolle, die sie in diesem Etablissement einnahm.

»Mein Name ist Florine, Monsieur Le Comte. Anstelle von Fackeln wären auch Öllämpchen geeignet. Sie spenden ausreichend Licht, um die Stufen zu beleuchten und lassen die Mauern im Dunkeln.«

»Exzellent!«

Je tiefer sie in das Gewölbe vordrangen, desto kühler wurde es. Die Kerzenflamme tanzte, als Florine eine Tür am Ende des Ganges öffnete. Der Raum dahinter war quadratisch und maß acht Schritte in Länge und Breite. In einer der Ecken hing ein Hanfseil von der Decke. Direkt gegenüber befanden sich auf gleicher Höhe Lederbänder. Ein Holzbock mit vier Schlaufen für Handgelenke und Fußknöchel, ein großer Badezuber und eine Streckbank vollendeten die Einrichtung. Letztere besaß eine Kurbel, deren Spannkraft über das erträgliche Maß nicht hinausging. Echte Grausamkeiten wurden im Haus von Madame Chrysantheme selbst im Gewölbe nicht geduldet.

Saint-Germain schlug die Hände auf dem Rücken zusammen und durchmaß den Raum. »Die Teppiche müssen entfernt werden. Was befindet sich darunter?«

»Blanker Stein, Monsieur Le Comte. Den Zuber werden wir ebenfalls hinaustragen. An dieser Wand wird ein Tisch mit Erfrischungen platziert. Was haltet Ihr von weißen Lilien für den Blumenschmuck?«

»Lilien sind Blumen des Todes. Ich hingegen gedenke, die Ewigkeit des Lebens zu zelebrieren.«

»Natürlich. Andererseits sorgt der Gegensatz für den Hauch von Melancholie, an dem Euch gelegen ist.«

»Es bleibt dir überlassen, kleine Mamsell. Was ist mit der Samtbespannung? Kann sie von den Wänden genommen werden?«

Nicht, wenn sie es vermeiden konnte. Tage hatte sie damit zugebracht, die Wände mit dunkelblauem Samt zu verkleiden. Lucas hatte geschwitzt und geflucht und kurz davor gestanden, mit ihr zu brechen. Da eine klare Antwort den willigen Zahler verprellen konnte, griff sie zu einer Ablenkung.

»Wünscht Ihr einen Altar für Eure Zeremonie?«

»Grundgütiger, nein!«

Was für ein Glück. Bei aller Bereitwilligkeit Saint-Germain zu gefallen, brauchte es vier kräftige Männer, um den Altar aus dem Schuppen in das Gewölbe hinab zu tragen. Ganz davon abgesehen, war das gute Stück in bejammernswertem Zustand. Der schwarze Lack blätterte ab und musste dringend erneuert werden.

»Kommen wir zu den Mädchen. An wie viele habt Ihr gedacht?«

Saint-Germain erwiderte nichts. Florine den Rücken zugekehrt, stand er an der hinteren Wand und befingerte schmale Ketten, an deren Enden Handschellen befestigt waren.

»Silber?«

»Echtes Silber.«

»Eine Spielerei, die meinen Zwecken nicht standhalten wird. Was ist mit diesen Ringen?«

Mit beiden Händen zerrte er an den spiralförmigen Eisenringen, an denen dünne Silberketten befestigt waren. Er hob seinen schmächtigen Körper in einem Klimmzug nach oben, wobei seine roten Absätze zwei Handbreit über den Boden gelangten. Florine unterdrückte ein Grinsen.

»Die Schmuckgravur täuscht, Monsieur Le Comte. Die Ringe sind aus massivem Eisen und fest in der Wand verankert.«

»Wie fest?«, ächzte Saint-Germain und senkte seine eleganten Schnallenschuhe zurück auf festen Boden.

»Vor einigen Jahren wollte Madame sie entfernen und durch weniger barbarisch wirkende Gegenstücke ersetzen lassen. Dazu hätte man die Wand aufschlagen müssen. Dieser Teil des Hauses ist sehr alt. Der Stein ist etwa eine Elle dick. Es war einfacher, die Ringe mit einer Gravur zu versehen, anstatt die Wand aufzubrechen.«

Wieder spielte Saint-Germain mit den Silberketten herum. »Diese Kettchen sind nur lose eingelegt. Sie können jederzeit herausgezogen werden.«

»Versucht es.« Florine trat näher und fuhr mit ihrer Feder an den Spiralen der Ringe entlang. »Für einen Gefesselten, der mit dem Rücken zur Wand steht, ist es unmöglich, die Ketten aus den Spiralen zu lösen.«

Die Probe aufs Exempel bewahrheitete ihre Worte. Wann immer Saint-Germain am oberen Punkt der ersten Spirale anlangte, rutschte die Kette an der Rundung zurück an ihren Ausgangspunkt. Erst als er die andere Hand hinzunahm, konnte er sie in die nächste Spirale schieben.

»Wenn die Anmerkung erlaubt ist, Monsieur Le Comte: Dem oder der Gefesselten steht lediglich eine Hand zur Verfügung. Wie bei allem gibt es aber auch hier einen hilfreichen Trick.«

»Lass sehen!«

Leicht die freie Handschelle umfassend, schüttelte sie die Kette aus und vollführte eine blitzschnelle Bewegung.

Der Dreh ihres Handgelenks schleuderte die Kette durch die drei Spiralen und löste sie aus dem Eisen.

»Verstehe. Dicht an der Wand muss dieser Trick versagen.«

»So ist es. Der Schwung, den es für dieses Kunststück braucht, würde fehlen.«

»Gut, ich bin überzeugt. Das sollte ausreichen.«

Wozu es ausreichte, verriet er nicht. Florine hakte die Kette wieder ein. »Um auf die Mädchen zurückzukommen: Ist Euch das Übliche genehm oder erfordert Eure Festivität etwas Exotisches? Wir haben ...«

»Kann diese Tür verschlossen werden?«

Sein unruhiger Geist hatte Saint-Germain zurück an die Tür getrieben, die er zuwarf, wieder öffnete und dann in ihren Angeln hin und her bewegte.

»An der Innenseite befindet sich ein Riegel.«

»Ein Riegel taugt nicht. Erst recht nicht an der Innenseite. Gibt es zu diesem Schloss etwa keinen Schlüssel, kleine Mamsell? Den man zur Not einstecken könnte?«

»Es gibt einen Schlüssel.«

Allerdings musste dieser erst gefunden werden. Damit wollte sie sich später befassen.

»Wegen der Mäd...«

»Ein weiterer Ausgang. Gibt es einen Zugang zum Gewölbe, ohne dazu das ganze Haus durchqueren zu müssen?«

»Die Abzweigung vor diesem Raum führt direkt zum Hintereingang, Monsieur Le Comte. Unsere Kohlenvorräte und der Weinkeller sind ganz in der Nähe. Wegen der Temperatur. Für den Wein, meine ich.«

Endlich schien er zufrieden gestellt und erging sich in Eigenlob. »Fürwahr, ich bin bemerkenswert. Meine ersten Schritte führten mich hierher und es war eine gute Wahl. Morgen Abend wird meine Kutsche vorfahren. Zu diesem Zeitpunkt sollte niemandem gestattet sein, sich am

Hintereingang herumzudrücken. Habe ich mich deutlich ausgedrückt?«

»Diskretion gehört zu den Prioritäten dieses Hauses. Ich werde persönlich darüber wachen, dass sie eingehalten wird.«

»Exakt das wirst du unterlassen, kleine Mamsell. Deine einzige Aufgabe wird darin bestehen, meinen Männern freien und ungestörten Zugang zu gewähren. Nachdem sie hier unten waren, ist niemandem erlaubt – ich betone: niemandem – diesen Raum zu betreten.«

Gelegentlich führten die Grillen ihrer Klientel im Nachhinein zu Beschwerden. Dazu sollte es in diesem Fall nicht kommen. Unerhebliche Kosten verlangten nach Perfektion, und Florine kannte die Gesinnung der Höflinge. Die geringste Verfehlung würde Saint-Germain dazu nutzen, die Zeche zu prellen.

»Mit Verlaub, die Lichter müssen entzündet werden. Geschieht dies zu früh, werden die Duftkerzen heruntergebrannt sein, bevor …«

»Erzähle mir nichts von Duftkerzen, kleine Mamsell.«

Es war eine große Versuchung, ihm die Kladde auf seine silberblonde Perücke zu schmettern. Ohne seine hohen Absätze war seine Größe keiner Erwähnung wert. Auf diesen Absätzen vollführte er eine tänzerische Drehung und ging hinaus.

»Einen Moment noch, Monsieur le Comte. Was ist denn nun mit den Mädchen?«

»Belästige mich nicht mit diesem Firlefanz. Es geht nicht um irgendwelche Dirnen. Sollten wir eine brauchen, wird sie wohl aufzutreiben sein. Spontaneität ist das Gebot der Stunde. Improvisation vereint mit absoluter Kontrolle. Sie sind unerlässlich für einen gelungenen Abend, auf den ich bestehe.« Jäh drehte er sich um, bekam eine ihrer Haarsträhnen zu fassen und zog hart daran. »Merke es dir gut! Niemand betritt das Gewölbe nach dem Eintreffen meiner Leute. Weder eine der Huren in diesem

Haus, noch du, noch Madame Chrysantheme. Schreib es in deine Kladde, kleine Mamsell! Das ist ein ganz essentieller Punkt.«

Sobald Saint-Germain ihr den Rücken zukehrte, rieb sie über ihre schmerzende Kopfhaut. Solche Augenblicke machten ihr ihre Pflichten verhasst. Sie schob die lose Haarsträhne hinter ihr Ohr. Essentiell! Wenn sie das schon hörte.

»Möchtet Ihr den Schlüssel bereits jetzt in Verwahrung nehmen, Monsieur Le Comte?«, fragte sie zuckersüß. Da ihr die Antwort bekannt war, konnte sie sich dieses Angebot leisten. Erwartungsgemäß wedelte er mit der Hand in der Luft herum.

»Was soll ich damit? Behalte den Schlüssel, bis es an der Zeit ist, ihn mir zu übergeben. Du in Person wirst dafür einstehen, sollte der reibungslose Ablauf am morgigen Abend gestört werden. Ich verlasse mich auf dich, kleine Mamsell.«

Würdevoll nickte sie. Saint-Germain sollte gar nicht erst in Versuchung geraten, Zweifel an ihrer Verlässlichkeit zu verspüren. Getränkt in den betäubenden Duft seines Hyazinthenparfums folgte sie ihm zurück in das Obergeschoss. Nachdem er sich verabschiedet hatte, sprach sie mit Madame Chrysantheme die Menüfolge ab und traf die ersten Vorbereitungen für ein Ereignis, über dessen konkreten Verlauf sie im Unklaren geblieben war.

Im Gewerbe mit dem Laster konnte Diskretion nicht das oberste Gebot sein. Nicht, wenn man sich die rechte Hand von Madame Chrysantheme nannte und Verantwortung trug. Mit neun Jahren war Florine in das Haus ihrer Dienstherrin gekommen. Als Kammermädchen hatte sie sich zu Anfang nützlich gemacht, und diese Stellung ausgebaut, bis die Frage, wann und an wen ihre Unschuld versteigert werden sollte, an Belang verloren hatte. Ihren Ruf hatte sie nicht in einer Auktion begründet, sondern durch ihr Wirken im Hintergrund. Das Fest, das sie für einen verschwenderischen Höfling ausgerichtet hatte, war noch Tage später in aller Munde gewesen. Sich einen Namen gemacht zu haben, ohne dafür ihren Körper zu verkaufen, erfüllte sie mit Stolz. In bestimmten Kreisen nannte man den von ihr eingeschlagenen Weg eine Karriere. Obwohl man in ihrer Welt eher von Glück sprach, gehörte es zu den Worten die ihr auf der Zunge zergingen. Die Freier fragten nicht nach einer Nacht mit ihr. Stattdessen richtete sich ihr Interesse darauf, ob Mademoiselle Florine diejenige war, die für das richtige Ambiente sorgte. Was zu diesen Erfolgen notwendig war, durfte sie daher nicht dem Zufall überlassen.

So nahm sie sich gegen Abend das Recht heraus, sich am Fenster über dem Hintereingang einzufinden. Es stand offen, doch nach der Hitze des Tages würde sich niemand darüber wundern. Saint-Germain würde von der Übertretung seiner Anweisung nichts erfahren und letztendlich dankbar sein für das Augenmerk, das sie auf das kleinste Detail richtete. Auf die Ellbogen gestützt verfolgte sie den rasanten Flug der Schwalben, die am Dachfirst ihre Nester hatten. Die Sonne schickte ihre letzten, matten Strahlen in den Hinterhof. Lucas, der Stallbursche stand hinten bei den Ställen, winkte ihr zu und gab ihr ein Zeichen. Ablehnend schüttelte sie den Kopf. Eingedenk der Kosten, die ihre Vorbereitungen verursacht hatten, konnte sie sich ein Stelldichein im Stall nicht leisten. Nichts durfte den Vorstellungen des Comte de Saint-Germain zu wider gehen. Doch das erste Malheur schien sich schon anzubahnen. Seine Männer verspäteten sich.

Der Himmel verfärbte sich in ein dunkles Blau, und noch immer blieb die angekündigte Kutsche aus. Ein Stern nach dem anderen kam zum Vorschein, bis das Himmelszelt davon gespickt war. Die Fackeln an den

Hofwänden waren nicht entzündet worden. Die Dunkelheit war nahtlos und garantierte das, worauf Saint-Germain beharrte: ein Übermaß an Diskretion.

Sie wurde zunichte gemacht durch den Lärm eines kastenförmigen Gefährts, das in die Einfahrt bog. Es sprengte gar die Größe einer königlichen Karosse. Sechs hünenhafte Männer bildeten das Geleit. Florine wich ein Stück vom Fenster zurück. In dem Quietschen der Achsen und dem Poltern der Räder ertranken die Straßengeräusche. Ihr wurde flau im Magen, während sie sich auszumalen versuchte, was da herangekarrt wurde. Dicht vor dem Hintereingang blieb der Wagen stehen. Schlüssel klirrten aneinander, und Schritte scharrten über das Hofpflaster.

»Seid vorsichtig. Packt so fest zu wie ihr könnt.«

Aus der Ermahnung war eine unterschwellige Aufregung herauszuhören. Vorsichtig lehnte sie sich aus dem Fenster. Nachtschatten hatten den Hof verschlungen, außer beweglichen Schemen konnte sie nichts erkennen. Anweisungen und Flüche wechselten sich ab. Was brachten sie da bloß ins Haus? War das etwa das Klirren von Ketten? Außer einem Pulk aus Leibern konnte sie nichts ausmachen.

»Du meine Güte, er wird doch kein Opfertier schlachten wollen«, murmelte sie tonlos.

Eine furchtbare Sauerei wäre die Folge, obwohl sie die Teppiche in Sicherheit gebracht hatte. Schon sah sie Blutspritzer auf dem unschuldig weißen Blumenschmuck. Die Bewegungen ließen auf ein großes Opfertier schließen. Der ganze Boden würde zu einer Blutlache verkommen und mitten darin der verendete Kadaver eines Ochsen. Und alles wegen des Geltungsdrangs eines überdrehten Grafen, dem es nicht genug war, von der eigenen Unsterblichkeit überzeugt zu sein. Nein, er musste sie zusätzlich vor anderen zelebrieren.

Unter Kettenklirren und rüden Schimpfworten verschwanden die Hünen mit ihrem Opfer im Haus. Florine schloss das Fenster, drückte die Stirn an die kühle Scheibe und wartete auf das erste Scheppern, den ersten Aufschrei, auf ein Anzeichen heillosen Durcheinanders, ausgelöst von einem tobenden Ochsen. Nichts dergleichen geschah. Alles blieb ruhig. Nach einer Weile kehrte sie zu ihren Pflichten zurück.

Die Prachtentfaltung im Salon du Sang konnte sich mit dem Schloss zu Versailles messen. Florine spitzte durch ein Guckloch und konnte sich selbst davon überzeugen. Kerzenlicht spiegelte sich in hauchzartem Porzellan, verlieh dem Gold und Silber Glanz und brach sich im Kristall der Gläser. Drei Damen und drei Herren, unter ihnen der Gastgeber, saßen an der langen Tafel. Ausnahmslos trugen sie Masken vor den Augen, die Lippen und Kinn freiließen. Als könne dies ausreichen, um sie unkenntlich zu machen.

»Unsäglich. Da bringt er seine eigenen Mädchen in mein Haus. Wenn sich einer den Juckreiz bei ihnen holt, was wird man sagen? Mir wird man die Schuld zuschieben. Dann heißt es, bei der Chrysantheme holen sich die Freier Krankheiten!«

Florine sah über die Schulter zu Madame Chrysantheme, die ihren Ärger leise genug hervorzischelte, um die Gesellschaft nicht zu stören. Die Anwesenheit dreier fremder Grazien unter ihrem Dach machte die Hausherrin blind für das Offensichtliche.

»Madame de Pompadour würde es gewiss nicht zusagen, zur Hure degradiert zu werden. Es heißt, darin sei sie empfindlich.«

»La Pompadour? Du glaubst, sie selbst gehört zu seinen Gästen?« Unsanft schob Madame Chrysantheme Florine beiseite und beugte sich vor das Guckloch. »Bist du sicher?«

»Sie sitzt zu Saint-Germains Rechten.«

Madame de Pompadour zeichnete sich durch eine ätherische Gestalt aus. Keine Dame in Versailles kam ihr an Eleganz gleich, obwohl es etliche Nachahmer gab. In der nahegelegenen Ortschaft war die Favoritin des Königs Louis XV. ein vertrauter Anblick.

»La Pompadour«, hauchte Madame Chrysantheme ehrfürchtig. »Ja, ich erkenne sie. Die Dame mit der goldenen Maske.«

»Und direkt ihr gegenüber sitzt Morphise.«

»Louise O'Murphy, diese billige Schlampe«, zischte Madame Chrysantheme. »Kaum den Kinderschuhen entwachsen hat sie den König umgarnt. Sie sitzen an meiner Tafel. Gemeinsam. Das ist wahrhaft ein Ereignis! – Stehen bleiben!«

Angesichts der beiden angemieteten Lakaien, die den nächsten Gang auftragen sollten, vergaß Madame Chrysantheme das Guckloch, wenn auch nicht die Ehre, die ihr an diesem Abend zuteil wurde. Auf einer Silberplatte waren Fasane, Perlhühnchen und ein Spanferkel angerichtet. Madame Chrysantheme streckte die Arme aus.

»Gebe er mir die Platte, ich werde persönlich auftragen!«

»Das Gewicht der Platte könnt Ihr nicht tragen, Madame«, kam Florine den irritierten Lakaien zu Hilfe.

»Dann die Sauciere. Ich nehme sie. Reiche er sie mir, Kretin!«

Die Sauciere wurde einem der Lakaien kurzerhand entrissen. Das war nicht geplant. Zu ändern war es noch weniger. Außer einem gut gemeinten Ratschlag konnte Florine nichts vorbringen.

»Es ist eine Meerrettichsauce, Madame. Zu viel davon, und die Gäste könnten es übel nehmen, von Saint-Germain ganz zu schweigen.«

»Schwatz nicht, sondern öffne die Tür. Ich weiß was ich in Händen halte und wem ich es kredenze.«

Ehe es weitere unwirsche Äußerungen hageln konnte, öffnete Florine die Tür. Die Präsentation der Meerrettichsauce und ihrer selbst nahm Madame Chrysantheme voll und ganz in Anspruch. Aus der Sauciere wurde eine Reliquie. Sie entschwebte damit in den Salon du Sang.

»Pst!«, machte es hinter Florine. Olymp stand am Fuß der Treppe und winkte.

»Was treibst du hier unten?« Auf Zehenspitzen eilte sie auf das Mädchen zu. »Ihr solltet oben bleiben. Und wie siehst du aus? Olymp, immer wieder sage ich es: in jedem Moment tadellos, und du rennst im Morgenmantel durch die Gegend.«

»Du ahnst ja nichts, Florine. Wenn das mit rechten Dingen zugeht, fresse ich einen Besen!«

Olymp raffte ihren Morgenmantel enger um sich. Gleich einem schlaffen Sack, an dem sich Fäden zogen, verhüllte er ihre sinnlichen Kurven. Ihr blondes Haar wurde von einer großen Nachthaube verdeckt. Fest umfasste Olymp Florines Handgelenk und zog sie näher. Ihr Griff verriet den Metzgersprössling. Über Jahre hatte Olymp Würste gestopft. Was die Wurst ihres Vaters anging, so war sie davor zu Madame Chrysantheme geflohen. Ein Bordell hatte den Vorteil, sich einzig fremden Männern andienen zu müssen.

»Was ist los?«

»Die andern schickten mich, damit ich in der Küche etwas für uns abstaube. Auf dem Weg dorthin hörte ich es. Klar und deutlich. Es kam aus dem Gewölbe.«

»Ihr solltet euch von der Tür fernhalten.«

»Hab ich ja, aber sie stand offen. Ich wollte sie wieder schließen, wegen deiner Anweisung, kapiert? Da stimmt was nicht, Florine. Gefallen wird es dir nicht, und was Madame Chrysantheme dazu sagt, darüber will ich gar nicht nachdenken. So sieht es aus.«

»Und was soll nicht stimmen?«

Olymp zuckte die Schultern. »Was weiß denn ich? Es ist deine Aufgabe für Ordnung zu sorgen, nicht meine.«

Der große Kastenwagen hatte eine erste Ahnung aufkeimen lassen. Florine fürchtete, dass sie zur Gewissheit wurde. »Hat es gepoltert und gekracht?«

»Es klang nach einem Brüllen. Keine Ahnung, was heute Nacht geschehen soll, aber sollte es sich um Folter handeln, geht es zu weit. Madame sagt stets …«

»Mist!«

Sie lief zur Pforte und öffnete sie. Auf den flachen Steinstufen brannten die Öllampen friedlich vor sich hin. Sie setzten sich bis ans Ende des Ganges fort. Vor einer Stunde hatte sie die Lampen entzündet und nichts von Unruhe wahrgenommen. Auch jetzt blieb alles ruhig. Dennoch, sie musste nachsehen. Madame Chrysantheme schwenkte gerade eine Sauciere, parlierte gar mit Madame de Pompadour, und würde ohnehin nur in Aufregung geraten, sobald sie von einer Unregelmäßigkeit erführe.

»Gib mir den Schürhaken.«

»Welchen Schürhaken? Ich trage doch keinen Schürhaken mit mir herum.«

»Dann besorge einen. Mach schon!«

»Lucas sollte nachsehen.«

»Den Schürhaken, Olymp. Mit etwas Glück ist es nur ein Ziegenbock, und damit werde ich allein fertig.«

»Was für ein Ziegenbock?«

Erklärungen kosteten zu viel Zeit. Während sie herumstanden und disputierten, nahm der Festschmaus seinen Lauf. Nach einem kleinen Stoß gegen die Schulter setzte sich Olymp in Bewegung. Ihr Morgenmantel wehte auf, als sie nach einer provisorischen Waffe davoneilte. Florine blickte die karg erleuchtete Treppe hinab und horchte auf ein Geräusch, das Aufschluss gab. Womit musste sie rechnen? Hoffentlich war es ein halbwegs zahmes Tier. Waren Nutztiere zahm? Als Kind der Pariser Gassen wusste sie es nicht. Etwas Kaltes traf auf ihre Handfläche. Olymp drückte ihr einen Schürhaken in die Hand. Asche klebte an seinen Enden. Es war ein bewährtes Teil aus der Küche und kein leichter Ziergegenstand.

»Los geht's!«, wurde sie von Olymp angespornt.

»Du kehrst umgehend zurück nach oben und bleibst dort. Es fehlt noch, dass du zu allem Ärger gesehen wirst. In dieser Aufmachung. Mit der Haube siehst du aus wie eine Gewitterhexe.«

Eingeschnappt zog Olymp eine Schnute und trollte sich. Um ganz sicher zu gehen wartete Florine, bis das Mädchen die Treppe zum Obergeschoss genommen hatte, ehe sie in das Gewölbe hinab ging. Die Lichter warfen monströse Schatten über Wände und Decke. Was immer Olymp gehört hatte, es wiederholte sich nicht. Durch das massive Holz am Ende des Ganges drang kein Laut. Geradezu verdächtig still war es.

Sie besann sich auf Saint-Germains Anweisung und fragte sich, was sie sich bei einem Übertritt einhandeln würde. Den Schlüssel hatte sie ihm zwar vor Eintreffen der Gäste überreicht, aber ein Zweitschlüssel steckte in ihrer Rocktasche. Jedes Zimmer besaß einen. Vorbereitung für jeden Fall und zu jeder Stunde, das war ihre Devise. Zum Tragen war sie bisher nicht gekommen. Noch konnte sie umkehren und jegliches Ungemach dem Verursacher überlassen. Im schlimmsten Fall wurde Madame de Pompadour von einem Ziegenbock über den Haufen gerannt. Eine Katastrophe. Das Ohr an das Holz gedrückt, hoffte Florine auf ein Blöken. Es hätte sie immens beruhigt. Leider blieb es aus.

Neun Jahre hatte es gebraucht, um ihre Stellung bei Madame Chrysantheme auszubauen. Irgendwann, davon ging sie fest aus, würde sie das Haus ihrer Dienstherrin übernehmen und die Tradition von Exklusivität und Eleganz fortführen. Die Segel vor einem blöden Vieh zu streichen, kam nicht in Frage. Ein letztes Mal holte sie tief Luft und öffnete die Tür. Durch einen winzigen Spalt wagte sie einen Blick in den Raum. Bei aller Prahlsucht hatte Saint-Germain die Zeit gefunden, die Kerzen zu entzünden. Zu je einem Dutzend steckten sie in vier mannshohen Kandelabern und verströmten den Duft von Orangenblüten. Schalen mit Eis, auf dem der Kaviar kühlte, warfen ihr Licht zurück. Das Eis war schwer zu beschaffen gewesen mitten im Sommer. Sein Tropfen war das Einzige, was zu hören war. Kein wild gewordenes Vieh stürmte ihr entgegen. Dadurch ermutigt lehnte sie den Schürhaken an die Wand und schob die Tür ganz auf.

Bei allen ihr bekannten Heiligen – viele waren es nicht – damit hatte sie nicht gerechnet.

Ein Mann war an die Eisenringe gekettet. Außer einer Art Schurz trug er nichts am Körper. Die silbernen Handschellen hingen unbenutzt herab, ersetzt von dicken Ketten aus Eisen. Barbarischem Schmuck gleich umschlangen sie seine Oberarme. Links und rechts waren größere Kettenglieder durch die Spiralringe gezogen worden und spreizten seine Arme. Seine Bewegungsfreiheit war gering, obgleich die Kettenenden bis zum Boden fielen.

Nichts an ihm wies auf einen der üblichen Lustknaben hin, die sich gelegentlich bei Madame Chrysantheme einfanden. Er war kein zarter Junge, sondern ein Mann, und das nicht nur wegen des flaumigen Dreiecks auf seiner Brust. Sein Körperbau erinnerte sie an eine Zeichnung, die einer der Gäste in trunkener Leutseligkeit angefertigt hatte. Ein beachtlicher Zeichner war jener Freier gewesen, der in italienischem Akzent die Harmonie der perfekten Proportion erläutert hatte. Die Zeichnung besaß sogar einen Namen. Der viti… virul… – auf jeden Fall kam der Angekettete der von da Vinci vorgegebenen Proportion sehr nahe. Was sein Gesicht anging konnte sie kein Urteil fällen, da er den Kopf gesenkt hielt. Ein

Vorhang dunkler, verknoteter Haare verbot nähere Studien.

Ein Mann in Ketten konnte ein verteufelt unangenehmes Problem werden. Wunden wies er keine auf, und doch blieb die Frage, ob er aus freiem Willen in Ketten hing, anstatt das über ihm stattfindende Menü aus sieben Gängen zu genießen. Zudem hatte Olymp ihn brüllen hören. Eine andere Gegenwehr blieb ihm auch nicht übrig. Florine räusperte sich und trat einen Schritt vor.

»Monsieur?«

Mit dem leichten Heben seines Kopfes drückte er die Knie durch. Wenigstens war er bei Besinnung. So schlaff wie er in den Ketten gehangen hatte, sah sie das nicht als selbstverständlich an. Durch das Dickicht seines Haars flammte ein Augenpaar auf. Instinktiv wich sie einen Schritt zurück.

»Entschuldigt die Störung, doch ich muss mich vergewissern …«

Sie wurde von einem Geräusch unterbrochen, von dem sie nicht wusste, was es war oder woher es kam. Ein dumpfes, unterirdisches Grollen, das auf sie zurollte und sie einen weiteren Schritt zurücktrieb. Kam es von dem Mann?

»Habt Ihr Euch aus freiem Willen an die Wand ketten lassen? Sollte dem nämlich nicht so sein, müsste ich …«

Sie stockte. Musste sie wirklich eingreifen und ihn befreien? Die Ketten ließen ihm genügend Spielraum. Er musste lediglich die Handgelenke dicht an die Eisenringe führen, und sie konnte die Glieder aus den Spiralen lösen. Der konstante Laut aus seiner Kehle gab ihr eine viel bessere Idee ein. Sie würde den Raum verlassen, die Tür abschließen und gehen. Hinauf in ihre Kammer, wo sie sich unter der Daunendecke ihres Bettes verkriechen konnte. Das war vernünftig.

»Löse die Ketten«, knurrte er.

»Ich gehe und hole Hilfe«, beschloss sie.

Sollte Lucas zusehen, wie er damit fertig wurde. Dazu war er schließlich da. Um sich unangenehmer Zeitgenossen anzunehmen, die Unruhe stiften wollten. Hastig wirbelte sie herum und prallte gegen die schmächtige Gestalt des Comte de Saint-Germain. Lautlos war er aufgetaucht und versperrte ihr den Weg, ein spitzfindiges Lächeln hob seine schmalen Lippen.

»Worüber haben wir am gestrigen Abend gesprochen, kleine Mamsell?«

»Also ...«

»Niemand dringt in diesen Raum vor. Ist dir das entfallen?«

»Selbstverständlich nicht. Ich wollte nur ... Bei dieser Hitze könnte der Kaviar schlecht geworden sein. Die Folgen wären sehr unangenehm, nicht wahr? Aus diesem Grund musste ich ...«

All ihre Ausflüchte führten zu nichts. Schritt um Schritt drängte Saint-Germain sie weiter in den Raum hinein. Im Zurückweichen achtete sie darauf, dem Gefesselten nicht zu nahe zu kommen.

»Du hast deine kleine, aufgestülpte Nase in Angelegenheiten gesteckt, die dich nichts angehen.«

Unwillkürlich griff Florine an ihre Nase. Sie war nicht aufgestülpt! Überhaupt wollte sie sich keine weiteren Frechheiten gefallen lassen.

»Jede Angelegenheit unter diesem Dach kann die meine genannt werden.«

»Was wagst du dich?«

»Immerhin bin ich ...«

»Saint-Germain! Wo steckt Ihr?«

Die Gesellschaft näherte sich, angeregt plaudernd nach dem Genuss erlesener Delikatessen.

»Diese Umgebung schlägt aufs Gemüt«, zwitscherte eine Jungmädchenstimme vergnügt. Das musste Morphise sein, die neuste und jüngste Eroberung des Königs.

»Es fehlt an Licht, daran liegt es«, grummelte ein Herr.

»Verhalte dich unauffällig, sonst setzt es was, kleine Mamsell.«

Ein kräftiger Stoß traf Florine vor die Brust. Ihre Hüfte prallte gegen den Tisch mit den Erfrischungen. Auf der Suche nach Halt traf ihre Hand in das Eiswasser einer Schale. Ihre Geistesgegenwart kehrte zurück. Vor der illustren Gesellschaft, die sich in den Raum schob, durfte es kein Aufsehen geben. Daher nahm sie einen Dekanter an sich und zog sich an die Wand zurück. Die Arme ausgebreitet, warf Saint-Germain sich in die Brust und hieß seine Gäste zum Höhepunkt dieser Nacht willkommen.

»Mesdames et Messieurs, hier bietet meine Wenigkeit Euch die Ewigkeit in Fleisch und Blut dar!«

In den achtzehn Sommern ihres Lebens hatte Florine einiges gesehen und noch mehr gehört, um auf jede Absonderlichkeit gefasst zu sein. Ihre Kenntnis der Welt hatte in ihr jedwede einst vorhandene Leichtgläubigkeit getilgt. Desto mehr staunte sie über den Unsinn, den Saint-Germain über die kleine Gesellschaft ausgoss. In seinem schnellen Stakkato sprach er vom Quell ewiger Jugend und Unsterblichkeit und wollte zu guter Letzt einen Beweis antreten, der seine Zuhörer überzeugen sollte. Seine verschachtelte Wortwahl war ermüdend. Sie sank gegen die Wand und beobachtete mit wachsendem Unglauben das Geschehen.

Der Gewölbekeller war zu einer Bühne geworden, deren Mittelpunkt in dem nahezu nackten Mann bestand. Er lenkte alle Aufmerksamkeit auf sich. Zweifelsohne waren die Damen zu stark damit beschäftigt, seinen Anblick in sich aufzusaugen, um Saint-Germains Ausführungen folgen zu können. Über den Spitzenrand ihrer Fächer gafften sie ohne jede Scheu. Was für ein Bubenstück! Garantiert war der Gefesselte eingeweiht. Sein

Blick haftete auf Saint-Germain, der sich in einem endlos währenden Vortrag erging.

Beim Eintritt der Gesellschaft war der Gefesselte verstummt. Die dichten Stoppeln auf Kinn und Wangen machten es leicht, auf seine Herkunft zu schließen. Saint-Germain hatte einen Herumtreiber, einen Vagabunden aufgegabelt. Klingende Münze würde ihn für seinen Part in dieser Farce entlohnen. Einer der Herren schien zu der gleichen Ansicht gelangt zu sein, denn seine Stimme triefte vor Spott.

»Sprecht Ihr etwa von einer ähnlichen Unsterblichkeit, die Ihr selbst erlangt haben wollt, Saint-Germain?«

Die Anmerkung entlockte Madame de Pompadour ein Stirnrunzeln. Es war bekannt, dass Saint-Germain in ihr und dem König Gönner gefunden hatte. Zweifel an seiner Herkunft, seiner weit zurückreichenden Vergangenheit, gar an seinen Worten wurden bei Hofe nicht geduldet. Höflich verneigte sich Saint-Germain vor dem Skeptiker.

»Vergebt mir, ich ließ mich hinreißen. Mein Vortrag sollte Euch nicht erschöpfen, sondern auf das Folgende vorbereiten. Die Vergänglichkeit unseres Seins ist ein Trugschluss. Das ewige Leben muss kein unerreichbares Sehnen bleiben. Doch kommen wir zum eigentlichen Anlass dieses wunderbaren Abends.« Er griff in seine Rocktasche und zog etwas hervor. »Dies hier ist ein Skalpell.«

Die scharfe Klinge entsprach nicht unbedingt Florines Vorstellungen von einem wunderbaren Abend. Ganz im Gegenteil verhieß sie nichts Gutes. Der Gefesselte tat einen tiefen Atemzug.

»Wollt Ihr den Mann etwa verletzen?«, keuchte Morphise.

»Von welcher Art und Dauer seine Verletzung sein wird, werdet Ihr mit eigenen Augen sehen.«

Als Saint-Germain neben den Gefesselten trat, hob das Knurren wieder an. Leiser diesmal. Die Damen drängten sich zusammen und rückten in die Deckung ihrer beiden Begleiter. Durch den Gefesselten ging ein Ruck. Muskeln wölbten sich in langen Strängen unter seiner Haut hervor. Die Ketten spannten sich und vibrierten. Während die Damen erschreckt aufschrieen, quittierte Saint-Germain den nutzlosen Vorstoß mit einem Lächeln und einem langen Schnitt über die Rippen des Mannes. Das Skalpell teilte sein Fleisch und Blut quoll hervor. Obwohl ihm aufgegangen sein musste, worauf er sich eingelassen hatte, gab der Zigeuner in Ketten keinen Laut von sich. Er stemmte sich gegen die eisernen Fesseln, während Saint-Germain sein Blut in einem kleinen Glas auffing und es in die Höhe hob.

»Das ist grausam!«, begehrte der Skeptiker auf. »Es sind Damen zugegen.«

»So tretet denn näher. Die Wunde schließt sich bereits wieder.«

Niemand trat näher. Selbst aus der Distanz war es zu sehen. Der Blutstrom versiegte, das Fleisch schloss sich und der Verwundete funkelte seinen Widersacher an. Mit seinen Augen stimmte etwas nicht. Abgesehen von der Mordlust darin, entdeckte sie noch etwas anderes. Flecken, hell wie Quecksilber, die sich in der Iris ausbreiteten.

»Ein Heilungsprozess, der zu schnell vonstatten geht, um auf eine natürliche Ursache zurückgeführt zu werden. Daran gibt es keinen Zweifel. Und welchen Schluss legt dies nahe? Dieser Mann, den Ihr vor Euch seht, ist unverwundbar. Eine scharfe Klinge kann ihm nichts anhaben, eine Kugel ebenso wenig, möchte ich hinzufügen. In ihm steckt das, wonach sich jeder Mensch verzehrt. Unsterblichkeit. Es gibt nur eines, das ihm schaden kann.«

Saint-Germain hielt inne, äußerst zufrieden mit der Wirkung seiner Vorführung.

»Ist es sein Blut, das diese Unsterblichkeit herbeiführt?«, fragte Madame de Pompadour mit einem Blick auf das Likörgläschen in Saint-Germains Hand. »Könnte es dem König diese Möglichkeit schenken?«

Saint-Germain schwenkte das Gläschen. »Fürwahr, das wäre ein großes Geschenk. Einige Tropfen dieses besonderen Lebenssaftes und der Tod verliert seine Macht. Leider muss ich Eure Frage verneinen, Madame de Pompadour. Sein Blut mag ein machtvolles Elixier sein, die Ewigkeit gewährt es nicht.«

»Dann ist es also nicht möglich«, hauchte Morphise enttäuscht.

Was für ein perfides Gaukelstück. Saint-Germain hatte die Damen durch ein unerfüllbares Versprechen angelockt. Das ewige Leben für Louis XV., an dem ihnen genug lag, um die gegenseitige Rivalität hintan zu stellen. La Pompadour und Louise O'Murphy hatten sich in dieser Nacht zusammengeschlossen, geleitet von Hoffnung und verführt von einem Betrüger. Das war zu niederträchtig.

»Das habe ich nicht gesagt, Demoiselle. Es gibt einen Weg, die Furcht vor Alter und Tod abzulegen, auf dem Höhepunkt der Jugend und Kraft zu verweilen, ohne von Krankheiten und Leiden befallen zu werden«, schwadronierte Saint-Germain.

Die rot gefärbte Skalpellklinge wies an dem Gefesselten entlang und forderte das nächste dumpfe Knurren heraus. Ein besseres Objekt für seine Lügen hatte er wahrlich nicht finden können. Der Mann war jung und seine Muskulatur zeugte von Kraft. Aus dem tiefen Schnitt über seinen Rippen war ein rosiger Streifen geworden, umgeben von Schlieren seines Blutes. Das Likörgläschen zerschellte am Boden. Sein Inhalt zerfloss zwischen den Scherben.

»Das Geheimnis liegt nicht in seinem Blut, Mesdames et Messieurs. Es ist sein Biss, in dem die Ewigkeit enthalten ist. Wer sich ihm aussetzt, geht jedoch ein großes Risiko ein. Die wenigstens bringen den Mut auf, sich diesem Wagnis auszusetzen. Er alleine entscheidet über Leben oder Tod.«

Von jugendlichem Leichtsinn getrieben, trat Morphise ein Stück näher. »Was geschähe im schlimmsten Fall?«

»Im schlimmsten Fall würde er Euch die Kehle zerfetzen.«

Die Gäste schnappten nach Luft. Die dritte Dame sank gegen einen der Herren, dessen Arm sie vor einem Sturz bewahren musste. Genug. Dieses Schmierenstück wollte Florine sich nicht länger ansehen. Ohnehin war sie in Vergessenheit geraten. Sie schob sich auf den Ausgang zu. Ihre Bewegung erregte Saint-Germains Aufmerksamkeit. Er wies auf sie.

»Es besteht kein Grund, Euer eigenes, kostbares Leben zu riskieren. Für das folgende Experiment hat sich die kleine Mamsell zur Verfügung gestellt.«

»Das habe ich nicht!« Demonstrativ hob sie den Weindekanter. »Ich bin hier, um den Wein auszuschenken.«

Alle Blicke waren auf sie gerichtet, ihre Geste missachtend, die ihnen eine Erfrischung anbot. Saint-Germain nahm ihr die Karaffe ab.

»Stell dich nicht so an«, zischte er kaum hörbar und zerrte sie in die Mitte des Raumes.

»Ich erhebe Einspruch«, meldete sich der Skeptiker. »Es kann nicht angehen, dass wir diese Person in Gefahr bringen.«

»Die Gefahr ist gering«, versicherte Saint-Germain. Als er seine Hand diesmal aus der Tasche zog, lag eine Pistole darin. Direkt vor ihrer Nase schwenkte er sie herum. »Ich erwähnte eine Ausnahme, ehe die kleine Mamsell mich unterbrach. Diese Ausnahme ist Silber. Seht ihr die Handschellen an der Wand, und wie er vermeidet, sie zu berühren? Sollte er sich zu einer Dummheit hinreißen lassen, so ist ihm eine Silberkugel garantiert. Mitten ins Herz.«

An der Wirkung von Silberkugeln hegte Florine starke Zweifel. Vielmehr glaubte sie an nichts, was Saint-Germain bisher aufgeführt hatte. Er hielt sie alle zum Besten, gemeinsam mit seinem Komplizen. Und nun gedachte er ihr eine Rolle in seiner Komödie zuzuteilen. Sie sträubte sich dagegen, näher an den Gefesselten gedrängt zu werden. Unterdessen disputierte die Gesellschaft über das ihr zugedachte Los.

»Ich werde nicht teilhaben an Euren Machenschaften«, raunte Florine.

»Mach kein Theater.« Saint-Germain schob sie weiter vorwärts. »Denk daran, wen du vor dir hast. La Pompadour wird dich für deinen Wagemut achten, oder sich über dich beklagen. Es liegt an dir. Wenn du ihr diesen Abend verdirbst, darfst du mit gewaltigem Ärger rechnen. Also, reiß dich zusammen.«

»Ihr seid es, der ein Theater aufführt.«

»Und du wirst mitspielen. Es kann nichts geschehen. Ein Wort von mir, und der König gelangt zu dem Schluss, diesem Haus die Konzession zu entziehen.«

Die Drohung erstickte jeden weiteren Widerstand. Ihr blieb nichts anderes übrig, als sich zu fügen. Die leise geführte Unterhaltung der kleinen Gesellschaft verstummte, als sie vor den Gefesselten trat. Sensationslüsterne Erwartung machte sich breit. Zunächst geschah nichts. Die Züge des Gefesselten waren nun klar zu erkennen und vollendeten die Schönheit seines Körpers. Zwischen einem markanten Kinn und einer geraden Nase lag ein Mund mit schmaler Oberlippe und einer etwas volleren Unterlippe. Die Farbe seiner Augen war ein ausdrucksstarkes Blau und Grau, umgeben von dichten Wimpern, aber sie flößten kein Vertrauen ein. Der Mann erfüllte seinen Part in diesem Stück gut genug, um an einer der Pariser Bühnen aufzutreten. Sein anziehendes Äußere machte ihn bestimmt zu einem begehrten Schauspieler. Störend waren einzig die seltsamen Flecken in seiner Iris. Saint-Germain verstärkte den Druck zwischen ihren Schulterblättern, so dass ihre Nase dicht an die Halskuhle des Gefesselten gelangte. Er roch nach sauberem, gesundem Schweiß.

Obwohl sie nun wusste, dass er ein Schauspieler war, richteten sich unter seinem Knurren alle vorhandenen Härchen auf ihrer Haut auf. Außerstande, den Irrlichtern in seinem Blick länger zu begegnen, sah sie unter sich. Sie hasste Saint-Germain und den Zwang, den er ihr auferlegte.

»Er ist hungrig und findet Gefallen an ihr.«

Eine weitere hanebüchene Behauptung, welche die Sensationslust der Gäste schüren sollte. Bei hungrigen Menschen knurrte es nicht aus der Kehle, sondern aus dem Magen. Ausgerechnet ihr musste so etwas zustoßen. Verflucht sei Olymp, die sie in diese Situation gebracht hatte.

»Der Frische ihrer Jugend kann er sich nicht entziehen. Komm schon, mein Freund, atme ihren Duft ein. Sie sagt dir zu, du musst es nicht leugnen.«

Ein heißer Atemstoß traf ihren Hals. Auch das noch. Sie wurde beschnuppert.

»Sie ist ein niedliches, saftiges Ding. Zum Anbeißen appetitlich, nicht wahr?«, säuselte Saint-Germain. »Arme hoch, kleine Mamsell. Nun, mach schon.«

Sie wollte die Arme nicht heben und hob sie doch. Was blieb ihr für eine Wahl, eingedenk seiner Drohung? Das Letzte, was sie wollte, waren Ungelegenheiten. Selbst der Skeptiker hielt sich mit Einwänden zurück. Kaum hatte sie die Arme gehoben, schloss Saint-Germain die zierlichen Handschellen um ihre Handgelenke. Die Berührung des kühlen Silbers führte zu einer jähen Erkenntnis. Sie hatte einen fatalen Fehler begangen. Zwischen den Strähnen wirren Haares erkannte sie den Blick eines Raubtiers. Das war kein Schauspiel und er kein Darsteller. Brust an Brust stand sie mit einem Fremden, der kein normaler

Mann sein konnte. Allerdings galt dies nicht für seine unmittelbare Reaktion auf ihre Nähe.

Jäh versteifte sie sich. An ihren Bauch drückte die ursprünglichste Regung eines Mannes auf die Gegenwart einer Frau. Blankes Begehren. Allmächtiger! Kraftvoll drückte sie sich vom Boden ab, machte einen Satz, zog die Beine an und teilte sie im Sprung. Ihre Füße trafen links und rechts von ihm gegen die Wand. Sie streckte die Beine durch und lehnte sich so weit als möglich zurück, ging auf größtmöglichsten Abstand zu seiner Erektion. Dazu wollte sie sich unter keinen Umständen hergeben, käme was da wolle.

»Messieurs!«, rief sie und warf den Kopf zurück. Hinter ihr stand der Skeptiker, auf seine Vernunft hoffte sie. Leider konnte sie ihn nicht sehen, da die Gesellschaft in ihrem Rücken stand. »Ich bin doch nur das Kammermädchen! Bitte, verschont mich. Ich habe so etwas noch nie gemacht. Ich bin noch ein Kind!«

»Obwohl ihr Gesicht dem eines Kindes ähnelt, ist sie in allen Diensten bewandert, die dieses Haus zu bieten hat«, sagte Saint-Germain.

»Das ist eine Lüge!«

»Seht doch, wie er an ihr riecht. Beinahe erinnert es mich an einen Hund«, sagte Madame de Pompadour verblüfft.

Ihr und allen anderen war Florines Schicksal einerlei. Vom Leben begünstigte Menschen kannten keine Gnade. Sie waren hier, um ihre Neugier zu befriedigen. Sie erwarteten das Außergewöhnliche, und das wurde ihnen geboten. Florine renkte sich beinahe die Schultern aus, um der Nase ihres Gegenübers zu entgehen. Sie wollte nicht beschnüffelt werden. Zu allem Übel musste Morphise ihren ganz eigenen, unnützen Kommentar abgeben.

»Aber er beißt ja gar nicht zu.«

»Er muss sich erst an sie gewöhnen. Vielleicht ist er auch nicht ganz überzeugt und hält sie der Unsterblichkeit für unwürdig.«

Saint-Germain packte Florines Nacken und drückte zu. Der ungnädige Griff löste Schwindel aus. Ihre Knie mussten sich beugen, Saint-Germain presste sie gegen den Gefesselten. Sein Vorgehen war zu grob, um mit einem Scherz abgetan zu werden. Selbst seine Worte ergaben einen furchtbaren Sinn.

»Koste von ihr. Du willst es. Du hast großen Hunger. Stille ihn.«

Größer als jeder Hunger war Florines Angst, als der Gefesselte den Mund öffnete. Aus den Augenwinkeln nahm sie etwas wahr, das es nicht geben konnte. Weiße Zähne, ein kräftiges Gebiss und das Unfassbare daran: Er besaß Fänge! Zwei kleine Spitzen unten, zwei größere oben. Nie zuvor hatte sie so etwas gesehen, und ihr Wunsch danach war nicht vorhanden. Die Situation war ernster als gedacht, am Ende gar tödlich. Es gab nur einen Ausweg. Sie packte die Silberkettchen, zog sich mit einem Ruck an den Gefesselten heran und setzte sich seinen Fängen aus. Sehen konnte sie sie nicht mehr. Sie hatten sich auf ihre Halsbeuge gesenkt.

»Ich kann deine Ketten lösen, wenn du die Hände höher hebst. Ich kann es, aber du darfst mir nichts tun.« Die Worte überschlugen sich in ihrer Panik.

Trotz des aufgeregten Getuschels der Gäste hatte er verstanden. Er zog den Kopf zurück und hob die Hände. Die Straffung seiner Eisenketten ließ nach. Es musste schnell gehen, ehe Saint-Germain etwas ahnte und eingreifen konnte. Die Ketten umfassend stieß sie sich von der Wand ab. Ihr Körper schoss nach oben und spannte sich. Für einen Lidschlag hing sie schwerelos in der Luft. Jetzt! Ihre Handgelenke drehten sich kraftvoll. Die Ketten gerieten in Schwingung. Rasselnd schleuderten die beiden runden Glieder durch die Spiralen und rutschten heraus. Ein Luftzug hob ihre Röcke. Der Mann tauchte unter ihr durch, noch ehe sie am Boden aufkam. Zurück blieb die samtene Wandbespannung, gegen die sie sank. Hinter ihr setzte Tumult ein.

»Er ist frei!«

»Schützt die Damen!«

»In die Ecke, duckt Euch!«

Schrill kreischten die Damen in die Männerstimmen hinein. Saint-Germain übertönte alle anderen.

»Ich erschieße ihn! Keine Panik!«

»Ein Querschläger gefährdet uns alle! Zieht die Degen!«

»Eure Degen helfen nichts!«

Es klirrte und rasselte. Schalen krachten zu Boden. Der schwere Tisch kippte mit ohrenbetäubendem Donner. Den Aufruhr, den sie ausgelöst hatte, konnte sie nur hören, nicht sehen. Sie kämpfte ihren eigenen Kampf mit den Silberkettchen, die stabiler waren als sie aussahen. Ihr Bedürfnis nach Flucht wurde übermächtig. Panisch zerrte und riss sie, stemmte sich gegen die Wand, warf ihren Körper zurück. Über ihre Angst vergaß sie das soeben ausgeführte Kunststück. Sie musste es wiederholen. Keuchend hielt sie inne, sammelte die letzten Kraftreserven und sprang. Beim ersten Mal versagte sie. Ihr zweiter Sprung schickte sie rücklings zu Boden. Endlich war sie frei. Hastig rollte sie herum, wollte aufspringen und wurde von einem Eisenband, das sich um ihre Leibesmitte legte, daran gehindert. So sehr sie mit den Armen ruderte, einen Halt fand sie nicht.

»Nein!«, begehrte sie laut auf.

Kurz darauf hing sie mit dem Kopf nach unten über einer Schulter, die sich unangenehm in ihren Magen bohrte. Der Raum wurde zu einem Karussell. Farbenprächtige Roben tauchten in einer Ecke auf und verschwanden wieder. Speisen am Boden und ein umgestürzter Tisch, dann Saint-Germain, dessen Pistolenmündung direkt auf ihr Gesicht gerichtet war.

»Nicht schießen!«, rief sie und kreuzte die Arme über dem Kopf.

Der erwartete Schuss, der sie ins Jenseits schicken würde, blieb aus. Das Nächste, was sie sehen konnte, waren die Steinfliesen des Ganges. Lange Ketten schleiften darüber. Der Befreite rannte auf die Treppe nach oben zu, ins Vestibül.

»Vorsicht! Geht in Deckung!«

Um Madame Chrysantheme und die Mädchen zu warnen, schrie sie aus vollen Lungen. Schrilles Kreischen war das Resultat eines Spurts durch das Vestibül und in den Vorhof hinaus. Ein letzter Blick auf Lucas war ihr vergönnt. Er saß auf dem Hosenboden und blutete aus der Nase. Sie streckte die Arme nach ihm aus, obwohl es nichts half und sie Lucas nicht mehr sehen konnte.

»Bei Gott, wohin will er mit ihr?« Sie hörte seine Stimme durch das Geschrei der Mädchen.

Wenn sie das nur wüsste. Was sie wusste war, dass sie ihr Leben verwirkt hatte. Achtzehn viel zu kurze Jahre, in denen ihre Liebschaft mit Lucas ein eher mittelmäßiger Höhepunkt war. So viel hatte sie geplant, und nichts davon sollte sich erfüllen. Ob dieses Unrechts begann sie wild zu kreischen und auf den nackten Rücken, über dem sie hing, einzuschlagen.

Es hatte etwas von einem Fieberwahn. Ein Mann in Schurz und Ketten schleppte sie auf der Schulter durch den Ort Versailles. Die Fackeln an den Toreinfahrten waren die einzigen Zeugen der Entführung. Ein anregendes Nachtleben bot der Ort nicht, in dem die Häuser der Aristokratie standen, nahe genug, um jederzeit den Sitz des Königs aufzusuchen. An den Mauern ihrer Besitztümer prallte jeder Wutanfall ab. Keine Menschenseele hielt es für nötig, der Ursache lauter Schreie nachzugehen.

Ihr Rock war bis zu den Kniekehlen hinaufgerutscht. Über ihre Waden strich die Brise einer lauen Sommernacht. Ihre Beine wurden taub, da sein Arm zu fest um ihre Knie gespannt war. Noch immer hing sie kopfüber auf seiner Schulter, deren Druck in ihren Magen schmerzhaft wurde. Der Wahnsinnige – mittlerweile ging sie davon aus, es mit einem entflohenen Insassen der Irrenanstalt Bicêtre zu tun zu haben – rannte immer weiter, nahm eine unbelebte Straße nach der anderen. Die dissonante Melodie springender Ketten auf dem Kopfsteinpflaster begleitete seine Flucht. Als die wenigen Lichter von Versailles schließlich in der Nacht verschwanden, gab sie ihre Hilferufe auf. Ihr Hals schmerzte und ihr war übel.

Aus dem Rennen wurde ein gleichmäßiger Lauf, der ihren Kopf zu einem haltlosen Pendeln zwang. Je größer die Distanz zu Versailles, je dunkler die Landstraße wurde, desto gewaltiger wollte sich ihr Zorn Bahn brechen. Mit aller Kraft schlug sie ihre Fäuste in das breite Kreuz ihres Entführers. Das Resultat waren schmerzende Fingerknöchel. Ebenso gut hätte sie auf eine Wand einschlagen können. Nach einer Weile war sie wieder zu Atem gekommen, um ein Bombardement an Schimpfworten herauszukeifen.

»Halt die Klappe«, fuhr er sie rüde an.

»Halt die Klappe?« Ihre Stimme kippte. »Du verfluchter Bastard. Lass mich sofort runter! Ich habe dir geholfen, und das soll der Dank sein? Mir ist schlecht! Ich spucke dir über den Rücken, wenn du mich nicht sofort absetzt!«

Unbeirrt lief er weiter, tiefer in die Nacht hinein, die sie von allen Seiten umgab. Florine konnte kaum die Landstraße erkennen, so dunkel war es. Eine schwere Hand traf auf ihr Hinterteil. Dort blieb sie liegen und drückte zu. Florine schrie auf.

»Lass das! Nimm deine Hand da weg, oder ich kratze dir die Augen aus!«

Leise lachte er über ihr hilfloses Zappeln. Sie fixierte seinen festen Hintern unter dem Schurz und überlegte, ob sie die Fingernägel hineinbohren sollte. Dann kam sie zu dem Schluss, es zu unterlassen und es lieber mit Vernunft zu versuchen.

»Weshalb belastest du dich überhaupt mit mir? Ohne mich könntest du schneller verschwinden. Das ist unlogisch.«

»Die Schwäche eines Jägers liegt darin, dass er von seiner Beute schwer ablassen kann.«

»Was für ein Jäger soll das sein, der eine Frau zur Beute erklärt? Ah, ich ahne es. Saint-Germain holte dich aus dem Irrenhaus und hat dir etwas eingeredet. Jetzt hältst du dich für einen Vampir oder so etwas Ähnliches. Also, eines kann ich dir versichern …«

»Redest du immer so viel?«

»Saint-Germain hat dich belogen. Du kannst kein Vampir sein, weil es keine Vampire gibt, und ich weiß das so genau, weil ein Gast mir einmal aus einer Abhandlung vorgelesen hat. Ein wissenschaftliches Traktat von einem Monsieur Augustin Calmet.«

»Ich gehöre nicht zum alten Volk der Vampire. Jetzt halt den Mund, ich kann nichts hören.«

Er war langsamer geworden, sie hob den Kopf und spitzte die Ohren. Es würde sie schwer wundern, sollte es auf einer verlassenen Landstraße weit nach Mitternacht etwas zu hören geben. Sie hörte ihren und seinen Atem und das verhaltene Schleifen der Ketten im Staub. Als sie den Mund öffnete, um einen weiteren Zornesschrei abzulassen, kam nur ein entsetztes Keuchen heraus.

»Allmächtiger!« Den Oberkörper nach oben gedrückt nutzte sie seinen Rücken als Stütze. Unter ihren Händen bewegten sich Muskeln. Sie hatte sich nicht getäuscht. Da war etwas. »Lauf! Lauf so schnell du kannst! Saint-Germain hat Hunde auf dich gehetzt! Gewaltig große Hunde!«

Anstatt loszulaufen, was er bisher in irrsinniger Geschwindigkeit vermocht hatte, wurde er langsamer und drehte sich um. Sie verlor die Schemen auf vier Pfoten aus den Augen. Eines war über die Landstraße geprescht, das andere jagte auf einer Böschung zur Rechten entlang. Hektisch trommelte sie auf dem breiten Rücken herum.

»Du sollst rennen! Denkst du, sie machen einen Unterschied zwischen uns, du dämlicher Idiot? Sie werden uns beide in Stücke reißen.«

»Keine Sorge, das werden sie nicht.«

»Verdammt noch eins! Du magst dich für unsterblich halten. Ich weiß, dass ich es nicht bin!«

»Mademoiselle, zu meinem großen Bedauern trennen sich hier unsere Wege.«

Das konnte nur eines bedeuten, er wollte sie den Hunden vorwerfen. Florine wehrte sich gegen den Griff um ihre Taille. Mühelos hob er sie von seiner Schulter. In einem Wirbel aus Rock und Unterrock flog sie durch die Luft. Das Letzte, was sie von dem Irren sah, war eine schlanke Silhouette, die sich aus der Dunkelheit schälte. Dann landete sie in weichem Gras und kullerte den Abhang einer Böschung hinab in einen schmalen Wassergraben. Ein Aufjaulen zwang sie zur Bewegungslosigkeit. Etwas Großes setzte über sie hinweg und sie wartete auf Schmerzensschreie. Stattdessen vernahm sie ein Hecheln und das Rasseln von Ketten. Zuletzt entfernten sich die Geräusche und Stille senkte sich über den Wassergraben und die Landstraße. Da lag sie nun in einem Graben, dessen Wasser durch ihr Kleid drang, direkt neben einer Landstraße. Wie weit war der Wahnsinnige mit ihr gerannt? Eine Meile? Zwei? Gar noch weiter? Bei dem Gedanken an die Strecke, die sie hierher geführt hatte, fühlte sie sich elend. Behutsam bewegte sie Arme und Beine. Das wildwuchernde Gras hatte ihren Sturz abgefangen. Entgegen aller Wahrscheinlichkeit hatte sie diesen Alptraum unverletzt überstanden. Nachdem geraume Zeit alles ruhig blieb und sie außer dem Zirpen der Grillen nichts hörte, hob sie den Kopf.

»Hallo?«

Niemand antwortete ihr. Auf Händen und Knien kämpfte sie sich die steile Böschung hinauf. Niemand war zu sehen, und sie fragte sich unwillkürlich, was sie überhaupt erblickt hatte in der Dunkelheit. Waren es Hunde gewesen oder etwas anderes? Eigentlich hatte sie nur Schatten wahrgenommen und ein riesig anmutendes Schemen, das über sie hinweg gesprungen war. Im Nachhinein konnte sie nicht mehr sagen, was es gewesen war. Nun fehlte sowohl von ihrem Entführer als auch von den vierbeinigen Verfolgern jede Spur. Es gab auch keine Anzeichen für einen Kampf. Das war besonders merkwürdig, da ihr die Einsamkeit, in der sie stand, bewusst wurde. Was nachts auf verlassenen Landstraßen vor sich ging, wollte sie lieber nicht am eigenen Leib erfahren. Es war ein Schrecken für sich, gottverlassen auf einer dunklen Straße zu stehen, ohne Licht oder eine andere Menschenseele weit und breit. Mit bebenden Fingern wrang sie ihren nassen Rock aus und humpelte so schnell sie konnte am Rand der Landstraße zurück in die Stadt. Da ihre Schuhe bei der wilden Hatz von ihren Füßen geglitten waren, wurde es ein langer, mühsamer Marsch.

Der neue Tag begann denkbar schlecht. Eine Seite ihres Kleides war noch immer feucht und klebte an ihrer Haut. Ihre Strümpfe waren zerrissen, ihre Füße wund und von den Purzelbäumen über die steile Böschung waren Kletten in ihrem Haar geblieben. Ruhe, gar Mitgefühl wurden ihr trotz des haarsträubenden Abenteuers nicht zuteil. Madame Chrysantheme fand in ihrer Tirade kein Ende. Die Mädchen hatten sich an der Speisetafel im Salon du Sang eingefunden und naschten von den Überresten des opulenten Menüs. Den Kopf gesenkt täuschte Florine eine Zerknirschung vor, die sie nicht verspürte. Schlichtweg alles hatte sich gegen sie verschworen. Einer Flut an Vorwürfen ausgesetzt, fühlte sie sich nicht nur wie das Opfer eines gemeinen Komplotts, sondern auch ungerecht behandelt.

»Es ist ein Desaster!«, lamentierte Madame Chrysantheme zum wiederholten Mal. »Deine Einmischung war unangebracht, unhöflich und eine Zumutung ohnegleichen. La Pompadour war außer sich, die kleine O'Murphy heulte Rotz und Wasser und Saint-Germain tobte. Madame Hausset, die erste Kammerfrau der Marquise, mussten sie auf einer Tür aus dem Haus tragen, so erschrocken war sie über den Vorfall. Ich verlange eine Erklärung!«

Wahrlich, es kostete Kraft, die nötige Ruhe aufzubringen. Auf einer Tür getragen zu werden war ein Zuckerschlecken im Vergleich zu der breiten Schulter, über der sie kopfüber gehangen hatte. Von ihrem Gewaltmarsch durch die Nacht ganz zu Schweigen. Florine zwang sich zu einem gemäßigten Tonfall, um nicht zusätzlich eine Rüge ob ihres aufbrausenden Temperaments einzuheimsen. Vernunft in Krisenmomenten, das war es, was zählte.

»Ihr wisst nicht, was im Gewölbe vorgefallen ist, Madame. Ich bin meiner Pflicht nachgekommen, um eine echte Katastrophe zu vermeiden.«

Worin diese bestanden hätte, behielt sie für sich. Augenblicklich schien Madame Chrysantheme nicht in der Lage, das Leben ihrer rechten Hand gegen das Chaos, das ausgebrochen war, aufzuwiegen.

»Du hast alles verdorben, Florine.«

»Dieser Saint-Germain hat einen Wahnsinnigen in unser Haus gebracht, Madame. Gegen meinen Willen hat er mich an ihn gekettet und in Aussicht gestellt, der Irre würde meine Kehle zerfleischen.«

»Das ist Unfug!«

»Er wollte zubeißen. Was blieb mir übrig? Es ging um mein Leben! Bei allem was mir heilig ist, ich sage die Wahrheit. Er wollte mich beißen. Seine Zähne … auf jeden Fall war er verrückt und Saint-Germain ist es nicht weniger, nach allem, was ich sehen und hören musste.«

»Du bist zu unerfahren, um die Neigung mancher Freier beurteilen zu können. Du hast die Situation falsch eingeschätzt. Im Übrigen steht dir ein Urteil über zahlende Gäste nicht zu! Deinetwegen verweigert Saint-Germain nun die Begleichung unserer Ausgaben. Auf den Kosten seines Festes bleibe ich sitzen. Mehr noch, verlangt er eine Entschädigung für den Schaden, den du angerichtet hast. Deine ständigen Sperenzchen treiben mich in den Ruin!«

Das konnte sie nun wirklich nicht auf sich sitzen lassen. »Bei allem Respekt, in den vergangenen Jahren war ich es, die Euren Ertrag verdoppelt hat. Meine Sperenzchen haben Euch einen Gewinn gebracht, der die Kosten des vergangenen Abends bei Weitem übertrifft.«

»Das ändert nichts an den Tatsachen. Was bringt mir deine Unterstützung ein, wenn eine Nacht ausreicht, um mich in Schulden zu stürzen? Du wirst dafür gerade stehen, Florine.«

»In wenigen Wochen haben wir das Geld wieder hereingeholt. Dafür werde ich schon sorgen.«

»Uns bleiben keine Wochen, du dummes Ding. Saint-Germain verlangt zweitausend Louis D'Or, und diese werden in einer Woche fällig.«

»Zweitausend! Wie kommt er auf diese unverschämt hohe Summe?«

»Er hält sie für angemessen, nachdem du seinen Ruf geschädigt hast«, donnerte Madame Chrysantheme. »Da ich nicht gedenke, mich mit einem Mann seines Einflusses zu überwerfen, wirst du das Geld beschaffen. Den

Anfang kannst du bei einer Auktion machen. Lange genug hast du dich davor gedrückt.«

Ungläubig sah Florine in die Runde. Keines der Mädchen machte Anstalten für sie zu sprechen. Einige lächelten, an den anderen nahm sie stumme Zustimmung wahr. Zwar hatte sie ihre Jungfräulichkeit verloren, doch eine Hure war sie darum nicht, obwohl ihr dieses Schicksal bestimmt gewesen war. Madame Chrysantheme gehörte nicht zu denjenigen, die neunjährige Mädchen feilboten und sie hatte Florines Wert für ihr Haus bereits vor Jahren erkannt. Ohnehin eignete sie sich nicht zur Kurtisane. Keines der Mädchen hatte einen Makel, keines besaß ein Gesicht, das mit Sommersprossen gesprenkelt war. Florine kannte das Metier zu gut, um sich für ein Glanzstück zu halten. Ihre Talente erstreckten sich auf andere Gebiete und damit war sie stets zufrieden gewesen. Sie hatte sich noch nie nach dem Renommee einer kostspieligen Kurtisane gesehnt.

»Dazu bringt Ihr mich nicht! Das mache ich nicht!«

»Wenn du dich weigerst, kannst du deine Sachen packen und noch heute nach einer neuen Bleibe suchen.«

Nach all der Mühe, dem Bestreben, sich unersetzlich zu machen und dem Fakt, dass sie sich bewährt hatte, sollte dies das Ergebnis sein? Wegen eines einzigen Ausrutschers drohte ihr der Rauswurf. Sie könnte leicht in einem anderen Etablissement unterkommen, ihre Fähigkeiten waren bekannt und wurden geschätzt. Aber hier war es, wo sie ein Heim gefunden hatte, und sie wollte es nicht verlieren. Nicht einmal denken wollte sie daran.

»Madame.« Sie verlegte sie sich aufs Flehen. »Ihr könnt mich nicht einfach vor die Tür setzen. Nach allem, was ich für Euch getan habe. Vergesst über Euren Ärger nicht die Vorteile, die ich Euch …«

»Ich hab's ja gleich gesagt«, fiel Aimée ihr ins Wort. »Sie begreift es nicht. Für unsereins ist sie sich zu fein. Wir machen die ganze Arbeit, und sie verachtet uns dafür.«

Aimée war ein exotisches Geschöpf mit einer Haut wie Milchkaffee und der Gestalt einer Gazelle. Ihre Augen funkelten moosgrün.

»Das stimmt überhaupt nicht!«, brauste Florine auf. »Ich verachte niemanden. Ihr hingegen wusstet den Wert meiner Arbeit nie zu schätzen. Allein der Garten ist ein Kunstwerk. Seitdem er gerichtet wurde, erhielt er viel Lob und lockt die Freier in den Nächten hinaus.«

»Gärtner waren es, die den Garten auf Vordermann brachten.«

»Aber meine Idee waren die Pavillons, die Grotte und der Wasserfall. Unsere Gäste vergleichen Madames Garten mit einem Feenreich.« Niemand zeigte sich gebührend beeindruckt. »Wer ist es denn, der immer neue Kostüme ersinnt, der jede Woche ein neues Motto verwirklicht? Ich bin es, und es treibt uns die Freier in Scharen zu.«

»All das konntest du nur durch Madames Geld verwirklichen.«

Florine verdrehte die Augen, entdeckte eine Klette und klaubte sie aus ihren herabhängenden Haarsträhnen. Jede Investition hatte sich ausgezahlt und Gewinn gebracht. Daran wollte Madame Chrysantheme sich nicht erinnern. Die Arme verschränkt stand sie da und überließ ihren Mädchen das große Wort. Schnell fand sich eine andere, die einen Beitrag leisten wollte.

»Der Garten, die Grotte, all die Kissen und Blüten auf den Laken samt deiner Kostüme sind schnödes Beiwerk. An uns liegt es, dass die Freier immer wieder kommen«, befand Kalinka. Durch ihre hohen Wangenknochen und ihre schräg stehenden Augen war sie ebenso exotisch wie Aimée.

»Woher soll sie das wissen?«, warf Sybille mit dunkler Stimme ein. »Sie hat keine Ahnung, worauf die Freier aus sind. Du hast noch nie mit einem im Bett gelegen, Florine. Wonach ihnen der Sinn steht, wenn sie uns aufsuchen, davon hast du keinen blassen Schimmer. Deine selbst gemachten Petit Fours sind es jedenfalls nicht.«

»Mir munden sie ausgezeichnet«, brachte Olymp, der eigentliche Auslöser des Malheurs, zugunsten von Florine vor.

»Sei nicht dumm, Florine. Es ist doch nichts dabei. Eine Auktion bringt viel Geld ein«, piepste Giselle, mit fünfzehn Lenzen die Jüngste unter ihnen.

»Ich bin nicht dumm!«

»Aber überheblich!«, sagte Bella mit spanischem Zungenschlag. »Von nichts hast du eine Ahnung und willst das Sagen über uns haben. Weshalb sollten wir auf eine hören, die nicht mal vom Fach ist? Das würde ich zu gerne wissen.«

»Was denn? Es ist kein Kunststück zur Hure zu werden«, rutschte es Florine wider besseres Wissen heraus. Sofort schlug sie die Hand vor den Mund, aber gesagt blieb gesagt.

»Wir sind keine Huren, wir sind Kurtisanen!«, brach es vielstimmig aus rosigen Mündern.

Sybille schleuderte sogar ein Stück Melone nach ihr. Sie wich dem Wurfgeschoss aus. Bevor weitere Speisereste durch den Raum flogen, wischte Madame Chrysantheme mit den Händen durch die Luft und verhinderte einen Aufstand. Stille trat ein.

»Florine, niemand kann dich zwingen. In den vergangenen Monaten fand ich Gefallen an dem Gedanken, dir in wenigen Jahren die Verantwortung über dieses Haus zu überlassen und mich auf eine stille Teilhabe zu beschränken. Ich weiß, dass du ähnliche Pläne in dir trägst. Allerdings stimme ich den Mädchen zu. Solange du nicht weißt – und zwar aus eigener Erfahrung – zu welchem Zweck dieses Haus eröffnet wurde und was es erfordert, ihn zu erfüllen, nützt der ganze Firlefanz nichts, den du veranstaltest.«

»Firlefanz! Also wirklich, das ist …«

»Schweig still! In deinem Alter war ich gezwungen, meinen Körper auf den Pariser Straßen feilzubieten. Ein Findelkind war ich, genau wie du. Aufgezogen im Haus der Balbeuf, genau wie du. Es war ein weiter Weg von diesem geizigen Frauenzimmer, das ihren Schützlingen jeden Bissen vom Mund abzählte, bis in diesen Salon.«

»Florine hat großes Glück gehabt«, stimmte Kalinka zu und alles nickte.

»Sofern es dir ernst ist mit deinem Wunsch, hier zu bleiben und deine Pläne zu verwirklichen, musst du eine Wahl treffen. Entweder du fügst dich, oder du gehst. Du bist in meinem Etablissement vom Kind zur Frau gereift, und es ist an der Zeit Erfahrungen zu sammeln, die du dir durch Gucklöcher in den Wänden nicht aneignen kannst.«

Florines Hände glitten von ihren Hüften. Alle warteten auf ihre Antwort. Jedes Argument dagegen würde auf taube Ohren stoßen. Ihre bisherigen Leistungen galten nichts mehr. In den Mienen der Mädchen stand ein seltener Ernst. Um Giselles unschuldig wirkende Augen lag Anspannung. Niemand wollte sie aus dem Haus scheuchen, das stand fest. Ihre Gedanken schweiften zu den Höflingen und ihren dicken Geldbörsen. Viele von ihnen kannte sie seit Jahren. Einige kamen, um sich zu betrinken, andere wiederum nur wegen der hohen Einsätze an den Spieltischen. Sie neckten Florine, und gelegentlich kam es gar zu interessanten, lehrreichen Unterhaltungen. Von ihnen schnappte sie geschliffene Ausdrucksweisen auf, ihnen verdankte sie einen Wortschatz, den die meisten Findelkinder ihr Leben lang entbehren mussten. Nach allem, was sie über die Jahre mitbekommen hatte, würde der eigentliche Akt nicht lange dauern. Und es war nicht so, als habe sie es noch nie getan.

»Florine«, säuselte Madame Chrysantheme. »Etliche der Herren haben schon lange ein Auge auf dich geworfen. Sie werden sich diese Auktion keinesfalls entgehen lassen.

Nach Belieben können wir die Summe in die Höhe treiben, und ich bin gewogen, den Rest, der fehlen wird, zu übernehmen.«

Olymp nickte aufmunternd. Giselle zeigte ihre Grübchen. Aimée zwinkerte. Bellas aufgeworfene Lippen forderten sie heraus. Die Antwort stand fest.

»Eine Auktion und ein Freier. Zu mehr bin ich nicht bereit.«

# 2

Juvenals Ausbruch mündete in ersten verständlichen Worten, nach einer halben Stunde unartikuliertem Gebrüll.

»Wir sind nicht nach Paris gekommen, um dich vor deinem eigenen Leichtsinn zu bewahren, Cassian.«

Es wäre der größte aller machbaren Fehler, im Augenblick den Blickkontakt mit ihm zu suchen. Anstatt seinen Vater also darauf hinzuweisen, dass ihn weder dieser noch Ruben aus dem Gewölbekeller eines Bordells befreit hatten, warf Cassian seinem Bruder einen Blick zu. Weshalb er nach Paris gekommen war, war kein Geheimnis. Binnen weniger Tage hatte Ruben sich eingenistet und konnte in der Plünderung von Cassians Weinkeller große Fortschritte verzeichnen.

»Du unterschätzt Saint-Germains Intelligenz, Vater.«

Das war eine geradezu peinliche Rechtfertigung. Da in Cassians Magen ein Loch von der Größe eines Kraters saß, wollte ihm keine bessere einfallen. Solange sein Hunger nicht gestillt war, sah er sich außerstande, glaubwürdige Erklärungen für seinen Lapsus zu finden.

»Eher hege ich die Befürchtung, dass du deine eigene Intelligenz überschätzt hast, Junge. Deine Kapriolen lassen sich durch deine Jugend nicht entschuldigen. Allmählich bereue ich es, dir Paris überlassen zu haben. Du nutzt dein Revier zu den aberwitzigsten Eskapaden und verkennst den Ernst der Lage.«

Die Endsilben jedes Satzes glichen dem Einschlag von Kanonenkugeln. Cassians Leute hatten sich in die hintersten Ecken des Hauses verkrochen. Sein Leibdiener Bertrand, den er nach Speisen geschickt hatte, musste sich ihnen angeschlossen haben. Juvenals Finger krümmten sich, als wollte er seinen jüngsten Sohn im Nacken packen und herumschütteln.

»Dies ist mein Haus, Juvenal. Wenn hier einer das Recht hat herumzubrüllen, bin ich das. Du machst meinen Leuten Angst, und das dulde ich nicht.«

»Deine Leute sind ein Rudel nichtsnutziger Komödianten, Trunkenbolde und Beutelschneider.«

»Es sind Schauspieler. Sie proben derzeit Corneille, falls es dich interessiert.«

Juvenal explodierte. »Es interessiert mich NICHT!«

Dominanz und Wildheit machten ihn zum Oberhaupt einer alten Sippe. Diesen Rang hielt er seit zwei Jahrhunderten. Außer seinen Söhnen, die durch gelegentliche und halbherzige Vorstöße daran kratzten, gab es niemanden, der seine Vorrangstellung in Frage stellte. Entsprechend herrisch fegte Juvenals Stimme über Cassian hinweg und löste unweigerlich den Drang aus, die Herausforderung anzunehmen. Juvenal ahnte es, trat ans Fenster und blickte in den verwilderten Garten. Er sammelte sich und wartete, bis sein Atem ruhiger floss, ehe er sich wieder dem Zimmer zuwandte.

»Gott allein weiß, weshalb sich die Fähigkeiten meiner Söhne darin erschöpfen, unter Weiberröcke zu kriechen. Euer Leichtsinn spottet jeder Beschreibung. Eines Tages werdet ihr Eure Reviere verlieren, und glaubt nicht, dass ich dann einschreite.«

Ruben fühlte sich nicht angesprochen. Nach einem eigenen Revier hatte es ihn nie verlangt. Er wilderte lieber in denen fremder Sippen. Sein Gebiet erstreckte sich von Wien bis über die Alpen nach Rom. Sein Leichtsinn trug ihm Blessuren oder harsche Predigten ein. Mehr wagten die Oberhäupter der anderen Sippen nicht. Juvenal übertraf sie alle an Alter und Kraft, und keiner wollte ihn sich zum Feind machen.

»Saint-Germain hat uns den Fehdehandschuh hingeworfen«, sagte Ruben. »Es ist der erste Übergriff seit langer Zeit. Wir müssen darauf reagieren.«

»Saint-Germain ist ein Handlanger, der zur Eigenmächtigkeit neigt. Umso beschämender ist es, dass er imstande war, dich in eine Falle zu locken und in Ketten zu legen, Cassian!«

Allein der Versuch es zu erklären, würde Juvenal in seiner Ansicht über Cassians Geisteszustand bestätigen. Eine Frau war der Lockvogel gewesen. Das musste er nicht noch zugeben. Eine schöne, wohlriechende Frau. Cassian betrachtete seine Hände und rieb über seine Handgelenke, obwohl die Spuren der Eisen nicht mehr zu sehen waren. Juvenal kehrte sich vom Fenster ab und taxierte seine Söhne.

»Von nun an werdet ihr eure verdammten Triebe zügeln. Was ihr mit eurem Leben anstellt, interessiert mich nicht, solange ihr begreift, dass eine Ablenkung in den nächsten Wochen zu einem fatalen Ergebnis führt. Dummheiten könnt ihr euch nicht leisten. Wenn sie euch irgendwann ins Grab bringen, will ich nicht schuld daran sein. Ist das klar geworden?«

»Vor allem ist mir nun klar, weshalb Gilian auf sich warten lässt. Die Prämisse deiner aufdiktierten Enthaltsamkeit schmeckt ihm garantiert nicht«, merkte Cassian bissig an.

»Gilian kann jeden Tag eintreffen. Er ist ein Mitglied der Sippe und kennt seine Pflicht. Von heute an erwarte ich den erforderlichen Ernst, Geistesgegenwart und Gehorsam. Ihr werdet davon absehen, aus der Reihe zu tanzen und uns zu gefährden. Wir sind zusammengekommen, um die Namenlosen auszumerzen. Sobald dies vollbracht ist, könnt ihr herumhuren so viel ihr wollt. Also, was hast du über das Gezücht herausgefunden, Cassian?«

»Das habe ich doch schon gesagt. Es ist nicht viel. Einem von ihnen bin ich begegnet. Er hat die Flucht ergriffen und war verschwunden, ehe mir klar wurde, was ich vor mir hatte. Seine Fährte führte in die Katakomben. Ich weiß nicht, ob es dort unten Nester gibt.«

»Keiner hätte überleben dürfen. Wir gingen davon aus, dass sie alle vernichtet sind.«

Weder Cassian noch Ruben konnten dazu etwas sagen. Die letzte Säuberung hatten sie nicht miterlebt. Ein in den Chroniken einzigartiges Bündnis war ihr vorausgegangen. Zum ersten Mal seit Bestand der Sippen hatte sich eine davon mit den Vampiren verbündet. Der Waffenstillstand, ausgehandelt zwischen Juvenal und Mica, hatte den gemeinsamen Kampf überdauert – bis Saint-Germain einen Übergriff gewagt hatte. Ob er sich dadurch über den Willen des Großmeisters der Vampire hinweggesetzt hatte, den seine Anhänger nur den Goldenen nannten, blieb ungewiss.

»Der nächste Vollmond ist in dreizehn Tagen. Wir steigen in die Katakomben und rotten sie aus. Sie scheinen feige zu sein und längst nicht so gefährlich wie einst«, sagte Cassian.

»Nur weil einer vor dir den Rückzug angetreten hat, solltest du nicht auf Feigheit schließen, Junge. Gemeinhin suchen sie die Auseinandersetzung und sind versessen darauf, uns zu töten. Das Blut der Wölfe und des alten Volkes der Vampire ist eine Nahrung, die ihre Kraft verstärkt. Kein Mensch kann ihnen das geben. Sie haben dazugelernt und weichen Einzelkämpfen aus, rotten sich zusammen und erhöhen dadurch ihren Erfolg. Der Namenlose rechnete nicht mit dir. Darum war er alleine unterwegs.«

Die Erwähnung des alten Volkes brachte Cassian auf das Mädchen und ihre Zweifel an der Existenz von Vampiren. Ihr Hintern war rund und straff gewesen. Sein Vater quittierte das Heben seiner Mundwinkel mit einem strafenden Blick.

»Der Vollmond bringt uns unter der Erde keinen Vorteil«, überlegte Ruben laut.

»Das wird sich zeigen. Was Saint-Germain anbelangt …«, wechselte Cassian das Thema.

»Wirst du deinen Stolz schlucken und dich von ihm fernhalten«, befahl Juvenal. »Zwischen uns und Mica wird es nicht zum Zwist kommen. Er kennt unsere Absichten und wird uns keine Steine in den Weg legen.«

»Aber er schließt sich uns nicht an«, stellte Cassian fest.

Juvenals Daumen rieb über seine Augenbraue. Sie war so schwarz wie sein kurzes Haupthaar und das Tuch seiner Kleidung. Schwarz war die bevorzugte Farbe der spanischen Granden gewesen. Wenn es nicht zu auffallend gewesen wäre, hätte Juvenal weiterhin die Strumpfhosen und Paukenhosen vergangener Zeiten getragen.

»Mica ist eine Sterbliche abhanden gekommen«, erläuterte Juvenal seinen Söhnen. »Mit ihm ist nicht zu rechnen. Von Kampf und Krieg will er nichts hören. Aus diesem Grund wirst du auch die Finger von Saint-Germain lassen, Cassian. Mica besitzt als Großmeister seines Volkes zu viel Einfluss und soll nicht gegen uns aufgebracht werden. Fehlende Unterstützung können wir verkraften, seinen Zorn nicht.«

Cassian blinzelte gegen das Sonnenlicht an. Gemütsvoll war Juvenal noch nie gewesen. Vor einigen Jahren hätte er die Schwäche ihres größten Feindes für sich genutzt, anstatt sie zu erklären. Sein Vater wurde alt, obwohl äußerlich nichts darauf hinwies. Zweihundert Lebensjahre, die meisten davon dem Kampf gewidmet, hatten ihn gestählt. Vor möglichen Übergriffen auf seinen Rang hatte er nichts zu befürchten. Er war noch immer ebenso wendig und schnell wie seine Söhne und besaß darüber hinaus die größere Erfahrung.

»Lass mich eines klarstellen, Juvenal. Ich erinnere mich nicht an einen Beschluss, der dich zum Wortführer bestimmt. Paris ist mein Territorium, und ich sehe nicht ein, weshalb ich dir die Führung überlassen sollte.«

»Du siehst es nicht ein?« Juvenal machte einen langen Satz, packte Cassian am Hemdkragen und riss ihn aus dem Stuhl. »Deine Einsichten sind stark getrübt durch das Lotterleben, dem du dich hingibst. Vergiss eines nicht: ich bin dein Vater, ich bin das Oberhaupt unserer Sippe und mir verdankst du Paris. Du wirst mir nicht in die Parade fahren.«

Juvenal zeigte seine Zähne. Auch Cassian zog die Lippen zurück. Es war der immer wiederkehrende Schlagabtausch um die Rangordnung, der ihre Sippe zu Distanz zwang. Juvenal hatte das Pech, drei Söhne in die Welt gesetzt zu haben, die sich ihm auf Dauer nicht unterordnen wollten. Unterwerfung lag ihnen nicht im Blut.

»Das ist nicht klug, Juvenal.«

Rubens gelassene Stimme zeigte Wirkung. Juvenal ließ von Cassian ab und glättete gar die schlaffen Spitzen seines Jabots.

»Ein tödlicher Kampf steht uns bevor, und ich will keinen von euch darin verlieren. Ich stand den Namenlosen gegenüber. Ein falscher Schritt und sie können leicht die Oberhand gewinnen.«

»Was mich betrifft, kann ich es nicht erwarten, es darauf ankommen zu lassen«, erwiderte Cassian und setzte sich zurück in seinen Stuhl.

»Weil du jung und unbedacht bist.«, empörte sich Juvenal.

Ebenso wenig, wie sich seine Söhne unterordnen konnten, wollte er es einfach hinnehmen, dass sie sich seiner Dominanz verweigerten. Schritte hielten vor dem Zimmer und verhinderten den nächsten explosionsartigen Ausbruch, der sich in Juvenal zusammenbraute. Bertrand trat ein, eine große Holzplatte mit Wildbret vor sich her tragend. Der Duft leicht angebratenen, noch blutigen Fleisches zog durch das Zimmer. Furchtsam huschte Bertrands Blick zu Juvenal. Weiter als bis zu dessen Knie wagte er die Augen nicht zu heben. In devoter Haltung huschte er zu Cassian und setzte die Platte ab.

»Wurde aber auch Zeit«, knurrte Cassian und griff nach einem Fleischbrocken.

Er grub seine Zähne hinein und verschlang den Bissen nahezu unzerkaut. Bertrand beugte sich zu Cassians Ohr hinab.

»Es heißt, die Chrysantheme bereitet eine Auktion vor.« Bertrands Wispern war nur für Cassians Ohren bestimmt. Er hob eine Augenbraue und forderte seinen Leibdiener zum Fortfahren auf.

»Das Mädchen soll den Ärger ausbaden, den sie Saint-Germain gemacht hat. Die Chrysantheme will sie versteigern, um den Verlust wieder einzufahren.«

»Wann?«

»In zwei Tagen.«

Nach dieser Neuigkeit sauste Bertrand davon, nicht ohne einen großen Bogen um Juvenal zu schlagen, der seinen Abgang verfolgte. Juvenal trat an den Tisch und nahm sich ein Stück Fleisch, ohne eine Erlaubnis abzuwarten.

»Mein Gehör ist ausgezeichnet, Cassian. Die Frage ist, worunter das deine gelitten hat. Nichts von dem, was ich sagte, scheint zu dir vorgedrungen zu sein.«

Trotz der harschen Zurechtweisung verspürte Cassian Gewissensbisse. Sein Vater hatte ein seltenes Eingeständnis gemacht. Seine in Worte gefasste Sorge besaß Seltenheitswert.

»Es ist nichts von Belang, Vater.«

»Keine Ablenkung. Die Namenlosen werden uns alles abverlangen. Das solltet ihr nicht vergessen.«

»Das werden wir nicht«, erwiderte Ruben ernst.

Juvenal sah von einem zum anderen, wenig überzeugt von Rubens Beteuerung. Schließlich nickte er. »Gut, gegen kleine Abenteuer will ich nichts sagen. Ich selbst habe einst … aber das gehört nicht hierher.«

Ein Lächeln lockerte die harten Züge des Sippenoberhaupts auf. Trotzdem erlaubten sich seine Söhne erst ein Grinsen, nachdem er sie verlassen hatte. Cassian schob Ruben die Fleischplatte zu.

»Greif zu.«

»Ich bin nicht hungrig.«

»Du bist ein Langmaul, Ruben.«

Ruben hangelte nach einem Stück Fleisch mit breitem Fettrand. Den Mittelknochen biss er kurzerhand entzwei. Es knackte, als er den Knochen zwischen den Zähnen zermalmte.

»Was findest du an diesem Mädel, Cassian? Meines Erachtens lohnt sie keinen Aufwand. Außer einer kraftvollen Stimme hatte sie nichts vorzuweisen, soweit ich mich erinnere.«

»Hm«, machte Cassian und grinste. »Sie ist vermutlich eine Plage. Aber sie hat verdammt gut gerochen.«

Die Blumenornamente der Tapisserien erweckten den Eindruck eines nahtlosen Übergangs in den Garten. Aus den gestutzten Bäumen fiel das Licht bunter Lampions auf die Wege. Das Zirpen der Grillen lockte niemanden zwischen die Hecken. Grotte und Pavillons blieben in dieser Nacht verwaist. Die Gäste drängten sich stattdessen im Salon um kleine Tische. Champagner und stärkere Spirituosen wurden ausgeschenkt. Cassian ergatterte einen niedrigen Fauteuil im hinteren Drittel des Raumes. Ruben zog es vor, seinen Champagner im Stehen zu genießen. So bot sich ihm ein besserer Überblick über die Gesellschaft und deren Treiben. Im Haus von Madame Chrysantheme war die Etikette aufgehoben. Höflinge und reiche Bürger saßen Seite an Seite und scherzten miteinander. Hier war es gestattet, nach einem heißen Tag auf Perücken zu verzichten. Justaucorps hingen über Stuhllehnen, und die ganz Mutigen hatten sich ihrer Westen entledigt.

»Hier geht es zu wie in einer Hafenschänke«, konstatierte Ruben.

»Dieses Etablissement ist das Beste in der ganzen Umgebung. In Paris gibt es nichts Vergleichbares. Hast du etwa nie zuvor ein Bordell von innen gesehen?«

Konsterniert sah Ruben auf Cassian hinab. Dieser hatte die Beine übereinander geschlagen und ließ sich von dem Stimmengewirr umbrausen. »Wozu sollte ich für etwas bezahlen, das ich umsonst haben kann? Zudem ziehe ich eine Dame jederzeit einer Dirne vor.«

»Gibt es da einen Unterschied? Das muss mir entgangen sein.«

Ohne etwas darauf zu erwidern, betrachtete Ruben die niedrige Bühne am anderen Ende des Raumes. Ein Paravent stand in der einen, ein Pult in der anderen Ecke. Bereits der Eintritt hatte fünf Louis D'Or gekostet, die Ruben für vergeudet hielt. Instinktiv wusste Cassian, was sein Bruder dachte.

»Nun, ich bin gespannt, ob der Unterschied wirklich so gering ist wie von dir behauptet, Cassian. Wenn ich also die Wahl habe, so würde ich …«

»Du bist nicht hier, um unter den Mädchen zu wählen, sondern um für mich zu bieten.«

Ruben zuckte zusammen. »Ich soll was?«

»Sie hat mich gesehen und kennt mein Gesicht. Unsere letzte Begegnung war für sie nicht unbedingt angenehm. Und du bist ein ansehnlicher Kerl. Das wird ihr gefallen.«

Rubens Lächeln ließ den notorischen Draufgänger erahnen. »Also gut, sofern die Kleine hübsch genug ist, fällt mir kein Zacken aus der Krone, sollte ich sie ersteigern.«

»Damit kein Missverständnis aufkommt, du bist es nicht, der ihre Gunst erhält, da es mein Geld sein wird, mit dem du bietest. Die Auktion wird dir Spaß machen.«

»Wir werden sehen. Wer ist dieser Rüpel dort drüben? Er gefällt mir nicht.«

Der Rüpel lehnte nahe einer offenen Flügeltür an der Wand. Sein Haar war struppig, die Kleidung schlicht. Unter seinen Augen hatten sich bläulich-rote Verfärbungen abgelagert, und seine Nase war geschwollen. Für Ruben reichte der mürrische Gesichtsausdruck des Burschen aus, um sich provoziert zu fühlen.

»Seinen Namen kenne ich nicht. Dummerweise geriet er mir bei meiner Flucht in die Quere. Ich musste ihm die Nase brechen. Sieht übel aus.«

Graugrüne Augen taxierten den jungen Burschen. »Und jetzt will er Vergeltung üben, so wie er dreinschaut.«

Daran glaubte Cassian nicht. Da der Dreispitz seine Züge überschattete und seine Garderobe einwandfrei war, konnte der Bursche keine Verbindung zwischen einem blindwütigen Nackten in Ketten und einem teuer gekleideten Gentilhomme in Spitzen herstellen. Der Bursche musterte die Männerschar im Salon, ohne nach jemand Besonderem Ausschau zu halten.

»Vermutlich macht er sich Sorgen um das Wohlergehen seiner kleinen Freundin oder um das Ergebnis ihrer Versteigerung. Entspann dich, Ruben. Dieser Abend gilt dem Vergnügen.«

Ein Glöckchen stimmte in Cassians Worte ein und verkündete den Beginn der Auktion. Das Geplauder senkte sich zu einem Murmeln. Erwartungsvoll wandten sich die Herren der Bühne zu. Hinter dem Paravent rumorte es. Dann schickte ein Stoß die Attraktion des Abends auf die Bühne. Als sie an den Bühnenrand stolperte, verstummten die letzten Gespräche. Über den Salon legte sich Schweigen.

»Verflixt! Ist das wirklich die kleine Florine?«

Johlen, Applaus und Pfiffe brandeten nach dieser laut gestellten Frage auf. Das herzliche Willkommen löste wenig in dem Mädchen aus. Kurz verschränkte sie die Arme, dann sanken sie herab und sie verbarg die Hände in den Falten ihres Kleides. Reines Weiß im griechischen Stil gehalten. In ihr Haar waren Weinranken geflochten, die rotgoldene Flut bedeckte dick und glatt ihre Brüste, war jedoch nicht lang genug, um das Dreieck zwischen ihren Schenkeln zu verbergen. Der Mode entsprechend war es rasiert worden. Nicht ein Härchen war ihr geblieben. Plötzlich störte sich Cassian daran, dass zwei Dutzend Männer den Augenschmaus unter dem dünnen Stoff mit ihm gemeinsam genossen. Heidnisch und unschuldig zugleich, bot Florine das Bild einer Nymphe. Einer sehr kurvenreichen Nymphe mit aufmüpfig erhobener Nase.

»Gehört sie zu den Hexen?«, raunte Ruben.

Er musste unweigerlich zu diesem Schluss kommen. Rotes Haar und tiefblaue Augen wurde den Hexen nachgesagt. Cassian schüttelte den Kopf. Florine gehörte zu den Frauen mit unbeherrschtem Temperament, mehr steckte nicht dahinter. Er erinnerte sich nur an einen kurzen Moment, in dem er ihre Angst gewittert hatte. Seine Zähne hatten zu diesem Zeitpunkt ihren Hals berührt. Danach hatte sie Entschlossenheit bewiesen und schließlich lautstarke Wut. Das war beachtlich in Anbetracht der Berührung seiner Wolfsfänge auf ihrer Haut.

Das Knallen eines Holzhammers holte Cassian in die Gegenwart zurück. Madame Chrysantheme hatte hinter ihrem Pult Aufstellung genommen und setzte einen Kneifer mit hellgrünen Gläsern auf den Nasenrücken.

»Messieurs, am heutigen Abend findet eine Versteigerung statt, deren Mindestgebot sich auf zweihundert Louis D'Or beläuft.«

»Das ist eine ganze Menge für eine halbe Portion«, rief eine trunkene Stimme dazwischen.

Florine suchte in der Menge nach dem Störenfried. Ihre Augen wurden schmal, als sie ihn entdeckte. Er prostete ihr mit seinem Cognacschwenker zu.

»Den Stammgästen des Hauses Chrysantheme ist Florine gut bekannt«, trug Madame Chrysantheme von oben herab vor. »Ihr Wirken zeigt sich überall. Sie ist meine rechte Hand, zählt achtzehn süße Sommer und obgleich defloriert, kann niemand der hier Anwesenden von sich behaupten, ihren Leib gegen Geld besessen zu haben. Wer den genannten Einsatz nicht überbieten kann, ist angehalten, die Versteigerung nicht durch Zwischenrufe zu stören.«

Abrupt beugte Ruben sich zu Cassian. »Wie hoch soll ich gehen?«

Cassian ließ keinen Blick von Florine. »So hoch wie nötig. Ich will sie.«

Nachdem keine weiteren Einwände angemeldet wurden und keiner daran dachte, den Salon zu verlassen, wagte ein junger Herr mit flammenden Wangen das erste Gebot.

»Zweihundertfünfundzwanzig.«

Dezent hob Ruben seinen Handschuh.

»Der Herr in Grün bietet zweihundertfünfzig. Wer bietet mehr?«

Die Gebote folgten Schlag auf Schlag. Dabei hielten sie sich in überschaubaren Grenzen. Finger streckten sich, Köpfe nickten, Hände winkten. Cassian nippte am Champagner, knabberte eine Praline und beobachtete Florine. Sie unternahm keinen Versuch, ihren Bietern zu gefallen und durch aufreizende Posen die Gebote in die Höhe zu treiben. Ohne zu lächeln sah sie über die Köpfe der Gäste in den Garten hinaus. Eine brüchige Stimme bot sechshundert. Das Gebot kam von einem Greis, dessen eingefallene Züge ihn zu einer verschrumpelten Fledermaus machten. Ehe Ruben dagegenhalten konnte, streckte Florine den Arm vor und deutete mit dem Finger auf den alten Mann. Gleich einiger anderer hatte auch er seinen Dreispitz nicht abgenommen.

»Dieser Mangel an Achtung ist unerhört. Ein jeder, der seinen Hut nicht absetzt, sollte keine Gebote machen dürfen.«

Schallend lachten die Gäste auf. Florine schwenkte ihren gestreckten Arm von links nach rechts. Nach und nach wurde ihre Forderung erfüllt. Die Herren setzten ihre Hüte ab. Da Cassian sich aus der Versteigerung heraushielt, behielt er den seinen auf und schmunzelte über Florines Kniff. Leider versagte er, denn selbst der Tattergreis entledigte sich seiner Kopfbedeckung. Erst jetzt erkannte sie ihn und vollführte eine Referenz vor seinem kahlen Schädel.

»Bitte vielmals um Vergebung, Monsieur Le Duc.«

Madame Chrysantheme bedachte Florine mit einem Augenrollen, befeuchtete ihre Kehle mit einem Schluck Champagner und setzte die Auktion fort. Amüsiert stellte Cassian fest, dass Rubens Spieltrieb geweckt worden war. Sein Bruder lauerte auf Angebote, ließ diese im Raum stehen und passte den Moment ab, da der Bieter sich am Ziel vermeinte, um ihn zu überbieten. Sein Vorgehen steigerte nicht allein seine eigene Spannung, sondern auch die aller anderen Bieter. Es kam so weit, dass er sich selbst überbot, worauf ein Hinweis um Unterlassung von Madame Chrysantheme erfolgte.

Ab diesem Punkt der Auktion wurde Florine auf Ruben aufmerksam. Plötzlich war die eigene Versteigerung für sie interessant geworden. Ihre Blicke schossen von einem Bieter zum nächsten und kehrten immer wieder zu ihm zurück. Sie waren bei eintausend angelangt, und Ruben zögerte. Geradezu verzweifelt trachtete Florine danach, seinen Blick zu erhaschen. Cassian sah zu seinem Bruder auf und musterte dessen scharfes Profil. In der Tat war er einer der anziehendsten Männer im Salon. Allein sein Haar, ein Gemisch aus Schwarz und dunklem Rot war ein Blickfang, der Cassian einen Rivalen wittern ließ.

»Sie gehört mir«, knurrte er.

»Eintausend und ein Louis D'Or«, schmetterte ein Offizier der königlichen Garde.

Ein neuer Grund, die Versteigerung zu verzögern, war gefunden. Florine stemmte die Hände in die Hüften und reckte ihr Kinn vor.

»Was denn? Ein Louis D'Or! Weshalb begnügt Ihr Euch nicht mit einem Dernier? Oder vielleicht gar mit einem Knopf! Eure Familie scheint unermesslich reich. Ein ganzer Louis D'Or. Das macht Eindruck.« Die Gäste begannen zu lachen. »Wir sind hier nicht an der Comédie! Wenn Ihr einer Kurtisane einen so geringen Wert zugesteht, solltet Ihr Euch mit den Bordsteinschwalben aus Paris zufrieden geben.«

Das Gelächter ging diesmal auf Kosten des Offiziers, der verlegen um sich sah.

»Nun ich … schließlich handelt es sich … Die Rechnung hat einen Haken. Immerhin ist es nicht nur dieser eine Louis D'Or, sondern …«

»Zweitausend.«

Mit Ruben war es durchgegangen. Perplex starrte Cassian seinen Bruder an. Verblüfftes Gemurmel hob an. Ruben begegnete der Aufmerksamkeit, die er durch sein Gebot auf sich gerichtet hatte, mit einem breiten Lächeln, in dem weiße Zähne aufblitzten, und ließ sich dazu hinreißen, sich in Richtung Bühne zu verneigen.

»Zweitausend zum ersten. Zweitausend zum zweiten. Zweitausend zum …« Der Hammer schwebte in der Luft in Erwartung eines höheren Angebots. Natürlich kam es nicht. Zweitausend war ein kleines Vermögen für ein Mädchen, das sich außer durch seinen angenehmen Duft einzig durch Sommersprossen auszeichnete. Florines Lippen klafften leicht, als der Hammer ein drittes und letztes Mal zuschlug.

»Zweitausend zum dritten. Somit geht Florine an den Herrn in Grün.«

Die Treppe zum Obergeschoss wurde von einer Maid mit aschblonden Engelslöckchen versperrt. Ihre Kulleraugen schweiften zwischen Cassian und Ruben hin und her, während sie auf den Fußballen wippte.

»So sehr ich es bedaure, Monsieur, aber es ist ausschließlich Eurem Begleiter gestattet, die Nacht mit Florine zu verbringen. Ein Zuschauer ist nicht erwünscht«, piepste sie zu Cassian auf. Obwohl das Mädchen eine Stufe über den Männern stand, reichte sie ihnen nicht einmal bis zu den Schultern.

»Meines Erachtens zeugt es von schlechtem Geschmack Zwerge anzubieten«, murmelte Ruben.

»Mit Verlaub, Monsieur, ich bin keine Zwergin. Lediglich etwas klein für mein Alter. Wenn Ihr mir nun bitte folgen wollt.«

Ihre einladende Handbewegung die Treppe hinauf galt Ruben und schloss Cassian aus. Ruben musste sich vorbeugen, um mit ihr auf Augenhöhe zu gelangen.

»Du solltest noch mit Puppen spielen, kleine Mademoiselle. Es ist mein Begleiter, der deine Freundin ersteigert hat. Mir fiel einzig die Aufgabe zu für ihn zu bieten.«

Bei dem Gedanken an den Schuldschein über zweitausend Goldmünzen, den Cassian soeben ausgestellt hatte, konnte er nur hoffen, dass Florine die Summe wert war. Eine Nacht mit ihr und am nächsten Morgen würde er sich selbst belächeln. Aber ehe er sie vergaß, musste er sie erst besessen haben. So war es immer, und da er dies wusste, nützte es nichts seine Ausgabe zu bereuen.

Prüfend wurde Cassian von dem Mädchen auf der Treppe in Augenschein genommen, wobei sie gewichtig ihren Hals reckte und um einen Fingerbreit wuchs.

»Weshalb habt Ihr nicht selbst geboten, Monsieur?«

»Kann es sein, dass indiskrete Fragen in diesem Haus keiner Antwort bedürfen?«, konterte er.

»Mit allergrößtem Verlaub«, betonte die Kleine und reckte sich noch ein kleines Stück mehr. »Dieselbe Frage würde Florine Euch stellen, und da ich an diesem Abend ihre Aufgabe übernommen habe, bin ich verpflichtet, ihr in allem nachzueifern.«

»Sei schon still, Giselle.« Die Kurtisane, die aus dem Obergeschoss kam, war groß und besaß die Figur eines Knaben. Ein Ruck ihres Ellbogens drängte Giselle beiseite. »Sie nimmt sich heute furchtbar wichtig. Ich kann bezeugen, dass dieser Herr den Schuldschein unterzeichnete. Sein Anspruch ist berechtigt. Bringe ihn zu Florine. Sie ist soweit. Sie hat eines der schönsten Zimmer für die heutige Nacht ausgewählt, Monsieur. Ich hoffe, es trifft Euren Geschmack.«

So leicht wollte Giselle nicht von ihrer Pflicht ablassen. Sie hob sich auf die Zehenspitzen, drückte das Mädchen an der Schulter zu sich und wisperte ihr ins Ohr. Weder Cassian noch Ruben entging, was sie sagte.

»Aber sie wollte den anderen, Sybille.«

Ein ungekünsteltes Lächeln erhellte Sybilles eckige Züge. Sie verstand sich auf die Kunst der Rede, ohne nennenswert die Lippen zu bewegen. »Ob den einen oder den anderen, einen Grund zur Klage wird sie nicht finden. Es sind prächtige Mannsbilder. Ich würde alle beide nehmen.«

Die geflüsterte Unterredung endete damit, dass die Mädchen Cassian und Ruben anstrahlten, ohne sich vom Fleck zu rühren. Sie mussten erst daran erinnert werden, dass der Gewinner der Versteigerung nicht hier war, um sich am Fuß einer Treppe die Beine in den Bauch zu stehen.

»Wenn es genehm ist, gehe ich voran. Bitte folgt mir.«

Als Giselle sich umdrehte, wurde aus ihrem züchtig hochgeschlossenen Kleid eine Versuchung. Auf ihrem Rücken teilte sich die Seide. Der tiefe Ausschnitt schloss in einem großzügigen Bogen knapp unter ihrer Pospalte. Sie besaß ein entzückendes Hinterteil, das durch ihren Hüftschwung von einer Seite auf die andere schwenkte.

Cassian richtete den Blick darauf. Den Weg zu Florine nutzte das Mädchen zu einem Plausch.

»Diese Versteigerung war Florines erste und letzte. Daher hat diese Nacht Seltenheitswert. Nun ja, vielleicht besinnt sie sich anders. Kommt ganz darauf an«, piepste sie über die Schulter und zwinkerte Cassian zu. »Eine Jungfrau ist sie nicht mehr. Vor zwei Jahren hat sie sich an Lucas vergeudet. Unentgeltlich. Ist das zu fassen?«

Die blonden Löckchen an Giselles Hinterkopf flogen von links nach rechts. Gleichzeitig ruckte ihr Hintern von rechts nach links. Sie hatten das Ende des langen Ganges erreicht und nahmen im Schneckentempo die nächste Treppe. Oben angelangt, mussten sie dieselbe Strecke zurück laufen. Sie wurde noch langsamer.

»Natürlich besteht kein Zweifel, was Aussehen und Wuchs angeht könnt Ihr Euch mit Eurem Freund messen. Er hat ein auffallend anziehendes Gesicht.« Sie versuchte, einen Blick unter Cassians Dreispitz zu erhaschen. »Andererseits ist Florine eigen. Wie ich andeutete, ist sie keine Kurtisane. Ich halte es für ratsam, sie auf die veränderten Umstände vorzubereiten. Sicherlich stimmt Ihr mir darin zu.«

Cassian enthielt sich jeglicher Zustimmung. Endlich waren sie am Ende des Ganges vor einem Zimmer angekommen. Er hinderte Giselle daran, an der Tür zu kratzen und schob sie aus dem Weg. Der Disput auf der Treppe, ihre Gemächlichkeit und ihre Piepsstimme hatten seine Geduld aufgebraucht. Er wollte nicht länger warten.

»Du kannst gehen. Vielen Dank.«

Den Kopf in den Nacken gelegt, himmelte sie ihn an und dachte nicht daran, seiner Aufforderung zu folgen. Die Münze, die er ihr in die Hand drücken wollte, schlug sie aus.

»Wie es Euch beliebt. Sollte Florine Euch nicht zusagen, so findet Ihr mich in der Beletage.«

Nach diesem hervorgepiepsten Angebot, schlenderte sie in aufreizender Langsamkeit davon.

Tapeten, Vorhänge und Betthimmel besaßen die Farbe von Rosenholz. Auf allen verfügbaren Flächen brannten Kerzen in sechsarmigen Goldkandelabern. Auf die Laken waren dunkelrote Rosenblüten gestreut und der gesamte Raum samt Inhalt musste mit Rosenessenz besprüht worden sein. Florine saß auf einem Stuhl, die Augen auf die Tür gerichtet. Trotz der Weinranken in ihrem Haar und dem Weiß des durchscheinenden Stoffes hatte sie nichts Ätherisches an sich. Sie summte schier vor Anspannung. Das Ambiente war geschmackvoll, ihr Anblick anregend und ihre Begrüßung denkbar abweisend.

»Wer seid Ihr denn?«

Die Frage war berechtigt, da sie Ruben erwartet hatte, den Mann in Grün und keinen in Blau. Allerdings hatte Cassian nicht mit dieser deutlichen Ablehnung gerechnet. Frauen verschlossen sich nicht in seiner Gegenwart, sondern öffneten sich. Zu langatmigen Bitten und Komplimenten musste er nicht greifen. Was er an Überredungskunst brauchte, erschöpfte sich meist in einem Lächeln. Abschätzend maß sie ihn ab.

»Ich bin derjenige, der dich ersteigert hat.«

»Daran würde ich mich wohl erinnern. Ich war schließlich dabei und habe den Herrn gesehen. Er war ausnehmend elegant und machte einen sehr charmanten Eindruck.«

Womit sie Cassian Eleganz und Charme absprach. Das war ein schlechter Anfang. Insbesondere, da die Situation für ihn neu war. Seitdem er die Vorteile des weiblichen Geschlechts für sich entdeckt hatte, war ihm so ein Verhalten noch nicht untergekommen. Ihre skeptische Haltung mündete nicht unbedingt in dem Bedürfnis, seinen

Charme spielen zu lassen. Kurzerhand entledigte er sich des Justaucorps und der Weste und warf beides achtlos auf einen Stuhl mit geschwungenen Beinen.

»Das war mein Bruder. Es ist erschreckend, wie oft sein Charme überschätzt wird. Er handelte in meinem Auftrag.«

»Verstehe«, gab Florine trocken zurück. »Das macht Euch zu einer wichtigen Persönlichkeit, nehme ich an. Gedenkt Ihr, Euren Hut während der Abwicklung des Geschäfts aufzubehalten, damit Euer Inkognito gewahrt bleibt?«

Sie hatte Haare auf den Zähnen. Tief atmete Cassian durch. Auf die Bewunderung, an die er gewohnt war, musste er wohl verzichten.

»Eventuell werde ich die Strümpfe anbehalten. Schlüssig bin ich mir noch nicht«, entgegnete er nicht weniger bissig und setzte seinen Dreispitz ab.

Steif wie ein Stecken blieb sie sitzen und stierte ohne zu Blinzeln in sein Gesicht. Aus ihrer Impertinenz wurde Erschrecken.

»Du?«

Cassian verneigte sich. »Die Überraschung scheint gelungen.«

Sie katapultierte aus ihrem Stuhl. Da er damit gerechnet hatte, brauchte es nur einen Schritt, damit sie gegen seine Brust prallte und auf den Sitz zurückfiel. So weit wie irgend möglich lehnte sie sich nach hinten. Der Stuhl begann zu kippeln.

»Auf keinen Fall bin ich dazu bereit. Niemand kann das von mir verlangen! Du bist ein Wahnsinniger, ein Unhold, direkt aus dem Irrenhaus entflohen! Nimm dein Geld und …«

Allmählich gewann sein Ärger die Oberhand. »Hör zu! Ich habe für dich bezahlt, und du wirst deinen Part einhalten. Ich bin ein Mann wie jeder andere.«

Die Balance, die Florine mit ihren Fußspitzen aufrechterhalten hatte, ging verloren, als er sich zu ihr beugte. Der Stuhl und Florine kippten hinten über. Ihr Fuß traf gegen sein Kinn, klackend schlugen seine Zähne aufeinander. Wäre er ein Mann wie jeder andere, hätte der Zufallstreffer ihn zu Boden geschickt. Er bückte sich und richtete den Stuhl samt Florine schwungvoll auf. Benommen blinzelte sie ihn an.

»Das ist lächerlich«, fauchte er in ihr Gesicht. »Ich habe nicht vor, diese Nacht zu einer Schmierenkomödie verkommen zu lassen. Verstanden?«

Sie hatte sich schnell wieder gefasst und bot ihm die Stirn. »Oh ja, mich hat es ungemein erheitert, verschleppt und in einen Wassergraben geworfen zu werden. Dazu noch mitten in der Nacht auf einer gottverlassenen Landstraße. Du bist derjenige, der Schmierenkomödien veranstaltet.«

Tief sah Cassian in ihre Augen. Sie waren von einem ozeantiefen Blau. Ihre Aufregung setzte einen unglaublichen Duft frei, der stark genug war, um ihr Parfum zu überlagern. Sie roch nach geschnittenem Gras, nach Frühling und dem Erwachen der Natur. Unwiderstehlich. Als er seine Nase in ihr Haar grub und sich an ihr berauschte, drückte sie sich an die Rückenlehne. Es war ein Geruch, in dem er sich herumrollen und ertrinken wollte.

»Ich entschuldige mich für die derbe Behandlung. Ich wollte dir keine Angst einflößen.«

»Du lügst doch! Zeig mir deine Zähne!«

Sie verdiente es wirklich, in die Schranken gewiesen zu werden, aber dazu blieb später noch Zeit, wenn er sie besessen und sein Verstand sich geklärt hatte. Für den Moment ließ er ihren Tonfall ungestraft und zog den Kopf zurück. Mit einem breiten Grinsen zeigte er ihr beide Zahnreihen. Das instinktive Knurren, das gemeinhin diese Mimik begleitete, drängte er zurück. Natürlich konnte sie keine Reißzähne entdecken, da er weder von einem Skalpell geschnitten, noch von einer Silberkugel bedroht wurde. Ihr Finger näherte sich seinen Zähnen, und er schloss den Mund, ehe sie sie berühren konnte. Alles hatte seine Grenzen. Schließlich waren sie hier nicht auf einem Pferdemarkt.

»Wie du siehst, hat an meinem Gebiss alles seine Ordnung. Was ich von deinem Vertrauen in andere nicht behaupten kann.«

»Ich war mir ziemlich sicher …«

»Auch ich bin mir sicher, Florine.«

Sie war viel zu perplex, um vor ihm zurückzuweichen, als er seinen Mund sacht auf ihre Lippen drückte. Zart und weich gaben sie seinem Druck nach. Damit hatte er gerechnet. Auf die Wirkung seiner Küsse konnte er sich verlassen, unzählige Male hatte er sie erprobt. Lockend tippte seine Zungenspitze gegen ihren Mundwinkel. Ein Seufzen läutete ihre Niederlage ein, und ihre Lippen teilten sich. Sie schmeckte frisch und prickelnd, und Cassian fand kein Ende von ihr zu kosten. Unterdessen verschlang sie ihre Finger in seinem Nacken und folgte bereitwillig seiner Bewegung, erhob sich, ohne sich von seinem Mund zu lösen. Stück um Stück drängte er sie auf das Bett zu. Versunken in ihrem Kuss verfehlte er sein Ziel und bemerkte es erst, als Florine mit dem Rücken zur Wand stand. Auch gut.

Er streichelte über ihre Taille und Hüften, raffte die Falten ihres Gewandes und schob es hinauf. Seine Hände glitten über schlanke Schenkel, zurück nach oben. Gleichzeitig wanderte sein Mund tiefer. Von Unruhe erfüllt wühlte Florine in seinem Haar und krallte sich daran fest, als er ihre Brüste erreichte. Seine Hände legten sich von unten darum, seine Lippen senkten sich von oben auf die straffen Wölbungen. Reifen Himbeeren gleich drückten sich ihre Brustspitzen durch den Stoff. Leicht saugte er daran. Während ihre Atemzüge zwischen Stöhnen und Schluchzen schwankten, wollten ihre Knie einknicken.

Mit einer Hand hielt er ihren Körper aufrecht, mit der anderen zerrte er an seiner Hose. Schmerzhaft drückte seine Erregung gegen die Hosenknöpfe. Ihr Kopf sank gegen die Wand. Unter halbgeschlossenen Lidern traf ihn ein verklärter Blick.

»Und ich dachte …«

Da er kein Interesse an ihren Gedanken hatte, küsste er sie. Drängender und fordernder denn zuvor. Ruckartig riss er seine Hose herunter, das Warten wurde ihm zu lang. In ihm kochte es. Er schob die Hände unter ihr Gesäß und hob Florine an. Seine aufgerichtete Spitze berührte ihren Schoß. Ein kraftvoller Stoß – und er fand sich in einem feuchten Futteral wieder. Ein tiefes Stöhnen drang an sein Ohr. War etwa er das gewesen?

»Ich fürchte …«

Eine Drehung seines Beckens ließ sie verstummen. Was immer sie befürchtete war vergessen. Sie war eng, und er wurde den Eindruck nicht los, dass er soeben einen kleinen Schmetterling aufgespießt hatte. Es war ein Phänomen. Die Gier sie zu nehmen, prallte auf das Bedürfnis sie zu schützen. Behutsam bewegte er sich. Ihre Lider flatterten. Er zog sich zurück und drang wieder vor. Sich seiner Bewegung anpassend schaukelte sie auf seinen Schenkeln. Es war ihr Lächeln, das in ihm einen Hebel umlegte. Seine Stöße wurden tiefer, härter, erfolgten in schneller Abfolge und ließen jede Rücksicht vermissen. Die Intensität ihres Duftes peitschte ihn auf. Ihre Haut, von der typischen Blässe rothaariger Frauen, wurde rosig. Sie grub die Finger in seine Schultern und fiel gegen ihn. Der Biss ihrer Zähne zügelte Cassian. Er zwang sich zum Innehalten.

»Entschuldige.«

»Weitermachen.«

Erleichtert stellte er fest, dass er ihr nicht wehgetan hatte, löste sich mit ihr in den Armen von der Wand, trug sie zum Bett und fiel mit ihr in die Laken. Noch im Fall drehte er sich, um sie nicht unter seinem Gewicht zu begraben. Eine rotblonde Woge nahm ihm die Sicht. Bevor Florine sich über ihm aufrichten konnte, umschlang er sie und rollte mit ihr quer über das Bett. Seine Umarmung wurde enger, um ihr noch näher zu kommen. Er leckte über ihren Hals und schmeckte Salz. Seite an Seite kamen sie zu liegen. Im Takt seines wilden Herzschlags kreisten und stießen seine Hüften vor. Er warf den Kopf zurück und befreite sich aus dem Schleier ihres Haares. Luft! Er brauchte unbedingt mehr Luft.

Als er danach schnappte, setzte das Melken ihres Schoßes ein und entleerte seine soeben erst gefüllten Lungen vollständig. In Wellen wurde er von ihrem Schoß umspielt. Tief in Florine stellte Cassian jede Bewegung ein und ließ sich von ihrer Lust fluten. Ihr Höhepunkt schlug Funken in seinem Unterleib. Sie flammten über sein Fleisch und mündeten in einem Feuerwerk. Zuerst explodierte es hinter seiner Stirn, dann raste es zurück an seinen Ausgangsort. Ein Ruck riss seine Schultern nach hinten. Er unterdrückte einen rohen Aufschrei. Vor seinen Augen sprühte ein Regenbogen aus bunten Flecken. Gottes Knochen! Er kam sich vor wie ein Geysir. Allmählich, und nicht wie sonst abrupt, verklang seine Erregung. Ins Nichts starrend pumpte er angestrengt Luft in seine Lungen, fassungslos über die heftige Reaktion seines Körpers.

»Ich habe dein Haar dunkler in Erinnerung. Aber so dunkel ist es gar nicht, eher ähnelt die Farbe Bernstein«, drang Florines Stimme durch den Nebel aus Befriedigung und Staunen, in dem er driftete. Sie stützte sich auf einen Ellbogen und strich eine Strähne hinter sein Ohr. »Es ist so weich und dick, dass du niemals eine Perücke tragen solltest.«

Ihr zärtlicher Unterton war ihm vertraut. Nichts an ihr war anders. Wie alle Frauen sehnte sie sich nach dem Liebesakt nach Zärtlichkeiten und Gesprächen. Dem einen überließ er sich, über das andere schlief er ein. Er drehte sich auf den Rücken und lächelte zu ihr auf. Ihre Finger kraulten durch das Haar, das in Form eines Dreiecks auf seiner Brust wuchs und in einer Spitze auf seinen Nabel zulief. Darunter setzte es sich fort.

»Ohnehin hast du unglaublich viele Haare. Du kannst dich glücklich schätzen, dass dein Rücken nicht auch davon befallen ist. Das wäre grässlich.«

Sie zeichnete die Konturen seines Kinns nach. Es knisterte, obwohl Bertrand ihn erst vor wenigen Stunden rasiert hatte. Sanft tippte sie an seine Nasenspitze und strich von dort aus nach oben. Die Augen schließend, wappnete er sich vor einer Bemerkung, die solche Momente regelmäßig zunichte machten. Unweigerlich würde sie von seiner Nase auf etwas anderes schließen. Etwas kitzelte an seinen Wimpern.

»Deine Wimpern sind hübsch.«

Überrascht schlug er die Augen auf und sah in ein sommersprossiges Kindergesicht, in dem die Augen ozeantief und weich schimmerten. Sie wirkte extrem verklärt. Am Ende war sie keine achtzehn, sondern noch jünger als die kleine Giselle mit der Piepsstimme. Dicht rückte sie an ihn heran und sah ihm in die Augen.

»Seltsam, in deinen Augen sind keine Flecken.«

»Welche Flecken?«

Ein Kuss traf seine Nasenspitze. »Denk nicht mehr daran. Ich habe mich in dir getäuscht.«

Augenscheinlich nicht nur das. Sie schien sich zusätzlich in ihn verlieben zu wollen, was nicht in seinem Sinn war.

»Du bist doch achtzehn, oder?«

»Achtzehn süße Sommer«, äffte sie gekonnt Madame Chrysanthemes Worte nach und stieg aus den zerwühlten Laken.

Sie holte ein Tablett ans Bett und goss in hohem Bogen Champagner in zwei Gläser. Eines davon setzte sie auf seinem Brustkorb ab. Hastig packte er den Stiel, ehe es umkippen konnte. Also doch nicht verliebt, befand er. Schmachtende Frauen verhielten sich anders. Schwungvoll stieß Florine mit ihm an und trank.

»Deinen Hut hast du abgesetzt, aber deine Hosen hast du immer noch an.«

Gemeinsam mit seinen Strümpfen und Stiefeln bildeten sie einen Knoten um seine Knie. Er richtete sich auf und entledigte sich der störenden Kleidung, von ihr dabei beobachtet.

»Einmal hat ein Gast für mich etwas gezeichnet. Es war eine Zeichnung von einem Künstler. Da Vinci. Also, nicht der Gast, sondern … jedenfalls erklärte er mir damit das Regelwerk der perfekten Proportion. Ich wusste gar nicht, dass es so etwas überhaupt gibt. Regeln für den menschlichen Körper. Ist das zu glauben? Es gab sogar einen Namen dafür. Ich habe ihn leider vergessen.«

»Der vitruvianische Mann.« Cassian sank zurück in die Laken.

»Genau. So hieß es.«

Redselige Frauen waren ihm ein Gräuel, insbesondere nachdem er sie gehabt hatte und sich nach Ruhe sehnte. Diese Sehnsucht hielt sich gegenüber Florine in Grenzen. Da sie in die Betrachtung seines Oberkörpers versunken war und nichts mehr sagte, musste er sie zum weitersprechen ermuntern, und dass er dies überhaupt tat, verblüffte ihn.

»Und weiter?«

»Und vorausgesetzt, ich habe alles richtig verstanden, erinnerst du mich an diesen Mann. Nicht an den Gast, sondern an seine Zeichnung. Er selbst war eher korpulent und immer knapp bei Kasse. Hat da Vinci dich gemalt?«

»Da Vinci ist seit über zweihundert Jahren tot.«

»Oh.«

Sie war ein Kind der Pariser Hinterhöfe, das es in ein Bordell verschlagen hatte. Statt Bildung besaß sie ein loses Mundwerk, darüber täuschte ihre gewählte Ausdrucksweise nicht hinweg. Ihr Gesicht entsprach nicht dem klassischen Ideal, das er bevorzugte. Sie war zwar schlank, aber nicht zartgliedrig. Nichts an ihr entsprach seinen Vorstellungen. Auf der Straße wäre er achtlos an ihr vorübergegangen, darin machte er sich nichts vor. Er hatte keine Ahnung, weshalb seine Versessenheit nach ihr sich nicht legen wollte. Sie strich an seiner rechten Seite zwischen der ersten und zweiten Rippe entlang.

»Zu gerne würde ich wissen, weshalb du dich mit Saint-Germain auf diese Farce eingelassen hast. Du bist nicht unverwundbar. Also, wie habt ihr es angestellt?«

Abwartend sah sie ihn an. Sie war Zeugin eines Vorfalls geworden, für den es keine Zeugen geben durfte. Saint-Germain hatte dieses ungeschriebene Gesetz vergessen, zu begierig darauf, einen Werwolf bloßzustellen. La Pompadour und ihre Begleitung würden nicht lange darüber nachdenken. Der Hof kreiste um den König und um die eigenen ehrgeizigen Ziele. Kein Intermezzo konnte so nachhaltig beeindrucken, damit sie es im Gedächtnis behielten.

»Ich habe mit Saint-Germain keine gemeinsame Sache gemacht.«

»Er ist ein Widerling! Es wäre ein großes Vergnügen, ihm das Geld, das du für mich gezahlt hast, um die Ohren zu schlagen. Ich habe nichts Falsches getan, wofür ich büßen müsste. Ihm steht nicht eine Goldmünze zu!«

»Er bekommt das Geld?«

Sie nickte. »Zweitausend hat er von Madame verlangt und mir alle Schuld in die Schuhe geschoben. Du hättest ihn mit den Ketten erdrosseln sollen! Das ist mein voller Ernst.«

»Das habe ich leider versäumt.«

Der Champagner schmeckte plötzlich bitter. Cassian blickte in den Brokat des Betthimmels, bis Florine sich dazwischen schob. Ein Sprühregen aus Sommersprossen saß auf Wangen und Nase. Diese war klein und beschrieb einen kleinen Bogen nach oben. Kaum zu glauben, dass er einem Mädchen mit einem solch harmlosen Gesichtchen einen selten zügellosen Höhepunkt verdankte.

»Du bist nicht verrückt, oder?«

»Das bin ich nicht. Ich bin auch nicht hier, um die Nacht zu verplaudern.«

Er umfasste ihr Gesicht und strich mit dem Daumen über ihre Unterlippe. Mehr an Aufforderung brauchte es nicht. Ihr Kuss verriet einen Hunger, den er mit ihr teilte und zu stillen gedachte.

Ein Bienenschwarm hatte sich unter seiner Haut niedergelassen. Das Summen reichte bis in die letzten Fasern seines Körpers. Er hatte sich völlig verausgabt und war mit sich und seinem Dasein im Reinen. Ein seltener Glücksmoment, ausgelöst von einer schlaflosen Nacht, Überanstrengung und dem Suhlen im Duft einer Frau. Der Grasgeruch haftete an ihm und an den Laken. Die Wärme, die durch Cassian pulsierte, machte seine Glieder schwer. Schlaff blieb er liegen, nicht bereit in der nächsten Zeit auch nur einen Finger zu rühren.

Im Gegensatz zu ihm sprang Florine aus dem Bett und stieß die Läden vor den Fenstern auf. Ein Vogel zwitscherte. Noch war der Tag, den er zaghaft begrüßte, nicht angebrochen. Das Licht war grau, und die Sterne hielten sich hartnäckig im dunklen Blau des Himmels. Sie raffte ihr zerzaustes Haar und schlang es mit einem Band zu einem losen Knoten. Stunden hatte Cassian damit zugebracht, ihren Leib zu erkunden, ihn sich anzueignen, sein Revier abzustecken. Nichts hatte er ausgelassen, weder sie noch sich geschont. Doch während er am Ende seiner Kräfte angelangt war, summte sie am offenen Fenster eine Melodie. Der Gedanke daran, sich demnächst ankleiden zu müssen und zur Tagesordnung überzugehen, schmeckte ihm nicht.

»Das ist schon seltsam«, stellte sie fest.

Unumwunden musste er ihr zustimmen. Es war sehr seltsam, dass es ihm schwer fallen sollte, Florine zu verlassen. Nach einer Nacht mit ihr hatte es ihn verlangt, und er hatte sie bekommen. Damit war es in der Regel erledigt. Nur, dass er nichts für erledigt hielt.

Sie lehnte sich aus dem Fenster. »Ich sehe kein Wölkchen am Himmel. Er ist klar, es wird bestimmt wieder ein heißer Tag. Trotzdem riecht es nach einem aufziehenden Gewitter. Spürst du dieses Knistern auch?«

Jetzt, wo sie ihn darauf hinwies, spürte er es. Eine Veränderung in der Atmosphäre, die sie eigentlich gar nicht hätte bemerken dürfen. Cassian richtete sich auf. Von einem anziehenden Gewitter kam es nicht. Ein Namenloser war in der Nähe, höchstens einige Straßenzüge entfernt. Er schnellte aus dem Bett.

»Du hast mir noch immer nicht deinen Namen verraten«, sagte Florine und drehte sich um.

Sie fand einen leeren Raum und ein heillos zerwühltes Bett vor. Ihr Liebhaber war verschwunden, ohne ihr seinen Namen zu nennen. Einzig seine am Boden verstreuten Kleider überzeugten sie davon, dass er und die vergangene Nacht kein Produkt ihrer Phantasie gewesen waren.

»Großartig«, murmelte sie und klaubte die Kleidungsstücke vom Boden auf.

Sorgfältig schüttelte sie das Justaucorps und die Weste aus und hängte sie über einen Stuhl, stellte seine Stiefel dazu und faltete seine Hose. Nachdem sie auch sein Hemd geglättet und zusammengelegt hatte, sah sie sich um, als könnte jemand sie beobachten. Da dies natürlich nicht der Fall war, gab sie ihrem Bedürfnis nach und drückte zuerst ihre Nase, dann ihr Gesicht in das dünne Batist des Hemdes. Es roch nach Seifenlauge und dem Sonnenschein, in dem es getrocknet war.

Eine überirdische Nacht lag hinter ihr. Nicht nur einer, sondern etliche wunderbare Höhepunkte. Jetzt wusste sie, weshalb man sie die kleinen Tode nannte und fühlte sich lebendiger denn je. Wer war er, ihr unbekannter Liebhaber? Bei dem Gedanken an ihn lächelte sie. Als sie sich dabei ertappte, wie sie verträumt vor sich hinsummte, legte sie das Hemd schleunigst beiseite. Sie benahm sich wie ein schwärmerisches Mädchen, dabei war sie eine vernunftbegabte Frau. Sie räusperte sich und zwang sich dazu, den Tag zu beginnen, als sei es einer wie jeder andere.

Dicht an den Hausmauern streifte er durch die Straßen. Da die Sonne noch nicht über die Dächer der Ortschaft gekrochen war, wurde er mit den Schatten eins. Seine Pfoten trafen nahezu lautlos auf das Kopfsteinpflaster. Vor einer Ecke wurde er langsamer. In die Morgenluft hatte sich ein Geruch gewoben, der sich wie ein Spinnennetz um seine Nase legte. Er schob die Schnauze vor, dann ein Auge und spähte um die Ecke. Für die Augen des Wolfes besaß die Umwelt keine Farben. Stattdessen bot sie ihm alle Facetten von Grau dar. Die Livreen der Lakaien waren von hellem, die Blutlachen am Boden von sehr dunklem Grau. Er konnte die Aufregung und Sorge der beiden Diener riechen. Ihre Stimmen waren gedämpft, doch nicht so leise, dass er sie nicht hören konnte.

»Sieht aus wie der Waffelbäcker. Glaubst du, die haben's hier auf der Straße getrieben?«

»Das ist mir schnurz! Lass uns lieber verschwinden. Wir gehen zurück ins Haus und haben nichts gesehen. Soll doch ein anderer die beiden finden.«

»Das können wir nicht machen. Um den Waffelbäcker ist's mir gleich, aber der andere … sieh dir seine Schuhe an. Rote Absätze. Den Tod eines Aristokraten müssen wir melden.«

»Glänzende Idee. Sie werden uns Fragen stellen, die wir nicht beantworten können, und am Ende fällt ihnen noch ein, uns beide zu verdächtigen.«

Auf den kurzen Disput verfielen die Lakaien in Schweigen. Der eine schob die Hand unter seine Perücke und kratzte seinen Kopf. Der andere nestelte an seinem Hemdkragen.

»Es sieht aus wie nach einem Massaker.«

»Ich sag dir wie's gewesen ist. Die beiden haben's auf offener Straße miteinander gemacht und haben die Kutsche nicht gehört.«

»Was für 'ne Kutsche?«

»Irgendeine Kutsche eben, die sie überrollt hat. So was soll vorkommen. Die Räder haben sie zermalmt mitten beim Ficken.«

Den Toten war nicht das Glück beschieden gewesen, einer heranfahrenden Kutsche zu begegnen. Dieser hätten sie ausweichen können. Sie waren die Opfer eines Angriffs geworden, der Flucht ebenso sinnlos machte wie Gegenwehr. Das Gesicht des Waffelbäckers war noch zu erkennen, das seines Leidensgefährten zu unkenntlichem Brei geworden. Ihre Brustkörbe waren aufgerissen, die Rippen auseinander gebogen. Abseits von Paris und seinen Katakomben hatte ein Namenloser die Innereien seiner Beute verschlungen und ein Blutbad hinterlassen.

»Das kann keine Kutsche gewesen sein. In der Cité soll es vor Kurzem zu etwas Ähnlichem gekommen sein. Man fand eine Bettlerin und ihr Kind in einem Hauseingang. Ihren Mörder nennen sie den Schlachter. Mehr weiß man nicht über ihn.«

»Mist! Warum musst du ausgerechnet draußen an die Mauer pissen? Wenn ich die Sauerei noch länger sehen muss, kotze ich.«

»Ich werde Monsieur informieren. Er weiß, was zu tun ist. Er wird einen Arzt holen lassen.«

»Ein Arzt kann den armen Teufeln auch nicht mehr helfen.«

Leise aufeinander einredend, entfernten sich die Lakaien. Sobald sie in einem Torbogen verschwunden waren, wagte sich der Wolf aus seiner Deckung. Er trabte über die Straße bis an den Rand der Blutlachen. Sie schillerten feucht. In unmittelbarer Nähe der Toten nahm er neben dem Geruch ihres Blutes auch den bitteren Dunst ihrer Todesangst auf. Seine Nasenlöcher blähten sich. Keine halbe Stunde konnte seit ihrem Tod vergangen sein. Unterdessen hatte er … Eine vage Erinnerung an nackte Haut, verschlungene Glieder, Schweiß im Schein heruntergebrannter Kerzen breitete sich in ihm aus. Der Wolf schüttelte sich, um das Unbehagen loszuwerden, das die Erinnerung überlagerte. Er hatte einen Fehler begangen, hatte sich ablenken lassen und zwei unschuldige Menschen hatten dafür bezahlt.

Seine Nase senkte sich dem Boden zu, auf der Suche nach einer Fährte. Im Zickzack überquerte er die Straße, kehrte zu den zerfleischten Leichnamen zurück, begann von neuem und erstarrte. Seine Versteinerung währte einen Herzschlag, dann wusste er welche Richtung er einschlagen musste. Die Fährte einmal gefunden, ging sie nicht mehr verloren. Sie glich einem Nasenring, süßlich und faul, an dem er vorwärts gezogen wurde. Er wurde schneller. Die Ohren angelegt, den Bauch dicht am Boden schoss der honigbraune Wolf auf sein Ziel zu, begierig darauf, seine Beute zu schlagen.

Er stellte den Namenlosen am Rande der Ortschaft, als dieser seine Masse in einen Durchlass zwischen zwei Häuser zwängte. Vor Sonnenlicht scheuten sie zurück. Ihr Fell, kurz und weiß wie frisch gefallener Schnee, wuchs nicht dicht genug, um sie vor den heißen Strahlen zu schützen. Die Haut darunter war rosig. Es war ein verdammt großer Gegner, den der Wolf angreifen wollte. Er beschleunigte, stieß sich kraftvoll mit den Hinterläufen ab und sprang den Namenlosen an. Da dieser ihm den Rücken zukehrte, blieb als einziges Ziel der Schenkel. Seine Zähne schlugen in Fleisch und Muskeln und trafen auf einen Knochen. Wild schüttelte der Wolf den Kopf, riss an dem zähen Fleisch, ohne den Knochen packen zu können.

Das Grollen, das sein Angriff auslöste, vibrierte bis in die Spitze seines Schweifs. Das Bein schnellte nach hinten. Mühelos wurde der Wolf abgeschüttelt. In der Luft rotierte er einmal um sich selbst, steuerte mit seiner Rute aus und landete auf den Pfoten. Hart kratzten seine Krallen über das Pflaster. Der Namenlose quetschte sich aus dem Durchlass zurück auf die Straße und drehte sich um. Seine Schnauze war stumpf und blutverschmiert. Er stellte sich auf die Hinterbeine und schlug mit den Vorderpranken aus. Krallen, lang und scharf wie Dolche, schnitten durch die Luft.

In respektvollem Abstand umkreiste der Wolf seinen Gegner. Dieser war ihm überlegen, aber das hielt ihn nicht davon ab, einen zweiten Vorstoß zu wagen. Abrupt wechselte der Wolf die Richtung, den Blick auf die Kehle seines Gegners gerichtet, und zog seinen Kreis enger. Er musste wieder zurückweichen, da der Namenlose sofort seinem Manöver folgte. Das Licht, das nun in die Straßen fiel, musste ihn nahezu blind machen, dennoch entging ihm nichts an den ständigen Richtungswechseln.

Abermals wechselte der Wolf die Richtung, sprang von links nach rechts, täuschte einen Vorstoß an, tauchte unter einer ausschlagenden Pranke fort und musste auf Abstand gehen. Behäbig war der Namenlose trotz seiner Masse nicht. Mehr noch, der Instinkt des Wolfes riet ihm zum sofortigen Rückzug. Er war seinem Gegner nicht gewachsen. Nicht bei Tage und nicht ohne die Macht des Vollmondes. Der Wolf legte den Kopf in den Nacken und jaulte seine Frustration heraus. Erwidert wurde seine Klage von einem Brüllen aus schrillen und tiefen Tönen. Der Namenlose fiel zurück auf seine Vorderpranken und preschte in den Durchlass.

Mauerwerk bröckelte. Stein knirschte. Er wollte dem Licht entgehen und sich in seinem Hort unter der Erde verkriechen. Wider besseren Wissens setzte der Wolf nach und verabreichte dem Hinterteil des Namenlosen tiefe Bisse. Er wollte den Kampf nicht auf diese Weise enden lassen und griff zu jedem Mittel, um den Namenlosen zu reizen und das ungleiche Gefecht fortzusetzen. Ein Tritt machte seiner Angriffslust ein Ende. Mehrfach überschlug sich der Wolf. Seine Knochen brachen. Er schlidderte in die Straßenmitte und blieb mit bebenden Flanken liegen.

Monsieur de Nerval war passionierter Jäger, und da sein Tag aufgrund dieser Passion sehr früh begann, fand ihn das Morgengrauen stets auf seinem Nachtstuhl vor. Ein unglaubliches Tosen verhinderte die nötige Konzentration, die der Hofbeamte für seine Verrichtung benötigte. Er brauchte eine Weile, um dieses eigenartige Kreischen seelisch zu verdauen, während sein körperlicher Verdauungsapparat vollständig zum Erliegen kam.

Schließlich wagte er sich ans Fenster. Direkt auf der Straße vor seinem Haus lag ein Wolf. Trotz seiner ungewöhnlichen Farbe war eine Verwechslung mit einem Hund ausgeschlossen. Der Größe nach zu urteilen war es ein Rüde. Warum der Wolf dort lag oder was ihn in eine Ortschaft führte, kümmerte Monsieur de Nerval nicht. Ein bräunliches Wolfsfell, durchbrochen von einer Vanillefarbe unter der Schnauze und am Bauch, würde sich ausgezeichnet über dem Kamin machen. Für diese Trophäe musste er nicht einmal das Haus verlassen. Vor Aufregung über diesen Glücksfall versagte ihm die Stimme. Er rannte aus seinem Zimmer und fing sich endlich wieder.

»Pierre. Pierre! Bringe er mein Gewehr! Beeile er sich! Schnell!«

Als er endlich sein Gewehr in Händen hielt, es geladen hatte und an das Fenster zurückkehrte, um diesem Prachtexemplar von einem Wolf eine Kugel zwischen die Augen zu setzen, war die Straße leer. Weder ein Straßenköter, geschweige denn ein ausgewachsener Wolfsrüde geriet ihm ins Visier. Die Enttäuschung über die verpasste Gelegenheit legte die ohnehin sehr schlechte Verdauung des Höflings für die nächsten beiden Tage lahm.

3

Die Lügen, zu denen Aymar de Saint-Germain griff, um der Langeweile in Paris beizukommen, hatten ihren Reiz verloren. Dank seiner Wortgewalt und einiger Gauklerkunststücke hatte er auf seinen Streifzügen durch die Salons sogar Louis XV. von seiner Unsterblichkeit überzeugt. Alle Welt glaubte daran, dass Saint-Germain der fleischgewordene Mythos war. Dabei war er nur ein Mann mit einem gewaltigen Problem, dem er bisher nicht beikommen konnte. Wahrlich, er hatte alles versucht und war vor nichts zurückgeschreckt. Das Ergebnis war niederschmetternd. Das Haus, in dem er stand, schlug zusätzlich auf sein Gemüt. Von außen wirkte es unbewohnt, von innen verkam es. Die Wandspiegel waren blind geworden, die Möbel ähnelten gedrungenen Schatten. Es versetzte ihm jedes Mal einen Stich. Er konnte sich nicht daran gewöhnen, auch wenn er die Spinnweben in den Ecken ignorierte und den Blick auf sein Gegenüber lenkte. An ihm richtete sich sein ganzes Sehnen aus. Bisher war es unerfüllt geblieben.

Der eigentliche Mythos saß an einem Kamin, obwohl darin kein Feuer brannte. In ihm vereinte sich Schönheit, Geschmeidigkeit und die Zeitlosigkeit der ewigen Jugend. Die Jahrhunderte waren an dem Goldenen vorüber gezogen, ohne erkennbare Spuren zu hinterlassen. Sein Aussehen ließ auf einen jungen Mann schließen. Die Kräfte, die in ihm schlummerten, blieben hinter einem glatten Antlitz verborgen. Er starrte in den Kamin, als sei dieser ein schwarzer Schlund, in den er sich stürzen wollte.

Saint-Germain schluckte. Seit fünf Jahrzehnten diente er dem Vampir, gehörte zu den wenigen Sterblichen, die seine Geschäfte tätigten, ihm dem Anschein von Normalität ermöglichten und sich seines Vertrauens rühmen konnten. Die Erinnerung an andere Zeiten war in ihm wach geblieben, und wenn es nach ihm ginge, mussten sie zurückkehren. Ja, er sehnte beinahe sogar Marie Brel zurück, obwohl er sie verabscheut hatte. Dieses Nichts, diese stinkende Tochter eines Schäfers aus dem Poitou. Ihr war es erlaubt gewesen, den Goldenen bei seinem Namen zu nennen. Mica hatte sie ihn genannt und war dadurch zu einer Auserwählten unter den Sterblichen und den Vampiren geworden. Maries Tod hatte das Licht in diesem Haus gelöscht und das Lachen des Goldenen gleich dazu. Nach nahezu zwei Dekaden fiel es Saint-Germain noch immer schwer, seine Eifersucht im Zaum zu halten und zusätzlich seinen Zorn über eine zu Staub zerfallene Frau, deren Ableben sich zu einer Katastrophe ausgewachsen hatte.

Die Liebe, die der Goldene für Marie empfunden hatte, war so überlebensgroß gewesen wie alles andere an ihm. Dabei war dieses Weib nicht klüger gewesen als die Schafe, die sie einst hüten musste. Sie war noch nicht sehr alt gewesen. Für junge Menschen blieb der Tod bloße Theorie, und so hatte sie nicht geahnt, wie schnell er kommen konnte. Bis zu ihrem Todestag hatte Marie das Blut des Goldenen ausgeschlagen. Das, wonach Saint-Germain seit Jahrzehnten verlangte, hatte sie nie für sich beansprucht. Dabei reichten wenige Tropfen, um das Altern zu drosseln. Mehr erhielt Saint-Germain nicht. Vergeblich wartete er auf das Angebot des Goldenen, einen Springquell seines Blutes, das den Tod endgültig bannen würde. Die Hoffnung darauf war in weite Ferne gerückt. Saint-Germain drohte in Ungnade zu fallen.

»Du hast dich über meinen ausdrücklichen Willen hinweggesetzt, Aymar.«

Der sanfte Tonfall flößte Saint-Germain keine Zuversicht ein. Wieder schluckte er. So ausdrücklich hatte der Goldene seinen Willen nun auch wieder nicht geäußert. Es war genügend Raum für Auslegungen geblieben. Ausflüchte fruchteten nichts, die Wahrheit wiederum konnte unangenehme Konsequenzen nach sich ziehen. Saint-

Germain hatte sich zu seiner Tat hinreißen lassen, um den Großmeister der Vampire aus seiner Lethargie zu holen. Aber das würde dieser nicht hören wollen. Also hielt Saint-Germain den Mund. Das gelang ihm so lange, bis ein Augenpaar von intensivem Türkis sich auf ihn richtete.

»Es war ein … Scherz, Goldener.«

»Ein Scherz, der mich zu einem Wortbrüchigen macht. Zwischen Juvenal und mir besteht eine Abmachung. Anstatt dich daran zu halten, legst du einen seiner Söhne in Ketten und verletzt ihn mit einem Skalpell.«

Er wusste Bescheid. Wann wusste der Goldene einmal nichts über die Vorgänge in Paris? Es war schließlich seine Stadt, obwohl er das vergessen hatte. Er beschränkte sich auf sein Haus. Darin befand sich alles, was er besaß. Es war nicht viel. Im Grunde war es nichts. Saint-Germain musterte das ihm zugewandte Profil. Es gehörte einem Gott, atemberaubend fremd, selbst für seinen treuesten Gefolgsmann unter den Sterblichen. Das Licht einer Kerze schlug goldene Funken in den schulterlangen Locken des Vampirs. Saint-Germain hielt es für angebracht, auf die Knie zu sinken. Sein Plan war gescheitert, und er glaubte, den Grund dafür zu kennen. Die kleine Mamsell in diesem verfluchten Bordell hatte schlichtweg alles vermasselt.

»Ich wollte Cassian de Garou einen Denkzettel verpassen, Goldener. Er verdient es nicht, Eure Stadt sein Revier zu nennen. Er gebärdet sich wie ein streunender Köter. Weiberröcke haben auf ihn dieselbe Wirkung wie eine Möhre auf einen hungrigen Esel. Etwas anderes interessiert ihn nicht.«

Über diesen Vergleich ging der Goldene hinweg. Ohne eine Miene zu verziehen, fixierte er seinen Getreuen. »Dir steht kein Urteil zu, Mensch. Cassian ist kein Esel. Er gehört einer der ältesten Sippen an. Die Werwölfe sind würdige Gegner und verdienen Achtung. Insbesondere von einem Sterblichen, der nichts versteht von dem, was sie antreibt und wozu sie fähig sind.«

Saint-Germain presste die Lippen aufeinander. Der Rückzug des Goldenen war vollständig, und so überließ er kampflos einem Werwolf sein Revier. Cassian de Garou war nicht wie sein Vater, mit ihm hätte der Vampir leichtes Spiel gehabt. Aber nein, der Großmeister der Vampire war des Kämpfens und allem anderen überdrüssig geworden. Sogar an seinen Blutquellen fand er keinen besonderen Gefallen. Er nährte sich mit Widerwillen und nicht mit der ihm zustehenden Lust. Diese hatte er mit Marie Brel verloren.

»Ich dulde keine weiteren Zwischenfälle, Aymar. Es ist fraglich, ob Juvenal und seine Söhne den Kampf gegen die Namenlosen überleben. Ich gedenke nicht, ihnen dabei in die Quere zu kommen.«

»Ohne Eure Unterstützung werden sie scheitern.«

Zumindest diese Aussicht verschaffte Saint-Germain Genugtuung. Der Krieg zwischen Vampiren und Werwölfen mochte nicht wieder aufflammen, sein Plan war gescheitert, aber die Tatsachen blieben bestehen. Die Namenlosen würden das haarige Problem endgültig beseitigen.

»Das wird sich zeigen.«

»Sollten sie in den Katakomben auf sie stoßen, endet der Kampf, ehe er begonnen hat. Unter der Erde sind die Werwölfe unterlegen.«

Je mehr er darüber redete, desto besser gefiel Saint-Germain dieser Gedanke. Seine eigene Ungnade vergessend, schmunzelte er in sich hinein.

»Und was wird dann sein, Aymar?«

»Dann, Goldener, gehört Paris Euch allein.«

Vor Frohlocken bebte Saint-Germains Stimme. Wenn dies geschah, könnte ein Wunder geschehen. Was, wenn nicht diese Stadt mit ihren Menschen, könnte den Goldenen dazu bewegen, sich dem zu widmen, was ihm gegeben war und ihm zustand? Er würde sich wieder an sein Volk erinnern. Die Vampire von Paris warteten nur darauf, dass er seinen Anspruch auf seine Herrschaft erneuerte.

»Falsch, mein überaus kluger Diener«, sagte der Goldene in die Träume einer prächtigen Zukunft hinein, denen Saint-Germain nachhing. »Sollten die Werwölfe umkommen und die Namenlosen sich von ihnen genährt haben, dann ist Paris verloren.«

Saint-Germain kehrte mit einem Ruck aus seiner knienden Haltung in die Gerade zurück. Was sagte der Goldene da? Der Glanz einer greifbar nahen Zukunft erlosch.

»Aber Ihr seid gegen die Namenlosen gewappnet, Goldener!«

»Bin ich das?«

Vor Jahren war er es nicht gewesen. Drei Namenlose hatten sein Haus gestürmt, ein Angriff aus dem Nichts kurz vor Anbruch des Abends. Das Tageslicht hatte ein Einschreiten des Vampirs verhindert. In seinen unterirdischen Gemächern hatte er alles gehört, ohne Marie retten zu können. Ihr Todeskampf, ihre Schreie waren furchtbar gewesen. Kopfüber hatte Saint-Germain sich durch das Glas eines Fensters gestürzt. Angesichts der riesigen Ungetüme, die alles und jeden in Stücke rissen, ging der Mut eines Sterblichen schnell verloren. Marie war geblieben, hatte sich selbst zum Opfer dargebracht, und das nicht, um Saint-Germain zur Flucht zu verhelfen. Ihr war es um ein anderes Leben gegangen, für das sie das ihre gab. Jenem Angriff und der eigenen Feigheit gab er die Schuld daran, dass er weiterhin auf die letzte Gunst des Goldenen wartete: das ewige Leben.

»Ihr müsstet eingreifen, wenn es soweit käme. Ihr und Eure Vampire sind die Einzigen, die gegen die Namenlosen bestehen können.«

»Die Vergangenheit beweist deinen Irrtum, Aymar. Trotz meines Bündnisses mit Juvenal haben einige Namenlose überdauert. Eine neue Brut wächst heran. Bald werden sie überall sein, und niemand weiß, woher sie kommen oder was sie sind. Es ist sinnlos, sich etwas anderes vorzumachen.«

Die Sinnlosigkeit, die der Goldene seiner eigenen Existenz und seinen Fähigkeiten beimaß, verstand Saint-Germain als persönlichen Affront. Er hatte einen Werwolf aus der Reserve gelockt, aber weder Cassian noch sein Vater dachten an Vergeltung. Ihr Augenmerk galt den Namenlosen. Es war aussichtslos, und es war bitter. Saint-Germains Taktieren versagte, wo Marie Brel lediglich einige Worte gebraucht hatte.

»Nicht, wenn Ihr einschreitet! Und das müsst Ihr!«

»Der Vorteil meiner Abstammung liegt darin, dass ich absolut nichts muss, Aymar.«

In der Tat, es war sinnlos. Saint-Germain ging davon, niedergedrückt von seiner eigenen Ratlosigkeit. Was sollte er noch unternehmen? Wie konnte er das Blatt wenden? Wenn bloß Marie noch am Leben wäre. Seine Sonne hatte der Vampir die Schäfertochter genannt. Es brauchte eine neue Sonne, heißer und strahlender, die den Vampir aufrüttelte, die das Verlangen nach einem tödlichen Kampf in ihm weckte. Aber woher sollte Saint-Germain sie nehmen, diese Sonne? Er straffte die Schultern. In Paris gab es schöne Frauen in Mengen. Wenn er sie in dieser Stadt nicht fand, würde er sie nirgends sonst finden.

Die Livree des Lakaien war ganz in schwarz gehalten. Eine Borte aus Goldfäden zierte die Ärmelaufschläge und den Kragen. Die Knöpfe, die aus purem Gold und nicht etwa aus billigem Horn waren, verleiteten ihn zum

Hochmut. Auf Florine machte die Livree keinen Eindruck. Sie fixierte ihren Blick auf den Punkt, an dem seine Augenbrauen zusammenwuchsen. Da ihn das nicht davon abhielt, nach dem Bündel in ihrer Hand zu greifen, schlug sie ihm hart auf die Finger.

»Noch einmal von vorne«, wies sie den Lakaien in seine Schranken. »Ich persönlich werde die Habe von Monsieur de Garou an ihn zurückreichen. Das gehört zu den Gefälligkeiten des Hauses Chrysantheme.«

Seinen Namen hatte sie auf dem Schuldschein gefunden, den er unterzeichnet hatte. Chv. Cassian de Garou. Ein Chevalier also. Gut, sie war nicht davon ausgegangen, dass ein Bauer die Summe von zweitausend Louis D'Or aufbringen konnte. Trotzdem war es eine Ernüchterung, es schwarz auf weiß bestätigt zu sehen. Ein Chevalier war von ihr so weit entfernt wie die Sonne dem Mond. Von seinem Titel einmal abgesehen, hielt sie ihr Interesse an ihm für närrisch. Letztendlich hatte sich ihr Verdacht bestätigt: Cassian de Garou litt unter kurzzeitigen Anfällen von Wahnsinn. Seine Neigung ohne Kleidung durch die Gegend zu laufen, erlaubte keine andere Deutung.

Sein Schicksal war geradezu tragisch. Ein Mann ohne sichtbaren Makel, ein außerordentlich betörender Liebhaber noch dazu, fiel einem peinlichen Irrsinn anheim. Früher oder später würde er unweigerlich seinem Ansehen schaden. Der Weg in das Bicêtre war ihm gewiss. Was wollte sie also von ihm? Ihm dort eines Tages einen Besuch abstatten?

Drei Tage nach diesem vernünftigen Schluss hatte sie es sich anders überlegt. Bei aller Vernunft, deren sie sich rühmte, konnte sie ihn nicht vergessen, und das lag nicht daran, dass er ihr erster Freier gewesen war. Woran es lag, konnte sie nicht bestimmen. Vielleicht daran, dass sie eine Nacht puren Glücks erlebt hatte, und das war sehr selten. Vielleicht war es auch schlicht die Tatsache, dass sie noch keinen Mann gesehen hatte, der den Körperbau einer zum Leben erweckten Statue besaß und sich zusätzlich auf köstliche, nahezu göttliche Liebeskünste verstand.

Der Lakai hatte einen Beutel klingender Münze überbracht, mit dem Madame Chrysantheme davongeeilt war. Sie war im Moment vollauf damit beschäftigt, das Gold durch ihre Hände gleiten zu lassen und sich am Klimpern der Münzen zu ergötzen, bis der Zeitpunkt gekommen war, da sie das Geld an Saint-Germain weiterreichen musste. Unterdessen schliefen die Mädchen nach den Ausschweifungen der vergangenen Nacht. Somit war Florine freie Hand gegeben.

»Er verlangt nicht danach, dich zu sehen«, brachte der Lakai sich wieder in Erinnerung.

»Wer sagt das?«

Die Miene des Lakaien wurde störrisch. »Er schickte mich nach seinen Kleidungsstücken.«

Schweigen war im Umgang mit aufsässigen Lakaien mithin die beste Taktik. Sie dehnte es aus, bis er zur Rechtfertigung weiter ausholte.

»Bertrand, sagte er zu mir, geh in das Haus der Madame Chrysantheme zu Versailles und nimm meine Sachen an dich.«

»Kannst du dich ausweisen? Mir sind nämlich die Farben deines Herrn nicht bekannt, und Schwarz kommt mir etwas eigenartig vor. Sofern du nichts vorweisen kannst, darf ich dir nichts aushändigen. Der Anzug ist aus Seide, das Hemd aus sehr feinem Batist. Schau her, die Spitzen. Valenciennes. Ehrlich gesagt, ist mir das zu brenzlig.«

Die Finger weit gespreizt riss Bertrand die Hände in die Höhe. Im letzten Augenblick unterließ er es, an seinem strohblonden Haar zu zerren und presste alle zehn Finger an seine Brust. »Ich bin der Leibdiener von Monsieur de Garou. Schließlich habe ich das Geld gebracht, ja? Das hätte ich wohl kaum getan, wenn ich ihm seine Kleider stehlen wollte.«

»Ich merke schon, zu dir ist kein Vordringen. Es hat keinen Sinn, dass ich mich länger damit befasse. Meine Zeit ist kostbar. Du weißt, wo es hinausgeht.«

Sie ging davon. Weit kam sie nicht. Bertrand rannte um sie herum und versperrte ihr den Weg.

»Sacre Bleu! So geht das nicht. Ich habe einen Auftrag zu erfüllen. Gib mir seine Sachen.«

»Hinten im Hof hält Madame Chrysantheme zwei große Bordeauxdoggen. Sehr hübsche Tiere. Ein Pfiff von mir, und Lucas lässt sie von der Kette.«

»Deine vermaledeiten Doggen können mir gestohlen bleiben. Du kannst nicht mit mir kommen. Zum einen ist es ein weiter Weg nach Paris. Zum anderen schätzt mein Herr keine Überraschungsbesuche. Und zu guter Letzt regnet es.«

»Es nieselt, Bertrand. Ich habe dich in einer Chaise vorfahren sehen, und diese hat ein Dach. Ich bin noch nie in einer Chaise gefahren.«

»Wenn ich dich in der Chaise einmal ums Karree kutschiere, gibst du mir dann Monsieurs Kleidung?«

»Nein.«

Unbeherrscht stampfte Bertrand mit dem Fuß auf. Das war erst der Anfang. Seine Wut brach sich in einem Veitstanz Bahn, dem sie ungerührt beiwohnte.

»Das ist nicht zu glauben! Sie rückt die Sachen einfach nicht raus. Ja, soll ich denn Gewalt anwenden? Mit keinem Wort hat er mich auf eine verstockte Canaille vorbereitet. Das liegt am roten Haar! Kein Wunder, dass er übelster Laune ist, seitdem er hier war. Ich kann das gut verstehen!«

Bertrands Stimme kippte und er musste innehalten, um nach Luft zu schnappen. Unter seinen dichten Augenbrauen schoss er giftige Blicke auf sie ab. Mahnend schnalzte sie mit der Zunge.

»Bertrand, dieser Tobsuchtsanfall steht einem Lakaien nicht zu und gibt mir zu denken. Gewiss weiß dein Herr nichts von deinem aufbrausenden Temperament. Das macht eine Unterredung mit ihm unumgänglich. Ja, es ist geradezu meine Pflicht. Solltest du mich also nicht in der Chaise mitnehmen, sehe ich mich gezwungen eine Mietdroschke zu nehmen. Die Kosten für die Fahrt wird Madame Chrysantheme dir in Rechnung stellen.«

»Ich glaube das alles nicht.« Diesmal presste Bertrand Daumen und Zeigefinger gegen seine Stirn und stierte Florine aus glasigen Augen in Grund und Boden. Sie kannte diese Blicke. Volltrunkene Freier waren keine Seltenheit im Hause Chrysantheme.

»Gehen wir«, sagte sie und entschied die Schlacht für sich.

Die Sitze der Chaise waren aus weichem Leder, und sie störte sich nicht an den gelegentlichen Wassertropfen, die ihr der Fahrtwind ins Gesicht sprühte. Ein warmes Sommernieseln war es, und wenn es nach ihr gegangen wäre, hätte Bertrand an Geschwindigkeit zulegen können. Felder und Baumreihen, kleine Haine und Weiher flogen an ihnen vorüber. Sie hielt ihren Hut fest und freute sich, als das Pferd von Bertrand in einen leichten Galopp getrieben wurde. Das war einmal etwas, wovon sie den Mädchen am Abend berichten konnte.

»Erzähle mir etwas über den Chevalier, Bertrand.«

»Ich weiß nichts über ihn.«

»Dann bist du ein schlecht informierter Lakai. Ich gebe dir einen guten Rat. Ohne Informationen funktioniert der ganze Haushalt nicht. Das weiß ich aus Erfahrung. Also, unter uns, welche Eigenheiten hat er noch, außer seine Kleidung zu vergessen und nackend den Heimweg anzutreten?«

»Er hüllt sich in einen Wolfspelz und erschreckt kleine Mädchen. Manche frisst er auch«, knatterte Bertrand bärbeißig.

»Netter Scherz. Wirklich, sehr nett.«

Sie gab es auf, Bertrand Vertraulichkeiten zu entlocken. Ihr war es genug die Fahrt zu genießen, die sie in einen Vorort im Norden von Paris führte. Bertrand lenkte die Chaise durch einen Torbogen in einen gepflasterten Innenhof, in dessen Zentrum ein Springbrunnen stand. Trotz des Regens spuckte dieser Wasserfontänen in die Luft. Das Haus war ein großer Kasten, dessen roter Stein größtenteils von Efeuranken überwuchert war. Die Giebel waren spitz und dienten einer Horde Krähen als Rastplatz.

Sie musste sich eilen, um mit Bertrand Schritt zu halten. Er hastete flache Steinstufen hinauf, holte einen Schlüssel hervor und verweigerte ihr wenig galant den Vortritt. Auf einem Mosaik aus schwarzen und weißen Quadraten blieb sie stehen. An den Längsseiten des Vestibüls führten geschwungene Marmortreppen in das nächste Geschoss. Sie schienen frei zu schweben.

»Was für ein großes Vestibül.«

Ihre Stimme hallte. Sie legte den Kopf in den Nacken und bewunderte die Kuppel aus Buntglas. Ein Kronleuchter, groß wie die Chaise, in der sie gesessen hatte, hing daran herab. Wie sie wohl an die vielen Kerzen gelangten?

»Warte hier. Rühr dich nicht vom Fleck, und fass um Himmels Willen nichts an!«

Fass um Himmels Willen nichts an., Sie konnte es sich nicht verkneifen, ihn stumm nachzuäffen und eine Grimasse zu schneiden, als Bertrand im hinteren Teil des Hauses verschwand. Was dachte er sich denn? Ihre Hände waren sauber. Nachdem sie sich davon überzeugt hatte, rührte sie sich und trat vor eine der Ritterrüstungen, die die Treppen flankierten. Selbst an diesem trüben Tag glänzte das Metall. Sie lugte durch die Ritzen des Visiers, klopfte mit dem Fingerknöchel gegen den Harnisch und sah sich um, als der hohle Klang sich im Vestibül verdoppelte und verdreifachte. Vielleicht sollte sie doch nichts anfassen.

Sie trat an eine Wand und begutachtete die Waffen, die daran hingen. Schwerter und Degen, Äxte und ein Knüppel mit einer Kette und einer dornenbewehrten Kugel am Ende. Rüstungen für Zwerge und Waffen für Riesen, wenn das nicht seltsam war. Als nächstes zogen die leuchtenden Farben einer niedrigen Truhe sie an. Im Mittelteil ritt eine Dame auf einem Schimmel. Hinter ihr hielten sich Gestalten an den Händen und verrenkten ihre hageren Glieder. War dies ein Motiv aus einem Märchen? Es wollte ihr keins einfallen, in dem Totenköpfe in smaragdgrünen Bäumen eine Rolle spielten.

Die Zeit verstrich, ohne dass Bertrand zurückkehrte. Aus den Tiefen des Hauses schlug eine Uhr die fünfte Nachmittagsstunde. Der Glockenschlag verfestigte den Verdacht, Bertrand habe sie gar nicht angekündigt. Dieser infame Hagestolz hatte sie schlicht stehen lassen, in der irrigen Hoffnung, sie würde klein beigeben und einen Rückzieher machen.

»Kretin«, machte Florine ihrem Ärger Luft und setzte ihren Fuß auf die erste Treppenstufe.

Sie nahm die zweite, die dritte und die vierte, ohne dass jemand sie aufhielt. Den Rest der Stufen flitzte sie mit gerafftem Rock hinauf und blickte von oben in das Vestibül herab. Niemand zu sehen. Von der Empore zweigten drei Gänge ab. Das Bodenmosaik schien sich in jedem davon in unendliche Weiten fortzusetzen. Welchen Gang sollte sie nehmen? Sie sah in jeden hinein. Die Wahl wurde ihr leicht gemacht, da in einem Gang eine der dunklen Türen klaffte. Das traf sich ausgezeichnet. Auf leisen Sohlen näherte sie sich, schob die Tür weiter auf und gefror auf der Schwelle.

Was hatte sie sich nur gedacht? Sie hatte einen unentschuldbaren Fehler gemacht. Die Erklärung, warum Cassian de Garou Überraschungsbesuch nicht schätzte, lag vor ihr. In Form seiner selbst auf einem fransenbesetzten Diwan. Lediglich seine langen Beine waren zu sehen, und eine dunkle Hand auf der Wölbung seines Schritts. Der Rest von ihm verbarg sich unter einer Frau, deren Hinterkopf einen Blick auf sein Gesicht verwehrte. Der Chevalier besaß eine große Bibliothek, doch er hielt sich nicht damit auf, in seinen Büchern zu lesen.

Sie war sich sicher, dass sie kein Geräusch gemacht hatte. Ohnehin war sie dazu nicht fähig, da ihre Stimme ihr nicht gehorchen wollte. Trotzdem drehte die Frau sich zu ihr um und erhob sich. Ihre Haut war noch dunkler als die von Aimée, die Züge aus Ebenholz geschnitzt. Ihre Schönheit führte Florine die eigenen Unzulänglichkeiten vor Augen. Hitze stieg in ihr auf. Zweifelsohne wurde sie einem gekochten Hummer immer ähnlicher, je länger sie herumstand.

Cassian kam auf die Ellbogen. Aus der Verärgerung in seiner Miene wurde Verblüffung. Ihre Gegenwart war absolut unangebracht. Sie wusste es.

»Florine, was …?« Er musste sich räuspern.

Es war ein Impuls, der sie in Bewegung setzte. Das machte alles nur noch schlimmer, aber sie konnte nicht anders. Sie war wütend über ihn und ihre eigene Dummheit. Die Stiefel und das Kleiderbündel erhoben ging sie auf Cassian zu. Zuerst schleuderte sie das Bündel nach ihm. Es teilte sich in der Luft und traf sein Gesicht. Die Schuhe verfehlten ihn knapp.

»Hier sind Eure Sachen, Monsieur. Ihr habt sie bei Eurem überstürzten Aufbruch vergessen.«

Die dunkelhäutige Grazie gluckste. Auf dem Absatz machte Florine kehrt und stürmte davon. Aufgewühlt, peinlich berührt und dummerweise zutiefst getroffen.

»Florine.«

Sie rannte und schlidderte die Treppe hinunter.

»Florine, so warte doch.«

Er wollte überhaupt nicht, dass sie wartete. Vielmehr folgte er ihr nur, um sich davon zu überzeugen, dass sie den Ausgang fand, sonst hätte er sie längst eingeholt. Sie stürzte in den Hof hinaus. Ihre Flucht auf die Straße wurde von einer Kutsche vereitelt, die den Torbogen blockierte. Florine schlug einen Haken und preschte um die Hausecke.

»Cassian! Wer ist das?«, verfolgte sie das Donnern einer herrischen Stimme.

Aus dem Nieselregen war ein Platzregen geworden, was sie erst merkte, als sie die nächste Ecke nahm und die Nässe durch ihr Kleid drang. Sie wusste nicht, wohin sie sollte. Eine Umkehr war ausgeschlossen. Sie musste das Haus umrunden, wenn sie das Tor erreichen wollte. Und das wollte sie unbedingt. Ihr Fuß glitt in einer Pfütze aus, und ihr Oberkörper kippte nach hinten. Er packte sie unter den Achseln, stabilisierte sie und drehte sie um.

»Florine, was soll das?«

Stur blickte sie unter sich und stellte fest, dass Cassian in den Regen gelaufen war, ohne Strümpfe oder gar Schuhe überzuziehen.

»Was machst du hier? Wie bist du überhaupt hierher gekommen?«

Unter all diesen Fragen fühlte sie sich erbärmlich. Sollte doch Bertrand ihm brühwarm und zu ihren Ungunsten den Sachverhalt erklären. Sie hatte eine Grenze überschritten, die es zu wahren galt. Nicht einmal Kurtisanen, die von einem einzelnen Galan ausgehalten wurden und große Freiheiten genossen, kamen auf die Idee, in das Haus ihres Gönners und seine Privatsphäre einzudringen. Der Chevalier de Garou hatte einen Preis entrichtet und sie im Gegenzug eine Aufgabe erfüllt. Es war ein Geschäft. Er hatte es selbst so genannt, und dem gab es absolut nichts hinzuzufügen.

»Kannst du mir wenigstens erklären, weshalb du Stiefel nach mir wirfst und dann einfach davonrennst?«

Was für ein ungeduldiger, launischer Mann! Von ihrer Hutkrempe pladderte Wasser und noch mehr Wasser gesellte sich dazu, und er fauchte sie schroff an. Übellaunig und unordentlich. Sein Haar wellte sich im Regen, eine Strähne hing über seine Augen und er trug nicht einmal eine Weste. Gut, Hemd und Hose waren immerhin besser als nichts.

»Ich weiß es nicht.«

»Du weißt es nicht?«

»Ich weiß es nicht, in Ordnung? Ich weiß nicht was ich hier mache und warum ich dich … Euch mit Kleidern beworfen habe. Es tut mir leid.«

Die Entschuldigung kostete Überwindung. Sie machte einen Schritt zur Seite, er ebenfalls. Seine Mundwinkel zuckten belustigt. Der Schwung seiner Lippen erinnerte sie an die gemeinsam verbrachte Nacht, und wo sie ihre Berührung gespürt hatte. Überall auf ihrer Haut. Sogar an der intimsten Stelle.

»Ich wäre schon zu dir gekommen, Florine. Nur im Augenblick ist es … schwierig.«

Das fehlte ihr noch. Leere Versprechungen. Sie kannte die Hoffnungen der Mädchen, die einem Freier galten, der sie eines Tages mitnehmen und heiraten würde. Unendlich große Träume waren das. Natürlich war der Retter stets jung und ansehnlich weit über das Mittelmaß hinaus. Sie neigte nicht zu Träumen, obwohl Cassian sich besser denn jeder andere dazu eignete.

»Ich bin keine Hure, Monsieur, auch wenn ich diesen Eindruck erweckt haben muss. Entschuldigt mich nun, ich muss zurück.«

Leider fiel ihr keine bessere Erwiderung ein, die einen spektakulären Abgang ermöglicht hätte. Sie platschte mit nassen Schuhen und einem vom Regen schweren Hut davon. Cassian holte sie ein und ergriff ihre Hand. Sein Tonfall war versöhnlicher geworden.

»Du bist bis auf die Haut durchnässt. Komm ins Haus und ruhe dich einen Moment aus.«

An seiner Hand fühlte sie sich wie ein törichtes Kind, trotzdem hielt sie sich daran fest.

Wenig später saß sie auf einem Stuhl mit weichem Sitzpolster und fühlte sich von zwei Seiten eingekreist. In ihrem Rücken stand die schöne Mohrin und widmete sich ihrem nassen Haar, die feingliedrigen Finger von einer Sanftmut, die Anerkennung verdiente. Florine hätte sie leichter aufgebracht, wenn eine dieser Hände sich nicht zwischen Cassians Beinen zu schaffen gemacht hätte. Dieser hatte sich vor sie gekniet, ihre Schuhe abgestreift und massierte ihre Füße. Sie war einem ungewohnten Maß an Fürsorge ausgesetzt, ohne es wirklich genießen zu können. Der angenehme Druck von Cassians Fingern konfrontierte sie mit der Frage, ob er solche Massagen an den Füßen seiner dunklen Geliebten regelmäßig übte. Er sah auf und legte die Hände um ihren Fuß. Sie strahlten Wärme aus.

»Bist du hungrig?«

Sie versank in die Betrachtung seiner sehnigen Hände. Sie gehörten einem Aristokraten, kräftig, schlank und trotz der Nachlässigkeit seiner Kleidung sauber. Die Kreise, die sein Daumen um ihren Fußknöchel beschrieb, führten sie zu den gemeinsam erlebten Stunden zurück. Im Nachhinein schienen sie zu märchenhaft, um wirklich stattgefunden zu haben. Sie kannte die Bezeichnung für Frauen, die sich auf die Erfüllung der größten Lust verstanden, schließlich lebte sie mit einem halben Dutzend zusammen. Doch wie wurden Männer mit denselben Fähigkeiten genannt? Ungezügelt und gleichzeitig zärtlich, wild und anschmiegsam in einem, erfahren und irgendwie auch verspielt – Cassian vereinte in der Liebe etliche Gegensätze in sich. Da sie in Liebesdingen einzig auf ihre Erfahrungen mit Lucas zurückgreifen konnte, war Cassian eine Offenbarung. Während all ihrer Inspektionen durch die Gucklöcher in Madame Chrysanthemes Wänden hatte sie keinen Anhaltspunkt dafür entdeckt, dass Männer sonderliches Geschick in der Liebe an den Tag legten. Genau genommen war sie vom Gegenteil ausgegangen. Nichts hatte sie auf die Leidenschaft vorbereitet, die in ihr schlummerte. Nichts auf die Hitze, die sich allein bei dem Gedanken daran entflammte und sich in ihrem Schoß sammelte. Der Genuss war so intensiv gewesen, dass sie ihn selbst jetzt noch schmecken konnte. Ob sie es wollte oder nicht, und gerade jetzt wäre ihr ein unbeteiligtes Auftreten gelegen gekommen. Leider war es ihr nicht gegeben. Als erahnte er ihre Gedanken sah er ihr tief in die Augen. Seine anfängliche Ungeduld war verflogen.

»Deine Strümpfe sind feucht, du solltest sie ausziehen.«

Vor seiner Mätresse würde sie das garantiert nicht tun. Feuchte Strümpfe waren das geringste ihrer Probleme. Geflissentlich ging sie über den Vorschlag hinweg. Worüber sie nicht so leicht hinweggehen konnte, war Cassians Liebkosung. Er strich hinauf zu ihren Waden und von dort wieder zurück zu ihren Fußzehen. Ihr Herz schlug so hart gegen ihre Brust, dass sie fürchtete, die anderen könnten es hören. Unbeirrt kämmte die Mohrin Strähne um Strähne ihres Haares aus und machte keine Anstalten, das Zimmer zu verlassen. Machten sie sich einen Spaß mit ihr, der kleinen Hure aus dem Haus von Madame Chrysantheme? Florine grub die Zähne in ihre Unterlippe. Sie war keine Hure!

Zwei Männer kamen herein.

»Meinen Bruder Ruben kennst du«, sagte Cassian, ohne von ihren Füßen abzulassen. »Und das ist mein Vater. Juvenal.«

Jetzt wusste sie, dass sie gefoppt werden sollte. Der Mann in Schwarz konnte niemals der Vater zweier erwachsener Männer sein. Sie schätzte ihn auf höchstens zehn Jahre älter, etwa in der Mitte seiner dreißig Sommer.

Sein Haar besaß die Farbe von Rabenschwingen, lag dicht und kurz geschnitten um seinen Kopf und verstärkte den Ingrimm seiner kantigen Züge. Auf strenge und nüchterne Weise war er attraktiv. Allerdings schien Nachlässigkeit ein Merkmal der Familie Garou zu sein. Auf Perücken legten sie keinen Wert und Westen schienen sie nicht zu besitzen. Leichte Hemden, eng anliegende Kniehosen und hohe Stiefel, mehr trugen sie nicht. Ruben verneigte sich vor ihr, aber dieser Juvenal behielt die Steifheit einer Wachspuppe bei. Sein dunkler Blick wirkte inquisitorisch.

»Das ist Florine«, stellte Cassian sie vor.

Ausgerechnet jetzt erfüllte die Mohrin ihr den Wunsch und zog sich zurück. Soeben noch hatte sie darauf gehofft, jetzt jedoch wäre es ihr lieber, die Frau würde bleiben. Irgendwie flößte ihr die düstere Aufmachung Juvenals Unbehagen ein. Cassian ließ nicht zu, dass sie ihm ihre Füße entzog. Er drückte sacht gegen ihre Fußsohlen, ohne etwas auf die Gegenwart seines Vaters oder Bruders zu geben. Die Stille im Zimmer wurde dumpf.

»Habt Ihr auch einen Familiennamen, Mademoiselle Florine?«

Natürlich, ein Familienname war unerlässlich, um etwas zu gelten. Das dunkle Timbre sprach für sich selbst. Juvenal hatte sich bereits ein Bild gemacht, und schmeichelhaft war es nicht. Auf ihn mochte sie wie ein zerrupftes Rotkehlchen wirken, dessen sonnenblumengelbes Kleid ein minimal zu tiefes Dekollete besaß. Sein Blick durchbohrte sie.

»Nein, ich bin ein Findelkind.«

Sofort keimte Ärger in ihr auf. Ihre gehauchte Antwort klang zu sehr nach einem Schuldgeständnis, obwohl sie gewiss keine Schuld auf sich geladen hatte. Nach der Abklärung ihrer geringen Stellung in der Gesellschaft trat erneut Schweigen ein. Sie wusste nicht, wohin sie blicken sollte. Sobald sie Cassian ansah wurden Erinnerungen an seine Leidenschaft geweckt. Allein seine Nähe löste ein Kribbeln in ihr aus. Juvenals gelbbraunen Augen wollte sie nicht begegnen, und Ruben wiederum schien ihrem Blick auszuweichen.

»Ein Findelkind also«, konstatierte Juvenal nach einer Weile.

Es klang nach Krätze oder einer noch schlimmeren Krankheit. Vielleicht war er der Vormund von Cassian und Ruben. Der Altersunterschied war groß genug, und es würde erklären, weshalb Cassian ihn seinen Vater nannte. Juvenals Miene war eindeutig. Ihm sagte es nicht zu, dass sein Sohn vor einem Findelkind kniete und dessen Füße massierte.

»Ihr wurdet auf den Stufen eines Hurenhauses gefunden?«

Ihr Rückgrat versteifte sich. Sie wusste, worauf die Frage zielte. Ein Fingerzeig war es, der sie auf ihren Platz verwies, und dieser war nicht in diesem Haus.

»Man fand mich in einem Beichtstuhl der Kirche Saint Julien-le-Pauvre. Sie steht gegenüber der Kathedrale Notre Dame.«

»In einem Körbchen?«, erkundigte sich Ruben.

Sein Lächeln war freundlich und in seinen Augen stand lediglich verhaltene Neugier. Er war weitaus sympathischer als der bärbeißige Juvenal. In weichen Wellen floss sein Haar auf seine Schultern, das Schwarz durchzogen von wenigen dunkelroten Strähnen, und nahm seinem Gesicht etwas von der auffallenden Schärfe, die die drei Männer gemein hatten. Florines Antwort fiel entsprechend gemessen, wenn auch detailliert aus.

»In einem Wickel, der äußerst wenig gegen die Kälte ausrichten konnte. In Notre Dame wäre ich schneller gefunden worden, doch dies schien nicht die Absicht desjenigen gewesen zu sein, der mich aussetzte. Ich lag eine ganze Nacht dort, bis mich ein Küster fand. Es war Winter.«

Herausfordernd sah sie von einem Mann zum anderen. Sie hatte den Spieß umgedreht und alle drei in Verlegenheit gebracht. Selbst Juvenal wich ihrem Blick aus.

»Das tut mir leid«, sagte Cassian und drückte ihre Füße.

»Ihr seid nicht erfroren«, meinte Juvenal. Es klang nach einem Vorwurf.

»Nein, diese Hoffnung meiner Mutter erfüllte sich nicht.«

»Woher wollt Ihr wissen, dass es Eure Mutter war, die Euch aussetzte?«

Seine Befragung machte sie wütend. Was dachte sich dieser Mann eigentlich? Nur weil er Aristokrat war und sie nicht, hatte er kein Recht, sie auszuquetschen.

»Der Heilige Geist war es gewiss nicht, Monsieur! Es soll arme Menschen geben, die durch ihre eigenen Kinder noch tiefer in die Armut stürzen. Eventuell habt ihr schon davon gehört. Ihr begegnet ihnen an jeder Straßenecke. Meine Mutter oder mein Vater, es macht keinen Unterschied. Sie wollten mich loswerden.«

»Und ein Kirchendiener übergab Euch der Obhut eines Bordells?«

Für Männer seines Standes waren solche Schlüsse bezeichnend. Sie konnten sich die Dienste eines verruchten Hauses leisten und kamen somit stets auf die Wünsche und Phantasien zurück, die ihnen dort erfüllt wurden. Seine Einschüchterungsversuche wurden lästig. Sie dachte nicht daran, sich ihrer Herkunft zu schämen. Sie war arm und entstammte dem Bodensatz der Pariser Bevölkerung, ein Schicksal, das sie mit den meisten Menschen in Paris teilte.

»Madame Balbeuf nahm sich meiner an, Monsieur. Sie führt kein Bordell, sondern ein Heim für Waisen und Findelkinder. Die Gelder der Kirche unterstützen ihre Mildtätigkeit. Sie vergalt es uns durch Sparsamkeit. Für jemanden, der nichts besitzt, kann diese Tugend nicht weit genug gehen.«

»Das heißt?«

Mehr und mehr wurde es zu einem Verhör. Juvenal beschränkte sich nicht auf Einschüchterung. Er wollte etwas anderes. Sie wusste bloß nicht, was es war.

»Das heißt, dass Essen und Feuerholz zu wertvollen Gütern wurden. Wir lernten früh, sie zu entbehren. Madame Balbeuf war eine Könnerin auf ihrem Gebiet. Sie machte ihre Sache so gut, dass in einem besonders kalten Winter ein Kind starb. Es ist im Schlaf erfroren.«

Der eisigen Höflichkeit des Adels hatte sie oft genug beigewohnt, um sie nachahmen zu können. Juvenals maskenhafte Züge scherten sie nicht mehr. Mochte es ihn erbittern, dass sein blaublütiger Sohn weiterhin vor ihr kniete und ihre Füße wärmte, es war nichts gegen die Verbitterung und Entbehrung ihrer ersten Jahre. Sie zog ihre Füße aus Cassians Händen und schlüpfte in ihre Schuhe. Er wies seinen Vater nicht in die Schranken und das wusste sie einzuordnen. Sollte er sich doch den schwarzen Füßen seiner Mätresse zuwenden. Sie wartete bestimmt schon auf ihn.

»Im Winter teilten wir unsere Betten. Der kleinen Mireille hat es nicht geholfen. Sie war zu jung und zu schwach und sie wurde nie richtig satt.« Florine strich in einer harschen Bewegung ihr offenes Haar zurück. Es war noch immer feucht. »Es hätte auch nichts geholfen, hätte ich sie in mein Bett genommen. Dann wäre sie eben in einer anderen Nacht gestorben.«

»Gebt Ihr Euch etwa die Schuld daran?«

Ruben sprach mit lockend tiefer Stimme. Sein Blick aus graugrünen Augen umfasste sie. Cassian erhob sich von den Knien und baute sich neben ihr auf. Auf seine Unterstützung konnte sie verzichten. Sie hatte nie einen anderen gebraucht.

»Lächerlich, nicht wahr? Wer bin ich schon? Die anderen Kinder behaupteten stets, in meinem Bett sei es am wärmsten. Sie nannten mich eine Flamme. Liegt an meinen Haaren, nehme ich an.«

Mit gerunzelter Stirn musterte Juvenal ihr Haar. Weiß Gott, sie hatte hier nichts verloren. Spätestens nach diesem Gespräch konnte sie es nicht länger leugnen.

»Hat denn niemand herauszufinden gesucht, wer Eure Eltern waren?«

»Wozu?«, schnappte Florine nach Juvenal. »Habt Dank für Eure Gastfreundschaft, Monsieur de Garou. Ich habe sie lange genug in Anspruch genommen.«

Drei Augenpaare bohrten sich in ihren Rücken, als sie hinausging. Jetzt wusste sie, wie sich ein Spießrutenlauf anfühlen musste. Sie wollte nach Hause. Dort musste sie nichts erklären. Dort wusste sogar Madame Chrysantheme, wie es war, ungewollt und ungeliebt zu sein. Dort gehörte sie hin. Cassian holte sie im Vestibül ein.

»Bertrand wird dich zurückbringen.«

Bertrand und nicht er selbst. Er würde sein Getändel mit seiner Mätresse fortsetzen, das sie unterbrochen hatte. Ein Geschäft, es war ein Geschäft gewesen. Regen pladderte auf die Glaskuppel weit über ihr, das Geräusch verstärkte ihre Traurigkeit.

»Macht Euch keine Umstände.«

Und fass mich nicht mehr an, setzte sie in Gedanken hinzu, als er einen Finger unter ihr Kinn schob und es anhob. Das trübe Zwielicht im Vestibül verbarg sein Mienenspiel.

»Ich komme zu dir. Bald.«

Die plötzliche Heiserkeit in seiner Stimme machte das Versprechen nicht glaubwürdiger. Er speiste sie mit Phrasen ab.

»Ihr macht diesen Moment peinlicher, als er ohnehin ist, Monsieur de Garou. Es ist nicht …«

Seine Lippen verschlossen ihren Mund. Wie brachte er es fertig, durch einen Kuss alle klaren Gedanken und Einwände zu tilgen? Das Spiel seiner Zunge ließ ein Prickeln auf ihrer Haut entstehen. Er streichelte ihren Rücken und zog sie enger an sich. Sie fiel in seine Umarmung, nicht in der Lage sich zu sträuben.

»Etwas Zeit bleibt uns noch … wenn wir …«

Das drängende Raunen an ihren Lippen durchdrang ihren Taumel. Sie würde sich nicht auf einen kurzen, heißblütigen Moment einlassen. Er war nichtig, und sie wollte nicht zur Nichtigkeit schrumpfen. Entschieden schob sie Cassian von sich.

»Es liegt mir fern, noch mehr Eurer kostbaren Zeit zu beanspruchen. Lebt wohl.«

Die letzten beiden Worte quetschte sie hervor. Ihre Endgültigkeit schmerzte. Cassian hielt sie nicht zurück. Erst vor dem Haus bemerkte sie, dass sie ihren Hut vergessen hatte. Ein verlorener Hut war ein geringer Preis, die Enttäuschung wog um vieles schwerer. Kurz überlegte sie, ob sie die Kutsche ausschlagen sollte. Bertrand hielt ihr den Schlag auf und machte eine einladende Armbewegung. Die Geste kam ihr höhnisch vor. Der unerwünschte Überraschungsbesuch wurde dorthin zurückgekarrt, wohin er gehörte.

Da der Regen schon genug Schaden angerichtet hatte, stieg Florine ein. Sobald die Kutsche auf die Straße einbog, ließ sie ihren Tränen freien Lauf. Sie galten der kleinen Mireille, ihrer eigenen Kindheit und Cassian de Garou.

Der Einstieg zu den Katakomben lag direkt unter dem Saal des Theaters Gargantua. Die Stimmen der Darsteller, Applaus und das Gelächter des Publikums waren bis in den Keller zu hören. Cassians Rudel führte *Der eingebildete Kranke* von Molière auf, ein bewährtes Stück.

»Die Gänge sind unübersichtlich. Es gibt zu viele Abzweigungen. Manche sind passierbar, andere so niedrig, dass man auf den Knien hindurch kriechen muss. Letztere können wir außer Acht lassen. Wir sind etwa im Zentrum. Keine Alleingänge, bevor wir uns orientiert haben. Wir bleiben dicht beisammen.«

Ein metallenes Klicken begleitete Juvenals Erläuterungen. Er lud die Waffen, denn die Namenlosen teilten eine Gemeinsamkeit mit den Werwölfen, sie scheuten Silber wie der Teufel das Weihwasser. Juvenal schützte sich mit dicken Handschuhen vor der direkten Berührung mit den Silberkugeln. Der lederne Schutz erschwerte das Laden der Waffen.

Düster blickte Cassian in den offenen Einstieg. An der Finsternis störte er sich nicht. Es war eher der Gedanke an schmale Gänge, niedrige Decken und der Geruch nach Moder, vor dem er zurückscheute. Er war ein Wolf und kein Maulwurf. Sein eigener Plan sagte ihm nicht mehr zu.

»Ein Wolf auf vier Pfoten kommt da unten schneller voran, als ein Mann auf zwei Beinen.«

Juvenal unterbrach seine Tätigkeit. »Wir brauchen Fackeln, sonst sehen wir nichts. Wir halten uns an deinen Plan, Cassian. Heute Nacht ziehen wir nicht in den Kampf. Du hast es selbst gesagt, wir müssen das Terrain kennen, bevor wir zuschlagen.«

In den letzten Stunden hatte Cassian vieles gesagt. Nicht alles betraf ihren Abstecher in das unterirdische Paris. Nachdem Florine gegangen war, war eine Auseinandersetzung unvermeidlich gewesen. Vor Wut hatte Juvenal mit den Zähnen geknirscht, hochrot im Gesicht. Ruben blieb es überlassen, die Dinge beim Namen zu nennen. Weshalb hatte Cassian das Mädchen markiert? Warum so gründlich, dass es noch Tage später zu riechen war? Markierungen gab es bei jeder Begegnung mit einer Frau, aber doch nicht so! Vorwürfe und Fragen, auf die Cassian keine Antwort geben konnte. Er hatte einen klaren Besitzanspruch auf Florine angemeldet. Da er selbst keine Ahnung hatte, wie das geschehen konnte, hatte er seinen Bruder durch einen lautstarken Ausbruch mundtot gemacht. Der Groll über die Einmischung nagte weiter an ihm.

»Wenn uns ein Namenloser entgegen tritt, sind Wölfe schlicht schneller«, gab Ruben zu bedenken.

»Aber Wölfe können nicht schießen, und es ist zu eng in den Gängen, um einen Feind einzukreisen. Jeder von uns hat zwei Schuss. Gewehr und Pistole sind die beste Wahl. Eine Verwandlung bringt uns in den Katakomben keinen Vorteil. Cassian hat es richtig erkannt.«

Trotz des seltenen Lobes war Cassian nicht überzeugt. In den engen Gängen behinderten sie sich gegenseitig. Freie Schusslinie hatte nur der Vordermann. Juvenal entgingen seine Zweifel nicht.

»Du hast einen von ihnen angegriffen, Cassian. Du weißt, es wird schwierig. Ohne die Kraft des Mondes hilft nur eines: Silber.« Juvenal klopfte an den Kolben eines Gewehrs.

»Hattet ihr damals Silber nötig?«, fragte Cassian, ohne die Augen von dem schwarzen Loch zu wenden, in das sie hinabsteigen wollten. Fremdes Terrain, das der Natur der Werwölfe widersprach.

»Damals traten wir nicht alleine gegen sie an. Die Wölfe trieben die Namenlosen auf die Vampire zu. Diejenigen, die wir nicht töten konnten, wurden von ihnen erledigt. Wie gut diese Strategie war, erleben wir jetzt. Entweder die Wölfe haben ein Nest übersehen, oder den Vampiren sind einige entwischt.«

»Sie lassen sich demnach wie Schafe zusammentreiben«, schloss Ruben daraus.

»Besonders intelligent schienen die Namenlosen seinerzeit nicht, das stimmt. Über ein Jahrhundert liegt es zurück. Eine neue Brut konnte heranwachsen, wozu diese fähig ist, werden wir herausfinden.«

Cassian konnte es nicht abstreiten. Juvenal war zum Leitwolf geboren. Er strahlte Besonnenheit und Ruhe aus. Seine Konzentration richtete sich auf die Katakomben, alles andere blendete er aus. Er schweißte sie durch sein Verhalten zusammen, machte aus ihnen eine Einheit und übernahm die Aufgabe, die eigentlich Cassian rechtmäßig zustand. Dies hier war sein Revier, und doch litt seine eigene Konzentration beträchtlich unter den Ereignissen des Nachmittags. Seine Gedanken kreisten unentwegt um Florine und ihren Kummer. Sie hatte geweint. Natürlich nicht vor ihm, aber er wusste es. Eigentlich sollte es ihm gleichgültig sein. Er war die Ursache ihrer Tränen, und weiter? Frauen weinten ständig, ob nun um eine beendete Liebschaft oder aus anderen rätselhaften Gründen. Ihre Tränen trockneten schnell. Trotzdem – wohl war ihm dabei nicht.

»Seid ihr bereit?«

Er verdrängte Florine aus seinen Gedanken und trat an den Tisch, steckte eine Pistole ein, nahm das Gewehr an sich und schob zwei Dolche in die Schäfte seiner hohen Stiefel. Die Klingen waren nicht aus Silber, jedoch lang und scharf genug, um einem Namenlosen die Kehle zu durchtrennen, sofern man nahe genug an ihn herankam. Auch Ruben bewaffnete sich.

»Erlaubst du mir den Vortritt, Cassian?«

In Anbetracht seiner Verfassung sollte er wohl dem Vorschlag seines Vaters stattgeben.

»Ich decke unsere Rücken«, gestand Cassian Juvenal zu.

Kaum hatten sie die erste Biegung der abschüssigen Treppe genommen, bereute er seinen Entschluss. Das Gelächter aus dem Theater verklang, Schwärze senkte sich über sie, spärlich durchbrochen von den hellen Klecksen ihrer Fackeln. Ihr Licht leckte über unbehauenen Stein. Geröll bröckelte unter ihren Schritten. Juvenal bestimmte das Tempo. An jeder Biegung hielt er an, vor jeder Abzweigung wartete er. Übertriebene Vorsicht, die

Cassian rastlos machte. In der Dunkelheit verlor sich sein Gespür für die Zeit. Er wusste nicht, welche Distanz sie zurückgelegt hatten, da sie ständig abbogen. Sein Atem ging flach. Von allen Seiten von Stein umgeben, fühlte er sich lebendig begraben. Obwohl der Odem aus gärendem Kompost fehlte, der Geruch der Namenlosen, wuchs seine Unruhe.

»Verdammt«, zischte Juvenal, blieb stehen und hielt die Fackel zu Boden.

Cassian konnte nicht sehen, was sein Vater beleuchtete, da Ruben ihm die Sicht versperrte.

»Das sind etliche«, flüsterte Ruben.

»Was seht ihr?« Cassian reckte den Hals. Es piesackte ihn, das Schlusslicht zu sein. Er war es, der vorangehen sollte.

»Überreste.«

Juvenal ging weiter, noch langsamer als zuvor. Schließlich konnte Cassian sehen, was mit Überresten gemeint war. Ein Knurren ballte sich in seiner Brust. Überall lagen Knochen. Sie waren alt, die Hautfetzen daran trocken. Die Strecke vor ihnen war übersät von Opfern der Namenlosen.

»Wie kann das sein?«, fragte Ruben. »Die Menschen müssen es mitbekommen haben. Diese kleinen Knochen. Sie müssen zu Kindern gehören, und wenn ihre Kinder verschwinden, merken sie es.«

»Die Katakomben boten schon immer Schutz vor dem Arm des Gesetzes«, sagte Juvenal. »Diebe und Mörder, Bettler und Vagabunden, auch Gassenkinder werden nicht vermisst. Du hast es doch heute selbst gehört, Ruben. Sie sind an jeder Straßenecke. Eines mehr oder weniger fällt nicht ins Gewicht. Die Frage, die du dir stellen solltest, ist eine andere. Warum kommen sie an die Oberfläche, obwohl sie hier unten reichlich Beute finden?«

Cassian achtete darauf, auf keinen der kleinen Knochen zu treten. Sie gehörten verloren gegangenen, heimatlosen

Kindern, nach deren Verbleib niemand fragte. Wer vermisste schon ein Findelkind? Niemand. Ebenso wenig wäre einst Florine vermisst worden. Laut knurrte er auf. Zorn brodelte in ihm und brannte unter seiner Haut. Juvenal sah über die Schulter zurück.

»Leise!«

»Alles in Ordnung?«, erkundigte sich Ruben.

Sie schlichen durch die Katakomben wie verstörte Katzen. Daran war nichts in Ordnung. Er wollte Ergebnisse sehen, wollte einem Namenlosen an die Kehle gehen, sich einem Kampf stellen und machte Anstalten sich an Ruben vorbeidrängen, um die Führung zu übernehmen.

»Bleib ruhig«, zischte Ruben.

Der Geruch, der sie traf, explodierte hinter Cassians Stirn. Für einen Augenblick überzog sich der schlecht beleuchtete Gang mit einem roten Schleier. Juvenal und Ruben, die sich ihm zugewandt hatten, wirbelten herum, die Gewehre im Anschlag. Ein Namenloser bog vor ihnen in den Gang ein und füllte ihn aus. Der Schrei aus seinem aufgerissenen Maul dröhnte tief. Stein knirschte, und von der Decke rieselten Brocken. Unter ihren Füßen vibrierte der Boden. Juvenal sank auf ein Knie, Ruben zielte über ihn hinweg. Sie schossen gleichzeitig, während Cassian seine Waffe nicht zum Einsatz bringen konnte. Donnernde Schüsse und Rauch aus den Musketenläufen füllten den Gang. Aus dem Schrei wurde ein Röhren. Die Bestie schlug um sich und stürzte. Hastig zogen sie ihre Pistolen. Cassian hatte noch keinen Schuss abgeben können, und Ruben ließ ihn im Eifer des Gefechts nicht vorbei. Die Bestie richtete sich kreischend auf.

»Sie schreit nach den anderen. Rückzug. Sofortiger Rückzug!«, brüllte Juvenal und sprang auf.

Kein Werwolf trat den Rückzug an, so dicht vor einer hilflosen und schwer verletzten Beute. Ruben zögerte, da er dasselbe dachte. In Cassian zerbarst etwas. Er würde den Namenlosen nicht entkommen lassen, nur weil sein

Vater vor einer keilenden Masse aus weißem Fell und pervers rosiger Haut die Nerven verlor. Seine Wandlung setzte ein. Er nahm den Luftdruck nicht wahr, der seine Kleider in Fetzen riss. Nutzlos fielen seine Waffen zu Boden.

»Cassian, nein!«

Der Wolf schnappte nach den Händen, die sein Nackenfell packen wollten. Hart schlugen seine Zähne in der Luft aufeinander. Er machte einen Satz, verhedderte sich mit den Hinterläufen in Stoff und heulte wütend auf. Den zweiten Mann, der ihm den Weg versperrte, rannte er kurzerhand nieder. Freie Bahn! Drei lange Sätze verliehen ihm Auftrieb. Sein Gewicht schleuderte den Namenlosen zurück zu Boden. Er grub die Krallen in einen breiten, pelzigen Brustkorb und schlug die Zähne hinein. Eine Kakophonie aus Schreien gellte in seinen Ohren. Ein Fleischbrocken flog durch die Luft. Aus dem gesträubten Fell des Wolfes drückten sich harte Muskeln. Er wandte alle Kraft auf und wühlte sich tiefer in das Fleisch hinein. Er wollte das Herz erreichen und ertrank schier in dem Blut, das hervorsprudelte. Die aufgewühlten Stimmen hinter ihm bedeuteten ihm nichts.

»Es lebt noch. Schieß endlich, Juvenal!«

»Ich kann nicht schießen, solange er mitten in der Schusslinie ist! Hol ihn da runter, Ruben!«

»Cassian!«

Der Wolf kannte keine Namen. Sein Kiefer schloss sich um eine Rippe. Er zerrte und riss, unfähig abzulassen, blind und taub für alles andere, von seiner Tobsucht und seiner Gier zu Töten beherrscht. Er ignorierte den zweistimmigen Aufschrei, sah die Pranke nicht kommen, die auf ihn niederfuhr. Krallen trafen seine Seite, drangen in sein Fleisch und rissen es entzwei. Der Schmerz ätzte. Seine Pfoten glitten im Blut aus. Dicht an seinem Kopf krachte ein Schuss. Der Wolf rutschte ab und landete zwischen der Wand und dem Kadaver des Namenlosen.

»Gottverdammt!«

In die Nase des Wolfs stieg der saure Geruch von Verzweiflung. Er kam näher. Kraftlos fletschte er die Zähne. Der Lärm war versiegt, der Kampf beendet und sein Schmerz besaß weder Anfang noch Ende.

»Er stirbt. Scheiße, Mann. Er stirbt!«

»So schnell stirbt er nicht.«

»Er muss sich zurückverwandeln.«

Aufgeregte Stimmen und Hände, die sich unter ihn schoben und ihn anhoben. Das gefiel ihm nicht. Ziellos schnellten seine Pfoten durch die Luft.

»Er ist zu schwer, ich helfe dir, Ruben.«

»Ich kann ihn alleine tragen. Lass mich. Lass mich!«

Schwach zappelte er, als er an einen Körper gedrückt wurde. Er wollte das nicht. Er wollte sich verkriechen und seine Wunde lecken. Stattdessen wurde er davongetragen. Seine Gegenwehr erlahmte, da sich eine Schwärze über ihn senkte, die tiefer war als die lichtlosen Katakomben.

Dem Zittern seiner Hände konnte Ruben nicht beikommen, so fest er sie auch zu Fäusten ballte. Der Schweiß auf seiner Haut war getrocknet. Sein Schweißausbruch kam nicht von der Anstrengung, einen neunzig Kilo Wolf zu tragen, sondern von der Furcht, sein Bruder könnte in seinen Armen sterben. Seine Kleidung hatte er gewechselt, denn nichts machte einen Wolf unruhiger als Angstschweiß, und Cassians Verstörung durfte nicht stärker werden.

Obgleich Ruben seine Bewegungen auf ein Minimum beschränkte, hob immer wieder ein warnendes Knurren an. Von Stunde zu Stunde wurde es schwächer. Cassian ließ niemanden an sich heran, weder seine direkten Sippenangehörigen, noch ein Mitglied aus seinem Rudel. Sogar Sarah, seine Favoritin, hatte sich ihm nicht nähern dürfen. Ausschließlich große Schmerzen konnten einen Alpha auf das Tier reduzieren, das in jedem von ihnen steckte. Darüber vergaß Cassian alles andere, sogar die Zugehörigkeit zu seiner Sippe, die er zu jeder anderen Zeit mühelos erkannte. Sein Verhalten machte es unmöglich seine Wunde zu versorgen, die an der linken Seite bis auf die Rippenknochen klaffte. Blut war in seinem Fell getrocknet und ließ es borstig abstehen. Er hatte zu viel davon verloren. Juvenal war gegangen, vertrieben von der Einsicht nicht helfen zu können oder schlichtweg, da er dem Sterben seines jüngsten Sohnes nicht beiwohnen wollte. Ruben blieb, obwohl seine Gegenwart Cassian aufregte. Solange er Distanz hielt und sich nicht bewegte, blieb der Wolf ruhig auf dem Bett liegen.

Ohne den Kopf zu heben, sah Ruben auf, in ein schräg stehendes Augenpaar, das ihn in Schach halten wollte. Wolfsaugen, in denen Schmerz und Aggression standen. Der Wolf zog die Lefzen zurück und zeigte ein weißes Gebiss, beherrscht von tödlichen Fängen. Sofort brach Ruben den Blickkontakt ab. Er war machtlos.

»Ich bin dein Bruder«, sagte er leise. »Du kennst mich. Du bist kein Wolf, Cassian. Du bist wie ich, und du musst dich zurückverwandeln, damit die Wunde sich schließen kann. Ich …«, Er stockte. Das Tier beherrschte Cassian voll und ganz. Er verstand nichts, Worte konnten nicht durch seinen Schmerz dringen. »Du wirst sterben, wenn du nicht zurückfindest.«

Der Wolf fixierte Ruben. Sein Körper beanspruchte die gesamte Breite des Bettes. Sein Kopf war groß, der Schädel breit. Unter seinem honigbraunen Fell saßen dicke Muskelpakete, und seine langen Beine endeten in schweren Pfoten. Es war unmöglich, sich näher an ihn heranzuwagen. Selbst jetzt noch war sein Kiefer stark genug, um einen letzten, tödlichen Biss zu setzen.

»Warum verwandelst du dich nicht?«, ächzte Ruben und barg das Gesicht in den Händen.

Er hatte keine Ahnung, was mit seinem Bruder geschehen war. Die Wandlung und mit ihr die Heilung setzte nach einer schweren Verletzung normalerweise sofort ein. Außer Cassian wollte es nicht. Es gab solche Fälle. Ein Werwolf vergaß seinen Ursprung, und der Vollmond verlor seine Macht über ihn. Mit dem Menschen, der verloren ging, verschwand auch die Bestie, und zurück blieb ein Wolf. Größer und stärker als seine Artgenossen, dennoch ein ganz normaler Wolf.

Lag es an der Anspannung und Unruhe, die Ruben noch vor dem Kampf mit dem Namenlosen an ihm wahrgenommen hatte? Dann hatte dieses Mädchen mit den Haaren, die weder blond noch rot waren, seinen Bruder auf dem Gewissen. Die von Cassian hinterlassene Markierung war Antwort genug. Nun, dieses scharfzüngige Frauenzimmer würde in dem riesigen Wolf nicht den Liebhaber erkennen. Das Bett würde sie garantiert nicht mit ihm teilen wollen. Anstatt ihm auf die Pelle zu rücken, würde sie schreiend die Flucht ergreifen.

Ruben starrte auf seine Stiefelspitzen. Vor ihm lag ein Tier auf dem Zenit seiner Kraft, er hingegen sah den Welpen vor sich. Ein Säugling war Cassian nur in seiner Wiege gewesen. Sobald er wach geworden war, hatte er sich verwandelt. Als Welpe konnte er herumtapsen, seine Umgebung erkunden und zudem die Stiefel seiner Sippe zerkauen. Auf Letzteres war er besonders erpicht gewesen. All das war einem Säugling verwehrt.

Gilian und Ruben hatten oft mit ihm gespielt, nicht mit dem Säugling, den sie für langweilig hielten, sondern mit dem Welpen, der weitaus robuster war. Ihn konnten sie herumkugeln und zerzausen, ihm Bälle an den Kopf werfen, ihn erschrecken, ohne dass er losplärrte oder Schaden nahm. In seinem Eifer, den großen Brüdern auf den Fersen zu bleiben, hatte Cassian häufig Purzelbäume geschlagen. Er spielte mit den Jungwölfen ebenso gerne wie mit den übermütigen Buben. Was immer seine großen

Brüder mit ihm anstellten, er war erlebnishungrig genug gewesen, um sich nichts davon entgehen zu lassen.

»Weißt du noch, als Gilian und ich sehen wollten, ob du schon schwimmen kannst?«, hob Ruben mit leiser Stimme an. Vor seinen Augen sah er einen Welpen, der mit eingekniffener Rute und angelegten Ohren von einem Baum nach unten fiel. Die Augen fest zugepresst, aber ohne einen Laut von sich zu geben. »Wir haben dich in einen Teich geworfen. Du hast gepaddelt wie ein Irrsinniger und bist trotzdem untergegangen. Gilian ist dir nach gesprungen und hat dich herausgeholt. Es war das erste und letzte Mal, dass nicht nur Vater uns vertrimmt hat, sondern auch Mutter zum Riemen griff. Sie hatte einen gewaltigen Schlag am Leib.«

Schmale Augen waren auf Ruben gerichtet. In ihnen fand sich keine Erinnerung, kein Erkennen, kein Begreifen. Fest rieb Ruben über sein Gesicht.

»Ich bin nicht nach Paris gekommen, um dich sterben zu sehen, Mann! Es muss doch etwas geben ...«

Unter seiner lauten Stimme spannte der Wolf sich an. Seine Schnauze kräuselte sich. Er legte die Ohren an und zeigte die Zähne. Solange er sich nicht wehren konnte, hielt er alles für eine Gefahr. Es war der Instinkt eines Raubtiers. Der Mensch dahinter trat immer weiter zurück. Unerreichbar für seine Sippe oder sein Rudel. Irgendwo in diesem Raubtier war Cassian, daran hielt Ruben fest. Er musste ihn lediglich erreichen.

Jäh stutzte er. Es gab eine Verlockung. Sehr langsam erhob er sich und ging rückwärts auf die Tür zu. Ein Knurren begleitete ihn. Der Wolf behielt ihn unentwegt im Auge. Im Gang wurde Ruben schneller. Er lief, dann rannte er und schlidderte regelrecht in einen Salon, sah sich um und fand, wonach er suchte. Ein zerknautschter Strohhut war es, dem der Regen die Form genommen hatte. Zerknitterte, blaue Zierbänder fielen über den Rand eines Beistelltischs. Er nahm den Hut auf und roch daran. Gras! Intensiv und verteufelt gut. Mit Riesensätzen stürmte er zurück, bremste vor der Tür ab und regulierte seinen Atem. Er musste ruhig bleiben.

Der Wolf schlug die Augen auf, als Ruben eintrat. Sein ausgestreckter Arm löste das nächste, drohende Grollen aus.

»Das ist ihr Hut. Sie hat ihn vergessen. Florine. Erinnerst du dich?«

Der Wolf wollte sich aufrichten, landete auf dem Bauch und schob sich auf die Bettkante zu. Seine Schnauze schabte über das Laken, eine seiner Krallen riss ein Loch hinein. Wilder Zorn brannte in seinem Blick, durchsetzt von quecksilbrigen Flecken, als er erkannte, dass er sich nicht wehren konnte und ihm nur die Flucht vor dem Mann blieb, der sich ihm näherte.

Ruben handelte instinktiv und ging auf Hände und Knie. Er schämte sich nicht, auf dem Boden zu rutschen, sich so klein wie möglich zu machen, damit der Wolf auf ihn herabblicken und sich überlegen fühlen konnte. Vorsichtig schob er den Hut auf das Bett, legte sich flach hin und drehte sich auf den Rücken. Seine Unterwerfungsgeste war vollständig. Der Wolf hielt still, behielt Ruben im Blick, doch seine Nase näherte sich dem Hut. Die Nüstern blähten sich. Tief drückte er seine Schnauze in das Stroh und schnaufte angestrengt. Ein Schauder ging durch ihn hindurch, er äußerte ein tiefes Brummen, blinzelte ein letztes Mal auf Ruben hinab und schloss die Augen.

»Cassian?«, flüsterte Ruben panisch.

Ein graublauer, müder Spalt öffnete sich. Lass mich endlich zufrieden, schien das leise Grunzen zu bedeuten, ehe das Auge wieder zufiel. Immerhin ein Anfang. Ruben lauschte auf den schweren Atem, musterte die Wolfsohren, die im Schlaf zuckten und setzte sich irgendwann zurück in seinen Fauteuil. Ein kleiner Hoffnungsfunke war alles, was er sich erlaubte, während er über den Schlaf seines Bruders wachte.

Ein Kratzen und Knistern im Nacken störte Cassians Schlaf. Kühle Laken waren in seinem Rücken und Sonnenstrahlen wärmten Brust, Bauch und Beine. Trotz der Bequemlichkeit seines Bettes tat ihm jeder einzelne Knochen weh, als sei er unter die Hufe eines Schlachtrosses geraten. Mehrere Schlachtrösser mit gewaltigen Hufen, korrigierte er sich. Als er vorsichtig die Muskeln dehnte, knisterte es schon wieder. Er zog das kratzige Kissen unter seinem Kopf hervor, schlug die Augen auf und wendete das lädierte Etwas in der Hand. Was war das? Die blauen Bänder, die vor seinen Augen baumelten, verliehen dem Strohteil eine vage Ähnlichkeit mit einem Hut. Achtlos ließ er ihn zu Boden fallen.

Sonnenlicht fiel ungefiltert durch die Fenster. Da es ihm Kopfschmerzen bereitete, beschattete er die Augen mit der Hand. Erst als die Sonne ihn nicht mehr blendete, bemerkte er die beiden Männer vor seinem Bett. Juvenal und Ruben standen da und lächelten ihn an. Vielmehr wirkte Rubens Grinsen beängstigend trunken, und wann er das letzte breite Lächeln an seinem Vater gesehen hatte, wusste er nicht zu sagen. Offenbar fanden sie Gefallen daran, einen nackten Mann im Schlaf zu beobachten. Ehe Cassian eine passende Bemerkung dazu einfallen wollte, schmetterte Juvenal aus vollen Lungen:

»Dem Himmel sei Lob und Dank!«

»Nicht so laut.«

Lachend trat Juvenal an das Bett und umfasste Cassians Gesicht mit den Händen. »Junge, Junge!«

Dieser ungewöhnliche und seltene Ausbruch väterlicher Zuneigung erfüllte Cassian mit Skepsis. Er war kein Junge mehr, musste allerdings in der vergangenen Nacht sturzbetrunken gewesen sein, wenn er diesen Eindruck hinterlassen hatte. Wie es aussah hatte er nicht alleine getrunken. Die Matratze senkte sich unter Juvenals Gewicht. Es sah ganz danach aus, als wolle er ihn küssen. Du lieber Himmel! Cassian versteifte sich, als tatsächlich zwei feste Küsse auf seinen Wangen zerplatzten. Zeit sich davon zu erholen blieb ihm nicht. Juvenal zwang ihm eine Umarmung auf und schlug mit der flachen Hand auf seinen Rücken ein. Noch bedenklicher war, dass Ruben sich dazugesellte. Sein großer Bruder wuschelte ihm so heftig über Kopf und Haar, als gelte es hartnäckige Flecken fortzupolieren. Das war genug der Sympathiebekundungen. Er wand sich aus der Umarmung seines Vaters und schlug Rubens Hand beiseite.

»Was soll das?«

»So ein Glück! Du hast ein so verfluchtes Glück, Junge. Es stand auf Messers Schneide.«

Sobald Juvenal von ihm abließ, fiel Cassian haltlos in die Kissen zurück und stierte in den flaschengrünen Brokat des Betthimmels hinauf. In seiner linken Seite setzte ein Pochen ein. Es flackerte bis zu seiner Hüfte hinab. Als er die Hand darüber legte ertastete er Wülste. Über seinen Rippenbögen wölbten sich zwei lange Narben, purpurfarben begannen sie in der Höhe seines Brustkorbs und endeten am Beckenknochen.

»Was ist geschehen?«

»Wir sind in die Katakomben gestiegen.« Ruben setzte sich auf die freie Bettkante. »In einem der Gänge kam uns ein Namenloser in die Quere. Du hast ihn getötet.«

Eine vage Erinnerung an Dunkelheit, den Geruch von feuchtem Erdreich, Knochen im Schein flackernder Fackeln kehrte zurück.

»Ruben hat ihn getötet. Durch einen Schuss aus nächster Nähe. Unsere ersten Kugeln haben knapp sein Herz verfehlt«, knurrte Juvenal. Seine beschwingte Stimmung war dahin.

»Cassian hat gekämpft wie es keiner besser könnte und unseren Ahnen Ehre gemacht. Es war großartig. Du warst großartig, Cassian.«

Zwei Narben waren von diesem großartigen Moment geblieben. Von einem ebenso großartigen Kampf wusste Cassian nichts.

»Er hat sich in Gefahr gebracht. Es war absolut unnötig. Du hast unüberlegt und impulsiv gehandelt, Cassian. Es fehlte nicht viel und du wärest getötet worden.«

»Na, ich bin ja noch am Leben.«

Das war die definitiv falsche Antwort. Unvermittelt schlug Juvenal die Faust in die Matratze. »Sapperlot! Du warst nicht in der Lage, dich zurückzuverwandeln. Hast du eine Ahnung, wie es uns dabei ergangen ist? Ohne diesen beschissenen Hut, an dem du herumgeschnüffelt hast wie ein Idiot, könntest du nicht so großspurig daherreden!«

»Hör auf rumzubrüllen. Ich habe Kopfschmerzen.«

»Ich brülle nach Belieben und Bedarf! Es ist nicht im Geringsten amüsant, eines meiner Kinder sterben zu sehen! Ich habe Alba verloren. Ihr wisst beide, was eurer Schwester zugestoßen ist. Ich wünsche keine weiteren Desaster in meiner Sippe!«

Nach Jahren des Schweigens fiel der Name ihrer Schwester. Alba war zur Bestie geworden, hatte gemordet und sinnlos gewütet, nichts hatte sie aufhalten können. Ihr mörderisches Treiben und ihr Tod, durch Juvenal herbeigeführt, waren ein Tabuthema.

Niemand sagte etwas, einzig Juvenals schweres Keuchen war zu hören. Er versetzte dem Bettpfosten einen brutalen Tritt und stürmte davon. Das Knallen etlicher Türen begleitete seinen Abgang.

»Was genau ist in den Katakomben vorgefallen, Ruben?«

Nachdem sein Bruder es erzählt hatte, trat eine längere Pause ein. Ruben bückte sich nach dem Hut und hob ihn auf.

»Eins ist sicher: an dem Mädel muss etwas sein, wenn ihr Hut ausreicht, um dich zu beruhigen. Du hast uns eine Heidenangst eingejagt. Vater war außer sich, darum brüllt er jetzt wild herum.«

»Wird nicht mehr vorkommen. In Zukunft wird nichts und niemand mich ablenken. Es war … die Kleine hat mich irgendwie …«

»Kalt erwischt«, schloss Ruben. »Tja, du solltest nicht zu hart zu dir selbst sein. Du hast eine Abwechslung verdient, und du schuldest dem Mädel einen neuen Hut.«

Das zerknautschte Stück aus Stroh schien ein Mahnmal all der Fehler, die Cassian in den letzten Tagen begangen hatte. Er wollte und konnte sich keine weiteren leisten.

»Du kannst einen kaufen und ihr schenken«, brummte er missmutig.

»Könnte ich, aber ich fürchte an mir liegt ihr nichts. Sie war nicht meinetwegen hier.«

Sie würde garantiert auch kein zweites Mal auftauchen. Versailles lag von Paris ein gutes Stück entfernt. Zufällige Begegnungen waren unwahrscheinlich. Er musste ihr nicht mehr begegnen und würde es auch nicht darauf anlegen. Sein Magen krampfte.

»Hör mal, es reicht, wenn Juvenal ungnädig ist. Du musst es nicht noch selbst sein.«

»Habe ich was gesagt?«

»Du hast sie bis zwischen ihre Fußzehen markiert. Vermutlich hast du deine Markierung nicht nur an ihr, sondern auch in ihr hinterlassen. Zwar bin ich kein Experte, aber was das bedeutet, weiß selbst ich.«

»Eine Gefährtin ist das Letzte, worauf ich aus bin.«

»Soweit ich weiß, ist die Entscheidungsfreiheit eines Werwolfs in diesem Punkt eher gering. Es passiert einfach, ob wir darauf aus sind oder nicht. Da es sich so verhält, kann dir im Grunde kein Vorwurf gemacht werden. Vielleicht hättest du frühzeitig gegensteuern können, aber …«

»Wann bist du zum Schwätzer geworden, Ruben?«

Ruben maß Cassian aus schmalen Augen. Dann entschied er sich zur Friedfertigkeit.

»Du bist noch nicht wiederhergestellt. Lass dir Zeit damit. Juvenal ist ohnehin zu dem Schluss gekommen, dass wir noch nicht soweit sind. In sechs Tagen ist Vollmond. Bis dahin brauchen wir eine Strategie, und die kannst du in deinem Bett ebenso gut ersinnen. Du brauchst Ruhe.«

Im Bett wollte Cassian keinesfalls bleiben. Er wartete bis sein Bruder gegangen war, ehe er die Füße auf den Boden setzte. Im Aufrichten zog ein scharfer Stich durch seine Seite. Das Pochen der Narben wurde stärker. Seine Beine wollten ihn nicht tragen. Einen gotteslästerlichen Fluch auf den Lippen packte er den Bettpfosten und zog sich daran in die Höhe. Das Zimmer drehte sich. Seine Hände glitten ab, und ohne Halt fiel er schwer in die Matratze zurück. Nach etlichen vulgären Flüchen kroch er zwischen die Laken. Einige Stunden würde er warten, höchstens einen Tag. Aus dem Augenwinkel nahm er den Hut wahr, griff danach und hielt ihn an die Nase. Der Duft nach Gras hatte sich verflüchtigt, ersetzt durch den strengen Geruch eines verwundeten Wolfes.

»Gottes Knochen!« Er schleuderte das unbrauchbare Ding weit von sich.

# 4

Der einzige Schmuck auf der schwarzen Tischdecke der Speisetafel war dunkelroter Efeu. Rote Speisen sollten auf schwarzen Tellern serviert werden, roter Wein in schwarzen Pokalen. Die groteske Phantasie des Auftraggebers kannte keine Grenzen. Schwarz für den Tod und das Ableben seiner Gemahlin, Rot für das Leben und die Testamentseröffnung. Die Mädchen würden Trauerschleier tragen. Ihre Gesichter sollten das Einzige sein, was vor den Blicken der Gesellschaft verhüllt blieb. Florine trat von dem Kronleuchter zurück, den sie mit schwarzen Kerzen und Trauerschleifen versehen hatte.

»Du kannst ihn wieder an die Decke ziehen«, wies sie Lucas an.

In Gedanken ging sie die Speisenfolge durch. Die machte ihr ernste Sorgen. Hummer war rot, andere Schalentiere ebenso, weißes Fleisch und Fisch mit rotem Paprika gewürzt, aber es mangelte an rotem Gemüse. Außer Paprika wollte ihr nichts einfallen, so wie ihr in den letzten Tagen ohnehin wenige gute Einfälle kamen. Kirschen, Erdbeeren, Johannisbeeren – aber was war mit dem verflixten Gemüse? Sie nahm die schwarzen Laken auf und bedeckte damit die Spiegel und Bilder.

Als Lucas hinter sie trat und sie ansprach, schrak sie zusammen. Seine noch immer geschwollene Nase war genug an Konfrontation, mehr davon – gar ein Gespräch – war im Moment etwas zuviel für sie.

»Hab ich dir einen Vorwurf gemacht, Florine? Ich lebe schon lange genug hier, um zu wissen, dass dir keine Wahl blieb. Die Chrysantheme hat dich gezwungen. Du wolltest es nicht. Begeistert warst du nicht von der Versteigerung, und von dem Hundsfott von Freier kannst du es auch nicht gewesen sein.«

Verständnis wog gelegentlich schwerer als ein Vorwurf. Auf ihren Schultern wurde es zu einer Last, unter der sie kaum die Arme heben konnte. Lucas' Versuch einer Aussprache war eine Marter, und seine Ahnungslosigkeit flößte ihr ein tiefes Schuldbewusstsein ein. Da sie weiterarbeitete und nichts sagte, fuhr Lucas fort.

»Wäre doch dumm dir was nachzutragen, an dem du keine Schuld hast. Es muss furchtbar für dich gewesen sein. Verhindern konnte ich es nicht, aber wir können drüber reden.«

Sie stieg von der Trittleiter, schob diese vor ein Bild und verdrehte die Augen. Sie wollte nicht reden. Sie wusste nicht einmal, worüber. Über Cassian de Garou oder etwa die Zukunftspläne, die sie und Lucas geschmiedet hatten? Ersteres kam nicht in Frage, die Nacht mit ihrem geheimnisvollen Chevalier gehörte ihr allein, sie wollte sie mit niemandem teilen, wollte ihren Zauber für sich bewahren. Und an eine Ehe mit Lucas war nicht einmal mehr zu denken. Sie könnte über das Durcheinander in ihrem Kopf reden, das eine einzige Nacht mit Cassian angerichtet hatte. In ihrem Hirn saßen etliche Knoten.

»Außer Paprika will mir kein rotes Gemüse in den Sinn kommen«, sagte sie und warf ein schwarzes Laken über das Bild.

»Also willst du nicht drüber reden. Er hat dich geschlagen und misshandelt, stimmt's? Du hast geblutet. Er war so grob zu dir, dass Blut geflossen ist, stimmt's?«

Lucas klang wie der Sopran einer italienischen Oper. Verdutzt drehte Florine sich auf der Trittleiter um und sah auf ihn hinab. Ein merkwürdiger Glanz war in seine Augen getreten. Er schien weniger besorgt, denn wissbegierig.

»Was redest du für einen Unsinn, Lucas?«

»Bei so einem großen Mann! Ich bin ja nicht blind. Wenn sein Schwengel ebenso groß war wie der ganze

Kerl, dann … und du bist eng, Florine! Sehr eng! Du bist ein Nadelöhr!«

Im Moment war sie vor allem sprachlos. Cassian besaß keinen Schwengel. Der vulgäre Vergleich war niederträchtig und verfehlte sein Ziel. Leider fiel ihr nichts ein, was seiner Männlichkeit gerecht wurde. Wie immer sie es nannte: was er damit anstellte glich … Magie.

»Nun, der Schwengel hat ziemlich gut in das Nadelöhr gepasst«, gab sie absichtlich derb zurück.

Wenn sie gehofft hatte, Lucas damit mundtot zu machen, so sah sie sich getäuscht. Anstatt den Rückzug anzutreten, steigerte er sich noch mehr in seine absurden Vorstellungen hinein.

»Aristokraten treiben's wie die Karnickel. Beischlaf ist doch alles, worauf sie aus sind, und so einer stößt eine Frau so hart, dass er ihr alle Knochen brechen kann. Soll ich die Blutergüsse nicht sehen, die er dir zugefügt hat? Ich hab schon Schlimmeres gesehen.«

Zuletzt die beiden Leichname, die einige Straßen weiter gefunden worden waren. Lucas hatte sich an der Schilderung ihres Anblicks ergötzt und so viel darüber geredet, dass Giselle sich schließlich übergeben musste. Nun war es also der Anblick von Blutergüssen nach dem er gierte. Flugs sprang Florine von der Trittleiter, versucht, Lucas einen Hieb auf seine geschwollene Nase zu versetzen und sie noch einmal zu brechen.

»Weißt du was ich glaube? Dir gefällt es über Blut und Schmerzen und zerfetzte Leiber zu reden und solche Gräueltaten aus der Nähe zu betrachten. Diese Neigung ist mir bislang an dir entgangen. Dabei ist sie ziemlich auffällig.«

»Das ... das stimmt überhaupt nicht!«

Die roten Flecken in seinem Gesicht besagten etwas anderes.

»Du konntest nicht genug berichten über die armen Kerle, die letzthin umgebracht wurden. Und warum drückst du dich immer dann oben bei den Zimmern herum, wenn ein Freier nach der Gerte verlangt? Dir gefällt es zuzusehen, wie er sich den Hintern versohlen lässt.«

»Nie habe ich die Hand gegen dich erhoben, Florine. Ich bin nicht derjenige, der dir Gewalt angetan hat.«

»Weil Madame Chrysantheme dich im hohen Bogen aus dem Haus treten würde. Unser Verhältnis hat ihr nie zugesagt.«

»Was willst du damit sagen?«

Sie öffnete den Mund, um der Unterhaltung und ihrer Liaison mit Lucas ein schnelles Ende zu bereiten, als Bella eintrat. Der schwarze Spitzenschleier saß bereits auf ihrem Haar und bildete einen krassen Gegensatz zu ihrem sommerlichen Hauskleid. Sie wehte auf Lucas zu und schlug ihm hart den Fächer auf die Schulter.

»Aus dem Weg, Tölpel. Gaffen kannst du ein anderes Mal. Florine ist viel zu gut für dich. Muchacha, du wirst erwartet.«

Sie wurde nirgends erwartet, war jedoch froh, ihre Ahnungen über Lucas' Vorlieben nicht weiter vertiefen zu müssen. Im Hinausgehen stieß sie ihm den Ellbogen in die Rippen. Manchmal waren Zeichen deutlicher als Worte.

»Bella, ist dir aufgefallen, dass Lucas …«

»Ach, vergiss diesen Bauern. Du hast besseres verdient.«

Im Vestibül wurde sie tatsächlich von jemandem erwartet. Bertrands schwarze Livree hätte sich hervorragend in den Rahmen eingepasst, an dem sie gearbeitet hatte. Sobald er sie sah, verneigte er sich verdächtig ehrerbietig.

»Ist dem Chevalier wieder einmal die Garderobe abhanden gekommen? Hier findest du sie nicht.«

»Mein Herr wünscht, Euch zu einer Spazierfahrt einzuladen.«

Bertrands Brummeln ging mit einer Handbewegung zum Vorhof hinaus einher. Florine reckte den Hals.

Durch die Fenster der Vorderfront sah sie eine dunkelblau lackierte, offene Equipage, vor die vier fuchsfarbene Pferde gespannt waren. Der Lack und die Pferde glänzten gegeneinander an. Unterdessen lümmelte der Herr bequem in den Sitzpolstern. Die Beine von sich gestreckt, das Gesicht den Sonnenstrahlen zugewandt, aalte er sich in seiner Hochherrschaftlichkeit, ohne zu bemerken, dass diese stark unter seiner offenen Weste und hochgekrempelten Hemdsärmeln litt. Eine Rasur hatte er nicht für nötig gehalten. Cassian de Garou war sich seiner Sache sicher.

»Ich bin beschäftigt.«

»Was redest du denn?«, zischte Bella. Vor Aufregung ob dieser großen Ehre einer Ausfahrt war ihr spanischer Zungenschlag stärker geworden.

»Der Salon ist noch zu dekorieren, und danach muss ich in die Küche. Zu einer Spazierfahrt fehlt mir die Zeit. Außerdem schadet die Sonne meinem Teint.«

Bellas Miene sprach Bände: der Schaden an Florines Teint war durch die Sommersprossen schon geschehen.

»Wollt Ihr etwa ablehnen?«, sagte Bertrand ungläubig.

»Madre de Dios, natürlich will sie das nicht!«

»Ich habe bereits abgelehnt. Ohne sonderliches Bedauern, möchte ich hinzufügen.«

»Niemand schlägt Cassian de Garou etwas aus!«

»Dann macht er heute eine neue Erfahrung. Das Leben ist reich davon.«

Bertrand griff in sein Haar. Zwischen seinen Fingern ragten dunkelblonde Büschel in die Höhe. Da er sich nicht lautstark Luft machen konnte, wollten ihm die Augen aus dem Kopf quellen. Eine Art lautloser Erstickungsanfall mündete in einem Grunzen.

»Hör mal genau zu, Mädchen. Dir wird eine Gunst erwiesen, die du annehmen wirst. Vor wenigen Tagen warst du eine wahre Zecke und hast mich gezwungen, dich zu meinem Herrn zu bringen. Jetzt ist er hier, und du wirst ihn nicht abweisen. Du bist eine Kurtisane, und dazu eine, die nichts taugt.«

»Wie hast du mich genannt?«

Eine Handgreiflichkeit kam ihr gelegen, nachdem sie ganze Nächte wach gelegen hatte in Gedanken an Cassian. Sie war bereit, Bertrand eigenhändig aus dem Haus zu prügeln. Bella verhinderte es, indem sie sich vor Florine stellte und sie zurückdrängte.

»Bist du von Sinnen? Erkennst du keine Chance, wenn sie sich bietet?«

»Auf die Chance, zu seiner Bettgespielin zu werden, kann ich verzichten. Du weißt genau, wie solche Geschichten ausgehen, Bella.«

»Du redest dummes Zeug. Auf diesen jungen, ansehnlichen Kerl, nachdem sich jede Frau die Finger lecken würde, willst du verzichten? Dass ich nicht lache. Wir haben alles mitbekommen, Florine. Wir haben dich mit ihm beobachtet, und wenn du es nicht genossen hast, versteht keine von uns was vom Geschäft. Er ist verrückt nach dir. Ich werde den Mädchen erzählen wie du dich zierst, und ich schwöre dir, danach machen sie dir die Hölle heißt. Weil du unverzeihlich dumm bist.«

Florine schnappte nach Luft. »Ihr habt die Gucklöcher benutzt!«

»Wir wollten sichergehen, dass du zurande kommst. Ihr hattet mächtigen Spaß miteinander. Du schneidest dir ins eigene Fleisch, wenn du ihn nicht wiederholen willst. Deine Dekorationen sind nicht das Leben. Madame wird dir einen freien Tag zugestehen. Du hast ihn verdient, und du hast diesen Prachtburschen verdient. Lass dir einheizen, genieße es. Eviva la vida! Comprendes?«

»Aber ich muss …«

Kurzerhand legte Bella ihr die Hände auf die Schultern, drehte sie um und bugsierte sie an Bertrand vorbei in den Vorhof. Cassian öffnete die Augen. Sein Lächeln war betörend und erstickte jeden weiteren Widerstand. Er stieg aus der Kutsche.

»Endlich!«

Es war unfassbar. Ein Wort reichte aus, um ein Zittern in ihr auszulösen. Sein Timbre hallte in ihr nach. Vorfreude erhellte seine Züge. Sie wusste sehr genau, worauf sich seine Erwartungen richteten.

»Mir ist zugetragen worden, dass du Ausfahrten in offenen Kutschen magst. Ich habe die schnellsten Pferde anspannen lassen.«

»Eigentlich wollte ich … ich hatte vor … denn heute Abend findet ein Fest statt.«

Noch während sie stammelte, ergriff er ihre Hand und half ihr galant und nachdrücklich in die Equipage. Florine landete auf den Ledersitzen, bevor sie einen zusammenhängenden Satz zustande bringen konnte. Obwohl es Platz genug gab, rückte Cassian dicht an sie heran.

»Abfahren, Bertrand. Wir wollen den Tag nicht vergeuden.«

Die Equipage zog an und verließ den Hof. Über die Schulter sah sie zurück. Das alles war sehr unangemessen. Weder hatte sie sich einen Schal um die Schultern legen, noch einen Hut aufsetzen können. In einem dünnen, sackartigen Chemise für den Hausgebrauch wurde sie durch die Straßen von Versailles kutschiert. Es fügte sich vortrefflich in den Ruf, der in letzter Zeit an ihr haftete. Der ganze Ort konnte sich davon überzeugen, dass die graue Eminenz des Hauses Chrysantheme mitten im Fall von ihrem Sockel der Unberührbarkeit war.

»Ich habe dir etwas mitgebracht.«

Cassian setzte eine große Schachtel auf ihren Knien ab. Die Schleife des Seidenbandes war beinahe so groß wie der Deckel. Sie zupfte leicht daran.

»Ein Geschenk für mich?«

»Mir steht es bestimmt nicht so gut.«

Sie streichelte die Schleife. Ein Geschenk! Ganz alleine für sie. Sie hatte noch nie etwas geschenkt bekommen. Es rührte sie, und sie rief sich schleunigst zur Räson. Cassian besaß eine Chaise, eine geschlossene Kutsche und diese Equipage, etliche Pferde in seinem Stall und ein großes Haus mit kostbarem Mobiliar. Was das betraf, kannte sie sich aus. Was kostete ihn da ein Präsent für eine vermeintliche Kurtisane? Vermutlich machte er ständig Geschenke.

»Öffne es. Mach schon«, bedrängte er sie.

Sie zog an der Schleife und hob den Deckel. In der Schachtel lag ein Strohhut mit breiter Krempe und einem Zierband aus dunklem Blau.

»Ein Hut!«

Sie presste ihm den Deckel an die Brust, nahm den Hut heraus und setzte ihn auf. Das Band knüpfte sie unter ihrem Kinn zu einer großen Schleife. Das Stroh war biegsam und überschattete ihre Augen. Wenn sie nur einen Spiegel hätte!

»Wie sehe ich aus?«

Cassian spähte unter die Hutkrempe, so dass sie ihn aus nächster Nähe sah. Die Kanten seines Kinns, die Kerben in seinen Mundwinkeln, die langen Wimpern.

»Bezaubernd, betörend und zum Anbeißen süß.«

Sein Kompliment löste eine Hitzewallung in ihr aus, die bis unter ihre Kopfhaut prickelte. Ein Hut reichte aus, um sie in die Falle zu locken und alle kürzlich gefassten Vorsätze über den Haufen zu werfen. Ein Strohhut und ein Blick in seine graublauen Augen. Sie war froh, dass die Hutkrempe eine weitere Annäherung verhinderte. Von ihr gebremst, tippte er dagegen und grinste vergnügt.

»Da habe ich mich wohl selbst ins Hintertreffen gebracht. Fahr zu, Bertrand. Mademoiselle will den Wind spüren.«

Die Kutsche wurde schneller. Warmer Fahrtwind traf auf ihr Gesicht und ließ ihre Hutbänder flattern, und Cassian warf die Arme in die Luft und lachte lauthals. Sein Johlen spornte die Pferde zu Höchstleistungen an. Sie beobachtete ihn mit wachsendem Staunen. Vom Wilden in Ketten, über den erfahrenen Liebhaber und charmanten Grandseigneur bis zum übermütigen Jungen reichten seine Facetten. Sie dachte an den Kuss, den ihr neuer Hut verhindert hatte, spürte ein Glimmen in ihrer Brust und wusste, wo es enden musste. Cassian de Garou würde ihr das Herz brechen.

Florines Freude an einem neuen Hut war nicht von Bestand geblieben. An ihre Stelle trat Argwohn, den Cassian nicht wittern musste, um ihn zu erkennen. Nach allen Seiten sah sie sich um. »Das ist ein ungewöhnlicher Rastplatz.«

Abseits der Wege bot der Wald von Meudon, zwischen Paris und Versailles gelegen, kleine Lichtungen und schattige Plätzchen. Inmitten eines Nests aus Farnwedeln hatte Bertrand eine Decke ausgebreitet. Darunter war das Moos trocken und weich.

»Hier ist es schattig und kühl – und wir sind ungestört«, sagte Cassian.

Florine zupfte an ihrem Chemise und rutschte auf der Decke herum, als säße sie auf einem Ameisenhügel. Die Stille des Waldes schlug sich auf ihren Wortwitz nieder. Schräg fielen die Sonnenstrahlen durch das Laubwerk über ihren Köpfen. Die Equipage war von Bertrand zurück an den Waldrand gefahren worden.

»Ungestört, in der Tat«, murmelte sie und zog den Korb näher zu sich heran.

Er sank auf einen Ellbogen und winkelte das Bein an. Während er sie beobachtete, versuchte er ihre Gedanken zu ergründen. Sie konnte schlecht verhehlen, was in ihr vorging. Obwohl Frauen sich aus weniger verständlichen

Gründen zierten, war sie die erste, die dieses Verhalten ihm gegenüber an den Tag legte. Diese neue Herausforderung war äußerst amüsant. Geschäftig baute sie Schälchen und Töpfchen auf der Decke auf, dazu Geschirr, einen Weinschlauch, einen Brotlaib und eine Schüssel mit Hühnerschenkeln. Mit den Speisen zog sie eine Grenzlinie auf der Decke, exakt zwischen ihm und sich selbst. Er quittierte ihr Vorgehen mit einem Lächeln, das seine Belustigung verriet. Ihre Reaktion darauf stieg ihm direkt in die Nase. Es roch nach Ärger und unterschwelligem Groll. Sie führte keine kleine Farce auf, um ihren Stolz zu wahren und eine Entschuldigung aus ihm herauszukitzeln. Die bittere Nuance, die er unter ihrem eigenen Duft wahrnahm, ließ eher darauf schließen, dass sie ihm die Schüssel mit dem Hühnchen über den Kopf stülpen wollte.

»Wie viel habt Ihr Madame Chrysantheme für diesen Nachmittag mit mir geboten, Chevalier?«

»Es hat mir besser gefallen, als du mich geduzt hast, Florine. Mein Titel bedeutet nichts. Zwischen uns sollte es keine Schranken geben.«

»Welche Summe hast du Madame gezahlt?«

»Es kam mir nicht in den Sinn für deine Gesellschaft zu bezahlen.«

»Natürlich nicht. Deine gute Meinung über dich selbst lässt nicht einmal den Gedanken zu, eine Bezahlung könnte nötig sein.«

»Könnte es nicht eher meine gute Meinung über dich sein, die mich dazu veranlasst?«

Verärgert sah sie ihn an. Sie war auf Provokation aus und nicht auf Versöhnung. Gemeinhin zog er leichtere Beute vor und keine nahm er ein zweites Mal in Anspruch. Ausgerechnet diese Frau blieb eine Verlockung. In ihrer Nähe wurde er zu einer gespannten Saite und durfte sich nichts davon anmerken lassen. Nicht jedes Wild wurde gestellt, indem der Jäger es hetzte. Manches brauchte ausreichend Raum, musste sich aus eigenem Willen nähern, sonst ergriff es die Flucht und war nicht mehr einzuholen. Cassian sank auf den Rücken und verschränkte die Arme hinter dem Kopf.

»Können wir nicht einen friedlichen Sommernachmittag miteinander verbringen, Florine? Außer deiner Nähe verlange ich nichts von dir.«

Nach und nach verlor sich der bittere Hauch ihres Ärgers. Das Steingut klirrte verhalten, als sie die Töpfchen öffnete. Walderdbeeren, Reineclauden und Himbeeren lagen darin. Sie schob sich eine Himbeere in den Mund und zerdrückte sie am Gaumen. Eine nach der anderen aß sie, ohne aufzusehen. Was ging in ihrem Kopf vor? Das war eine Frage, die sich Cassian einer Frau gegenüber nie gestellt hatte. Noch immer blieb sie auf Distanz. Anstatt ihn anzusehen, richtete sie ihren Blick auf die Vögel, die über ihnen ein Konzert gaben, oder in den Farn, der sie von allen Seiten umgab. Manche Männer griffen zu Gedichten oder gar zu Gesang, um eine Frau zu beeindrucken. Ein Gedicht wollte Cassian nicht einfallen, und was den Gesang betraf, so wäre er nicht angebracht. Er brachte keine Strophe zu Ende, ohne den Kopf in den Nacken zu legen und ein Jaulen anzustimmen.

»Du magst scheinbar Himbeeren«, fand er ein unverfängliches Thema.

»Probier eine, sie sind süß.«

Es behagte ihm überhaupt nicht, eine Himbeere schlucken zu müssen. Fleisch war seine Nahrung. Gleichwohl hatte ein Satz ausgereicht, damit sie näher an ihn heranrückte, um ihm eine Himbeere an die Lippen zu halten. Diesen kleinen Erfolg wollte er nicht sofort wieder zunichte machen. Als er die Beere zwischen die Lippen nahm, berührte er ihre Fingerspitzen. Sie zog ihre Hand nicht zurück. Die Beere rollte über seine Zunge, hinunter in seinen Rachen. Sollte sie dort nicht stecken blieben, musste er schlucken. Er tat es mit Widerwillen.

»Noch eine?«

Lieber nicht. Er schüttelte den Kopf und schloss die Augen. Zum einen, um sich von dem ungewohnten Geschmack der Beere zu erholen, zum anderen, um Florine in Sicherheit zu wiegen. Die Grenzlinie aus Tongeschirr war durchbrochen. Ein süßer Geruch stieg in seine Nase. Das Himbeertöpfchen war geleert, und Florine hatte in eine Reineclaude gebissen. Zwischen seinen Wimpern hindurch beobachtete er sie. Der Saft der Frucht war klebrig und lief über ihre Finger. Da sie sich nicht beobachtet wusste, leckte sie sie ungeniert ab. Ein Finger, der in ihrem Mund verschwand und wieder hervorkam, eine rosige Zungenspitze, die einen Tropfen an ihrem Handgelenk entfernte. Sie war voll und ganz mit sich und ihrem Imbiss beschäftigt. Sollte er heute noch zum Zug kommen wollen, musste er stärkere Geschütze auffahren.

»Ich möchte dich spüren, Florine. Dicht bei mir.«

Zunächst geschah nichts, abgesehen davon, dass ihr Blick von seinem Gesicht zu seinen Stiefelspitzen und zurück wanderte. Dann räumte sie das Tongeschirr beiseite und setzte ihren Hut ab. Sie rückte zu ihm auf und streckte sich nach einem letzten Zögern an seiner Seite aus. Ihr Haar kitzelte sein Kinn, als sie den Kopf an seine Schulter legte. Ihr Duft war so satt und frisch wie in der mit ihr verbrachten Nacht und löste ein Ziehen in seinem Unterleib aus. Jetzt bloß nichts überstürzen. Quälend langsam hob er seinen Arm, schlang ihn um ihren Rücken und legte die Hand auf die Rundung ihrer Hüfte. Dann blieb er reglos liegen.

Ihr Atem begann im Gleichklang zu fließen. Sein Herzschlag verlangsamte sich, während sich eine seltene Ruhe in ihm ausbreitete. Die permanente Unrast, die ihn umtrieb, legte sich und hinterließ ein Gefühl tiefer Zufriedenheit. Keine steil ansteigende Erregung, keine Ungeduld, sie zu befriedigen, keine jähe Explosion, in der das Feuer erlosch, zwangen ihn zum Handeln. Er kostete das wohlige Brennen in seinen Adern aus. Sein Bedürfnis, in Florine einzudringen, sie zu nehmen, war nicht weniger geworden, gleichwohl gab sie ihm etwas, das er bisher nicht gekannt hatte. Die Muße, sich auf diesen Moment zu freuen.

Sanft streichelte er ihre Hüfte. Sie war weich und kurvig, zart und robust zugleich. Ihr Leib wurde schwerer, als sie sich entspannte. Nach einer ganzen Weile wagte sie einen Vorstoß auf seine Hemdknöpfe. Sie öffnete es und berührte seine Brust. Ein Finger umkreiste seine Brustwarze. Hatte er soeben etwa an Muße gedacht? Sein Körper teilte seine Meinung über deren Wert nicht. Cassian zwang sich zum Stillhalten. Die Liebkosung setzte sich fort, glitt von seinem Brustkorb tiefer, auf seinen Bauch zu. Dort ließ Florine ihre Hand flach liegen.

»Auf deinem Bauch könnte ich meine Wäsche schrubben.«

Die profane Bemerkung reizte zum Lachen. »Du knüpfst wirklich die seltsamsten Verbindungen.«

»Aber so ist es.« Sie folgte mit den Fingerspitzen dem Relief seiner Bauchmuskulatur. Es kitzelte. »Vielleicht hinkt der Vergleich, aber … Was ist das?«

Die Eintracht zwischen ihnen zerschellte. Abrupt setzte sie sich auf, und er war gezwungen, die Augen zu öffnen. Sie war so blass geworden, dass ihre Sommersprossen hervorstachen. Die Narben, die sie an seiner Seite entdeckt hatte, machten ihre Stimme spröde, und sie rückte von ihm ab.

»Das Geschehen im Gewölbe hielt ich für einen rüden Scherz. Der Schnitt und dein Blut, beides schien mir ein Gauklerkniff. Diese Narben … das kann nicht sein … sie wären mir nicht entgangen.«

Die Wunden waren verheilt, doch gehörten sie zu der Art Narben, die selbst die Heilkraft eines Werwolfs nicht vollständig austilgen konnte. Bis zu seinem Lebensende würden sie ihm erhalten bleiben. Der perfekte Augenblick inmitten eines Farndickichts war dahin, obgleich er sich nichts mehr wünschte als ihre Hände auf seiner Haut und weitere absurde Vergleiche. Ihr Misstrauen kehrte zu Recht zurück. Sie saß neben einem Wolf, der imstande war, alles und jeden zu zerfleischen, in Ausnahmefällen gar die eigene Sippe. Allerdings hatte er nicht vor, das vor ihr einzugestehen.

»Du hast sie schlicht übersehen, Florine. Es gab schließlich anderes, das dich …«

»Nein, du warst unversehrt, im Gewölbe und auch als wir … Die Narben sind neu, aber sie sehen nicht neu aus! Es kann nicht sein. Das würde bedeuten …« Ihr eigenes Keuchen unterbrach sie, wobei ihr Blick zwischen den Narben und seinem Gesicht hin und her wechselte. »Was bedeutet das? Wer hat das getan? Wer hat dir das zugefügt?«

Ihre Hand presste sich auf seine Seite, und dann geschah etwas Seltsames. Dort wo sie ihn berührte, entzog sie den Narben die Hitze, die noch immer darin gärte. Unter ihrer Hand wurde seine Haut kühl. Wie stellte sie das an? Die Fragen, die Juvenal an sie gerichtet hatte, geradezu auffällig bohrend, kamen ihm in den Sinn. Er konnte seinen Vater nicht darauf ansprechen, ohne sein starkes Interesse an Florine preiszugeben. Da ihre Aufregung für zwei reichte, musste er ihr zumindest einen Bruchteil der Wahrheit offenbaren.

»Nun ja, Saint-Germain hatte nicht ganz Unrecht.«

»Du bist unsterblich?«, stieß sie hell aus.

Von der Langlebigkeit, die ihm gegeben war, wollte er nichts erwähnen. Manchen Werwölfen war nicht einmal ein Menschenleben gegönnt. Diejenigen, die die Kämpfe gegen Vampire siegreich überstanden, erlangten ein Alter von etwa dreihundert Jahren. Cassian hatte gar von einem Alpha gehört, der das vierhundertundzweite Lebensjahr erreicht hatte. Unsterblich war keiner von ihnen. »Nein. Mein Körper heilt eben nur etwas schneller, das ist alles. Ich bin sozusagen ein medizinisches Wunder.«

Das klang viel besser als das Eingeständnis, ein Werwolf zu sein und konnte für Florine im Grunde keinen Unterschied machen. Das eine wie das andere erfüllte sie mit Unglauben, und die Wahrheit hätte zusätzlich dazu geführt, dass sie vor ihm die Flucht ergriffen hätte. Noch immer bleich, starrte sie auf seine Rippen.

»Aber wie …«

Er richtete sich auf und küsste sie, um weitere Fragen zu verhindern. Ihre Lippen waren etwas klebrig von dem Saft der Reineclaude, der Geschmack dahinter unvergleichlich. Sie lehnte sich an ihn, saugte sacht an seiner Zunge und hieß ihn willkommen. All die Worte hätte er sich sparen können, denn seinem Kuss gelang es, was sie nicht vermocht hatten. Er wischte Florines kurzen Schreck fort und brach mühelos durch ihre Zurückhaltung. Sie packte seinen Hemdkragen, sank auf den Rücken und riss ihn mit einem Ruck mit sich. Dicht am Ziel ließ er sich nicht drängen. Lange Nachmittagsstunden lagen vor ihnen und verboten überstürzte Hast. Er umfasste ihr Gesicht und wechselte hin und her zwischen aufreizendem Zungenspiel und zarten Küssen.

»Cassian …«

Sein zwischen zwei Küssen hervor gehauchter Name vibrierte in ihm nach. Sie wollte ihn. Unruhig glitten ihre Hände an ihm entlang, drängten nach dem Moment der Vereinigung, den er hinauszögern wollte. Im Streicheln ihrer Hände ertrinkend, ignorierte er das fordernde Pulsieren seiner Lenden. Noch nicht. Cassian schob sich tiefer, barg sein Gesicht zwischen ihren Brüsten. Neben Florines eigenem, durch ihre Erregung stärker gewordenem Geruch, nahm er etwas anderes wahr. Herb stieg es in seine Nase, Waldboden und Herbstlaub. Es geschah schon wieder. Er markierte sie. Es kam aus seinen Handflächen, und er rieb es über ihre Brüste, an ihrem Hals entlang und tief in ihr Haar. Sein ganzer Körper überzog sich mit seiner Marke, um sie auf Florine zu übertragen. Sie war sein. Sie gehörte ihm allein. Er rieb seine Wange an ihren Brüsten, in dem Gemisch aus ihrem und seinem Duft. Kehlig stöhnte er auf, als er ihren Rock nach oben schob und sie ihre Schenkel für ihn teilte.

»Sieh an, da stören wir ein lauschiges Rendezvous und der Bursche will uns nix übriglassen von seiner Kleinen, hä?«

Die Stimme war Glas, das über Reibeisen schmirgelte. Sie drang durch Cassians Lust und sein Verlangen, jedoch war es Florines leiser Aufschrei, der den Wolf weckte. Ihn machte die Störung rasend, und aus dem Sommergrün des Waldes wurden farblose Grautöne.

Wilderer konnten die Männer nicht sein, da diese jeder Begegnung auswichen und sich nicht an andere heranpirschten. Die Niedertracht in ihren schmalen Augen entlarvte die beiden als Strauchdiebe der übelsten Sorte. Dazu brauchte es keine genauere Betrachtung ihrer von Pockennarben zerfaserten Gesichter. In Florines Magen machte sich ein mulmiges Gefühl breit. Sie waren mitten im Wald, abseits des Weges und Bertrand war nirgends zu sehen oder zu hören. Da half es nur, die Beine in die Hand zu nehmen und sich davonzumachen. Allerdings schien Cassian diese Ansicht nicht zu teilen. Ihm waren die Männer lediglich einen Ruck seines Kinns wert.

»Verschwindet!«

Seine Hand lag noch immer auf ihrem Knie. Da sein Oberkörper zur Hälfte über ihr war, gestützt von seinem gestreckten Arm, konnte sie sich nicht aufrichten. Der Größere der beiden Halunken stolzierte auf die Decke und trat gegen Cassians Stiefelschaft.

»Mach mal Platz, Hübscher, damit wir dein Täubchen besser sehen können.«

Das rohe Gelächter endete so abrupt wie es begonnen hatte. Eben noch war Cassian am Boden gewesen und plötzlich stand er aufrecht. Seine Bewegung kam so schnell, dass Florine noch immer seine Berührung an ihrem nackten Knie zu spüren vermeinte. Hastig setzte sie sich auf und zog den Saum ihres Chemises bis zu den Fußknöcheln hinab. An Cassians Beinen vorbei musterte sie die Störenfriede. Sie trugen Lumpen, aus denen ein strenger Geruch nach Schweiß und Alkohol waberte. Cassians Verhalten hatte zwei schartige Klingen zutage gefördert. Der Anblick der Waffen hob Florine auf die Knie. Die Hände flach auf die Decke gepresst, wartete sie auf sein Zeichen. Jeden Moment konnte er es geben, und sobald es soweit war, würde sie aufspringen und rennen. Sie behielt seine Hand im Auge, um im richtigen Moment danach zu greifen. Noch hing sie locker herab.

»Bürschchen, wenn du nicht willst, dass wir dir eine Rasur verpassen, solltest du netter zu uns sein.«

Donner schien durch den Wald zu rollen und brachte die Vögel zum verstummen. Dieses Knurren, tief aus der Kehle, hörte sie nicht zum ersten Mal. Im Wald klang es bedrohlicher als im Gewölbe, da der Laut sich zwischen den Bäumen fortsetzte. Die Strauchdiebe schienen keine Ahnung von der Bedrohung zu haben, vor der sie standen. Ihr Grinsen zeigte mehr Zahnlücken als Zähne. Das Knurren wurde tonlos und ungut und riet dazu, in Deckung zu gehen. Auf Händen und Knien schob Florine sich zurück, bis ein Baumstamm in ihrem Rücken sie aufhielt.

»Uns legst du nicht rein, Schnösel.«

Es war der Kleinere, der einen wendigen Satz auf Cassian zumachte, und es kam ihn teuer zu stehen, denn dieser wich dem Stoß des Messers nicht aus, sondern packte das Handgelenk des Strauchdiebs und verdrehte es mit einem knappen Ruck. Knackend brach ein Knochen, und das Messer fiel zu Boden. Der Angreifer umfasste sein Handgelenk und beugte die Schultern vor.

»Das Schwein hat mir die Hand gebrochen!«

Was darauf folgte entzog sich Florines Wahrnehmung. Weißer Hemdenstoff wirbelte vor ihren Augen, Cassians Haar flog auf, und die Spitzen seiner Manschetten flatterten. Das Geräusch von Fäusten, die auf Fleisch und Knochen trafen, war ihr vertraut. Etliche Schlägereien hatte sie in Paris mitverfolgt als sie noch ein Kind gewesen war, keine davon so effizient und brutal wie diese. Ihr Mund wurde trocken. Eng drückte sie sich an den Baumstamm, da sie sich außerstande fühlte, ihrem Impuls nachzugeben und einfach davonzulaufen, um nicht länger zusehen zu müssen. Wenig später wälzten sich die Strauchdiebe am Boden. Blut rann aus ihren Nasen, sammelte sich an Oberlippe und Kinn. Sein schneller Sieg war Cassian nicht genug. Er zerrte die Männer zurück auf die Füße, nicht am Kragen – an ihren Kehlen. Mit je einer Hand würgte er sie, ungeachtet ihres kläglichen Zappelns. Ihre Züge verzerrten sich, färbten sich allmählich von tiefem Rot ins Bläuliche. Das Röcheln aus ihren klaffenden Mündern zwang Florines Puls zu einem stockenden Rhythmus.

Zweifelsohne wollte er sie umbringen und drückte den Männern so hart die Luft ab, dass seine Knöchel weiß hervortraten. Fassungslos über dieses Ausmaß einer Brutalität, die sie an Cassian weder bemerkt, noch ihm zugetraut hatte, verfiel Florine in eine Lähmung. In wachsender Verzweiflung krallten sich die Männer in Cassians Unterarme und zerrten an seinen Ärmeln. Stoff riss, ohne dass er auch nur ins Wanken geriet. Diesen Todeskampf hatten die beiden Schurken nicht verdient. Es war unmenschlich. Sie öffnete den Mund. Zunächst kam kein Laut über ihre Lippen.

»Hör auf.« Ihre Stimme war ein Rascheln von Laub, aber sie löste ihre Lähmung, sie konnte tief Luft schöpfen. »Hör auf damit!«

Am Baumstamm entlang schob sie sich nach oben. Borke brach in ihrem Rücken und drückte schmerzhaft in die Haut. Cassian hörte nicht auf sie. Er wollte nicht aufhören, ehe seine Gegner leblos zusammenbrachen. Sein Vorgehen übertraf den Gleichmut der Aristokratie gegenüber niederem Gesindel. Wenn er nicht innehielt, würde er zum Mörder werden, vor ihren Augen.

»Um Gottes Willen, Cassian! Lass die Männer los!«

Hart stieß er die beiden von sich, die binnen eines Lidschlags von Tätern zu Opfern geworden waren. Keuchend blieben sie in den Farnwedeln liegen, husteten, spuckten und rieben über ihre Hälse.

»Verschwindet, bevor ich es mir anders überlege.«

Diesmal gab es kein Zögern. Noch zu mitgenommen, um sich zu erheben, krochen die Kerle auf Händen und Knien in den Farn hinein. Cassian ging es nicht schnell genug. Trotz Florines Aufschreies setzte er ihnen nach. Sie war froh, dass er sie lediglich an ihren Lumpen packte, auf die Füße stellte und vor sich hertrieb. Die Männer stützten sich gegenseitig und stolperten davon, so schnell ihre Füße sie trugen. Ihr Weg durch den Farn teilte die Pflanzen in eine unruhige Schlangenlinie. Erst als die Strauchdiebe zwischen den Bäumen verschwunden waren, kehrte Cassian um. Florine traf ein Blick, unter dem sie taumelte. Der Baumstamm bot wenig Schutz, aber etwas anderes gab es nicht. Sie stieß sich den Fuß an einer Wurzel an, als sie dahinter in Deckung flüchtete.

»Florine.«

Sie hörte ihn kommen. Farnwedel schlugen gegen das Leder seiner Stiefel. Ein Ast brach und das Tongeschirr klirrte. Sie hatte Angst, eine nahezu ebenso große Angst wie die beiden Strauchdiebe sie verspürt haben mussten. Als Cassian den breiten Stamm umrundete, flitzte sie darum herum. Stille. Sie hörte nichts mehr, außer dem Rauschen ihres Blutes in ihren Ohren. Wo war er?

»Florine, sie sind fort. Du musst keine Angst haben.«

Sie hatte keine Angst vor zwei räudigen Halsabschneidern. Sie hatte Angst vor dem, was sie gesehen hatte. Silber in Cassians Augen, ein unnatürliches Flirren, das aus ihm einen anderen machte. Die Narben … seine Erklärung … er konnte kein Mensch aus Fleisch und Blut sein. Dann zweifelte sie an ihrem eigenen Verstand, der daran scheiterte, das Unmögliche zu denken.

»Sieh mich an, Petite.«

Er war auf der anderen Seite des Baumes aufgetaucht. Lautlos, obwohl das Laub trocken war und jeder Schritt zu hören. An den Stamm gepresst drehte sie den Kopf zur anderen Seite. Es brauchte keinen Kosenamen, um sich klein und schutzlos zu fühlen. Sie wurde wieder zum Kind im Haus der Balbeuf, stets auf der Hut, ohne den regelmäßigen Hieben entgehen zu können, die die Balbeuf ihren Schützlingen erteilt hatte. Gewalt gehörte zu den Dingen, die sie schier blind machten vor Furcht. In den Straßen von Paris hatte sie genügend Opfer gesehen, um zu wissen, wie schnell sie selbst dazu werden konnte. Es war nahezu aussichtslos, sich dagegen zu wappnen, denn ab einem gewissen Punkt scheiterten all die Strategien, die sie sich zugelegt hatte, um keine Grausamkeiten erdulden zu müssen. Sie wusste es. Sie kannte ihre Schwäche und die aller anderen Frauen ohne Schutz.

»Florine …«

Sie fuhr so heftig unter seiner Berührung zusammen, dass ihre Zähne aufeinander schlugen. Die Hand auf ihrer Schulter hatte einen Menschen beinahe vom Leben in den Tod befördert.

»Geh weg.«

Ihr Flehen war nutzlos. Cassian ging nicht weg, sondern kam näher, legte seine Hände links und rechts von ihrem Kopf an den Stamm und drückte sich in ihren Rücken. Sie spürte ihn an ihren Beinen, seinen Atem in ihrem Nacken und sah hinter der Dunkelheit ihrer geschlossenen Augen Reißzähne aufblitzen. Ein Schauder zog durch sie hindurch. Sie wusste nicht, wie lange sie dort standen, lange genug, damit ihr Herz zu seinem regelmäßigen Schlag zurückkehren konnte und die Wärme seines Körpers an Bedrohung verlor.

»Ich musste dich schützen. Ich kann nicht zulassen, dass dir … ich brauche dich.«

Ein Mann von seiner Körperkraft brauchte sie ganz sicher nicht. Florine wagte einen Blick durch ihre gespreizten Finger in seine Augen. Da war nichts, kein silbriges Glitzern, keine Flecken. Nichts, außer tiefem Blaugrau, in dem leichte Unruhe und Zerknirschung standen.

»Verzeih mir, ich wollte dich nicht erschrecken.«

Sie berührte seine Wange. Was hatte er an sich, das es ihr so den Atem raubte? Weshalb nur, war seine Wirkung auf sie so unglaublich präsent, dass jede Vernunft daran zerschellte?

»Bring mich nach Hause«, bat sie.

Er sah auf sie herab. Schwer hob sich sein Brustkorb, nach Atem oder Fassung oder beidem ringend, ehe er zurücktrat, zwei Finger in den Mund steckte und einen schrillen Pfiff ausstieß.

»Bertrand ist gleich bei uns.«

Nach dieser Zusicherung nestelte er an seinem Hemd und schloss die Knöpfe. Sein Haar fiel nach vorne, verbarg sein Gesicht und den Ausdruck darin. Ein Gewirr aus dunklem Bernstein, weich und dicht. An seiner Haltung war nichts von einem Mann, der zu Gewalt neigte. Eher schien er seine Enttäuschung über den misslungenen Ausflug vor ihr verhehlen zu wollen. Er hatte gesagt, dass er sie brauchte, und so wie er da stand und seine Kleidung richtete, dabei gleichzeitig Abstand zu ihr einhaltend, kam es ihr nicht mehr ganz so unglaubwürdig vor. Ihre Angst vor ihm schien ihr plötzlich übertrieben.

Gewalt hatte er ihr gegenüber nicht gezeigt. Ganz im Gegenteil, seine Berührungen waren sanft, sein Mund brannte selbst jetzt noch auf ihren Lippen und forderte eine Fortsetzung. Außerstande ihm sein Verhalten nachzutragen, zumal es aus Sorge resultierte und dem Bedürfnis sie zu beschützen, trat sie zu ihm und streifte sein Haar hinter seine Ohren. Eine einzelne Strähne entging ihr, durch die er sie, überrumpelt von ihrer Geste, anblinzelte. Er öffnete den Mund, doch bevor er etwas sagen konnte, hob sie sich auf die Zehenspitzen, umschlang seinen Nacken und küsste ihn mit einem Heißhunger, der ihm jede Schandtat verzieh. Es war dumm, vielleicht sogar gefährlich, aber sie konnte nicht anders. Sie wollte ihn mehr als alles andere auf der Welt.

Die Geldbörse klimperte schwer in Saint-Germains Rocktasche, als er einen geistesgegenwärtigen Satz hinter die Hausecke machte. Er kannte die Equipage, die in rasanter Fahrt in den Hof einfuhr, gezogen von vier prächtigen Wallachen mit glänzend fuchsrotem Fell. Ihre Mähnen wehten um ihre stolz gebogenen Hälse, und ihr Hufschlag wurde von den Hofmauern zurückgeworfen. Das Wappen auf der Equipage war in vier Hälften geteilt. Oben rechts war ein Tor zu sehen, dessen Bogen scharfe Zacken aufwiesen. Unten links ein Turm, gekrönt von spitzen Zinnen. Die Zeichen bildeten jeweils die Hälfte eines Ganzen, aber dass Tor und Turm für sich betrachtet keinen Sinn ergaben, war nach Saint-Germains Wissen noch keinem aufgefallen. Geschweige denn, dass jemand sich die Mühe machte, sie - wenn auch nur in Gedanken - übereinander zu legen, um den Sinn zu erkennen. Erst dann nämlich sah man, was sich dahinter verbarg: das offene Maul eines Wolfes. Somit musste in der Equipage Cassian de Garou sitzen, ein Mann der nicht dazu neigte, an den Ort einer einmal erlittenen Demütigung zurückzukehren.

Allerdings sah Saint-Germain zunächst niemanden im offenen Innenraum der Equipage. Stattdessen fiel ihm die mürrische Miene des Kutschers auf, der stur die Augen nach vorne richtete. Erst als er das Gefährt zügelte, erhaschte Saint-Germain einen Blick in die Lederpolster. Wenn das nicht außerordentlich war. Zwar war der Name Garou bezeichnend für einen Loup-Garou von altem Geschlecht – obwohl auch das seinem Umfeld unbekannt war – und die Triebe seines alten Blutes legendär, aber bisher hatte sich der Werwolf selten mit Frauen in der Öffentlichkeit gezeigt. Erst recht vergnügte er sich nicht bei hellem Tageslicht mit ihnen in einer offenen Equipage, damit ihm jeder dabei zusehen konnte. Wer immer sie war, sie wurde unter Cassian begraben, der nichts Besseres zu tun hatte, als sie vor aller Augen zu verschlingen.

»Wir sind da«, sagte der Kutscher, ohne seine starre Blickrichtung aufzugeben.

Ein Werwolf reinen Blutes ließ sich in seinem Vergnügen nicht stören, zu groß war sein Bedarf an Befriedigung. Und Cassian de Garou wilderte in allen Gesellschaftsschichten. Von der Herzogin bis zum Blumenmädchen war keine vor ihm sicher – nun also eine Kurtisane. Das machte Saint-Germain stutzig und neugierig zugleich. Er war gespannt, welches der Mädchen aus dem Haus Chrysantheme die Aufmerksamkeit des Werwolfs auf sich gezogen hatte.

»Wir sind da, Herr«, wiederholte der Kutscher nachdrücklicher.

Im Aufrichten zog Cassian seine Begleitung mit sich. Verblüfft weiteten sich Saint-Germains Augen. Die kleine Mamsell! Weniger adrett, da ihr Haar offen und unordentlich war – sogar eine Haarnadel sah er darin wippen –, aber sie war es, und es war offensichtlich, dass der Werwolf nicht von ihr ablassen konnte. Seine Hände waren überall, an ihrem Hals, den Schultern, auf ihrem Rücken, um ihre Taille. Sein Mund klebte noch an ihren Lippen, als sie im Rückwärtsgang aus der Equipage stieg. Wer von den beiden den anderen stärker berauschte, konnte Saint-Germain nicht erkennen, zu groß war seine Überraschung.

Schritte scheuchten ihn auf. Ein Bursche trug zwei Eimer aus einem Nebeneingang. Sein Name war ihm entfallen. Vage erinnerte er sich, ihn schon gesehen zu haben. Er winkte ihn zu sich.

»Er da, zu mir.«

Als der Bursche zu ihm schwenkte, fiel es Saint-Germain wieder ein. Dieser Narr hatte sich dem Werwolf entgegenstellt und sich eine gebrochene Nase eingehandelt. Die Schwellung hielt sich hartnäckig.

»Die kleine Mamsell war das Faktotum von Madame. Seit wann ist sie eine Kurtisane?«

Der Bursche spähte um die Ecke und zog sofort den Kopf wieder zurück. Wut zerrte an seinen Mundwinkeln. So arglos das Blau seiner Augen war, ein Menschenkenner erkannte in seinen Zügen einen Hang zur Grausamkeit. Vermutlich galt sie kleinen, hilflosen Tieren, neugeborenen Kätzchen und Ähnlichem. An etwas Größeres wagte sich so einer selten heran.

»Seitdem dieser Hundsfott daherkam und sie auf der Versteigerung erstand.«

»Er hat sie ersteigert?«

»Für zweitausend Louis D'Or.« Der Bursche spuckte aus. »Er hat sich Florine was kosten lassen. Eins kann ich Euch aus erster Hand verraten: wert ist sie's nicht.«

Dem musste Saint-Germain uneingeschränkt zustimmen. Ein Kindergesicht voller Sommersprossen und eine Stupsnase waren nicht einmal die Hälfte wert. Was fand Cassian de Garou an einem Weibsbild, deren Kurven sie zu einer wandelnden Sanduhr machten? Sein Augenmerk hatte bisher graziösen Frauen gegolten, feingliedrig und langbeinig erinnerten sie an die bevorzugte Beute eines Wolfes: Rotwild. Die kleine Mamsell besaß vielleicht hübsche Beine, allerdings war ihr Wuchs zu gering, als dass sie sonderlich lang sein konnten. Dennoch hatte sie den Werwolf seine hohen Maßstäbe vergessen lassen. Das Vermögen, das er für sie gezahlt hatte, zog Saint-Germains Rocktasche nach unten.

»Wann war die Auktion?«

»Vor einigen Tagen. Heute kam er angefahren und holte sie ab. Zu einer Spazierfahrt. Die Einladung hat ihr mächtig imponiert. Für einen Sitzplatz in seiner Equipage hat sie sich vögeln lassen. So billig ist bei Madame Chrysantheme keine andere zu haben.«

Mehrere Spuckflecken am Boden begleiteten die hasserfüllten Worte des Burschen. Saint-Germain wedelte ihn fort. Sollte der Kerl woanders herumspucken, er hatte genug gesehen und gehört, um sich ein Bild zu machen. Es führte zu unglaublichen Schlussfolgerungen. Der Sprössling reinsten Blutes hatte einen Narren an diesem Weib gefressen und konnte sich nicht loseisen. Die Unterhaltung der beiden dehnte sich, da sie von ständigen Küssen unterbrochen wurde. Verstehen konnte Saint-Germain nichts, doch Cassian lehnte sich soweit aus der Kutsche, dass er jeden Moment den Halt verlieren konnte. Seine übliche Geschmeidigkeit litt beträchtlich unter seiner Begeisterung für die kleine Mamsell. Sie war so groß, dass eine einmalige Begegnung nicht ausgereicht hatte, und wie es aussah, sollte dieses zweite Stelldichein nicht das letzte bleiben.

Saint-Germain lehnte sich an die Hauswand. Die Sonne wärmte sein Gesicht und seine Schultern. Er sah direkt in das Licht hinein und überlegte. Wenn ihn nicht alles täuschte, so hatte das Verhalten des Werwolfs Ähnlichkeit mit der Art wie der Goldene mit Marie Brel umgegangen war. Permanente Aufmerksamkeit, stets auf sie gerichtet, die Umgebung ausblendend und von einer Leidenschaft getragen, die noch stärker brannte als die Augustsonne.

Hufschlag und das Rattern der Räder schreckte Saint-Germain auf. Die Equipage rollte davon, während Cassian de Garou seiner neusten Eroberung mit dem Hut zuwinkte und jede Contenance vergaß, die er sich und seiner Sippe schuldig war. Könnte es sein? Saint-Germain lugte um die Hausecke. Die kleine Mamsell stand auf den Stufen und drückte einen großen Strohhut auf ihren Kopf. Wenn er sie so ansah, konnte es nicht sein. Andererseits hatte sie vermocht, einen Werwolf zu fesseln. Bei der Vorstellung alles könnte so werden wie einst, wurde ihm die Atemluft knapp. Die ewige Jugend einschließlich einer ebenso lang währenden Dankbarkeit rückte in greifbare Nähe. Der Goldene brauchte eine neue Sonne, die sein lichtloses Dasein erhellte, und Saint-Germain würde nichts unversucht lassen, um sie ihm sie beschaffen.

Der Wolf legte alle Kraft in seinen Lauf. Licht und Schatten flirrten in seinen Augen, während er durch niedriges Dickicht brach und über gestürzte Stämme hinwegsetzte. Ein Stück vor ihm wirbelten die Hufe des Hirschs Laub auf. Eine Beute auf dem Höhepunkt ihrer Kraft, deren mächtiges Geweih den Nachteil hatte, dass sie nicht zwischen eng stehenden Bäumen entkommen konnte. Es konnte nicht die erste Hetzjagd für den Hirsch sein, doch auf die einzige Taktik sein Leben zu retten, verfiel er nicht. Andere Artgenossen schlugen Haken, die den Jäger aus der Bahn warfen und ihren Vorsprung vergrößerten, dieser aber rannte in sturer Panik geradeaus auf den Waldrand und ein offenes Feld zu. Damit gab er seine Instinkte und seine Deckung auf und war verloren. Der Wolf holte auf.

Halme streiften seinen Bauch und kitzelten über seine Nase. Er wurde zu einem gestreckten Pfeil inmitten einer wilden Wiese. Dumpf trommelten seine Pfoten auf das Erdreich. Nun war er nah genug, um den harten Herzschlag seiner Beute hören zu können. In einem letzten Versuch zu entkommen, schwenkte der Hirsch ab. Mühelos hielt der Wolf mit, erhaschte einen Blick in ein feucht glänzendes Auge tiefsten Brauns und setzte zu einem gewaltigen Sprung an. Im kurzen Augenblick der Schwebe, da ein weites Maul auf eine Kehle zuhielt, zerschmolzen Jäger und Gejagter zu einer Einheit, verbunden durch das Tosen ihres Blutes. Der Rausch der Jagd würde dem einen den Tod und dem anderen einen vollen Magen bringen.

Der Biss brachte den Hirsch zu Fall. Seine Vorderbeine knickten ein, und getragen von beider Schwung überschlugen sich Wolf und Hirsch. Der Wolfskiefer verkrampfte, seine Zähne zertrennten Sehnen, Nerven und Knochen. Als die Augen des Hirsches ihren Glanz verloren und brachen, ließ der Wolf von der Kehle seiner Beute ab und wandte sich dem weichen Bauchbereich zu. Kurz darauf begann er zu fressen.

Die Leibesmitte des Wolfes schwang prall von einer Seite auf die andere, als er in den Wald zurückkehrte. Das Gluckern eines tiefen Bachlaufs lenkte ihn. Er stelzte vorsichtig hinein und trank. Sein Blick suchte die Umgebung ab, blieb wachsam und quecksilbrig, selbst nach erfolgreicher Jagd und einem tiefen Sättigungsgefühl. Der anbrechende Abend tauchte den Wald in ein Licht aus dunklem Gold und setzte Glanzlichter auf die Wasseroberfläche. Der Felsstein, der flach über das Nass ragte, war Aussichtspunkt und Ruheplatz in einem. Zufrieden wälzte sich der Wolf auf dem von der Sonne erhitzten Stein. Seine Pfoten tanzten durch die Luft, dann blieb er auf der Seite liegen und schloss die Augen. Sein Bauch war voll, die letzten Strahlen des Tages warm und die erfolgreiche Jagd sorgte für Seelenfrieden. Die gespitzten Wolfsohren fingen das Rascheln der Blätter ein, das Keckern eines Eichhörnchens und das Knacken eines spröden Asts im Wald. Das stete Rauschen des Wassers wurde zu einer einschläfernden Melodie.

Jäh schreckte er aus seinem Dösen auf und hob den Kopf. In einiger Entfernung kam ein Mann zwischen den Bäumen auf ihn zu. Keine Gefahr, ein Freund, dessen Geruch ihm bekannt war. Ein kehliger Laut hieß den Mann willkommen, der sich langsam näherte und ein Bündel ablegte.

»Falls Ihr pünktlich eintreffen wollt, ist es an der Zeit, Chevalier.«

Wolfsohren spielten, suchten den Sinn der Worte zu erfassen und fanden ihn im ruhigen Tonfall des Menschen. Er war ein Chevalier, und der Name des Mannes war Bertrand. Nachdem der Wolf gegähnt hatte, klappte sein Maul hörbar zu.

»Ihr habt mich gebeten, Euch an Eure Verabredung zu erinnern, Herr«, rechtfertigte sich Bertrand und setzte sich neben die ordentlich gefaltete Kleidung seines Herrn. Nach einer kurzen Musterung grinste er. »Diesmal habt Ihr Euch überfressen. Von dem Hirsch ist nicht mehr viel übrig.«

Mit einem Brummen sprang der Wolf auf und schüttelte sich. Von der Schnauze bis zu seinem gestreckten Schweif wurde er zu einem rotierenden Fellbündel. Kurz darauf setzte die Verwandlung ein. Cassian kam auf die Füße, wischte sich das Haar aus den Augen und streckte sich. Die Schlankheit seines Körpers wurde von einem kugelartigen Bauch gestört. Spöttisch und besorgt zugleich zog Bertrand die Augenbrauen in die Höhe.

»Ihr werdet Magenschmerzen bekommen.«

Die hatte er bereits. Weder würden sie ihn von irgendetwas abhalten, noch wollte er sie vor Bertrand eingestehen. Bis Mitternacht blieb ausreichend Zeit, in der sein

Bauch in die gewohnte Form zurückfinden konnte. Er hatte die Jagd und die Massen an rohem Fleisch gebraucht, um den Aufruhr einzudämmen, den Florine in ihm zurückgelassen hatte. Küsse allein reichten ihm nicht, und zu mehr war es am Nachmittag nicht gekommen. Florine würde heute Nacht keinen Hinweis auf seine Fressorgie vorfinden. Einzig die Narben waren verdächtig, da sie durch die Verwandlung zu zwei blassen Fäden auf seiner Haut geworden waren. Diese würden ihm bis an sein Lebensende erhalten bleiben.

»Es ist noch genügend Zeit für ein Bad«, stellte er fest.

Der Himmel über den Baumwipfeln war noch immer Sommerblau und würde es noch mindestens eine Stunde bleiben. Bis zu den Hüften watete Cassian ins Wasser. Kühl und klar umspülte es ihn. Seine Anspannung war gewichen, geblieben war prickelnde Vorfreude auf eine Nacht mit Florine. In der Grotte auf dem Grundstück von Madame Chrysantheme würden sie sich treffen, ungestört, da im Haus ein Fest in ganz privatem Kreis stattfinden sollte. Was immer ihren Sinneswandel ausgelöst hatte und sie ihre panische Angst vor ihm nach dem Vorfall im Wald vergessen ließ, Cassian hinterfragte es nicht. Ihm war es genug, dass sie sich nicht von ihm abwandte und sich auf eine weitere Verabredung eingelassen hatte. Er brauchte Florine, weit über das Maß körperlicher Erfüllung hinaus. Nahm er an. Erweisen würde es sich nach einer weiteren Nacht mit ihr.

Er schaufelte Wasser über Brust, Bauch und Arme. In kalten Bächen lief es über seine Haut und wusch den strengen Geruch des Wolfes fort. Zuletzt tauchte er den Kopf hinein. Wasser flog in hohem Bogen aus seinem Haar durch die Luft. Er rieb es sich aus den Augen, kehrte ans Ufer zurück und nahm von Bertrand den Weinschlauch entgegen. Sein Leibdiener tupfte mit einem Handtuch an ihm herum wie eine zimperliche Jungfer. Cassian nahm es ihm ab und rubbelte sich durch die Haare. Davon ließ sein Leibdiener sich nicht irritieren und reichte ihm die einzelnen Kleidungsstücke erst, nachdem er sie sorgfältig ausgeschüttelt hatte. Hier schnippte er eine Fluse fort, dort glättete er eine Falte. Die Fürsorge galt dem Respekt vor seinem Leitwolf. Sie zeugte von uneingeschränktem Vertrauen und der Anerkennung seiner Dominanz. Es war das übliche Verhalten eines Rudelmitglieds gegenüber seinem Alpha. Nach dem Anfangsbuchstaben des griechischen Alphabets nannten sich die Werwölfe aus den alten Sippen. Ausschließlich an ihnen entfaltete der Vollmond seine geballte Kraft. Sie waren diejenigen, auf denen der Fluch der Bestie lag. Den von Alphas gebissenen Menschen blieb es erspart, ohne dass jemand den Grund dafür nennen konnte. Die Chroniken gaben darüber keinen Aufschluss, sondern befassten sich lediglich mit den Geboten, die es nicht erlaubten, voreilige Umwandlungen herbeizuführen. Cassian hielt sich daran, wie alle Sippenangehörigen. An Abenteurern fehlte es selten, die bereit waren sich einem Rudel anzuschließen. Es bettete sie in eine Gemeinschaft aus Regeln und gewährte ihnen doch große Freiheit. Sie unterstanden nicht allein dem Befehl, sondern auch dem Schutz ihres Leitwolfes und waren an nichts, außer das Gesetz des Rudels, gebunden. Ob Florine jemals … er dachte diesen Gedanken nicht zu Ende.

Durch das Zwielicht unter den Bäumen schlenderten sie zurück zur Equipage. Die Pferde begrüßten Cassian mit leisem Wiehern. Sie kannten seinen Geruch seitdem sie Füllen waren, seine Nähe flößte ihnen keine Furcht ein. Sanft streichelte er ihre Nüstern, flüsterte ihnen Koseworte zu und verfütterte kleine Äpfel. Wenig später schaukelte die Equipage in gemächlichem Tempo aus dem Wald von Meudon, in die einbrechende Nacht hinein. Die Schwere seines Magens presste ihn in die Sitze. Prüfend drückte er auf seinen Bauch. Die Wölbung war weniger geworden, stellte er erleichtert fest. Es wäre ihm auch schwergefallen, Florine einleuchtend zu erklären, wie innerhalb weniger Stunden aus einem Waschbrett ein Ballon werden konnte.

Des Wahnsinns hatte sie Cassian de Garou bezichtigt und nun war sie es selbst, die diesem Zustand näher war als je zuvor. Von der Logik, auf die sie so stolz war, die sogar in ihre Arrangements einfloss, war nichts geblieben. Sie musste vollkommen verrückt sein, ihn noch einmal zu treffen, nach allem was geschehen war.

»Sei auf der Hut.«

Aimées Warnung schien Florine wie die ausgesprochene Fortsetzung ihrer Gedanken. Sie hielt in ihrer Arbeit inne und brauchte einen Moment, bis sie begriff, dass es nicht um Cassian ging, sondern um etwas anderes. Schließlich konnte Aimée von ihren Gedanken nichts wissen. Sorgsam musterte Florine ihr halbvollendetes Werk. Nein, der Goldpuder, den sie mit einer Quaste auf Aimées dunkle Haut auftrug, war dort, wo er sein sollte. Aimée sollte die Sensation des Abends werden.

»Wovor soll ich auf der Hut sein?«

»Saint-Germain war heute hier und hat sein Geld abgeholt. Und dann kehrte er zurück und stellte Fragen über dich. Natürlich hat die Chrysantheme keine davon beantwortet.«

»Was sollte sie auch preisgeben? An mir gibt es kein Geheimnis.« Seufzend betupfte sie Aimées Brustspitzen mit Goldpuder. Es war bedauerlich kein Geheimnis zu haben. Anderen Frauen gingen sie nie aus. Ohne jedes Geheimnis zu sein, war geradezu schändlich, insbesondere da der Mann, der ihre Gedanken beherrschte, mehr als eines zu besitzen schien. Sie zählte bereits die Stunden, bis sie ihn wiedersah, und obwohl sie genug Ablenkung hatte, vergingen sie viel zu zähfließend. Sie hatte schon wieder vergessen, worüber Aimée sprach, da sie anstelle einer von Goldpuder überstäubten Haut Cassians Mund vor sich sah. Sie schrak zusammen als Aimée fortfuhr.

»Saint-Germain wollte wissen, wie es dir gelingen konnte, die schweren Eisenringe aus ihrer Verankerung zu lösen. Er nannte es ein Akrobatenstück. Scheinbar traute er dir so viel Geschick nicht zu.«

»Es gibt Situationen, in denen ein Mensch über sich hinauswachsen kann.«

»So etwas Ähnliches hat die Chrysantheme auch gesagt. Und da fragte er doch glatt, welche Talente du sonst noch hast.«

Kein Geheimnis und keine besonderen Talente, das war ja die Crux. Sie gab einen vagen Laut von sich und richtete ihre Aufmerksamkeit und die Puderquaste auf Aimées Rückenpartie.

»Meine Talente sind hinreichend bekannt. Sie erschöpfen sich in einem passablen Gespür für Farben und Symi… Sums… Du weißt schon, wenn Gestalt und Form exakt zueinander passen. Außer einen Raum ansprechend zu gestalten und aus Kurtisanen Märchenwesen zu machen, kann ich nichts.«

Aimée quittierte Florines schweren Seufzer mit einem Zungenschnalzen. »Kalinka wollte sich wichtig machen. Sie passte Saint-Germain ab und hielt einen Plausch mit ihm.«

In diesem Haus gab es wirklich zu viele Augen und Ohren. In dem begrenzten Kosmos der Kurtisanen lag alles auf dem Präsentierteller. Irgendein Ohr klebte stets an irgendeiner Tür. An der Untätigkeit der Tage lag es, die im Sommer besonders lang wurden. Sobald die Mädchen ausgeschlafen hatten, vertrieben sie sich die Zeit mit den Angelegenheiten anderer.

»Sie hat ihm gesteckt, dass du auf den Händen gehen und dabei eine Orange auf dem Kopf balancieren kannst.«

»Das soll ein Talent sein? Ich hoffe, Saint-Germain war gebührend beeindruckt.« Florine bearbeitete mit der Puderquaste Aimées feste Pobacken.

»Damit nicht genug, musste sie ihm brühwarm von der Wette erzählen.«

»Welcher Wette?«

»Deiner Wette mit Olymp und Sybille. Sag bloß, die hast du vergessen? Du bist mit verbundenen Augen über den Dachfirst spaziert.«

»Herrje. Das liegt vier Jahre zurück. Ihr habt mich betrunken gemacht und zum Leichtsinn verleitet. Ich hätte mir den Hals brechen können.«

»Hast du aber nicht. Kalinka musste ihm prompt auf die Nase binden, dass du weder geschwankt noch gestockt hast. Er stieg sogar mit ihr nach oben, um sich den First anzusehen. Kannst du dir das vorstellen?«

»Bei den abstrusen Ansichten, die der Mann über sich und andere verbreitet, kann ich mir alles vorstellen.«

»Jedenfalls hat Kalinka das Abenteuer gehörig ausgeschmückt. Saint-Germain wirkte sehr nachdenklich, als er endlich abzog. Hüte dich vor ihm, Florine. Der Mann ist mir nicht geheuer. Es heißt, er habe eine Perle aus dem Kronschatz wachsen lassen. Sie wurde gewogen und gemessen, davor und danach, und sie war größer geworden. Wer weiß, was er sonst noch fertig bringt.«

»Eine Perle, pah. Wenn er Busen wachsen lassen könnte, würde ihm ganz Paris zu Füßen liegen.« Darüber mussten sie beide kichern. Sie legte die Quaste beiseite. »Leg den Schleier vor und lass mich sehen.«

Die Wirkung war entzückend. Aimées Haut war von einem zartgoldenen Schimmer überzogen. Aus ihr war eine nackte Halbgöttin geworden, deren Schleier ihr etwas Mystisches verlieh. Leider würde der Eindruck nicht lange halten. Mit etwas Glück konnte Aimée ihren Tanz beenden, ehe die Freier nach ihr grabschen und sie unter sich durchreichen würden. Manchmal befürchtete Florine, sie könne ihre Arbeit zu gut machen.

»Ich könnte ein weiteres Mädchen mit Gold pudern. Allerdings hat keine eine so wundervolle Haut. Es wäre nicht dasselbe. Sie werden sich auf dich stürzen, Aimée.«

»Soll mir recht sein, umso größer wird mein Anteil ausfallen«, kam es hinter dem Schleier hervor. »Was mir nicht gefällt ist deine Gleichgültigkeit. Du gibst nichts auf meine Warnung. Dabei war die Chrysantheme so erzürnt über Kalinka, dass sie ihr Maulschellen verpasste, weil sie geplaudert hat. Was will Saint-Germain von dir? Wieso stellt er all diese Fragen? Gut, manchmal bist du merkwürdig, aber das …«

»Merkwürdig, aha. Wirke ich etwa geheimnisvoll?«

»Nein. Dein Hang zur Perfektion ist daran schuld. Immer bugsierst du mit etwas herum. Mit Möbelstücken, mit Blumen oder sogar mit uns. In dir steckt zu viel Unrast. Manchmal scheinst du regelrecht zu brennen. Solltest du eines Tages in Flammen aufgehen, wundert es keinen. Ungelogen.«

Das hörte sich eher nach einem panischen Huhn als nach einem Geheimnis an. Es war klüger, dieses Gespräch zu beenden, ehe Selbstzweifel aufkommen konnten. Kommentarlos verschloss sie die Puderdose. Ein letzter Abstecher in die Küche, dann konnte sie sich der Grotte und ihren eigenen Angelegenheiten widmen.

»Ich kann nicht den ganzen Tag auf einer Chaiselongue ruhen und Pralinen in mich hineinstopfen. Ich bin verantwortlich«, fand sie eine letzte Rechtfertigung.

Der schwarze Schleier bauschte sich. »Dir hat vor allem jemand gehörig den Kopf verdreht. So sehe ich das.«

»In diesem Fall werde ich bestimmt auf der Hut sein, Aimée«, versprach sie und schämte sich nicht einmal ihrer Lüge.

Tiefrote Rosenblüten waren der Wegweiser in die Grotte. Dort wurden sie von weißen Blütenblättern abgelöst, die auf die mitternachtsblaue Seidendecke eines Kissenlagers gestreut waren. Kleine Öllampen setzten Lichtpunkte. Die Grotte war eine Huldigung an die Lust. Teppiche überlappten am Boden und schluckten jeden Schritt. Sitzkissen in leuchtenden Farben lockten. Durchsichtige Stoffe schmückten die Wände, von winzigen Glöckchen gesäumt, in denen sich das Licht brach. Das Ambiente verriet Florines Hand und ihr Streben nach Symmetrie und Harmonie.

Da sie noch nicht eingetroffen war, bediente sich Cassian an einem kniehohen Tischchen. Der Champagner war so kalt, dass das Glas beschlug. Wie war sie nur an das Eis gelangt bei dieser Hitze? Gedämpfte Lichter und belebend kalter Champagner, ein Teller mit Pralinen, der Duft von Rose und Minze. Sie hatte alles aufgefahren, um ihn zu verführen. Dabei brauchte es das nicht. Er war so gründlich verführt, als hinge er an einem Nasenring. Durch ihren unvergleichlichen Duft, ihre ulkigen Bemerkungen und ihre Unfähigkeit schwierige Worte über zwei Silben aussprechen zu können.

Leichte Schritte näherten sich der Grotte, unhörbar für das Ohr eines Sterblichen, laut genug für das empfindliche Gehör eines Wolfs. Florine rannte über die Gartenwege auf die Grotte zu und blieb davor stehen. Hast wollte sie nicht an den Tag legen. Cassian wartete. Als sie gemessen eintrat, strahlte er sie an.

»Gottes Knochen, Frau!«

Nun gut, etwas geschliffener hätte sein bewundernder Ausruf ausfallen können. Sie drehte sich vor ihm. Nicht langsam, sondern in einem Wirbel, der ihr Kleid mit Mohnblumen darauf auffliegen ließ. Er schnappte sie um die Taille und drehte sich noch schneller mit ihr. Sie verlor die Bodenhaftung. Ihr Lachen war Musik. Sacht setzte er sie ab.

»Du bist reizend.«

An der Hand führte er sie zu dem Kissenlager, das eine Breitseite der Grotte einnahm. Florine setzte sich und sank zwischen den Kissen beinahe bis zum Boden herab. Vor ihr ging er in die Knie. Das Lager war so niedrig, dass er mit ihr auf Augenhöhe blieb.

»So reizend, dass es einen Kniefall wert ist. Sieh nur, all diese Schleifen.«

»Mein Kleid gefällt dir?«

»Oh ja.« Noch besser gefiel ihm, was sich darunter befand. Er zog die erste Schleife ihres Oberteils auf, dann die zweite und dritte, bis er den Stoff zurückstreifen konnte. Das Hemdchen darunter war ein Nichts. »Du bist wunderschön, Florine.«

»Du übertreibst.«

»Ganz im Gegenteil, ich bin sehr realistisch.«

Ihr Lachen verklang, als er die Finger unter den Rand des Hemdchens schob und von einer Brust zur anderen streichelte. Perfekte Halbkugeln, die sich ihm entgegen hoben. Ihre Brustwarzen drückten sich durch den Stoff. Den Ausschnitt tiefer ziehend, saugte er ihre Brustspitze zwischen die Lippen und reizte sie mit seiner Zungenspitze.

»Was heute im Wald geschah …«

Er hob den Kopf. »Nicht jetzt, Florine.«

Was geschehen war, sollte nicht zwischen ihnen stehen. Ihre Furcht vor ihm, jetzt war sie geschwunden, und er würde sie nicht heraufbeschwören. Sie sollte es vergessen. Die Ausschmückung der Grotte hatte ihm ihre Wünsche verraten. Verspielte Liebkosungen, ausgedehnte Zärtlichkeiten, die er damit begann, sie aus ihrem Kleid und ihrem Hemdchen zu schälen und ihr zuletzt Schuhe und Strümpfe abzustreifen. Das Aufjaulen des Wolfes in ihm verlangte nach schneller Erfüllung und wurde vom Mann gebändigt. Er nahm eine Rosenblüte auf und umspielte ihren Hals, zog Spiralen um ihre Brüste, strich über ihren Bauch und ließ sie zwischen ihren Schenkeln ruhen. Seine Zunge und das leichte Knabbern seiner Zähne folgten dem Weg, den er vorgezeichnet hatte. Florine sank zurück, als er die Blüte ansaugte und sie über ihr in die Luft blies. Sie landete zwischen ihren Brüsten. Ein erwartungsvolles Lächeln hob ihre Mundwinkel. Wieder senkte er den Kopf, und der Duft aus ihrem Schoß ließ ihn nahezu schmerzhaft hart werden. Seine Erektion wollte sich durch heftiges Pulsieren aus der Enge seiner Hose befreien. Noch war er nicht bereit, seinem Drang nachzugeben.

Mit der Zunge zog er eine Furche, tauchte ein und schmeckte sie. Florine bäumte sich auf. Flach strichen seine Hände über die Innenseite ihrer Schenkel zu ihren Waden, hoben sie an und legten sie auf seinen Schultern ab. Tief stieß seine Zunge vor, zog sich zurück, tauchte abermals in ihren Geschmack, der köstlicher war als jeder Wein. Frisch geschnittenes Gras überlagerte die Minze, um etliche Nuancen stärker und frischer. Sie erblühte für ihn. Er umkreiste ihre Perle und saugte leicht daran, ihr Laute entlockend, deren Süße unter seine Haut kroch. Ihr Höhepunkt brandete gegen seinen Mund. Sie richtete den Oberkörper auf und fiel zurück in die Kissen.

Ohne sie zu Atem kommen zu lassen, drehte er sie auf den Bauch und schob seinen Arm unter sie. Er hatte noch immer seine Hosen an, war vollständig bekleidet, während sie nackt und offen vor ihm lag. Der Ruck, mit dem er seine Hose öffnete und herabzog, entbehrte jeglicher Romantik. Seine Finger lösten das Spiel seiner Zunge ab, als er mit einem Stoß in sie eindrang. Florine stöhnte auf, weniger aus Schmerz, denn aus Überraschung über sein kraftvolles Vorgehen. Er war nicht fähig, länger an sich zu halten. Aber er konnte behutsam vorgehen. Noch.

Gezügelt zog er sich zurück, schob sich wieder vorwärts, und bei jeder Bewegung schien ihre Enge zuzunehmen. Die Liebkosung seiner Finger setzte er fort, während er gleichzeitig an ihrem Rückgrat nach oben knabberte. Jeden einzelnen Wirbel umkreiste er mit Zunge und Zähnen, bis er an ihrem Nacken ankam. Dort prallte ihr Duft an seine Nase. Florine rieb sich an seiner Hand, und die Hemmungslosigkeit ihrer kreisenden Hüften machte seine Zurückhaltung vollends zunichte. Ihr zweiter Höhepunkt entfesselte den Wolf, und dieser pumpte sich unbeherrscht in ihren Leib, von Trieben gesteuert, die der Mann nicht mehr beherrschen konnte.

Vor seinen Augen verlor Florines Haar die Farbe. Bebendes Fleisch lag vor ihm, hell, glatt und voller Leben, erhitzt und feucht schimmernd. Hart biss er die Zähne aufeinander. Er war kein Wolf, und die Frau, die er liebte, nicht irgendein Körper. Es war Florine, seine Florine. Er wusste es und konnte sich nicht bremsen. Es war pure, unverfälschte Lust, ein rudimentärer Instinkt, der ihn zu abgehackten, schnellen Stößen zwang. Der Wolf ließ sich nicht zähmen. Florines dritter Höhepunkt war von einer Urgewalt, ebenso aufpeitschend und wild, wie Cassian sich gebärdete. Es jagte blitzartig durch ihren Schoss auf ihn zu und ließ ihn überschäumen. Jeder Schub riss ein Stöhnen aus seinem Hals, ein Laut so roh, dass er keiner Frau zuzumuten war und den auch keine Frau je von ihm gehört hatte.

Schwer brach er über Florine zusammen und wollte sie umgehend von seinem Gewicht befreien. Schäbig fühlte er sich, da er noch immer sein Hemd trug und seine Hose an seinen Knien schlackerte. Schäbig und gleichzeitig zutiefst befriedigt. Sie hob den Arm und grub die Finger in sein Haar.

»Bleib wo du bist.«

Ab diesem Moment gab es kein zurück, weder für ihn, noch für sie. Alle Zweifel erloschen in ihrer Akzeptanz.

Noch war sie nicht seine Gefährtin, aber sie würde es sein.

Er blieb liegen und scheiterte an seiner Bemühung, sich so leicht wie möglich zu machen. Er war nicht leicht und fürchtete, sie unter seinem Gewicht zu ersticken. Zudem war er unentschuldbar grob mit ihr umgegangen. Er streichelte ihr Haar, drückte die Lippen auf ihre Schläfe und wisperte in ihre Ohrmuschel.

»Entschuldige. Geht es dir gut?«

Ein leises Lachen war die Antwort. Keines, das ihrem unschuldigen Äußeren zuzutrauen war, sondern das kehlige Lachen einer Frau, die ihre Wirkung erprobt und bestätigt sah und sich satt und erfüllt fühlte. Cassian drehte sich mit ihr auf die Seite, ohne sich zu lösen. Still warteten sie darauf, dass die Hitze ihrer Leiber abebbte. Lange hielt Florine ihr Schweigen nicht durch.

»Irgendwie riecht es nach Wald.«

In der Tat, er hatte es nicht lassen können, eine ohnehin klare Markierung aufzufrischen. Sie haftete an ihrer Haut und in ihrem Schoß, obgleich nicht zwischen ihren Fußzehen – was er nachzuholen gedachte. Er wollte sie eintauchen in seine Marke, eine Warnung für jeden anderen Werwolf setzen, der sich in ihre Nähe wagte. Zwar waren außer Juvenal und Ruben keine weiteren Alphas in Paris, aber das änderte nicht das Geringste an dem Bedürfnis eines Wolfes, seinen absoluten Anspruch anzumelden, und sei es nur vor der eigenen Sippe. Das war Cassians vorrangiger Gedanke, und daher erwischte ihn der zweite eiskalt. Sie konnte es riechen! Sie nahm etwas wahr, wozu kein Sterblicher in der Lage war. Ihre Nasen waren nicht gut genug dazu.

»Wie kannst du einen Wald in einer Grotte riechen?«, stellte er sich dumm.

»Da ist Laub und feuchter Waldboden. Wie im Herbst. Würzig und lebendig.« Ihre Hand bewegte sich vor ihrer

Nase, während sie die Augen geschlossen hielt. »Riechst du es nicht?«

»Nein.« Er löste sich von ihr und richtete sich auf. Ihr zuliebe hob er die Nase und zog die Luft tief ein. Eine Überraschung erwartete er nicht. Ihrer beider Geruch, die zerdrückten Rosenblüten und das Minzeöl in den Lämpchen. Was ihn stattdessen traf war ein Schlag in die Magengrube. Kompost. Faulig süß. Wie an unsichtbaren Fäden gezogen sprang er auf, und als ahnte Florine, was ihm soeben in die Nase gedrungen war, setzte auch sie sich auf.

»Ich hatte so gehofft, es würde sich verflüchtigen. Seit Wochen hängt es in der Grotte. Ich dachte schon ich … niemand wollte mir glauben. Es muss unser Nachbar sein. Es verärgert ihn maßlos, dass sein Besitz an ein Bordell anschließt, und so hat er seinen Komposthaufen direkt auf die Grundstücksgrenze gesetzt. Als ich ihn zur Rede stellte, leugnete er es, dieser kleinliche Parvenü.«

»Du kannst es riechen?«

»Es ist abscheulich. Ich dachte, die Minze … sie hat es nicht überlagert. Es ist dir aufgefallen. Cassian, ich möchte nicht … Wir könnten woanders …«

Er hörte ihr nicht länger zu und versuchte den Geruch zu orten, den Minze und Rosen und nicht zuletzt Florine überlagert hatten. Die Rachsucht eines Nachbarn trug keine Schuld daran, es kam von einer Gattung, die niemand in direkter Nachbarschaft ersehnte – und es drang aus dem Mauerwerk am hinteren Ende der Grotte. Cassian zerrte seine Hosen zurück auf die Hüften, nahm ein Öllämpchen auf und beleuchtete damit den hinteren Teil. Trotz der Minze wurde der Geruch stärker, meißelte sich in seine Stirn. Gleichmäßig gesetzte Steinquader, doch zwischen zweien davon entdeckte er eine Ritze. Die Flamme tanzte in einem Luftzug, als er sie davor hielt.

»Was ist hinter dieser Wand?«

»Nichts. Was ist los?« Florine kam zu ihm.

»Dahinter muss etwas sein.«

»Nein. Die Grotte ist nicht natürlich. Es war eine von Brennnesseln überwucherte Mulde. Wir haben sie ausgehoben und eine Grotte daraus gemacht. Alle Steine wurden von Handwerkern herbeigekarrt. Dahinter ist nichts.«

Der Bau eines Namenlosen war dahinter, aus einem einzigen Grund geschaffen. Eisenbänder zogen sich um Cassians Brustkorb zusammen. Der Namenlose in Versailles, und nun ein Hinweis auf sein Versteck. Sie beließen es nicht bei Paris und auf die Katakomben. Sie schwärmten aus. Seine Hand glitt über das Gestein.

»Cassian, was ist? Was stimmt nicht?«

»Geh zurück ins Haus, Florine.«

»Ich muss wissen …«

»Sofort!«

Florine streifte ihre Strümpfe und ihr Hemdchen über. Am liebsten hätte sie mit den Absätzen ihrer Seidenschuhe ein Loch in Cassians Hinterkopf geschlagen, wegen seiner Launenhaftigkeit und wegen des Belferns, durch das er sie aus der Grotte verscheuchen wollte. Es war geradezu unanständig, dass er dadurch das Wohlgefühl, das sie in seinen Armen erlebt hatte, zu einem abrupten Ende brachte. Von ungestümer Lust oder der ruhigen Besinnlichkeit ihrer Unterhaltung war nichts geblieben. Dabei wünschte sie sich mehr von beidem und hatte längst noch nicht genug. Sie wollte nicht auftauchen aus dem Strudel aus Begehren und Erfüllung. Noch immer hatte sie das Gefühl, seine Bewegungen tief in sich zu spüren, während er keinen weiteren Gedanken daran zu verschwenden schien. Diese Nacht, so hatte sie gehofft, würde darüber hinausführen und das ein oder andere Geheimnisse offenbaren. Pustekuchen! Cassian war kein Rätsel, sondern eine schwere Prüfung, und da sie vor

Prüfungen nicht zurückscheute, dachte sie nicht daran, die Grotte zu verlassen.

Die Arme verschränkt, beobachtete sie sein Treiben an der Wand. Er versuchte tatsächlich, einen der Steinquader zu lösen und stocherte mit einem Dolch an den Ritzen entlang. Mörtel bröckelte hervor. Cassian schob die Finger hinein und versuchte, den Stein zu lösen. Um nicht abermals rüde angebellt zu werden, schwieg sie. Sollte er doch auf den Knien rutschen und die Grotte auseinander nehmen. Die Rechnung für den Schaden würde sie ihm persönlich präsentieren. Ihr Ärger über diese Nacht, die so wundervoll begonnen hatte und dennoch misslungen war, ließ kein Bedauern zu, als er sich die Fingerknöchel aufschürfte. An seinen Unterarmen sprangen Muskeln hervor. Sein Zerren würde zu nichts führen, da der Quader zu groß war, um von einem Mann bewegt zu werden, so stark er auch sein mochte.

Zu ihrer Verblüffung knirschte es, und der Stein bewegte sich ein Stück vor. Dadurch konnte Cassian ihn besser fassen und zog das schwere Teil aus seiner Verankerung. Als er den Quader beiseite schob, kam ein Loch zum Vorschein, in das er mit dem Licht hineinleuchtete.

Dort, wo Florine Erdreich vermutet hatte, war nichts davon zu sehen. Aus dem Loch gähnte Finsternis, in die Cassian bäuchlings hineinrobbte. Das letzte, was sie von ihm sah, waren die Sohlen seiner Stiefel. Ungläubig starrte sie auf den Durchlass, der ihn verschluckt hatte. Tatenloses Herumstehen lag ihr überhaupt nicht. Ihr Unbehagen konnte sie nur loswerden, indem sie ihm folgte. Sie kniete sich nieder und beugte sich vor. Von der Schwärze, die ihr entgegengähnte, ließ sie sich nicht abhalten. Ohne auf die Dreckflecken zu achten, die ihr Hemd beschmutzten, schob sie sich durch das Loch, die Augen auf einen kleinen Lichtkegel am Ende eines Ganges gerichtet. Eines Ganges, den es nicht geben durfte. Was hatte ihr Nachbar zu einer solchen Wühlarbeit verleitet?

An manchen Stellen wuchs Wurzelwerk aus der Decke, das Gefälle war steil und verlieh ihrem Lauf Schwung. Sie eilte auf Cassian zu, der reglos dastand und auf eine Mulde im Boden blickte. Er drehte sich nicht zu ihr um.

»Gottes Knochen, du sollst ins Haus gehen! Komm nicht näher!«

Zwar wurde sie etwas langsamer, jedoch dachte sie nicht daran stehen zu bleiben oder gar umzukehren. Sie wollte wissen, was der Zweck dieses Ganges war, der sich am Ende zu beiden Seiten teilte. Da war eine Mulde, und sie wollte erfahren, was es dort zu sehen gab. Als sie es dann sah, schlug ihr Magen Kapriolen.

»Was ist das?«

»Ein Nest.«

Nein. Kleine Vögel lagen in Nestern, Mäuse, Ratten und Hasen auch, aber deren Nester waren mit Federn oder dem eigenen Fell gepolstert. Was hier in langen Strähnen im Stroh verflochten war, hatte hingegen große Ähnlichkeit mit menschlichem Haar. Und darin lagen vier welpengroße … sie wusste nicht, was es war. Nackte Kreaturen, deren Fratzen ein wenig an Mopshunde erinnerten. Es waren ihre Leiber, die Florine mit Entsetzen erfüllten. Sie schienen furchtbar verkrüppelten Säuglingen zu gehören. Missgeburten mit durchsichtigen Krallen.

»Sind das … Hunde?«

»Nein.«

Daran hatte sie auch nicht wirklich geglaubt. Die Kreaturen wimmerten, als Cassian das Licht tiefer hielt. Sie erkannten im Feuer eine Gefahr und wanden sich wie obszöne Würmer umeinander. Nach kurzem Zögern zog er das Öllicht zurück und sah über die Schulter zu Florine. Er war bleich, Schweiß perlte auf seiner Stirn.

»Ich kann sie nicht am Leben lassen, doch wenn ich sie töte …«

»Könnte das Feuer um sich greifen und zu einem Brand führen«, vollendete sie seinen Satz.

Cassian wich ihrem Blick aus. »So nah an eurem Haus. Verdammt.«

Vor Ekel ballte Florine die Fäuste. Das Gezücht schien direkt dem Höllenschlund entstiegen, dämonische Ausgeburten waren es. Allein der Gestank, der aus diesem abartigen Nest aufstieg, drehte ihr den Magen um und konnte nicht natürlich sein. Diese Kreaturen waren weder Mensch noch Tier und stanken nach gärendem Aas, nach Seuche und Zersetzung. Ein Odem war es, den sie nicht zuordnen konnte, doch wenn sie ihn mit einem verband, dann mit der Einsicht, dass es dieses Übel nicht geben durfte. Ihre Worte kamen instinktiv, unüberlegt und schienen ihr gleichzeitig die einzig richtige Lösung zu sein. Geradezu gottgewollt.

»Töte sie, Cassian. Schneide ihnen mit dem Dolch die Kehlen durch.«

»Es wird wissen, dass wir hier waren.«

»Es?«

»Die Mutter. Es wird unsere Witterung aufnehmen. Du musst gehen, Florine. Ich kümmere mich darum.«

Sie spähte in die Gänge, versuchte vergeblich die Dunkelheit zu durchdringen. Wenn sie von der Höhe und Breite dieser Tunnel ausging, musste die Mutter riesig sein. In ihren Beinen kribbelte das Verlangen davonzurennen.

»Ist es in der Nähe?«

»Nein, sonst hätte es uns längst aufgespürt.«

Fordernd streckte sie die Hand aus. Sie war kein Feigling, und sie würde Cassian nicht allein zurücklassen. »Gib mir das Licht. Ich halte es für dich.«

Er reichte ihr das Öllicht. Nach einem letzten forschenden Blick in ihr Gesicht, beugte er sich über das Nest. Mühsam atmete sie. Ihr Widerwille wurde so groß, dass sie zu zittern begann, als sie sah wie Cassian die Missgeburten berührte. Seine schönen Hände glitten über faltige Haut und kahle Köpfe ohne erkennbare Ohren. Sollte das eine Liebkosung zum Abschied werden?

»Was machst du da?«

»Ich lege eine Fährte. Dreh dich um.«

Weder wusste sie, was er mit einer Fährte meinte, noch weshalb sie sich umdrehen sollte. Erst als er einen Fuß in das Nest setzte, ahnte sie etwas. Trotzdem wandte sie die Augen nicht ab. Das Bedürfnis, sich zu vergewissern, dass keine dieser Kreaturen überlebte, war stärker als alles andere. Sie fiepten und drehten sich um die eigenen Achsen, in dem Versuch, ihrem Nest und den Stiefeln zu entkommen. Stroh raschelte hektisch, und eines der kleinen Monstren riss das Maul auf und zeigte zwei Reihen spitzer Zähne. Unter Cassians Stiefelabsatz zerbarst der Kopf der Kreatur, bevor sie zubeißen konnte. Blut und eine weiche Masse quollen in das Stroh. Cassian stampfte und trat auf die Missgeburten ein. Fäulnis stieg von den zuckenden Leibern auf, ein unerträglicher Gestank, der mit nichts zu vergleichen war. Sie stierte auf die zertretenen Leiber, benommen von Übelkeit und Erleichterung. Letzteres gewann die Oberhand. Sie waren vernichtet, so gründlich, dass kein Knochen in den abartigen Körpern heil geblieben sein konnte. Cassian stieg aus dem Nest, seine Stiefel gezeichnet von feuchten Schlieren.

»Lauf!«

Diese Anweisung musste er kein zweites Mal geben. Sie wirbelte herum und rannte die Steigung des Ganges hinauf, zurück zu dem Loch und in eine Welt, in der die Geschöpfe, die sie gesehen hatte, nicht existierten. Vor dem Durchlass warf sie sich zu Boden und stieß sich kraftvoll hindurch. Cassian folgte ihr dichtauf und schob den Quader zurück in die Wand. Verloren stand Florine inmitten warmer Lichter, die noch immer einen vagen Hauch von Minze absonderten.

»Du wirst mit mir kommen. Ich lasse dich nicht hier. Geh in dein Zimmer und hole deine Sachen. Wir treffen uns am Hoftor. Beeil dich!«

Paris war weit weg von einem Nest zertretener Ungeheuer. Ein Einwand kam ihr nicht über die Lippen. Sie wollte fort, so weit wie irgend möglich. Wortlos schnappte sie sich ihr Kleid und rannte durch den Garten auf das Haus zu. Im Rennen streifte sie das Kleid über den Kopf. Schließen konnte sie es später, wenn ihre Finger nicht mehr zitterten und sie dieses grässliche Bild losgeworden war, das sie noch immer vor Augen hatte.

Im Haus war das Fest in vollem Gange. Das Klirren der Gläser, Stimmengewirr und Gelächter, selbst das Grölen eines Freiers, der ein unzüchtiges Lied zum Besten gab, klangen wunderbar normal. Als gäbe es keinen Gang hinter der Grotte, kein Nest und keine zertrampelten – was immer es gewesen war.

Um nicht aufgehalten zu werden, hechtete sie die Hintertreppe hinauf. Unter ihrem Bett zog sie eine kleine Ledertasche hervor und warf wahllos ein Bündel Hemden, Strümpfe und Strumpfbänder hinein. Ihr Unterarm wischte die Utensilien auf ihrem Frisiertisch dazu. Die Tasche unter den Arm geklemmt, stürmte sie die Treppe hinunter und schoss aus der Hintertür. Dort endete ihre Flucht.

# 5

Etwa eine halbe Stunde wartete Cassian in der Grotte auf den Angriff eines in Rage versetzten Namenlosen, gegen den er, bewaffnet mit einem Dolch, keine große Chance hatte. Die Wand im Rücken harrte er eines Aufschreis, der typischen Kakophonie aus schrillen und tiefen Tönen. Alles blieb ruhig. Der Namenlose hatte sich abgesondert, für seine Brut einen ruhigen Ort fern von Paris gefunden und rechnete nicht mit Gefahren. Sobald er zurückkehrte zu seinem zerstörten Nest, würde er sich auf die Suche nach dem Täter machen und der Fährte folgen, die Cassian zurückgelassen hatte. Ob es dem Namenlosen bis nach Paris gelingen konnte, blieb dahingestellt. Wichtig war nur, dass er von Florines Witterung abgelenkt war.

Cassian steckte seine Taschenuhr ein und trat aus der Grotte. Tief atmete er durch, um die Fäulnis loszuwerden, die in seiner Nase hing. Als er seine Stiefel an Grasbüscheln abrieb, wurde er sich des Mondes weit über sich bewusst. Obwohl der Himmelskörper erst in der nächsten Nacht seine volle Kraft entfaltete, nahm Cassian bereits jetzt die Harfenklänge seiner Silberstrahlen wahr. Ein süßes Rieseln, weniger zu hören, denn unter der Haut und im Herzen zu spüren. Er legte den Kopf in den Nacken. Ihnen blieb noch ein Tag, und noch immer waren sie ohne eine brauchbare Strategie. Sie brauchten den Vollmond und sein Licht und mussten die Namenlosen aus ihrem Unterschlupf hervorlocken. Die Frage war, wie ihnen das gelingen sollte.

Teils sehnsüchtig, teils zurückschreckend sah er in den fast vollen Mond, ließ dessen Melodie auf sich wirken und fragte sich, wie es sein würde, zur Bestie zu werden. Seine Schwester Alba war ihr erlegen. Er selbst hatte diese letzte unkontrollierte Wandlung stets vermieden. Stattdessen verkroch er sich in der nahtlosen Dunkelheit seines Hauses, hinter geschlossenen Läden und verriegelten Türen. Die Bestie strafte ihn für die Verweigerung mit Krämpfen, einem Zerren und Reißen in allen Fasern, die ihn zu einem schmerzgepeinigten Stück Fleisch degradierten. Morgen Nacht würde er zum ersten Mal in acht Jahrzehnten dem Lockruf des Mondes folgen.

Eingedenk des Dilemmas, vor dem er stand, bewegte er unruhig die Schultern. Florine wäre in seinem Haus keineswegs in Sicherheit, nicht mit drei Männern, die sich in etwas verwandeln würden, das dem Grauen der Namenlosen nahe kam. Er sollte sie bei Madame Chrysantheme lassen. Trotz dieser Einsicht sträubte sich alles in ihm dagegen. Er wollte kein Risiko eingehen und musste Florine mitnehmen. In Paris gab es ausreichend saubere und bequeme Unterkünfte, in denen sie in den nächsten drei Nächten sowohl vor dem Namenlosen als auch vor ihm sicher war.

Vor dem Anwesen wartete Bertrand mit der Equipage. Er hatte es sich auf den Ledersitzen bequem gemacht und war, den Dreispitz tief in die Stirn gezogen, eingenickt. Das Fingerschnippen seines Herrn entlockte dem schlummernden Leibdiener ein Grunzen.

»Wo ist sie?«

Die drei Silben kamen mit der Schärfe von Peitschenhieben und schreckten die dösenden Pferde und Bertrand auf. Dieser schob seinen Dreispitz zurück und blinzelte verwirrt darunter hervor.

»Wer?«

»Mademoiselle Florine! Wo ist sie?«

»Sollte sie denn hier sein?«

Die Begriffsstutzigkeit Bertrands quittierte Cassian mit einem derben Fluch. Sie mussten abfahren und Abstand gewinnen. Lange konnte der Namenlose nicht mehr fern bleiben, und sobald er zurückkehrte, würde die Hölle ausbrechen. Kurz schoss ihm durch den Kopf, dass er Madame Chrysantheme warnen sollte. Eine unsinnige

Idee, da er ihr nicht auf die Nase binden konnte, worin die Gefahr bestand und wie sie aussah.

Im Laufschritt strebte er auf das Haus zu. Möglicherweise hatte Florine einen anderen Entschluss gefasst und wollte ihn nicht begleiten. Nachdem sie seinem Wüten zugesehen hatte, hielt sie ihn vermutlich für einen vollkommen Wahnsinnigen, denn die Täuschung der Namenlosen war perfide. In den Augen der Sterblichen war ihre Brut nichts, wovor man davonrannte oder gar schauderte. Nein, es waren niedliche Geschöpfe, anrührend und schützenswert, etwas, das den Impuls auslöste, die abscheulichen Wesen zu herzen und im Arm zu wiegen. Wenn die kleinen, scharfen Zähne erst einmal in ein Gesicht oder in einen Hals bissen, war es zu spät, den Fehler zu beheben. Andererseits hatte diese Täuschung an Florine versagt. Sie wurde mehr und mehr zu einem Rätsel. Ihr ausgeprägter Geruchssinn, ihr Verlangen die Brut tot zu sehen, auch ihr energisches Vorgehen, als sie ihn aus den Ketten befreit hatte – all das passte nicht zu einer Sterblichen.

Vielleicht sollte Ruben mit seiner Frage Recht behalten und Florine war eine Hexe. Allerdings musste sie enorm an Fähigkeiten verloren haben, wenn es sie in ein Hurenhaus verschlug.

Ebendieses Haus betrat er und wurde vom Spiel einer Fiedel in einen Salon geleitet. Eine geschlossene Gesellschaft, die eine Trauerfeier besonderer Art zu begehen gedachte, hatte Florine sie am Nachmittag genannt. Ohne Scheu diese Gesellschaft zu stören, platzte er mitten hinein. Keuchen, Stöhnen und Röcheln begrüßten ihn. Nackte Frauen, über deren Gesichter schwarze Schleier lagen, wanden sich zwischen Männern, am Boden, auf einem Podest und sogar auf der langen Speisetafel. Ein dunkelhäutiges Mädchen, auf dessen Haut Schweißperlen und große Goldflecken glitzerten, hatte es besonders schlecht getroffen. Drei Freier machten sich an ihr zu schaffen, sechs Hände, die sie kneteten und zwickten und zu immer neuen, hektischen Verrenkungen zwangen. Unbegreiflich blieb, welches Vergnügen darin liegen sollte, eine Frau mit anderen zu teilen. Cassian fühlte sich abgestoßen, während der Wolf in ihm verstört vor den Dünsten aus Lust und Laster zurückweichen wollte.

»Wo ist Florine?«

Unter seiner lauten Frage wurden die Akteure der Orgie zu einem Standbild. Köpfe drehten sich ihm zu, vom Alkohol glasige oder vor Begehren vorquellende Augen glotzten ihn an.

»Wer ist das?«, nuschelte jemand.

»Euer Leben ist in Gefahr«, nutzte Cassian die Aufmerksamkeit für eine Warnung. »Ein Anschlag! Rettet euch, verlasst auf der Stelle dieses Haus.«

Als sei eine Bombe mitten unter ihnen explodiert sprangen die Männer auf und sammelten ihre Kleider zusammen. Kreischende Mädchen rannten zwischen ihnen herum und behinderten die Freier. Cassian zog sich aus dem Chaos zurück und nahm die Suche nach Florine wieder auf. Mehr konnte er für die Menschen nicht tun, die panisch umeinander rannten.

»Florine!« Aus den Obergeschossen kam keine Antwort. Er hastete die Stufen hinauf. »Florine!«

Madame Chrysantheme kam aus einer Tür und prallte mit ihm zusammen.

»Was gibt es? Was soll dieser Lärm? Monsieur, heute findet hier eine geschlossene Gesellschaft statt. Ich kann Euch nicht erlauben …«

»Florine. Wo ist ihr Zimmer?«, herrschte er die Hausherrin an.

»Unter dem Dach. Was ist denn los? Warum schreien alle so?«

»Ihr müsst das Haus verlassen. Jemand ist darauf aus, einen Anschlag auf Eure Gäste zu verüben. Durch eine Explosion!«, rief er über die Schulter zurück.

Er war bereits auf dem Weg in das höchste Stockwerk und überzeugte sich nicht von der Wirkung seiner Worte. Sollte Madame Chrysantheme damit anfangen, was immer sie wollte. Kurz darauf stand er in einem kleinen, sauberen Zimmer. Florine war hier gewesen, um zu packen. Sie hatte keinen Moment gezaudert und sich in größter Eile wieder davongemacht. Davon zeugten die offenen Kommodenschubladen, die zurückgeschlagene Tagesdecke auf dem Bett und die leere Fläche ihres Frisiertischchens. Wo war sie, gottverdammt?

Er preschte die Treppen zurück ins Erdgeschoss, aus dem sechs splitternackte Mädchen, die schwarzen Schleier nun zurückgeschlagen, auf ihn zufluteten. Sie drückten sich an ihm vorbei.

»Ihr sollt verschwinden!«, brüllte er.

»Ohne Kleider?«, höhnte eine von ihnen.

Der Pulk um ihn löste sich auf. Die Mädchen rannten in ihre Zimmer, um sich anzuziehen.

»Beeilt euch! Ihr müsst hier raus!«, rief er ihnen nach.

Entweder sie suchten ihr Heil in der Flucht, oder der Namenlose würde unter ihnen als erstes wüten, jetzt, da er durch das ganze Haus gerannt war, auf der Suche nach Florine, die verschwunden blieb. Er lief zu den Ställen, verfolgt von der einzigen Person, die angemessen bekleidet war. Madame Chrysantheme schnaufte hinter ihm her.

»Monsieur! Monsieur, ich muss wissen, was vorgeht!«

»Florine!«

Seine Stimme hallte in einem leeren Stallgebäude. Ein Freier hatte während des überstürzten Aufbruchs seinen Handschuh verloren. Stroh und Heu waren auf dem festgetretenen Erdreich verstreut. Eigene Pferde besaß Madame Chrysantheme nicht, der Stall diente den Reittieren ihrer Gäste. Hinter einer Unterteilung am Stallende drangen erstickte Laute hervor. Er rannte darauf zu und fand einen gefesselten und geknebelten Burschen im Stroh.

Hinter dem Knebel in seinem Mund versuchte er, etwas zu sagen. Cassian riss ihm das Stoffstück zwischen den Zähnen hervor.

Rivale!, witterte er und stand kurz davor, den Burschen mit einem Tritt in das Stroh zurückzuschicken, aus dem er sich auf die Knie gehoben hatte.

»Saint-Germain«, keuchte der Bursche. »Der Sauhund hat mir was über den Kopf geschlagen.«

»Heute Nachmittag war er bereits hier«, sagte Madame Chrysantheme, die endlich aufgeholt hatte. Sie presste beide Hände gegen ihren wogenden Busen.

»Was wollte er?«

»Sein Geld abholen. Und er hat sich nach Florine erkundigt.«

»Fuhr er in einer Kutsche vor?«

Der Bursche spuckte aus. »Sechsergespann. Hält sich wohl für einen Prinzen von Geblüt. Wäret Ihr so freundlich …«

Cassian war schon wieder auf dem Weg nach draußen. Ein Sechsergespann konnte er mit seiner Equipage nicht einholen. Seine Verwandlung wollte einsetzen. Einem normalen Wolf war es nicht gegeben, sich mit sechs Pferden auf langer Strecke zu messen, ein Werwolf war dazu in der Lage. Was aber, wenn er sie eingeholt hatte? Sollte Florine in ihm das erkennen, was er wirklich war? Paris war Saint-Germains Ziel, und dort konnte er ihn mühelos aufspüren. Sobald er den Comte gefunden hatte, würde er ihn in Stücke reißen, und dazu würde er sich nicht einmal die Mühe machen, sich zu verwandeln.

Obwohl die Sommernacht die Hitze des Tages gespeichert hatte, kroch Kälte aus den Bodenfliesen an Florines Waden entlang. Die Wände saugten das Licht ein, das einige wenige Kerzen in den Raum schickten. Ausgeblichene Tapisserien, an manchen Stellen gar blankes Mauerwerk und Schlieren aus Staub am Boden. Während sie die Umgebung in sich aufnahm, rieb sie über ihren Hals. Wer hätte gedacht, dass im Arm des schmächtigen Saint-Germain so viel Kraft steckte? Seine mädchenhaft gerundeten Gesichtszüge ließen jedenfalls nicht darauf schließen Er war nahe daran gewesen sie zu erwürgen, als er sie durch den Hof in eine Kutsche geschleift hatte. Die Pferde waren in halsbrecherischem Tempo nach Paris galoppiert. Es grenzte an ein Wunder, dass die Kutsche nicht umgestürzt war oder ein Rad verloren hatte. Saint-Germain belächelte Florines Blick zu den geschlossenen Fensterläden.

»Eine Flucht ist ausgeschlossen, kleine Mamsell, also denk nicht darüber nach. Dir wird nichts zustoßen, solange du dich gefügig zeigst.«

Sie gab nichts auf diese Zusicherung, da ihr bereits etwas zugestoßen war. Oder wie sonst sollte sie eine Entführung deuten?

»Was soll ich hier?«

Saint-Germain entzündete weitere Lichter, die einzig die Verwahrlosung des großen Zimmers unterstrichen. Das Haus musste seit Jahren leer stehen.

»Du wirst jemanden kennen lernen, der zu deinem Freund und Gönner werden kann. Du siehst, ich meine es gut mit dir. Stell dich nicht allzu dumm an, und dir werden Chancen eröffnet und Wege erschlossen, von denen du nicht zu träumen wagtest.«

Abgesehen davon, dass Saint-Germain es gewiss nicht gut mit ihr meinte, glaubte sie nicht an einen Gönner. Das heruntergekommene Haus sowie ihre Entführung sprachen dagegen. Wen immer sie treffen sollte, ihr Freund würde er garantiert nicht werden. »Ich brauche keinen Gönner. Wenn Ihr glaubt, ich würde einem Eurer tattrigen Mäzene gefällig sein, täuscht Ihr Euch gewaltig.«

Der feminine Schmelz in Saint-Germains Zügen verstärkte sich durch sein nachsichtiges Schmunzeln. »Noch magst du Cassian de Garou für das Maß aller Dinge halten, kleine Mamsell. Außer dir selbst kamen und kommen etliche andere Frauen in den Genuss seiner ausufernden Triebhaftigkeit. Du kannst dir sicher sein, dass sie ihn alle für unwiderstehlich hielten, ehe er sie fallen ließ. Dein Irrtum wird dir früh genug bewusst werden. Im Vergleich zu demjenigen, dem du heute Nacht begegnen wirst, ist Garou ein von Flöhen befallenes Nichts.«

Schwätzer. Nachdem der erste Schock überwunden war, den die widerwärtigen Höllenviecher ihr eingejagt hatten, verklang nun auch der zweite Schreck, von einem gepuderten Laffen überfallen und verschleppt worden zu sein. Verärgert maß sie ihn ab und rechnete ihre Chancen aus, ihn anzugreifen und niederzustrecken. Saint-Germain neigte den Kopf zur Seite, lauschte in die Stille des Hauses. Da er ihr den Rücken zugekehrt hatte, packte Florine die Lehne eines Stuhls, um ihn auf seinen Rücken zu schmettern.

»Er kommt.«

Kaum hatte Saint-Germain dies verkündet, flogen die beiden Hälften der Flügeltüren auf und schlugen gegen die Wände. Florine vergaß ihr Vorhaben und wich an die Wand zurück, den Stuhl mit sich ziehend, als könnte sie sich dahinter verschanzen. Eine lächerliche Absicht, denn vor dem Mann, der auf der Schwelle stand, könnten höchstens dicke Mauern und heißes Pech sie schützen. Er war überhaupt nicht tattrig, sondern im Gegenteil nur wenige Jahre älter als sie selbst. In Reinweiß gekleidet, das Haar aus purem Gold, die Haut so hell, dass dahinter ein Licht zu brennen schien. Ein kaltes Licht, das die Temperatur im Raum um Grade senkte. Seine Züge waren überirdisch, zeitlos und furchteinflößend, beherrscht von Augen, die trotz des Zwielichts des Raumes in einem unnatürlichen Türkisgrün flirrten. So stellte sie sich einen Engel vor. Nicht das liebevolle Wesen, das die Hand über die Menschheit hielt, sondern einen Engel der Rache, der mit Flamme und Schwert herabstieg, um einen gnadenlosen Vernichtungsfeldzug zu beginnen. Sie presste sich an die Wand, in dem nutzlosen Versuch, damit zu verschmelzen.

»Goldener, hier habe ich eine besondere Quelle aufgetan, von der ich zutiefst hoffe, dass sie Euer Wohlgefallen findet«, säuselte Saint-Germain servil und verneigte sich so tief, dass seine Nase beinahe sein gebeugtes Knie berührte.

Die Augen richteten sich auf sie, funkelnde Juwelen in einem Gesicht aus Milch und Marmor. Vielleicht war Cassian gegenüber diesem Fremden ein Nichts, jedoch war er ein lebendiges Nichts aus Fleisch und Blut. Das war ihr allemal lieber, als dieser eiskalte Kristall in Menschengestalt. Seine Schritte waren nicht zu hören, seine Bewegungen erinnerten an einen Tiger, den sie in der Menagerie von Versailles gesehen hatte. Auch er war weiß gewesen, mit schwarzen Streifen. Ihre Finger packten den Stuhl fester, obwohl sie fürchtete, dass ihr die Kraft fehlte, ihn zu heben. Ihre Angst vor der versteinerten Mimik, die der Fremde beibehielt, lähmte sie. In einiger Distanz von ihr blieb er stehen. Eine Regung aus Unglaube und Verblüffung huschte über ein Gesicht, von dem sie vermutet hatte, es könnte keine Regungen zeigen.

»Marie.«

Seine Stimme machte aus den Silben eines Namens eine zauberhafte Melodie. Vor Erleichterung wollten ihr die Knie nachgeben. Sie war nicht Marie, und Saint-Germain würde das Missverständnis aufklären. Dann konnte sie doch gewiss dieses Haus verlassen? Sie wartete auf Saint-Germains Eingeständnis, doch anstatt er seinen Irrtum zugab, hüpfte er wie ein Hampelmann, fiel jäh auf ein Knie und beugte den Nacken vor ihr.

»Davon wusste ich nichts, Goldener. Ich hatte nicht die geringste Ahnung!«

Mit dieser Ahnungslosigkeit stand er nicht alleine. Florine teilte sie uneingeschränkt, da sie sich keinen Reim auf den Kniefall machen konnte, der ihr galt. Ihre Augen schnellten von Saint-Germains gebeugtem Nacken zu dem weißgekleideten Fremden zurück. Er hatte die Distanz verringert und stand vor dem Stuhl, den sie vor sich hielt. Als er die Hand hob, näherte sie sich einer Ohnmacht. Fingerspitzen berührten ihre Wange, verursachten ein Kribbeln und jagten einen Stoß durch ihren Körper.

»Kind …« Um seine Mundwinkel zuckte es.

Sie stierte den Racheengel an, sah in das Licht, das aus ihm pulsierte, die Kerzenflammen überstrahlte und die Kälte in ein warmes Glimmen verwandelte. Seine Nasenflügel, hauchzart wie weiße Rosenblätter, zitterten unmerklich.

»Cassian hat sie markiert! Wie konnte das geschehen?«

Er kannte Cassian? Die Melodie in seiner Stimme war dahin, und Saint-Germain schrumpfte in sich zusammen. Er winselte eine Antwort hervor.

»Ich weiß es nicht, Goldener.«

»Lügner.«

Zunächst glaubte sie, sie selbst sei es die zitterte. Dabei waren es der Boden und die Wände. Ein Rumpeln ging durch das Mobiliar, die Stuhllehne rutschte aus ihrem feuchten Griff. Es war so schnell vorüber wie es begonnen hatte. Furcht legte sich gleich einer Schlinge um ihren Hals und zog sich immer enger zu. Weder wusste sie, was vor sich ging, noch wer der Fremde war, dem ein Wort ausreichte, um ein Haus erzittern zu lassen. Sein Kopf vollführte einen Ruck, seine Hand glitt von ihrer Wange, und sie schob sich an der Wand entlang auf eine Zimmerecke zu. Der Fremde zischte.

»Wolf!«

Weit und breit war kein Wolf zu sehen. Es war Cassian der eintrat, groß und schlank füllte er den Türrahmen aus. Die Fäuste hatte er geballt, seine Miene war von einer Härte, die seine Gewaltbereitschaft verriet. Cassian konnte sie retten, sie war sich absolut sicher. Er würde sie hier herausholen, fortbringen von dem Mann mit dem grausam schönen Gesicht.

»Du hast einen Fehler gemacht, Mica. Die Frau gehört mir.«

Der Racheengel namens Mica bewegte sich auf Cassian zu, vielmehr schien er durch die Luft zu sirren gleich einer weißen Lawine, die alles in ihrem Weg zerstören wollte. Anstatt auszuweichen warf sich Cassian regelrecht hinein in das blendende Weiß. Unter der Kollision der beiden Männer knackten Knochen. Die Brutalität ihres Aufeinanderprallens wurde Florine erst bewusst, als die beiden am Boden lagen und miteinander rangen. Sie schlugen aufeinander ein, ihre Fäuste schmetterten in hartes Fleisch und auf scheinbar stählerne Knochen. Wild und stumm kämpften sie miteinander, wurden zu einem Wirbel aus Gliedern, der nicht erahnen ließ, wer die Oberhand erlangte. Jäh ließen sie voneinander ab und gelangten gleichzeitig auf die Füße. Micas Kleidung war nicht mehr weiß, sondern mit grauem Staub überzogen. Cassian blutete an der Schläfe.

»Du forderst einen Krieg heraus, Cassian. Verlasse mein Haus, ehe ich vergesse, dass ich deinem Vater mein Wort gegeben habe.«

»Ich gehe nicht ohne sie.«

»Sie gehört dir nicht, obwohl ich dich überall an ihr riechen kann. Sie wird dir nie gehören. Dein Leben hängt an einem seidenen Faden. Du ahnst nicht einmal, was du herausforderst.«

Florine sah von einem zum anderen, und es wurde ihr immer unverständlicher. Um ihretwillen war noch nie eine Schlägerei ausgetragen worden, erst recht hatte es keine Drohungen gegeben, die nach Mord klangen. Sie war ein Findelkind, um dessen Schicksal sich bisher keine Seele geschert hatte, und nun standen da zwei Männer einander gegenüber, der eine dunkel, der andere hell und wollten ihretwegen Blut vergießen? Sie hoffte, Cassian würde nicht klein beigeben, und gleichzeitig fürchtete sie, er könnte sich auf die Herausforderung einlassen und unterliegen. Dann wäre alles ihre Schuld. Mit der Zungenspitze befeuchtete sie ihre Unterlippe

»Ich …«

Ihr Krächzen ging in Cassians Wutgebrüll unter. Er sprang auf Mica zu, und was dann geschah ließ sie endgültig an ihrem Verstand zweifeln. Druck legte sich auf ihre Ohren, eine Welle aus Luft presste sie gegen die Wand und nahm ihr den Atem. Inmitten herumfliegender Kleiderfetzen tauchte ein Wolf auf. Ein riesiges Tier, dessen Fell honigbraun glänzte. Es ging Mica direkt an die Kehle. Es musste ein Alptraum sein. Sie lehnte gar nicht an einer Wand in einem verfallenen Haus. Bestimmt war sie ohnmächtig geworden, in ihrem Zimmer oder auf dem Weg dorthin. Und im Fall hatte sie sich den Kopf gestoßen.

Saint-Germain schrie auf und duckte sich hinter einen wuchtigen Schreibtisch, während die Wucht des Angriffs Mensch und Tier zu Boden warf, wo sie sich in einem unentwirrbaren Knäuel herumrollten. Die Ecke, auf die Florine sich zugeschoben hatte, verlor ihren Reiz. Es war weitaus klüger, auf die Tür zuzusteuern. Ihr Rücken schabte über blanken Stein und zu Pergament versteifte Tapisserien. Ihr Blick haftete auf dem Wolf und dem Mann, deren Kampf ins Stocken geriet. Mica hatte die Finger in die gesträubte Fellkrause des Wolfes gegraben und hielt ihn auf Abstand. Seine gestreckten Arme zitterten unter dem Ansturm gewaltiger Zähne, die dicht vor seinem Gesicht schnappten. Das Gleichmaß der Kräfte sorgte für eine Starre aus geballten Muskeln. Der Wolf jaulte seine Frustration heraus, als er das Kinn seines Gegners abermals knapp verfehlte, obwohl er diesen unter seinem Gewicht begraben hatte.

Mica riss den Mund auf, aber anstelle eines Hilfeschreis stieß er das Fauchen einer Großkatze aus. Entsetzen gewann die Oberhand, als Florine seine Fänge sah. Lange, spitze Zähne, die aus Micas Mund ragten. Das war zuviel. Sie stolperte aus dem Raum in einen langen Gang. In seinem Zwielicht führte eine Treppe nach unten. Die ersten Schritte taumelte sie darauf zu, dann wurden ihre Schritte länger, und sie flog schier die Stufen hinab. Das Ende des Kampfes wollte sie nicht kennen. Sie wollte nichts gesehen haben von dem, was ihre Vorstellungen der ihr bekannten Welt sprengte. Im Erdgeschoss angelangt rannte sie in das erstbeste Zimmer, riss ein Fenster auf, öffnete die Haken der Läden und stieß sie nach außen. Die windstille Hitze einer Sommernacht strömte herein. Mit einem gewagten Satz sprang sie aus dem Fenster rollte sich in einem Beet ab und rannte so schnell sie konnte davon.

Paris war nicht weit. Sie konnte die Mauern der Stadt in der Dunkelheit sehen. Dahinter war sie sicher, in den kleinen verwinkelten Gassen ihrer Kindheit konnte sie jedem entkommen, und im Haus von Madame Balbeuf konnte sie sich bis zum Morgen verstecken. Nie hatte sie für möglich gehalten, dass sie aus freiem Willen das Findelhaus noch einmal betreten würde – aber vor dieser Nacht voller Grauen hatte sie sehr vieles nicht für möglich gehalten.

Die Dächer von Paris erlaubten Mica einen freien Einblick in die Straßen und Gassen. Giebel, schmale Firste und die Klüfte zwischen den Häusern waren für ihn kein Hindernis. Die Schornsteine nutzte er als Deckung, da seine Kleidung trotz der Flecken aus Schmutz und Blut in der Dunkelheit leicht auszumachen war. Er baute darauf, dass die Pariser, insbesondere diejenigen, die um diese Zeit unterwegs waren, selten dazu neigten, den Nachthimmel zu betrachten. Den Vorsprung des Mädchens hatte er schnell eingeholt. Ein Stück vor ihm schlug sie Haken in den engen Gassen, scheinbar ohne Ziel und Verstand. Dadurch zwang sie ihn immer wieder zu langen Sätzen über die Abgründe der Straßenschluchten, damit er sie nicht aus den Augen verlor. Ihre Flinkheit schob er auf den Schreck, und gleichwohl blieb sie beachtlich. Das Mädchen huschte an trunkenen Nachtschwärmern und Bettlern vorüber, ehe diese sie gewahrten oder gar nach ihr haschen konnten. Es fehlte jegliches Anzeichen von Ermüdung.

Auch der Wolf folgte ihr dichtauf, blieb jedoch außer Sichtweite in parallel verlaufenden Gässchen. Ein dunkles Schemen, die Deckung der Hauseingänge nutzend. Vor den Menschen konnte Cassian sich verbergen, Mica hingegen wusste zu jeder Zeit, wo er sich befand. Seine Hartnäckigkeit versetzte den Vampir in Weißglut. Natürlich konnte Cassian nicht wissen, wer das Mädchen war – aber das änderte nichts an den Tatsachen. Der ärgste Feind eines Vampirs, ein Werwolf, hatte es gewagt, sich an Maries Kind zu vergreifen. An Micas eigenem Fleisch und Blut. Seiner Tochter.

Allein dieser Gedanke wollte ihn in die Knie zwingen. All die Jahre, vergeudet und verloren, hatte er sein Kind für tot gehalten. Sie hieß nicht Florine. Marie hatte sie auf einen alten, mythologischen Namen taufen lassen: Penelope. Von der Liebe ihrer Mutter zur griechischen Mythologie wusste das Mädchen nichts. Ihr Taufname würde ihr nichts sagen. Es war gleichgültig wie sie sich nannte, ob Penelope oder Florine. Mica hatte in ihr den Säugling erkannt, der in jener Blutnacht vor achtzehn Jahren verloren gegangen war. Florine hatte überlebt, war herangewachsen und zur Frau gereift. Sein einziges Kind von einer Sterblichen war ihm ein zweites Mal geschenkt worden. Und diesmal würde er es nicht verlieren.

Vor einem Haus blieb sie stehen und sah an der Fassade hinauf. Das Fachwerk war schief, das Gebäude schien nur von den Nachbarhäusern am Einsturz gehindert zu werden. Blinde Fenster und ein garantiert undichtes Dach. Der Wolf verschwand in einem Hauseingang, aus dem wenig später Cassian heraustrat, angetan mit einer lappigen Hose, die er einem Dieb oder Bettler geraubt haben musste. Er wollte einfach nicht aufgeben, und es würde nicht lange dauern, bis er eine Verbindung zwischen den Straßen fand, um zu Florine aufzuschließen. Unterdessen blieb Mica höchstens noch eine Stunde bis Sonnenaufgang. Er musste eine Entscheidung erzwingen, ob durch einen weiteren Kampf gegen den Wolf oder aber indem er Florine für sich gewann. Letzteres schien ihm die leichter zu lösende Aufgabe. Er sprang von den Dächern in die Tiefe. Der Aufprall seiner Lederstiefel auf dem Straßenpflaster war gedämpft und erregte kein Aufsehen.

»Um diese Zeit sollte keine Demoiselle allein auf der Straße stehen. In diesem Viertel treibt sich zu viel Gesindel herum«, sprach er Florine an, bemüht um einen sanften Tonfall.

Sie war in größter Verwirrung davongerannt, und obgleich es keine Einigkeit zwischen Vampir und Wolf gab, so teilten sie immerhin die Absicht, sie nicht in noch größere Ängste zu versetzen. Fest rieb sie sich mit dem Handrücken über die Augen, eine Geste voller Trotz.

»Ich kenne dieses Viertel.«

»Sollte ich der Auslöser deiner Tränen sein, würde ich das zutiefst bedauern, Kind. Es zerreißt mir das Herz, wenn ich an all die Jah…«

Hölle, sie warf ihm einen Blick zu, als wollte sie in der nächsten Sekunde handgreiflich werden. Ein Menschenkind, zerbrechlich, schwach, sterblich, und von so tiefem, wildem Zorn erfüllt, dass er sich in Wellen an ihm brach. Er presste die Lippen aufeinander, sich des eigenen Versagens bewusst. Er hätte es besser wissen müssen, mehr Vertrauen in ihr Kindermädchen setzen sollen, nicht aufgeben dürfen. Nicht nur Marie hatte er verloren, sondern auch sein Kind im Stich gelassen. Gram um den Verlust hatte seine Ahnungen ausgelöscht, und der Anblick ihres zur Unkenntlichkeit zerfetzten Kindermädchens hatte ausgereicht, ihm jede Hoffnung zu nehmen. Im Schatten der Kathedrale Notre Dame hatte er die junge Frau gefunden, zumindest die Teile von ihr, die die Namenlosen nicht verschlungen hatten.

»Meinen Fehler kann ich weder vor dir, noch vor mir entschuldigen, Kind.«

»Zurück, Mica!«, grollte es in seinem Rücken.

Cassian war bei ihnen angelangt. Auf seinem nackten Oberkörper spielten die Muskeln. Er war entschlossen den unterbrochenen Kampf fortzusetzen, Mica bis zum Sonnenaufgang aufzuhalten und beim ersten Morgenlicht seiner Schwäche auszusetzen. Der Wolf wollte töten, und Mica wollte exakt dasselbe. Aber nicht vor Florine. Seine Drohgebärde beschränkte sich auf einen langen, direkten Augenkontakt. Florine drehte sich langsam um, die Arme fest um ihre Taille geschlungen.

»Was bist du?«

Zorn und Kummer schwangen in ihrer Frage mit. Sie war viel zu aufgewühlt, um Angst zu verspüren. Sein Kind kannte keine Angst, das machte Mica stolz. Er rückte näher an sie heran. Cassian senkte den Kopf, der Wolf in ihm klemmte sicherlich in diesem Moment den Schweif zwischen die Hinterbeine. Er sah auf seine nackten Zehen, enthielt ihr das Quecksilber vor, das seine Augen ausfüllte.

»Ich bin Cassian de Garou. Du kennst mich. Besser gar als manch anderer.«

»Ich kenne Euch nicht!« Von trockenen Schluchzern unterbrochen, sprach sie weiter. »Wahrlich, für einen Ehrenmann hielt ich Euch von Anfang an nicht. Und die Unstimmigkeiten machten mich misstrauisch. Aber nichts hat mich darauf vorbereitet, dass ich … dass ich mich einem Tier überlassen habe! Das ist obszön! Ihr seid eine Bestie, schlimmer noch als ein Mörder! Ich will gar nicht wissen, wer oder was Ihr seid!«

Blässe überzog Cassians Gesicht. Ihm fiel keine Erwiderung ein.

»Er ist ein Werwolf«, sagte Mica.

Mehr an Eingreifen hielt er nicht für nötig. Sie brachte Cassian ohne Unterstützung zur Strecke. Jeder Satz ein Peitschenhieb, der dem Wolf auf den Pelz brannte, sengend in seiner Grausamkeit. Es war interessant und für Mica ein Hochgenuss. Cassian rang um Fassung und eine Rechtfertigung. Mitsamt seinem Stolz blieb sie in seinem Halse stecken. Wenn er noch länger blieb, würde er an der Demütigung ersticken.

Florine kannte die Wahrheit nicht, wusste nichts über Cassian de Garou und die Wolfsippen, oder gar etwas darüber, was die Menschheit ihnen zu verdanken hatte. Vor ihr stand ein Werwolf aus der ältesten bekannten Blutlinie. Kein Königsgeschlecht kam dem gleich. Er war der Sohn eines Fürsten, entsprang aus einer langen Reihe von Kriegern, die vor Jahrtausenden den Todesmut aufgebracht hatten, die Vampire herauszufordern. Ohne diese Sippen mit ihrer seltenen und gefährlichen Gabe, wäre der Mensch noch heute ein Herdentier, fügsam und dem Willen ihrer einstigen Götter unterworfen. Die Menschheit existierte, um das alte Volk zu nähren, und die Werwölfe hatten dieses von der Natur geschaffene Gesetz außer Kraft gesetzt. Viele von ihnen waren in diesem Krieg gestorben. Ihre Nachkommen waren stärker, mutiger und in der Lage, sich auf eine Weise zu verwandeln, die Florine richtig erkannt hatte. Cassian konnte zur Bestie werden. So genannt zu werden, würde er ihr jedoch niemals verzeihen.

»Florine, du verstehst es nicht. Komm zu mir.« Er streckte die Hand nach ihr aus. »Mica ist ein Vampir. Der Großmeister des alten Volkes in Europa. Du darfst nicht bei ihm bleiben.«

»Werwölfe! Vampire! Worauf muss ich mich als nächstes gefasst machen?«

»Kind«, raunte Mica. Barsch schlug sie seine Hand beiseite. Das Erstaunliche daran war, dass sie ihn wahrhaftig erwischte und nicht ins Leere schlug. »Eines sage ich euch! Ich will nichts – absolut nichts – mit widernatürlichen Höllenkreaturen zu schaffen haben! Verschwindet aus meinem Leben! Ihr habt darin nichts verloren!«

Mit sich überschlagender Stimme legte Florine die Zeigefinger zu einem Kreuz übereinander und wich zurück an das Haus, das sie betrachtet hatte. Weder Mica noch Cassian rührten sich. Nicht, dass ihnen gekreuzte Finger etwas ausmachten, sie wussten schlicht nicht, was zu tun war.

»Ruhe da unten!«, schrie eine schrille Stimme aus einem Fenster.

Florine trommelte mit den Fäusten an die Haustür. »Madame Balbeuf! Öffnet mir!«

»Bist du das, Florine?«, gellte es von oben.

»Macht auf! Schnell!«

Der Frauenkopf, von einer Nachthaube zu einem Blumenkohl deformiert, verschwand vom Fenster. Mica spähte in den Himmel. Die Sterne begannen zu verblassen, die Nacht neigte sich dem Ende zu. Die Tür öffnete sich, und Florine fiel schier in den dunklen Eingang hinein und knallte die Tür eilends wieder zu. Ein Riegel scharrte über Holz. Kein Hindernis für Mica, auch nicht für Cassian, aber hier und jetzt konnten sie nichts ausrichten. Mica nahm es gelassen. An Zeit fehlte es ihm nicht, nichts drängte ihn, jetzt da er wusste, wie er Florine finden konnte. Saint-Germain konnte sie im Auge behalten. Lauernd glitt Mica auf Cassian zu. Dieser starrte das Haus an, als könne er durch die Mauern blicken. Sein ebenmäßiges Gesicht war zu einer Maske aus Schmerz verzerrt. Die Niederlage war vollkommen.

»Du hast sie gehört. Sie will dich nicht wieder sehen. Es gibt keinen Grund, dich noch länger hier herumzudrücken.«

»Wenn du es wagst, sie zu deinem Geschöpf zu machen, töte ich dich, Mica.«

»Was immer geschieht, ich werde ihr kein Leid zufügen. Darauf hast du mein Wort, Werwolf. Sollte ich es brechen, kannst du mich auslöschen und ich werde mich nicht zur Wehr setzen.«

In der langen Geschichte ihrer Feindschaft war es noch nicht zu einem Schwur mit solchen Konsequenzen gekommen. Cassian schluckte, warf dem Haus einen letzten, düsteren Blick zu und zog sich zurück. Die Gefahr war abgewendet, und der erste rötliche Streifen über Paris zwang auch Mica zum Rückzug. Anders als Cassian de Garou würde er zurückkehren.

»Wo hast du dich herumgetrieben? Spare dir eine Antwort. Ich ahne es. Sapperment, Cassian, was habe ich dir gesagt? Muss ich es dir mit Hammer und Meißel in dein Hirn schlagen? Du bist besessen von den Hurenkniffen dieses Mädchens und lässt dich vom Wesentlichen ablenken. Dein Bedürfnis, dieses Weib zu begatten schadet nicht nur dir, sondern auch deinem Bruder und mir!«

Die Vorwürfe hagelten vom oberen Ende der Treppe auf ihn herab. Er kehrte in einem verlausten Fetzen in sein Haus zurück und musste sich von seinem Vater herunterputzen lassen wie ein Jungwolf.

»Lass mich zufrieden«, erwiderte er müde.

Im Vorbeigehen streifte er Juvenal, nicht bereit, einen Bogen um ihn zu machen. Eine unbarmherzige Hand grub sich in seine Schulter und warf ihn herum. Das reichte, um seine Wut ins Unermessliche zu steigern. Seine Hand schnellte vor, spannte sich um Juvenals Kehle und drückte ihm den Atem ab. Ungeachtet der gesträubten Haare und der gefährlichen Färbung, die in die Augen seines Vaters floss, rammte er ihn gegen die Wand. Sie standen so dicht voreinander, dass Cassian beobachten konnte, wie aus dem Rand der Iris gelbe Stromlinien in das dunkle Braun flossen. Er widerstand der Versuchung, seinem Vater einen Kinnhaken zu versetzen, schmetterte stattdessen seine Faust in einen Wandspiegel neben Juvenals Kopf. Splitter regneten auf sie herab. Das Eindringen der Scherben in seine Haut brachte Cassian halbwegs zur Besinnung.

»Ja, ich war in Versailles. Ich habe dort ein Nest aufgestöbert und zerstört. Es gehörte dem Namenlosen, den ich angegriffen habe. Er wollte seine Brut abseits aller anderen aufziehen«, zischte er seinem Vater ins Gesicht. »Und wenn du es noch einmal wagst, das Mädchen vor mir zu erwähnen, bringe ich dich eigenhändig um, so wahr ich hier stehe.«

»Lass mich los.«

Juvenal war leise und artikulierte jedes Wort, nicht bereit, sich einschüchtern zu lassen.

Vielmehr stand er davor, die Rangordnung klarzustellen. Er war imstande, Cassian Paris zu nehmen, sein Rudel unter seinen Willen zu zwingen und seinen Sohn aus dem eigenen Hort zu vertreiben, sich bewusst, dass keiner seiner Söhne soweit war, ihm die Spitze an der Sippe streitig zu machen. Dennoch schien ihm nichts daran zu liegen, denn er setzte sich nicht zur Wehr. Cassian ließ von Juvenal ab und trat zurück.

»Du hast eine Brut vernichtet. Gut gemacht«, gönnte Juvenal seinem Sohn sogar ein Lob und strich mit einer Hand sein schwarzes Haar glatt. »Wo befand sie sich?«

»In einem unterirdischen Bau direkt unter dem Haus der Chrysantheme.«

»Der Namenlose selbst?«

»Hat sich nicht blicken lassen.«

Cassian war der Worte müde. Florine hatte sich von ihm losgesagt und ihn ein Tier genannt. Allein das bedrückte ihn in einem Maß, das er nicht erwartet hatte. Die Intensität seiner Gefühle verstärkte seine Niedergeschlagenheit. Unentwegt musste er an sie denken. An ihre Vehemenz beim Anblick der Brut, an ihr Entsetzen, als sie erkannte, was er war. Und an ihren Ekel, den sie ihm ins Gesicht geschleudert hatte. Es wühlte und zerrte in seinen Eingeweiden.

Cassian strebte seinem Zimmer zu. Die verfilzte Hose schlackerte um seine Beine. Er riss den fadenscheinigen Stoff entzwei und warf ihn achtlos von sich. Juvenal blieb ihm auf den Fersen.

»Dann müssen wir dorthin, um ihn auszumerzen, ehe er zu viel Schaden anrichtet.«

»Nicht nötig. Ich habe meine Marke hinterlassen. Der Namenlose wird sich nicht aufhalten, will er meine Spur nicht verlieren. Er wird nach Paris kommen.«

Juvenal verhinderte, dass Cassian ihm die Tür vor der Nase zuschlug. Er stiefelte ihm bis in sein Schlafzimmer nach. Die Kerben, die sich von seiner Nase zu den Mundwinkeln zogen, hatten sich vertieft und unterstrichen die strenge Entschlossenheit seiner Miene.

»Ist dir jede Vernunft abhanden gekommen? Du führst einen Namenlosen direkt in deinen Hort und setzt dein Rudel einem Angriff aus, in dem Wissen, dass sie ihm ausgeliefert sein werden!«

»Es musste sein. Florine war bei mir. Ich konnte sie keiner Gefahr aussetzen.«

Gleichwohl hatte es nichts geholfen. Die Gefahr, die von Mica ausging, war nicht geringer. Er läutete nach Bertrand. Er brauchte ein Bad, um sich den Dreck der Bettlerhose, die Hitze seiner Auseinandersetzung mit dem Vampir und die Kränkung, ein Tier genannt worden zu sein, von der Haut zu spülen.

»Sie hat das Nest gesehen? Immer wieder dieses Mädchen, verflucht noch mal! Was findest du an ihr?«

Cassian schnellte zu Juvenal herum. »Noch ein Wort und du kannst in deine verdammten spanischen Berge zurückreisen, Juvenal. Ich bin deine Vorhaltungen leid. Sie wusste nicht, worum es sich handelt. Sie wird keinem davon erzählen.«

Garantiert würde sie den Mund halten, das Nest, die vergangene Nacht und Cassian aus ihren Gedanken verdrängen. Schließlich gehörte er nicht in ihr Leben, das hatte sie deutlich gemacht. In seinem Brustkorb krampfte es.

»Bitte! Soll sie zu deinem Verhängnis werden. Stürzt euch alle ins Unglück, mir soll es gleich sein!«, brüllte Juvenal und stiefelte mit donnernden Schritten hinaus.

Eine Atempause wurde Cassian nicht gewährt. Mit dem Zuber, den Bertrand anschleppte, kam Ruben in sein Zimmer, setzte sich auf einen Hocker, schlug die Beine übereinander und wohnte den Vorbereitungen zu Cassians Bad bei, als läge es in seiner Verantwortung. Zerzaust vom Schlaf fiel sein Haar über seine Schultern, er hatte sich nicht die Mühe gemacht, die Wellen aus Rot und Schwarz zu kämmen oder gar ein Hemd überzuziehen. Nahezu ebenso so dicht und dunkel wie sein Haar war der Pelz auf seiner Brust. Heißes und kaltes Wasser wurde herbeigeschleppt. Cassian stand im Zuber und ließ sich von Bertrand damit übergießen. Unterdessen gönnte er seinem Bruder weder einen Blick noch ein Wort. Als der Zuber gefüllt war, sank er hinein und schrubbte mit einer Wurzelbürste über seine Haut. Ruben sprach in das harte Schrubben hinein.

»Juvenal macht sich große Sorgen.«

»Er wird allmählich alt«, brummte Cassian. »Alte Männer sind verbohrt.«

»Er ist kein alter Mann. Es geht ihm um uns, und vor allem um Gilian. Er müsste längst hier sein. Seine Unterstützung wird uns fehlen.«

Gilian würde schon kommen, oder auch nicht. Er war alt und erfahren genug, um auf sich selbst aufzupassen. Zugestoßen war ihm gewiss nichts. Einem Werwolf konnte wenig zustoßen. Höchstens ein gebrochenes Herz. Es war lächerlich, so etwas überhaupt zu denken.

»Gestern war Juvenal noch einmal in den Katakomben. Als er zurückkehrte, stand er knapp vor einem Schlagfluss. Es sind mehr, als wir bisher ahnten. Er schätzt ihre Anzahl auf etwa ein Dutzend. Ohne Gilian will er keinen Angriff riskieren.«

Die Bürste platschte ins Wasser. »Was soll das heißen?«

»Er will auf Gilians Ankunft warten. Du warst mit dir zu sehr beschäftigt und hast es nicht mitbekommen. Er tigert von einem Fenster zum anderen, hält nach Gilian Ausschau und isst kaum etwas. Juvenal hat eine Heidenangst, uns könnte etwas zustoßen. So kenne ich ihn nicht. Es muss an Alba liegen. Ihren Verlust hat er nicht verkraftet und jetzt fürchtet er …«

»Schwachsinn! Wir sind Krieger. Sollen wir uns etwa mit ihm vor den Kamin hocken und Strümpfe stricken, oder was stellt er sich vor? Die kommende Nacht wird es entscheiden, Ruben. Die Namenlosen brüten. Je länger wir warten, desto mehr werden es. Wir müssen zuschlagen. Entweder wir siegen oder wir sterben.«

Ruben zuckte die Schultern. Sieg oder Tod waren die einzigen Alternativen eines Werwolfs, damit waren sie aufgewachsen. »Juvenal wird sich weigern, und wir beide alleine können einer Übermacht nicht lange standhalten.

Zudem fehlt uns noch immer eine Taktik. Solange sie in den Katakomben hocken, kommen wir nicht gegen sie an.«

»Verdammt, Mann! Ich will nicht länger warten!«

»Juvenal schlägt Patrouillen vor. Wir spüren sie auf, wenn sie auf die Jagd nach Beute gehen. Durch Einzelkämpfe will er ihre Zahl bis zum nächsten Vollmond verringern. Dann haben wir es leichter, ob nun mit oder ohne Gilian.«

Cassian erhob sich aus dem Zuber. Wasser schwappte über den Rand und klatschte auf den Teppich. Mit den Händen wischte er es sich von der Haut, in abgehackten, knappen Strichen. Er konnte seinen Zorn vor Ruben nicht verhehlen.

»Ihr beide bepisst euch vor Angst vor den Namenlosen. Warum seid ihr hier, wenn euch außer Zaudern nichts einfällt? Sie weichen Einzelkämpfen aus, ich habe es erlebt. Wir werden ihrer nicht habhaft werden.«

Ruben war aufgesprungen und versetzte ihm einen unerwartet harten Stoß, der ihn ausgleiten ließ und zurück in den Zuber schickte. Eine Flutwelle schwappte in den Raum. Es sah ganz danach aus, als wolle Ruben seine geballten Fäuste auch einsetzen. Sein bisher so gelassener, auf ein Wohlleben bar jeder Verantwortung erpichter Bruder zeigte einen Zorn, der das Grün seiner Augen verstärkte, bis es einem Gift ähnelte. Verblüfft blickte Cassian zu ihm auf und vermied es, den Wutausbruch durch einen frontalen Blick zu schüren. Er zog es vor, sich auf Rubens unrasiertes Kinn zu konzentrieren.

»Du nennst mich einen Feigling? Dann nehme ich mir das Recht heraus, dich ein Arschloch zu nennen. Wem willst du mit deiner Tollkühnheit etwas beweisen, etwa diesem kleinen Mädchen? Sie ist eine Sterbliche von vielen und ohne jede Bedeutung für uns!«

Die Tür krachte ins Schloss, als wollte sie aus ihren Scharnieren springen. Wunderbar. Nun hatte er nicht nur

Juvenal gegen sich aufgebracht, sondern auch Ruben verprellt. Cassian wischte sich das Wasser aus den Augen. Ruben irrte sich. Florine war keine Sterbliche bar jeder Bedeutung. Weder für ihn, noch generell. Ihr Einfluss mochte ihm schaden, ihre Abweisung vergällte ihm die Laune und machte ihn reizbar, alles Hinweise, die sie zu etwas Ungewöhnlichem machten. Allein ihr Duft.

Es war vorbei. Sie hielt ihn für obszön und fühlte sich beschmutzt. Dabei war sie verrückt nach ihm gewesen. Nicht verrückt genug, um es zu akzeptieren, sagte eine nüchterne Stimme in seinem Kopf. Er stieg aus dem Zuber und warf sich, nass wie er war, auf sein Bett. Seine Gedanken begannen um Mica zu kreisen, der Kern eines viel größeren Problems. Er beanspruchte Florine für sich, und was dies bedeutete, wusste Cassian sehr genau. Kein Mensch konnte sich dem Willen eines Vampirs entziehen. Sie erlagen bereitwillig, ließen sich umgarnen und verführen, ohne dass Gewaltanwendung nötig wurde. In Scharen waren sie einst zum alten Volk gepilgert, um ihnen ihr Blut zu geben. Vampire hatten sich Herden gehalten, die ihnen zuströmten, verlockt vom Sirenengesang ihrer Stimmen und ihrer Versprechen. Für Mica war Florine lediglich eine weitere süße Quelle, an der er sich labte, bis er ihrer überdrüssig wurde. Sie würde ihr Leben in den Armen eines Vampirs lassen. Nichts und niemand kamen dagegen an.

Da ihr Schicksal besiegelt war, musste er sie vergessen. Zudem musste er mit Juvenal reden, was einen klaren Verstand voraussetzte. Er fühlte sich wie auf einem Pulverfass, dessen Lunte brannte, und er sah nur eine Möglichkeit, seine überreizten Sinne zu besänftigen. Er läutete nach Bertrand, der sofort eintrat, als habe er auf den Ruf seines Herrn gewartet.

»Sarah soll zu mir kommen.«

Zwischen den Schenkeln einer Frau vergaß ein Mann leicht den Geschmack einer anderen. Zumindest wollte er es damit versuchen, und die Raffinesse seiner Favoritin hatte bisher nie versagt.

# 6

Die Tapisserien hingen in Fetzen von den Wänden. Kein Spiegel war heil geblieben. Scherben mischten sich mit zerborstenen Möbelsplittern am Boden. Die Kronleuchter waren aus ihren Deckenverankerungen gerissen und in abertausend Stücke zersprungen, deren Kristalle in dem Chaos funkelten wie versteinerte Tränen. Florine stand inmitten eines Trümmerfeldes. Keines der vielen Zimmer war der Zerstörung entgangen. Eine Höllengeburt hatte im Haus Chrysantheme gewütet und den Tod ihrer Brut gerächt. Ihre Erschütterung war viel zu groß, um Tränen zu vergießen. Das überließ sie Madame Chrysantheme, die derzeit nicht ansprechbar war. Ihre Träume und ihr Herzblut hatte Florine an das Haus gehängt, aber das Zerstörungswerk trug nicht die Schuld am Brennen ihrer Augen oder an dem Riss, der ihren Leib in zwei Hälften zu teilen schien. In ihren eigenen Ohren klang ihre Stimme hohl, kam aus einem Schacht, tief in ihrem Inneren, aus dem Qual und Seelenpein aufstiegen.

»Wo sind sie?«

»Mute dir das nicht zu, Florine. Es hilft doch nichts.«

Sybilles aparte Züge wurden von ihren geschwollenen, rot unterlaufenen Augen beherrscht. Sie klang erstickt.

»Ich muss sie sehen.«

Sybille führte sie zu einer Tür neben der Küche. Im Winter trocknete in dieser Kammer die Wäsche. Die Mädchen hatten sich davor versammelt. Bella auf der untersten Treppenstufe, den Kopf an die Knie gedrückt. Kalinka neben ihr wiegte sich vor und zurück, den Blick nach innen gerichtet. Aimée lehnte an der Wand, von einer Blässe gezeichnet, die ihrer Milchkaffeehaut einen Stich ins Ocker verlieh. Keines der Mädchen folgte Florine in die Kammer. Auf sich selbst gestellt stand sie vor drei Konturen unter dünnen Laken. Einsam und von Gott verlassen, im wahrsten Sinne des Wortes.

Auf einem Bauernkarren und zu Fuß war sie nach Versailles zurückgekehrt. Einen halben Tag hatte sie für die Strecke benötigt. Unterdessen war die Gerichtsbarkeit informiert worden, hatte den Schaden begutachtet und einen Bestatter geordert. Die Särge waren noch nicht angeliefert worden, so dass die Leichname auf dem blanken Boden liegen mussten. Drei Tote durch ihre Schuld. Sie schob ihren Fingerknöchel in den Mund und grub die Zähne hinein. Wenn sie bloß die Zeit zurückdrehen könnte und niemals in die Grotte gegangen wäre.

Vor dem ersten Leichnam ging sie in die Knie und zog das Laken zurück. Ein trockenes Keuchen schoss aus ihrer Kehle. Es war schlimmer, um so vieles schlimmer, als sie es sich vorgestellt hatte. Lucas war zu einem Bündel aus Fleisch und Blut geworden, aus dem die blanken Knochen ragten. An seinen Augen war er zu erkennen, um genau zu sein, an dem hellen Blau seines einzig verbliebenen Auges. Dort wo Mund und Nase gesessen hatten war ein blutiges Loch. Es war dahingestellt, welche Neigungen sie an Lucas letzthin entdeckt zu haben glaubte, er war ihr Liebhaber gewesen, der Mann, mit dem sie noch vor kurzem Zukunftspläne bis hin zur Heirat geschmiedet hatte, und nun war eine blutige Masse alles, was von ihm übrig geblieben war. Sie bedeckte ihn wieder mit dem Laken, bittere Galle im Mund.

Nachdem Lucas ihr bewusst gemacht hatte, was sie unter den Laken erwartete, zögerte sie, sich dem nächsten Leichnam zuzuwenden. Was würde sie vorfinden? Hörbar schlugen ihre Zähne aufeinander, als sie mit spitzen Fingern das Laken hob. Weitaus vorsichtiger als beim ersten Mal.

Giselle wirkte unversehrt. Trotz der winzigen Blutspritzer im Gesicht schien sie zu schlafen. Ihr Teint war durchscheinend geworden, glich hauchdünnem Porzellan mit einem leichten Eierschalenstich. Fünfzehn Sommer, davon einer im Haus Chrysantheme, mehr hatte Giselle vom Leben nicht erhalten. Dieses letzte Jahr mochte für das einstige Bettelkind das schönste gewesen sein, das sie erleben durfte, trotz all der Freier, die sie bedient hatte. Sich in einem Bett feilzubieten, war besser gewesen, als Sommers wie Winters barfüßig an Straßenecken zu stehen und die Hand aufzuhalten. Weiter als bis zu Giselles Hals hatte Florine das Laken nicht herabgezogen. Sie wollte nicht wissen, welche Wunden den Tod des Mädchens verursacht hatten. Einen letzten Kuss drückte sie auf die glatte Mädchenstirn, ehe sie das Laken wieder sorgsam über sie ausbreitete.

Vor der dritten Gestalt am Boden begann ihr Herz zu rasen. Sie zog das Laken nur soweit zurück, bis Olymps volle Locken zu sehen waren. Mehr konnte sie nicht ertragen. In dem dichten Blond haftete trockenes Blut, das die Zöpfe aneinander klebte. Beneidenswerte Engelslocken bis zur Taille hinab hatten Olymp zu einer Madonna gemacht, von einer Reinheit, die nicht darauf schließen ließ, dass sie die Tochter eines Metzgers war. Olymp war diejenige mit dem lautesten Organ gewesen und Florines engste Freundin. Sie hatten sich zu Anfang ein Zimmer geteilt, waren fast im selben Alter und sogar miteinander aufgewachsen. Damals noch, als sie bei Madame Balbeuf untergebracht war, hatte Olymp den Namen Louise getragen und für ihre Freundin so manche Wurst aus dem Laden ihres Vaters stibitzt. Sie hatten sich gestritten und versöhnt. Und nun lag Olymp vor ihr, auf einem kalten, harten Boden, bedeckt von einem Laken und sollte in einen Sarg gelegt und in die Erde versenkt werden mitsamt ihrer Träume.

Florine nahm eine Locke in die Hand und ließ sie durch die Finger gleiten. Unter der weichen Berührung krümmte sie sich. Aus ihren Augen floss ein Sturzbach und nässte ihr Gesicht. Zuerst kamen die Tränen lautlos, doch dann wurde der Schmerz so stark, dass sie ihn herausschreien musste. Weder ihre Schreie noch ihre Tränen konnten den Knoten in ihrer Brust lösen. Er wurde enger und enger, wurde zu einem Panzer, der ihre Lunge zusammenpresste. Ihr Schluchzen wurde hart, sie glaubte ersticken zu müssen. Drei Freunde hatte sie verloren. Drei Menschen, die ihr ähnelten, die von Kindesbeinen an auf Beistand verzichten mussten, die auf sich selbst gestellt und dem Rest der Welt gleichgültig waren. Drei sichere Säulen in ihrem Leben - trotz gelegentlicher Zankereien und ernsthafter Auseinandersetzungen - waren von einem Ungeheuer gerissen worden.

Sie sah Blut an ihren Handballen und auf den Steinfliesen, auf die sie mit aller Kraft eingeschlagen hatte. Ihr fehlte jede Erinnerung an diesen Ausbruch, bei dem sie sich selbst verletzt hatte. Achtlos wischte sie die Hände an ihrem Rock ab und bemerkte den Geruch, der von den Toten kam. Ein Hauch von Zersetzung und Verrottung. Sie erhob sich und verließ den Raum, auf ein letztes Gebet verzichtend. Gebete hatten ihresgleichen noch nie vor einem Unglück bewahren können.

Madame Chrysantheme und die Mädchen hatten sich in der Küche versammelt, dem einzigen Ort im Haus, der die Verwüstung glimpflich überstanden hatte. Trotz der Sommerhitze saßen sie dicht am Herdfeuer. Aimée rührte einen Punsch an und füllte für Florine einen Holzbecher. Rum, Eier und viel Zucker. Sie verbrühte sich die Zunge daran. Schweigend tranken sie. Madame Chrysantheme schien von einer Lähmung ergriffen und sah uralt aus.

»Weshalb sind sie nicht mit euch gegangen?«, fragte Florine in die Runde.

»Lucas sollte das Haus im Auge behalten. Olymp und Giselle …« Bella zuckte die Achseln. »Sie gaben nicht viel auf die Warnung. Sie waren beide betrunken und legten sich zu Bett. Sie haben geschlafen als ihr Mörder kam und bestimmt nichts mitbekommen.«

Im Herd knisterte und knackte das Feuerholz. Stumm gedachten sie ihrer Toten. Nur Florine selbst dachte an die vier hässlichen, nackten Ausgeburten, auf deren Vernichtung sie bestanden hatte. Sie hatte das Unglück heraufbeschworen. Auf ihrem Gewissen lastete der Tod ihrer Freunde. Sie versuchte sich das Vieh vorzustellen, um vieles größer als seine Jungen, abartig verunstaltet. Sein Anblick musste ausreichen, um ein Herz zum Stillstand zu bringen. Hatten ihre Herzen aufgehört zu schlagen, ehe sich Klauen in sie gruben und ein riesiges Maul sie gerissen hatte? Sie hoffte es. Sie betete inständig darum.

»Ich bin am Ende. Nichts ist mir geblieben. All die Jahre …«, sagte Madame Chrysantheme in die Stille und konnte ihren Satz nicht beenden.

»Wir werden alles wieder aufbauen, Madame. Alles! Gemeinsam werden wir aus dem Haus das machen, was es gestern noch gewesen ist. Ihr dürft Euch nicht geschlagen geben. Keine von uns wird das.«

»Aufbauen? Ich habe keine Rücklagen. Ohne Mittel sind mir die Hände gebunden, denn kein Freier wird das Haus betreten nach diesem Gemetzel, das hier stattgefunden hat.«

»Selbst die Sergeanten der Polizei wissen nicht, was geschehen ist. Die Morde ähneln denen an den Toten, die sie vor Kurzem auf der Straße gefunden haben, auch in Paris kam es zu Vorfällen, das ist alles, was sie dazu sagen konnten. Der Schlachter ist wohl nicht nur hier, sondern auch in der Cité unterwegs«, sagte Kalinka.

»Ich bin bankrott«, setzte Madame Chrysantheme hinzu und wollte zurückfallen in die Starre der letzten Stunden.

»Wir werden Geld auftreiben, irgendwie. Wir müssen zusammenhalten. Die Freier können woanders empfangen werden. Ihr seid keine billigen Huren, sondern Kurtisanen. Ihr singt und tanzt und versteht euch auf Konversation. Eure Gesellschaft ist Gold wert, daran werden wir sie erinnern.«

»Die Lillac würde mich sofort aufnehmen«, sagte Kalinka.

Florine packte das Mädchen an den Haaren und schüttelte sie. »Wenn ich dich bei der Konkurrenz erwische, kannst du dich auf was gefasst machen. An den Haaren werde ich dich aus den Betten der Lillac bis vor ihre Tür zerren.«

Kalinka wehrte sich mit einer Ohrfeige. Ebenso hart schlug Florine zurück.

»Du hast nichts zu melden, Florine«, mischte sich Bella ein. »Du bist nicht diejenige, die uns unseren Lohn auszahlt und uns jetzt etwas schuldig bleiben muss. Keine von uns ist dir zu etwas verpflichtet.«

Spätestens jetzt wäre Olymp für sie in die Bresche gesprungen. Sie konnte es nicht mehr, sie würde sich nie wieder auf ihre Seite schlagen und sie bekräftigen.

»Dann geht eben! Stellt euch an eine Ecke oder sucht euer Auskommen in einem der Häuser, wo ihr für ein paar Dernier die Beine breit machen müsst. Genug davon gibt es schließlich. Ich bleibe, und wenn dieses Haus wieder zu dem geworden ist, wofür es berühmt war, braucht keine von euch an der Tür zu kratzen. Billige Allerweltsliebchen haben hier nämlich nichts verloren.«

Kalinka und Bella standen auf. Sybille blieb sitzen, und Aimée rührte gemächlich in dem zerbeulten Topf mit Punsch.

»Ich bleibe auch hier«, sagte sie und bedachte Kalinka und Bella mit einem entschlossenen Blick. »Wer aufgibt hat schon verloren.«

Diese Ansicht drückte die beiden Mädchen zurück in ihre Stühle. Madame Chrysantheme wischte sich mit einem zerknüllten Taschentuch über die Augen.

»Ach Kinder, euer Kampfgeist in Ehren, aber es nützt nichts. Euer Vorhaben wird nicht gelingen. Sucht nach einer anderen Bleibe. Ich kann euch nichts mehr bieten und euch auch nicht helfen.«

Die Mädchen sahen zu Florine und machten sie dadurch zur Wortführerin. Es war ihnen lieber einem vorpreschenden Temperament zu folgen, als sich der Melancholie ihrer Dienstherrin anzuschließen. Aber Florine sagte nichts mehr. Wer aus freiem Willen nicht bleiben wollte, den konnte sie nicht zwingen. Sybille nippte an ihrem Punsch.

»Dein Gebräu schmeckt gar nicht mal so schlecht, Aimée. Es verdient einen Namen. Wie wollen wir es nennen?«

»Brummschädel«, gab Aimée zurück und goss eine neue Runde aus.

Das Kichern der Mädchen klang etwas überspannt. Sie waren am Rand eines Abgrunds angelangt und blickten hinein. Das Loch ohne erkennbaren Boden ließ sie näher zusammenrücken. Stuhlbeine scharrten über die Steinplatten, als sie die Lücken in ihrem Kreis schlossen.

Bis zum späten Abend rumpelte und krachte es. Die Toten waren abgeholt worden und würden am nächsten Tag beerdigt werden. Der Leichenwagen musste durch eine Halde aus Trümmern fahren. Die Schuttberge wurden immer größer und bis zur Nacht blieben lediglich Trampelpfade, die hindurchführten. Nachbarn waren gekommen, angelockt von Sensationslust, hatten, angestachelt von der Rührigkeit der jungen Frauen, die Ärmel hochgekrempelt und geholfen. Durch derbe Scherze hatten die Mädchen ihre freiwilligen Helfer aus den Riegen der Dienerschaft umliegender Herrenhäuser bei der Stange gehalten. Erst vor wenigen Minuten waren sie gegangen.

Sinnloser Tatendrang war es, dachte Madame Chrysantheme, nach einem Rundgang durch das Erdgeschoss. Sie zog sich in ihr Bureau zurück, um davon nichts mehr sehen oder hören zu müssen. Ein wackliger Tisch und zwei Stühle waren ihr geblieben. Selbst ihre Kassenbücher waren zu unleserlichen Schnipseln geworden, die Florine aufgekehrt hatte. Ein Blick in die Bücher hätte Madame Chrysantheme auch nicht geholfen. Sie wusste ihre Situation einzuschätzen. Morgen oder übermorgen würde der Feuereifer der Mädchen versiegen. Florine mochte am längsten durchhalten, aber auch sie würde letztendlich die Grenzen erkennen und hinnehmen müssen. Schon hatte ein Diener der Lillac im Haus herumgeschnüffelt und war von Florine mit einer Holzlatte vertrieben worden. Ein liebes Mädchen war sie, so überaus energisch und zielstrebig. Madame Chrysantheme hatte ihre Kinderlosigkeit stets für einen Segen gehalten, doch wenn sie jemals eine Tochter gehabt hätte, wäre sie hoffentlich Florine ähnlich gewesen. Sie liebte dieses Haus, sie hing an dem Lebenswerk ihrer Dienstherrin, als sei es ihr eigenes. Madame Chrysantheme wusste von Florines Traum. Von dem Verlangen, nicht nur ein Heim aus eigener Kraft zu schaffen, sondern mit der Übernahme ihres Etablissements eine neue Tradition zu begründen. Daraus würde nichts mehr werden. Der Ruin war ihnen vorherbestimmt. Florine und die anderen Mädchen waren jung genug, um woanders ein neues Auskommen, neue Träume und eine Zukunft zu finden. Sie selbst konnte nicht auf den Vorteil der Jugend zurückgreifen.

Was sollte sie bloß anfangen mit ihrem ruinierten Leben? In ihrem Alter waren die Möglichkeiten begrenzt. Der Gedanke, dorthin zurückzukehren, wo sie hergekommen war, ihren Körper auf dem Pflaster von Paris darbieten zu müssen, versetzte sie in Todesangst. Das würde sie nicht durchstehen, und zudem würde niemand etwas bieten für ein altes Weib, dem die Brüste bis zum Nabel baumelten. Sie barg das Gesicht in ihren hohlen Händen und versuchte, sich mit einem anderen Gedanken vertraut zu machen, dachte an ein schnelles, schmerzloses Ende und fragte sich, ob sie genügend Geld für ein Gift zusammenkratzen konnte, das es herbeiführte.

Als sie den Kopf wieder hob, über unterschiedliche Todesarten sinnierend, saß ein Mann vor ihr auf dem Stuhl. Niemand hatte ihn angemeldet und sie hatte ihn auch nicht eintreten hören. Vielleicht war er ein Trugbild. Er besaß alle Eigenschaften einer Erscheinung. Sein Haar wallte gleich einer goldenen Mähne über seine Schultern und legte einen Heiligenschein um das perfekte Oval seines Gesichts. Ihm fehlten lediglich die Flügel, um den Eindruck eines Todesengels perfekt zu machen.

»Das sieht übel aus«, stellte die Erscheinung fest.

»Es ist eine Tragödie«, vertraute sie sich dem flügellosen Engel an. »Ich sehe keinen Ausweg. Der Strang soll grausam sein, sofern das Genick nicht bricht. Ins Wasser kann ich nicht, ich habe als Kind schwimmen gelernt. Bleibt das Messer. Davon gibt es genug im Haus.«

Das verständnisvolle Lächeln kam ihr nicht sonderbar vor. Engel brachten selbst für sündige Gedanken – und der Freitod gehörte dazu – Verständnis auf. Irgendwie war die Erscheinung ein Trost, auch wenn sie nicht vorhanden war und sie nur ein Selbstgespräch führte. Obwohl sie vergessen hatte die Lichter anzuzünden, schimmerte sein Gesicht in der Dunkelheit. Eine Perle, in der zwei Türkise saßen und sie anfunkelten. Der Todesengel war makellos schön.

»Ich bin weder hier, um dich in den Tod zu geleiten noch entspringe ich deiner Einbildung. Es gibt keinen Grund für dich zu sterben, Mathilde Lebecq.«

Woher kannte er ihren Namen? Sie hatte ihn vor über dreißig Jahren abgelegt. Sie versuchte, dem dumpfen Kopfschmerz hinter ihrer Stirn mit festem Reiben beizukommen.

»Wer seid Ihr?«

»Ich bin hier wegen eines Eurer Mädchen. Sie heißt Florine.«

Erstaunlich, wer sich in letzter Zeit alles für Florine interessierte. Zuerst der schneidige Chevalier, der sie ersteigert hatte, dann Saint-Germain und nun dieser Gentilhomme mit dem fremdartig schönen Antlitz. Tja, er war umsonst gekommen. Florine setzte alles daran, die Schäden zu beseitigen, hielt die Mädchen zusammen, hantierte seit Stunden unermüdlich mit Schrubbern und Lappen. Sie hatte mit dem Priester und den Totengräbern die Begräbnisse besprochen und stand jetzt in der Küche und brutzelte Eierpfannkuchen. Der Duft zog bis zu ihnen.

»Florine steht nicht zur Verfügung, Monsieur. Ihre Aufgaben …«, Madame Chrysantheme unterbrach sich und hauchte, verblüfft über die eigene Feststellung: »Sie ist die Seele dieses Hauses.«

»Sie gehört nicht zu den Kurtisanen?«

Das Strahlen des Fremden nahm zu. Die Neuigkeit schien ihn zu erfreuen. Jäh flammten zwei Wachskerzen auf dem Tisch auf. Madame Chrysantheme war über den Punkt hinaus, sich über diese spontane Entzündung zu wundern. Stattdessen sprudelten die Worte aus ihr hervor.

»Sie sollte eine werden, als sie vor neun Jahren zu mir kam. Die Balbeuf schleifte sie eines Tages an. Es hatte geregnet und Florine sah aus wie ein nasser Dachs. Sie musste den ganzen Weg hinter dem Wagen der Balbeuf herlaufen. Sie war klein und mager, eine Göre aus Knochen, Augen und nassen Haaren. Und sie weinte. Vermutlich waren es ihre Tränen …«

Sie klappte den Mund zu. Redseligkeit gehörte nicht zu ihren Schwächen, insbesondere nicht, wenn es um die Mädchen ging. Mit einem Stirnrunzeln erlag sie dem Drang, sich dem Fremden mitzuteilen.

»Ich nahm sie bei mir auf, obwohl sie mit neun Lenzen viel zu jung war. In meinem Haus werden keine Kinder angeboten, Monsieur. Also half Florine in der Küche aus, säuberte die Zimmer und erledigte Botengänge.«

»Sie ist ein Kammermädchen?«

Grün und Blau und Funken von Gold flackerten in den leicht schräg stehenden Augen auf. Madame Chrysantheme schüttelte den Kopf.

»Sie ist schon lange kein Kammermädchen mehr, Monsieur. Hier verkehrten Herzöge und Prinzen, und sie alle waren hingerissen von Florines Arrangements. Ihre Einfälle erfüllten die höchsten Ansprüche, sie haben meinen Ruf weit über Paris hinausgetragen. Wer den Hof besuchte, machte stets einen Abstecher in mein Etablissement, um später darüber berichten zu können.«

All das hatte eine einzige Nacht zunichte gemacht. Die Züge des Fremden verschwammen vor ihren Augen. Sie senkte die Lider. Eine Träne quoll darunter hervor und rann über ihre Wange. Die Pulsadern, schoss es ihr durch den Kopf, sie würde sie sich aufschneiden, sobald er gegangen war. Aber der Fremde machte keine Anstalten zu gehen.

»Ich habe ein Angebot für dich, Mathilde. Du überlässt mir Florine, und im Gegenzug komme ich für alles auf. Du wirst frei sein in deinen Beschlüssen, was die Instandsetzung deines Hauses angeht. Die Summe ist offen. Bis zum letzten Nachttopf werde ich deine Anschaffungen begleichen.«

Ein unwiderstehliches Angebot war das. Der Fremde bot ihr ein Vermögen für Florine. Soeben noch hatten Kopfschmerzen ihren Blick getrübt, jetzt waren sie gewichen. Dafür zurrte sich ihr Hals zusammen und erschwerte ihr das Atmen. Eine letzte Chance bot sich, sie musste nur zugreifen – und auf Florine verzichten. Sie widerstand dem Drang zu nicken. Sie hatte ohnehin schon zu viel preisgegeben und war nicht bereit, eine übereilte Zustimmung zu geben.

»Wer seid Ihr, Monsieur? Woher rührt Euer plötzliches Interesse an Florine? Unter meinen Gästen habe ich euch noch nicht gesehen.«

»Das alles ist nicht von Belang. Du bist nicht mehr jung, Mathilde. Deine Reize sind dahin. Du bist darüber hinaus, aus der Armut emporzusteigen, wie es dir einst gelungen ist. Weshalb willst du sterben, wenn du leben kannst? Nimm mein Angebot an und alles wird gut werden.«

Madame Chrysantheme kämpfte mit sich. Das Bedürfnis seinem Rat zu folgen wurde übermächtig und gleichzeitig gewann das Gefühl die Oberhand, einen großen Fehler zu begehen. Sie musste sich ihre Antwort mit Gewalt abringen.

»Die Entscheidung liegt nicht bei mir, Monsieur. Über Florines Zukunft kann nur sie selbst bestimmen.«

»Dann hole sie und unterbreite ihr meinen Vorschlag.«

»Jetzt?«

»Ich werde ihn kein zweites Mal machen.«

Das silberne Glöckchen war voller Dellen, sein Läuten von schräger Dissonanz. Madame Chrysantheme setzte es ab. Einerseits hoffte sie inständig, Florine sei das Läuten entgangen, andererseits fieberte sie ihr entgegen. Nach einer Zeit, die ihr unerträglich lang vorkam, trat Florine ein. Sie hielt einen Teller dampfender Eierpfannkuchen in der Hand. Als sie den Fremden erblickte, rutschte er aus ihren Fingern und zerschellte am Boden. Zwischen den Scherben und den Pfannkuchen blieb sie reglos stehen. Sie kannte den Mann.

»Sag es ihr, Mathilde.«

»Sagt es ihr doch selbst«, brachte Madame Chrysantheme einen Anflug von Widerstand auf. Er fiel in sich zusammen. Der Fremde fasste sie ins Auge, Florine rang die Hände. Unstet sah sie von einem zum anderen, in Erwartung einer Erklärung.

»Was …?«, krächzte sie.

»Dieser Herr, der mir seinen Namen nicht nennen will, hat ein Angebot gemacht«, sagte Madame Chrysantheme barsch. »Er will alle Unkosten für die Renovierung übernehmen und ist bereit alles zu tragen, was nötig ist, um mein Haus wieder zu einer ersten Adresse zu machen.«

Florine stieg über das Malheur zu ihren Füßen und richtete das Wort direkt an den Fremden. »Garantiert gibt es einen Haken an diesem Angebot.«

Er neigte den Kopf und sein Haar wurde im Kerzenschein zu Wellen aus purem Gold, das seinen Kopf umspielte. Madame Chrysantheme war sich sicher, dass seine stumme Geste ein verschmitztes Heben seiner Mundwinkel verbergen sollte.

»Er fordert von mir etwas, das ich nicht gewähren kann, das ist der Haken. Er möchte, dass du mit ihm gehst.«

Die üblichen hitzigen Reden, einer dieser für ihre Umgebung anstrengenden Ausbrüche, zu denen Florine neigte und mit dem zu rechnen gewesen war, blieb aus. Stattdessen nahm mit ihrer Blässe auch ihre Ratlosigkeit zu.

»Was wollt Ihr von mir?«

Er sah sie an. Aus seinen Augen schien ein türkisfarbenes Licht zu strömen und sich um Florine zu legen.

»Ich will dich in der Sicherheit meines Hauses wissen, Kind.«

»Und vermutlich zwischen den Laken Eures Bettes«, gab sie abschätzig zurück.

»Das auf keinen Fall!«, stieß der Fremde aus und klang entsetzt.

»Das mache ich nicht. Niemand kann mich dazu zwingen. Dieser Mann ist böse!« Anklagend wies Florine auf ihn. »Ihr habt keine Ahnung, Madame, was er ist. Er …«

»Unter meiner Obhut und meinem Schutz wird dir nichts zustoßen. Du gehörst nicht hierher, Kind.«

»Ich bin kein Kind, geschweige denn das Eure! Ihr könnt säuseln soviel ihr wollt, mir macht Ihr nichts vor.«

Verdutzt blinzelte der Fremde Florine an. Diese wandte sich an die Hausherrin.

»Verlangt es nicht von mir, Madame. Alles, aber nicht das. Ich werde selbst Geld eintreiben, so wie Ihr es immer von mir gewollt habt, aber zwingt mich nicht, mit ihm zu gehen.«

»Zu gar nichts werde ich dich zwingen, Florine.« Die Kopfschmerzen kehrten zurück, stärker und bohrender und mit ihnen ging eine Erschöpfung einher, die Madame Chrysantheme in sich zusammenfallen ließ. »Du triffst deine Wahl und ich die meine. Das Leben besteht nicht aus Träumen, du weißt es ebenso gut wie ich. Was ich in Jahren erreicht habe, kann ohne die nötigen Mittel nicht wieder errichtet werden. Ich werde versuchen, für diese Ruine einen Käufer zu finden.«

»Aber was werdet Ihr ohne das Haus …?«

»Das soll nicht deine Sorge sein.«

Stoßweise kam der Atem über Florines Lippen. Hinter ihrer Stirn setzte sich ein Räderwerk in Gang, und es kam zu den richtigen Schlüssen. Es war einer der schmerzlichsten Momente in Madame Chrysanthemes Laufbahn. Dieses Ringen eines Mädchens raubte ihr die letzte Kraft. Sie wünschte sich, dem ein Ende zu machen, ihr eigenes Ende eingeschlossen. Florine wandte sich an den Fremden, ihre Stimme von kalter Berechnung getragen.

»Dann soll es so sein. Madame und die Mädchen erhalten alles, was sie brauchen. Ihr garantiert mir, jeden ihrer Wünsche zu erfüllen, sonst komme ich nicht mit Euch.«

»Einverstanden.«

Der Fremde erhob sich. Seine dunkle Kleidung betonte seinen schlanken Wuchs, der untergründig gefährlich auf Madame Chrysantheme wirkte. Seine Bewegung machte aus einem Engel eine Raubkatze auf zwei Beinen. Sie mischte sich ein.

»Warte! Florine, du musst das nicht für mich tun. Auch nicht für die Mädchen. Du …«

»Ein Pakt mit dem Teufel lässt sich nicht rückgängig machen, Madame«, erwiderte Florine dumpf.

Ein Teufel in Engelsgestalt, dem sie in die Hände gespielt hatte. Worte des Abschieds entfielen. Florine und der Fremde gingen davon, und Madame Chrysantheme rutschte aus ihrem Stuhl auf die Knie. Sie legte die Finger aneinander, während aus ihrem Mund ein Gebet sprudelte, das sie seit Jahren nicht gesprochen hatte.

»Heilige Maria, Mutter Gottes, bitte für uns Sünder, jetzt und in der Stunde unseres Todes.«

Die Läden waren von außen verriegelt, die Vorhänge zugezogen, damit dem kleinsten Strahl keine Chance blieb. Erst in der Folgenacht würde der Mond fett und prall am Firmament stehen, doch seine Wirkung hatte sich bereits entfaltete. Es war die erste von drei Nächten, in denen sein ausgesperrtes Licht durch sein Blut floss und die Harfenklänge des Silberlichts zu einem tosenden Crescendo anschwollen, das bis in die Nervenenden vibrierte. Eine Musik, die an ihm zerrte und riss, ihn dazu bewegen wollte, die Vorhänge aufzureißen, die Läden zu sprengen und im Mondlicht zu baden. Reglos umklammerte Juvenal die Stuhllehnen und ließ die Begierde über sich hinwegbrausen. Schweiß rann über seine Stirn und die Schläfen, während sein Atem langsam floss. Über zwei Jahrhunderte lebte er damit. Er würde standhalten. Er dachte an Alba, seine schöne, wilde Tochter, dem Kind, das der Bestie nachgegeben hatte und verloren gegangen war in einem Rausch aus Blut und Morden. Er hätte sie töten müssen. Letztendlich hatte er dieses Gebot missachtet und es nicht übers Herz gebracht. Wo immer Alba war, es hatte aufgehört und ihre Sippe hielt sie für tot. Vielleicht war sie es wirklich. An ihr hatte Juvenal zweimal versagt und in den Vollmondnächten verfluchte er sich und sein Geschlecht. Er war sich des Fluchs bewusst, den er auf seine Nachkommen übertrug. Es begann mit ihrer Geburt und endete mit ihrem Tod, setzte sich von Generation zu Generation fort. Kein Vater wünschte eine solche Last für seine Kinder, und doch hatte er sie gezeugt. Und nun wusste er nicht, wo Gilian war. Könnte ihn dasselbe Schicksal getroffen haben wie Alba? Gilians Fernbleiben konfrontierte Juvenal mit Schreckensvisionen. Gleiches galt für Cassian, der seiner Schwester Alba so ähnlich war. Dieselbe Unbelehrbarkeit, dieselbe Versessenheit auf einen Kampf, dieselbe Bereitschaft, sein Leben wegzuwerfen. Unterschiedslos stürzte er sich in das Leben, seine Liebschaften und den Tod. Das war nichts, was einen Krieger auszeichnete. Ein toter Werwolf half niemandem. Einzig Ruben, bar jeder Verantwortung, der geborene Streuner, schien zu Überlegungen fähig zu sein und nicht darauf aus, seinem Dasein durch zu großen Wagemut ein schnelles Ende zu bereiten.

Ein roher Aufschrei aus den Tiefen des Hauses durchtrennte Juvenals Gedanken, und die Stuhllehne brach zwischen seinen Fingern wie ein morscher Zweig.

Gekrümmt kauerte Cassian am Boden, die Stirn gegen den Stein gepresst. Schweiß verklebte sein Haar und floss in Rinnsalen über seine Haut. Gegen die Kontraktionen seiner Muskulatur kam er nicht an. Die Krämpfe waren schlimmer denn je, da zwei Werwölfe in seinem Revier waren und die Bestie durch ihre Gegenwart herausforderten. Obwohl das Kellerloch, in das er sich verkrochen hatte, keine Fenster besaß, und er in völliger Finsternis lag, füllte der Vollmond seine Augen mit Silber. Cassians Beine zuckten in dem Verlangen, zu rennen. Er wollte hinaus, unter den Mond, sich seinem Licht aussetzen und in seinen Strahlen jagen und töten. Glücklicherweise war ihm das unmöglich gemacht worden. Die verstärkte Tür hielt jedem Fausthieb stand. So suchte er nach einem Anker, nach etwas, worauf er seine Sinne richten konnte. Rotblondes Haar, bittersüßes Gras, weiche Glieder, die ihn umschlangen und ihn hinab zogen in die Hitze eines Schoßes. Er sehnte sich nach Florine. Ein weiterer Aufschrei wollte seinen Brustkorb sprengen. Sie würde das Bündel aus schweißverklebter Haut und zitterndem Fleisch ebenso ablehnen, wie sie den Wolf abgelehnt hatte. Und vor der Bestie, die an seinem Inneren zerrte und sich befreien wollte, würde sie einzig Grauen empfinden. Zu Recht. Cassian rollte über den Steinboden, sein gekrümmter Leib schnellte auseinander, die Sehnen überdehnten. Einzig Fersen und Kopf berührten noch den Boden, während er sich zu einem Bogen aus glühendem Schmerz aufbäumte. Die Adern an seinem Hals drückten sich hervor, die Muskeln unter seiner Haut sprangen und zuckten. Jäh löste sich die Spannung und sein Körper rollte sich zusammen. Wenige Minuten blieben ihm zum Atemschöpfen, ehe der nächste Krampf begann.

Die Menge an Opium hätte einen Normalsterblichen bereits ins Jenseits geschickt. Bei Ruben linderte sie die Krämpfe auf ein erträgliches Maß. Die Droge war ein Spiel mit offenem Ende, doch ihm war es lieber, einen Herzstillstand zu riskieren, als dass er wurde wie Alba. Den möglichen Tod nahm er in Kauf. Er hasste die Bestie in sich. Seine Sippe wusste nichts von der hohen Menge an Opium, konnte nichts ahnen, da Werwölfe nicht zum Genuss schwerer Drogen neigten. Ruben griff nach dem Becher und trank. Seine Sinne wurden taub, die Bestie in ihm war gelähmt. Der Zustand der Schwerelosigkeit in einer Seifenblase währte etwas über eine Stunde.

Die Augen halb geschlossen lag Ruben auf einem Lager aus Decken und fragte sich, ob die Dosis diesmal zu hoch gewesen war und sein Herzschlag versiegen würde. Es machte ihm keine Angst zu sterben. Ohnehin würde er Paris wohl nicht lebend verlassen, eingedenk der Namenlosen, denen sie sich stellen würden. Cassian hatte Recht, sie hätten nicht länger warten sollen. Sie zögerten dadurch ihren eigenen Tod hinaus, einen Zustand, der kein Opium brauchte, um die Bestie endgültig auszulöschen – dieses verhasste Monster, das ihm seine Schwester genommen hatte. Die Erinnerung an Alba war schlimmer als die Melodie des Mondlichts, die durch seine Adern rauschte. Ohne die Droge wäre er dem Locken des Vollmondes schon vor Jahren erlegen. Es lag in seiner Natur, jedem Reiz nachzugeben und seinem Verlangen zu folgen. Seine Ruhe war eine Fassade, hinter der er seine Maßlosigkeit verbarg, sein Bedürfnis nach einem Vagabundendasein abseits eines Rudels und jeglicher Verantwortung. Die Bestie wartete nur darauf, ihm das zu rauben, was ihm lieb und kostbar war. So gab es nur einen Wunsch, der Ruben am Herzen lag: Eines Tages würde er die Bestie töten.

Er streckte die Hand nach dem Glas aus und füllte seinen Mund mit einem großen Schluck des opiumversetzten Alkohols. Wenn er noch mehr trank, könnte es ihm gar heute Nacht gelingen.

Für alles im Leben musste man bezahlen, und anders als auf dem Markt konnte Florine nicht um den Preis schachern, geschweige denn ein gutes Geschäft machen. Also war sie bereit, ihre Schuld zu begleichen und sich zu fügen. Sie wusste worauf sie sich einließ. Ihr eigenes Leben gegen drei andere, deren Tod sie auf dem Gewissen hatte. Sie vermutete, dass es darum ging. Schließlich saß sie einem Vampir gegenüber, und sie wusste aus etlichen Schauergeschichten, was Vampire taten. Allerdings war sie nicht willens, sich ihm hinzugeben. Er konnte sie aussaugen und gleich einem geleerten Weinschlauch wegwerfen, das, was sie ausmachte, würde er nicht erhalten. Nicht, dass sie sich durch diesen Entschluss in irgendeiner Weise besser fühlte. So wenige Stunden des Glücks, und was für ein jämmerliches Ende.

Mica überließ sie ihren tristen Gedanken. In der Kutsche brannte kein Licht, und so konnte sie seinen Gesichtsausdruck nicht erkennen. Seine Reglosigkeit war so vollkommen, dass sie sich vormachen konnte, er sei gar nicht da. Selbst seinen Atem konnte sie nicht hören. Sie sah aus dem Fenster, sich eine Zukunft ausmalend, die kurz war und schwärzer als diese Nacht, die das Mondlicht in ein farbloses Licht tauchte. Grau in Grau wohin sie blickte.

Die Kutsche wurde langsamer und beschrieb eine enge Kurve. Florine war zurückgekehrt an den Ort, den sie fluchtartig verlassen hatte. Jetzt sollte sie in dem Gemäuer leben und sterben, inmitten unguter Erinnerungen an Cassian, der ein Werwolf war. Im Vergleich zu dem Vampir schien ihr ein Werwolf allerdings das geringere Übel und bei der Erinnerung an das, was sie zu ihm gesagt hatte, verspürte sie Gewissensbisse. Unbedacht war sie gewesen, blind vor Schrecken und nun war es für eine Entschuldigung zu spät. Sie hatte einen Handel mit Mica abgeschlossen, den sie nicht rückgängig machen konnte, ohne Madame Chrysantheme in große Schwierigkeiten zu bringen. Desto stärker keimte der Wunsch in ihr auf, in Cassians Kutsche zu sitzen, die sie in sein Haus brachte, wo sie mit ihm leben würde, bis ans Ende ihrer Tage.

Ein heftiger Ruck machte ihrem Wunschdenken ein Ende. Sie rutschte aus dem Sitz zu Boden und prallte hart mit den Händen auf. Ein Dröhnen wie von einer gewaltigen Glocke übertönte das schrille Wiehern der Pferde.

Der Schrei des Kutschers ging darin unter. Die Kutsche kippte zur Seite und Holz barst. Mica war über ihr, stand fest und sicher auf den Füßen, als könnte nichts ihn aus dem Gleichgewicht bringen. Sein helles Hemd blitzte auf, als er den Arm hob und die Stoffverkleidung der Kutschendecke mit bloßen Händen aufriss. Ein Silberstreif fiel in seine Hand. Florine, die schmerzhaft auf ihrer Hüfte gelandet war, erkannte erst auf den zweiten Blick ein Schwert darin. Sie verlor die Waffe aus den Augen, denn über ihr im offenen Kutschfenster verschwand der Mond hinter einem breiten Schädel mit stumpfer Schnauze, aus der lange Zähne ragten. Das Dröhnen erfüllte das Kutscheninnere und verstummte abrupt, als Mica mit der Faust zuschlug. Der Schädel wich zurück und mit ihm verschwand Mica. Wie ein Geschoss katapultierte er aus dem Fenster und sprengte mit seinen breiten Schultern die Rahmen. Holzsplitter regneten auf Florine herab, lautlos, denn der Schrei des Ungeheuers hatte sie taub gemacht.

Einen Lidschlag lang presste sie sich an das Holz der gekippten Kutsche, dann wischte sie ihr Haar zurück, rappelte sich auf und griff nach oben. Am Fensterrahmen zog sie sich hinauf und handelte sich einen tiefen Splitter ein. Das Brennen brachte sie zur Besinnung. Sie konnte wieder hören, und was an ihre Ohren drang, waren trompetenartige Schreie. Sie wusste, wer sie angriff, auch wenn die Ähnlichkeit mit ihrer Brut gering war. Es war die Mutter. Dasselbe Untier, das Olymp, Giselle und Lucas in Stücke gerissen hatte. Sie lugte in den Hof. Das Monster bewegte sich in seiner Mitte. Es stand auf vier Pfoten und war von der Größe einer Milchkuh. Obwohl seine Haut von einer Schicht weißen Fells bedeckt war, ähnelte sein Leib weniger einem Tier, sondern einem pervers verunstalteten Menschen. Mica konnte sie nirgends sehen. Vielleicht hatte das Höllenvieh ihn bereits verschlungen.

Sie behielt den mächtigen Kopf im Auge, der hin und her pendelte, und kletterte aus der Kutsche. Was immer ihr bestimmt war, sie würde ihr Leben so teuer wie möglich verkaufen und nicht darauf warten, dass dieses Vieh sie aus der Kutsche zerrte und verschlang. Dann entdeckte sie Mica, erkannte sein helles Hemd, das vor dem weißen Fell schwer auszumachen war. Das Ding stellte sich auf die Hinterbeine, überragte den Vampir um Längen, und Florine vergaß bei diesem Anblick ihre Abneigung gegen ihn.

»Mica! Renn so schnell du kannst!«

Tatsächlich bewegte er sich unglaublich schnell, aber er rannte nicht davon, sondern auf das Ding zu. Etwas sirrte durch die Nachtluft, gefolgt von einem durchdringenden Kreischen, das bis zu den Sternen hinaufstieg. Mica war verschwunden, und das Ungeheuer wirbelte herum. Blitzartig tauchte der Vampir wieder auf. Während sein riesiger Gegner sich drehte und um sich schlug, bewegte er sich wie ein Tänzer, der auf dem Parkett seine Pirouetten drehte. Das Kreischen war die kranke Melodie zu seinem irrlichternden Schwertkampf. Es bohrte sich in Florines Schädel wie zuvor der Holzsplitter in ihre Hand. Immer wieder schlug Mica zu. Sein Gegner stellte sein Gebrüll ein. Geifer floss aus seinem aufgerissenen Maul und Blut aus seinen Wunden.

Eine Pause trat ein, ein kurzer Augenblick des Stillstands, in dem Mica sein Schwert mit beiden Händen packte, und die lange Klinge auf die Missgeburt zusauste. Diese entging mit einem Satz dem tödlichen Hieb und rannte auf Florine zu. Der leibhaftige Tod, ein rasendes Ungetüm, in dessen weit aufgerissenes Maul sie hineinstürzen würde. Sie rannte auf das Haus zu, stolperte über einen leblosen Körper, den sie übersehen hatte, und schlug zu Boden. Das war das Ende. Sie rollte sich auf den Rücken, um ihm offenen Auges zu begegnen. Ein Wutschrei hallte über den Hof und Mica landete über ihr.

Seine Stiefel trafen so hart auf den Boden links und rechts von ihr auf, dass Dreck aufstob. Ein Windstoß drückte sie nieder, zerrte an ihren Haaren und riss den Atem von ihren Lippen. Sie musste die Augen schließen gegen den Staub und die kleinen Sandkörnchen, die ihr Gesicht trafen.

Dann trat Stille ein. War sie tot? Im Tod gab es bestimmt kein Gebrüll und kein Kreischen und auch keinen Wind aus dem Nichts. Hatte dieser sie vor die Himmelspforte geweht oder vor den Einlass zur Hölle? Wie auch immer, die Gefahr war endgültig vorüber. Ihr Herzschlag pulsierte durch ihren Körper und machte ihr bewusst, dass sie noch am Leben war. Zaghaft öffnete sie ein Auge. Das Erste, was sie sah, war eine zuckende Vorderpranke, aus der lange Krallen ragten. Das Zweite war Mica, der auf der Brust der sterbenden Kreatur stand und sein Schwert hineinbohrte. Er drehte es, zog es wieder heraus, stieß abermals hinein, drehte es … Er gebärdete sich wie ein Irrsinniger inmitten einer Fontäne aus Blut. Es traf auf sein Hemd, floss über seine Hose, spritzte in sein Gesicht, bis in sein Goldhaar hinein.

»Es ist tot, Mica.«

Ein letztes Mal zerrte der Vampir seine Klinge hervor, es schmatzte, als sie sich aus dem Fleisch löste. Er sprang von der breiten Brust herab und kam auf sie zu. Sein Atem kam in schnellen Stößen, und seine Augen glühten überirdisch. Florine griff nicht nach der blutverschmierten Hand, die er ihr hinstreckte, um ihr vom Hofpflaster aufzuhelfen. Aus eigener Kraft kam sie auf die Füße und wankte auf den Berg aus Fleisch, Fell und seltsam rosiger Haut zu, die hindurchschimmerte.

»Was ist das für ein Dämon?«

»Ein Namenloser. Ich habe dir versprochen, dass ich dich schützen werde, Kind. Nichts wird dir in meiner Nähe etwas anhaben.«

Ein Namenloser. Das klang einleuchtend. Solche Wesen besaßen keine Namen. Sie wich zurück, prallte gegen Mica und hatte das Gefühl, gegen eine Wand zu laufen. Es erinnerte sie daran, was er selbst war. Ein wandelnder Toter. Ein Vampir, dessen Körperwärme sie unvorbereitet traf und ein Frösteln in ihr auslöste. Hastig entzog sie sich seiner unmittelbaren Nähe.

»Komm ins Haus, Kind.«

»Aber was ist mit …? Wir können den Kutscher nicht einfach hier liegen lassen.«

Über die Beine des Mannes, die unter dem Kutschbock hervorragten, war sie gefallen. Leider hatte der Tod den Falschen ereilt, denn es waren nicht Saint-Germains Beine. Eines der Pferde hatte sich aus seinem Geschirr gerissen und die Flucht ergriffen, das andere lag verendet vor der Kutsche.

»Ich kümmere mich darum. Es gibt nichts, worüber du dir Gedanken machen müsstest, Kind. Überlasse alles mir.«

Hier und jetzt nahm sie diesen Vorschlag nur zu gerne an. Einen Bogen um den Namenlosen schlagend, hastete sie auf das Haus zu, in den Schutz seiner dicken, grauen Mauern.

# 7

Sie waren eine Großfamilie gewesen. Vier Kinder unterschiedlichen Alters, ihre Eltern und eine alte Dame. Letztere war noch am ehesten zu erkennen, trotz des Blutes, das aus den Spitzen ihrer voluminösen Haube in ihr erstauntes Gesicht tropfte. Noch hatte das Blut keine Fliegen angelockt. Es war überall, feucht und im Zwielicht des anbrechenden Tages nahezu schwarz. In Pfützen sammelte es sich auf dem Tisch und zu Füßen der Toten. Es klebte am Kamin und sprenkelte das Bildnis einer jungen Frau, die eine gewisse Ähnlichkeit mit der alten Dame hatte. Cassian bedeckte mit dem Unterarm seine Nase, um dem Gestank beizukommen. Paris brodelte in der Augusthitze und die Verwesung setzte binnen Stunden ein. Die Familie, die sich um einen Speisetisch versammelt hatte, war nicht mehr dazu gekommen, ihr gemeinsames Abendessen zu beenden.

»Könnte es der Namenlose sein, dessen Brut du zerstört hast? Dieses Haus liegt auf direkter Strecke zwischen Versailles und Paris«, fragte Ruben.

»Falls dem so ist, haben die Vampire Europas ihren Großmeister verloren. Ich war in seinem Haus. Es ist in der Nähe.«

Juvenal zuckte zusammen. »Du bist bei Mica eingedrungen, wegen dieser …?«

Ohne seinen Satz zu beenden, schloss Juvenal den Mund. Die Erwähnung des Mädchens führte bei Cassian derzeit zu offener Aggression.

»Du wolltest unbedingt noch einen Monat warten«, sagte Cassian zwischen zusammengebissenen Zähnen. »Sie lauern nicht mehr in den dunklen Ecken der Armenviertel auf Beute, sondern dringen in ihre Häuser vor und holen sie sich. Sieben in einer Nacht, eine Bürgerfamilie dazu. Das wird nicht unbemerkt bleiben. Rechne das auf vier Wochen hoch, und die Menschen werden nicht mehr lange an einen Schlachter glauben.«

»Sie jagen nicht jede Nacht«, sagte Ruben. »Wir sollten gehen. Der Gestank bringt mich um. Hier können wir ohnehin nichts mehr ausrichten.«

Sie zogen sich in den Gang zurück. Vor einem offenen Fenster an seinem Ende hingen schlaffe Vorhänge herab. Kein Luftzug verschaffte der frühen Morgenstunde die dringend nötige Abkühlung.

»Sie einzeln aufzustöbern war deine Idee, Juvenal. Wie du siehst, sind wir zu spät gekommen. Es ist schwer, ihnen zu folgen. Ihre Fährte hält sich nicht lange.«

»Wir mussten auf Gilian warten. Einen Monat, mehr habe ich nicht verlangt.«

»Gilian wird nicht kommen. Wann begreifst du das endlich?«

Cassians Antwort kam leise und schneidend. Die Ränder unter seinen Augen verrieten seinen Schlafmangel. Die Vollmondnächte hingen ihnen allen in den Knochen, doch die Erschöpfung machte ihn nicht weniger reizbar. Er war auf Konfrontation aus.

»Wenn er nicht kommt, ist ihm etwas zugestoßen. Anders kann ich es mir nicht erklären.«

Juvenals Augen wurden nahezu schwarz und die Stimme drohte ihm zu versagen. Die Kerben um seine Mundwinkel hoben sich weiß von seiner Haut ab.

»Gottes Knochen, Juvenal. Du bangst um Gilian wie ein altes Weib. Unterdessen richten die Namenlosen in meinem Revier wahre Massaker an. In dieser Verfassung nützt du uns absolut nichts.«

»Du bist jung und ungestüm, Junge. Du weißt nicht, was es heißt, seine Kinder zu verlieren. Ich bin euer Vater, verdammt!«

»Der Vater von Kriegern, die im Gegensatz zu dir …«

Ein Scharren aus dem Erdgeschoss unterbrach die leise geführte Auseinandersetzung. Etwas schleifte über den

Boden, dem Geräusch nach ein schlaffer, weicher Gegenstand. Der Dunst der Leichen hatte ihre Nasen verstopft. Selbst jetzt konnten sie nichts wittern, sondern nur von einem Schmatzen darauf schließen, dass der Namenlose noch immer im Haus war. Es brauchte keine Absprache. Schnell und leise legten sie ihre Kleidung ab. Drei Wölfe näherten sich der steinernen Brüstung und blickten durch ihre Ornamente nach unten. Die Gefräßigkeit des Namenlosen hatte ihn zu einem weiteren Opfer geführt. Die groben Pantinen, die noch immer an den Füßen steckten, gehörten einer Magd. Ohne zu fackeln, sprang Cassian auf die schmale Brüstung und von dort aus in die Tiefe. Seine Läufe waren gespreizt, sein Sturz endete auf dem breiten Rücken des Namenlosen. Ehe dieser wusste, was auf ihm gelandet war, verbiss Cassian sich in den Nacken seines Gegners.

Das Untier ließ von seiner Mahlzeit ab und sah sich zwei weiteren Wölfen gegenüber. Ein gellender Schrei dröhnte durch das Haus, und der Namenlose gelangte auf die Hinterbeine. Mit seinen mächtigen Pranken schlug er nach den Wölfen, die ihn umkreisten, und versuchte gleichzeitig Cassian auf seinem Rücken abzuschütteln. Sein Schrei schrillte in den empfindsamen Wolfsohren und brachte die Fensterscheiben zum Klirren.

Die Zähne im Genick des Namenlosen vergraben, ließ Cassian nicht locker, obgleich die Knochen, auf die er traf, nicht nachgaben. Auf der Suche nach einem Halt kratzten seine Pfoten über rosige Haut und borstiges Fell. Hin und her pendelte sein Körper, wurde von einer Seite auf die andere geschleudert, einzig sein unnachgiebiger Biss hielt ihn an Ort und Stelle. Die Wölfe umzingelten den Namenlosen, griffen von zwei Seiten gleichzeitig an und verhinderten seinen Rückzug. Blut rann über seine Flanken und den Rücken. Er war stark genug, um über Stunden durchzuhalten, und wich nun in eine Ecke zurück, um Cassian in seinem Genick an der Wand zu zerquetschen.

Im letzten Moment ließ Cassian ab, huschte geduckt zwischen den Hinterbeinen des Namenlosen hindurch und spürte Krallen, die durch sein Fell kämmten, ohne sein Fleisch zu ritzen. Er preschte auf die Treppe zu, sprang auf die schräge Brüstung und verschaffte sich einen Überblick. Krallenbewehrte Prankenhiebe hielten Juvenal und Ruben auf Abstand. Sie mussten immer wieder zurückweichen und kamen nicht dazu, einen ernsthaften Biss zu landen. Der Namenlose setzte auf Ermüdung, und wenn es noch lange dauerte, würde seine Taktik aufgehen. Ein Hieb zischte knapp über das gesträubte, schwarze Rückenfell von Juvenal hinweg. Dieser duckte sich, fixierte den weichen Unterleib und setzte zum Sprung an. Noch bevor er sein gefährliches Vorhaben umsetzen konnte, flog Cassian auf den Namenlosen zu. Den Körper gestreckt, den Kopf vorgereckt, nutzte er die kurze Ablenkung und steuerte direkt auf sein Ziel zu. Ungeachtet der Pranken, blind für die Gefahr, warf er sein Leben in die Waagschale für einen einzigen, tödlichen Biss. Als sein Kiefer sich um die Kehle des Namenlosen schoss, schlug eine Woge aus Mordlust und Triumph über ihm zusammen.

Von ihren bloßen Füßen, deren feingliedrige Knöchel von Goldkettchen geschmückt waren, schweifte Juvenals Blick höher, maß Zoll um Zoll von Sarah ab. Ihre Beine waren lang, die Taille schmal, ihr Hals beschrieb eine perfekte Kurve. Eine schwarze Gazelle war die Favoritin seines Sohnes. Das einzige Manko an ihr waren die herabgezogenen Mundwinkel ihrer vollen Lippen. Trotz der gegenteiligen Ansicht seiner Söhne hielt Juvenal wenig bis nichts von Enthaltsamkeit und erlegte sie sich auch nicht auf. Allerdings vermied er es, die Probleme zu vergrößern, indem er sich mit der Lieblingsfrau aus Cassians Rudel verlustierte. An ihrer Schönheit konnte er sich im Moment ohnehin nicht weiden, da er zu sehr damit beschäftigt war, den Sinn ihrer Behauptung zu begreifen.

»Was meinst du damit, Sarah?«

»Ich meine, was ich sage. Nicht mehr und nicht weniger.«

Das Schauspielerpack, das sich Rudel nannte, gehörte zu den widerborstigsten überhaupt. Zusätzlich war Sarah durch ihre Sonderstellung verwöhnt und erlaubte sich Frechheiten, ohne Konsequenzen befürchten zu müssen. Zwar galten ihre bissigen Bemerkungen nicht Cassian, aber der Rest der Hausbewohner musste unter ihrer Fuchtel allerhand ertragen. Die Favoritin glänzte in ihrer Rolle und war sich ihrer so sicher, dass sie keine Eifersucht verspürte. Cassians Ausflüge in fremde Betten hatten ihn stets zu ihr zurückgeführt. Sie sah in anderen Frauen keine Rivalin und gestand ihnen höchstens die Rolle eines Umwegs in ihre eigenen Arme zu. Auf Abwegen war Cassian derzeit ohnehin nicht. Sarah wusste zu jeder Stunde, wo er sich aufhielt. Sofern er nicht auf einen Streifzug ging, lag er zwischen ihren Schenkeln. Zumindest war Juvenal davon ausgegangen.

»Ich habe schon Mina zu ihm geschickt, und auch Sylvie und Colombine. Er schlägt sie alle aus, mich eingeschlossen. Das ist noch nie vorgekommen. Mina hat er von der Bettkante gestoßen, sie hat sich den Arm geprellt«, sagte Sarah, als sei Cassians Betragen Juvenals Schuld.

»Tja, auch ein Werwolf wird von gelegentlicher Unlust übermannt.«

Für diese Äußerung erntete Juvenal einen verblüfften Blick seines Sohnes Ruben, dem das Wort Unlust unbekannt war. Im Gegensatz zu Juvenal legte er sich keine Beschränkung auf und hatte ein Auge auf die Favoritin seines Bruders geworfen. Spitzbübisch lächelte er sie an. Sarah verschränkte die Arme, wodurch ihre festen Brüste weiter aus ihrem Dekollete gehoben wurden. Ein sehr appetitlicher Anblick, den Juvenal sich ausgiebig zu Gemüte führte, obgleich er vermutlich eher Ruben herausfordern sollte. Sarahs Antwort war ein kalter Guss.

»Das mag bei dir so sein, Juvenal. Cassian ist anders. Wenn er nicht schon krank ist, wird er es bald sein.«

»Er ist erschöpft, hast du daran schon gedacht?«, mischte Ruben sich ein. »Und außerdem ist er frustriert.«

»Ich weiß wie Cassian auf Frustration reagiert, Ruben. Darüber musst du mir keine Vorträge halten.«

Ihre Worte gingen mit einem Heben ihrer überkreuzten Arme einher, was ihre Brüste nahezu gänzlich aus dem Dekollete hob. Das Angebot war unmissverständlich, ebenso wie Rubens stumme Reaktion. Mit zunehmender Ungeduld gewahrte Juvenal den Glanz in den Augen seines Sohnes. Der Blick gehörte einem Wolf, der sich zur Jagd entschieden hatte.

Sarah wandte sich wieder Juvenal zu. »Was wirst du also unternehmen?«

Er blinzelte Sarahs Brüste an. Erwartete sie etwa eine Antwort? Aufgebracht über diese Zumutung blaffte er sie an. »Ich kann ihm schlecht vorschreiben, mit wem oder wie oft er vögelt!«

»Stimmt, obwohl dir das ziemlich spät einfällt«, gab Ruben zum Besten und grinste.

In einer seltenen und für ihren Rang unangebrachten Impertinenz wurde Juvenal von Sarah taxiert. Was dachte sie sich? Sie war keine Alpha und er das Oberhaupt einer Sippe. Exakt daran schien sie ihn wortlos erinnern zu wollen.

»Ruben! Mach dich auf den Weg!«, bellte Juvenal.

»Wohin?«

Vage fuhr Juvenals Hand durch die Luft. »Zu irgendeiner teuren, wohlriechenden Kurtisane. Gibt ja genug davon.«

»Also …«

»Ein Blumenmädchen vom Markt wird es wohl auch tun. Hauptsache, sie gefällt seiner Nase und ist neu für ihn. Auf die Schnelle wirst du leider kein unberührtes Mädchen auftreiben, das würde ihm den meisten Appetit machen.«

Ruben lümmelte sich tiefer in seinen Fauteuil.

»Worauf wartest du noch?«

»Ohne mich.«

Die Weigerung machte Juvenal sprachlos. Seitdem er in Paris war, hielt sich jeder für befugt, seine Geduld zu strapazieren. Kurz überlegte er, ob er seinem Sohn den offenen Widerstand mit einigen Maulschellen vergelten sollte. Die Mühe lohnte nicht.

»Es liegt an dem Mädchen, die mit den rötlichen Haaren«, brachte Sarah sich wieder ein. »Sie musst du holen.«

Sarah wollte Cassian halten, doch vor diesem Wunsch stand die Pflicht einer Rudelwölfin gegenüber ihres Alpha. Ihr eigenes Vergnügen, sogar ihre Vorrangstellung traten dahinter zurück. Das Rudel richtete sich stets auf seinen Leitwolf und sein Wohlbehagen aus, da bildete Sarah keine Ausnahme.

»Ruben! Setz dich in Bewegung!«

»Nein. Du hast gegen das Mädel Stellung bezogen und sie aus dem Haus getrieben, jetzt sieh zu, wie du damit zurande kommst. Sie ist bei Madame Chrysantheme. Ihr Haus ist überall bekannt.«

Er sollte mit einer kleinen Dirne verhandeln, die seinem Sohn den Kopf verdreht hatte? Wie immer es ihr gelungen war, versöhnliche Worte verdiente sie dafür nicht. Da Ruben in den weichen Polstern festgewachsen war und Sarahs blitzende Augen ihn bedrängten, erhob sich Juvenal, nicht ohne sein Elend durch lautes Schnauben kundzutun.

»Wo finde ich dieses Chrysanthemen Haus?«, spie er regelrecht aus.

»In Versailles. Du kannst es nicht verfehlen. Da es derzeit eine Baustelle ist, folgst du einfach dem Lärm.«

Mit diesem unkonkreten Anhaltspunkt versehen, ging Juvenal steifbeinig davon. Er schnaubte weiter, während ein Pferd für ihn gesattelt wurde. Die Hitze flirrte, und er musste mitten hindurch reiten, während Ruben garantiert keine Zeit verlor und sich bereits mit Sarah vergnügte. Ein Schweißtropfen rann über Juvenals Rückgrat. Ehe er in den Sattel stieg, zog er seine Schuhe aus und knöpfte sein Hemd bis zum Nabel auf. Gegen die Windstille half nur eines: ein schneller Galopp. Es war ihm gleichgültig, ob die Bauern auf den Feldern ihn für einen Zigeuner hielten, der nach dem Diebstahl eines kostbaren Rappen auf der Flucht vor seinen Verfolgern war.

Der Rappe stürzte sich zielstrebig auf den Schatten und die Pferdetränke, blind für die Handwerker, die mit Eimern, Kisten und Brettern den Hof kreuzten. Hammerschläge drangen aus dem Hausinneren bis auf die Straße und zu den nachbarlichen Grundstücken. Juvenal wurde von einem Dunst aus Farbe und sehr feinem Staub begrüßt. Anweisungen und Dispute mischten sich in das laute Hämmern. Am liebsten hätte er kehrt gemacht. Ehe er das Haus unverrichteter Dinge verlassen konnte, schmiegte sich eine Frau an seine Seite. Ihre Hand glitt in sein klaffendes Hemd und streichelte über seine schweißfeuchte Brustbehaarung.

»Hübscher, wo kommst du denn so plötzlich her?«

Wenig erbaut über die Anrede sah Juvenal auf einen Wuschelkopf hinab, dessen Locken an einem eckigen

Kinn abschlossen. Sie klang wie eine Frau und besaß die Formen eines Knaben. Da er sich nicht sicher war, was da seine Brust kraulte, schob er die Hand beiseite und ging auf Abstand. Anzüglich lächelte das Wesen ihn an und schloss auf.

»Sei nicht so, du Schelm. Für dich mach ich es glatt umsonst.«

Juvenal kam nicht mehr dazu, ihr an den Kopf zu werfen, dass er auf die Liebesdienste eines androgynen Knochengestells keinen Wert legte, da eine kleine Wolke aus gelbem Taft auf ihn zu walzte. Graue Löckchen waren mit dem Brenneisen zu einer hohen Krone auf ihrem Kopf formiert worden. Sie hatte große Ähnlichkeit mit einem dicken Kakadu.

»Sybille, was denkst du dir? Lässt einen Herrn im Vestibül herumstehen, mitten im Dreck. Wir haben eröffnet, Monsieur. Bitte folgt mir. Hier entlang.«

Bereitwillig folgte Juvenal der Einladung, um besagtem Dreck zu entgehen. Er wich dem Schwung einer Leiter aus, die ein Handwerker auf den Schultern trug, machte einen langen Schritt über einen Farbtopf hinweg und lauschte auf das Flüstern in seinem Rücken.

»Ich konnte nicht wissen …?«

»Du wirst wohl einen Grandseigneur erkennen, selbst wenn es ihm beliebt, halbentblößt hereinzumarschieren. Urteile stehen dir nicht zu. Behalte die Handwerker im Auge, Sybille. An dir findet er sichtlich keinen Gefallen.«

Sie traten in einen Gang mit meergrünen Marmorplatten, in denen winzige Goldblättchen glänzten.

»Schön geworden, nicht wahr? Hach, es ist herrlich. Wenige Tage und schon solche Fortschritte. Wenn das Haus erst fertigt ist, wird es strahlender denn je.«

»Ihr seid Madame Chrysantheme?«

»Die bin ich, die bin ich«, zwitscherte der Kakadu überschwänglich.

Anstelle von Bildern waren die Wände mit Fresken geschmückt, italienische Arbeit. Keine vulgären Szenen waren darauf festgehalten, nichts Billiges oder Primitives, sondern ein Paradies aus blühenden Bäumen, Krokussen und Glockenblumen, Gräsern und Ranken. Die Pastellfarben labten das Auge. Madame Chrysantheme teilte einen schweren Vorhang und ließ Juvenal den Vortritt.

»Hier sind wir, Monsieur.«

Der Salon wurde von Blau in allen Schattierungen beherrscht, gedämpftes Licht fiel durch blaue Übervorhänge, die das grelle Sonnenlicht ausschlossen. In dieser kühlen Unterwasserwelt saßen drei junge Frauen, gehüllt in einen Hauch von Stoff, die Haare in griechischem Stil um die Köpfe geflochten. Ihre Gesichter waren ungeschminkt und brauchten keine Schönheitspflästerchen. Drei schlichte, saubere Grazien. Zwei von ihnen spielten Schach, die dritte lag hingegossen auf einem Diwan und knabberte Pralinen aus einer großen Bonbonnière. Sobald sie ihn erblickten, ging eine unmerkliche Wandlung mit ihnen vor. Es gab keine Hektik und kein lautes Willkommen, doch ihre Aufmerksamkeit bündelte sich auf ihn, ausgedrückt durch lächelnde Lippen, die einen lang vermissten Freund begrüßten. Die Frau, nach der Juvenal suchte, war nicht unter ihnen.

»Ich bin auf der Suche nach …« Er brachte den Namen kaum über die Lippen. »Florine.«

Die Mädchen stutzten, ein Blickwechsel fand unter ihnen statt, dann brachen sie in Gelächter aus, das die Zischlaute der Hausherrin nicht eindämmen konnten. Juvenal wurde von drei Nymphen ausgelacht, eine Unverschämtheit ohnegleichen. Grimmig maß er jede Einzelne ab.

»Wer hätte je vermutet, dass sie einmal so begehrt sein würde?«, sagte ein Mädchen, dessen Haut so dunkel war wie ihre Stimme.

»Florine hat ihren Gönner gefunden, und wir alle profitieren davon. Du kommst zu spät, Chico!«

Eine Gitana nannte ihn Junge? Das sprengte Juvenals mühsam aufrecht erhaltene Fassung. Ohnehin hatte er den weiten Weg durch die Hitze vergeblich auf sich genommen. Jetzt musste er sich auch noch mit einem Gönner auseinandersetzen.

»Wer ist dieser Gönner? Wo finde ich ihn?«

»Er ist unser aller Retter. Ein Engel. Jedenfalls sieht er so aus«, fügte Madame Chrysantheme nach einem Stirnrunzeln hinzu. »Leider hat er uns seinen Namen verschwiegen. Saint-Germain zahlt in seinem Auftrag alle Rechnungen.«

Saint-Germain, Micas langlebiger Handlanger. Das Mädchen war nicht mehr zu retten, und Juvenal würde sich davor hüten, wegen einer Frau einen Zwist mit dem Vampir vom Zaun zu brechen. Selbst Cassian, der davon gewusst haben musste, hatte davon Abstand genommen. Auf dem Absatz machte Juvenal kehrt, stieß Madame Chrysantheme beiseite und eilte davon. Das Paradies an den Wänden konnte ihm samt seiner Grazien gestohlen bleiben. Einer der ältesten Vampire dieser Welt war zum Mäzen eines Bordells verkommen, Cassian suhlte sich in seinem Kummer, und Juvenal verging schier vor Durst, der alles war, was er aus Versailles zurück nach Paris brachte.

An Wissen hatte Florine dazu gewonnen, obwohl sie die große Bibliothek in Micas Haus noch nicht betreten hatte. Sie konnte davon ausgehen, niemals ein Buch aufschlagen zu müssen, schließlich redete der Vampir wie ein Wasserfall. Mittlerweile war sie in die Verhältnisse am Königshof eingeweiht, kannte die politische Situation innerhalb und außerhalb Frankreichs und hatte einen ersten Exkurs über die wichtigsten Philosophen und deren Theorien über sich ergehen lassen müssen. Neue Erkenntnisse in den Grundregeln der Mathematik und der physikalischen Gesetzmäßigkeiten besaß sie nun ebenfalls.

Die größte Erkenntnis betraf jedoch die Vampire. Wer hätte geahnt, dass diese mörderischen Nachtgeschöpfe unter einem enervierenden Redezwang litten? Wenn Mica einmal nichts zu sagen hatte, rezitierte er Gedichte oder glänzte mit seinem Repertoire an Balladen. Seine Singstimme war berückend, sein Lachen bestrickend. Er lachte überhaupt sehr viel. Nicht, dass es ihm etwas helfen würde. Sie dachte nicht daran, seinem Charme zu erliegen. Obwohl er sich zwischen sie und einen Namenlosen gestellt und ihr das Leben gerettet hatte, löste seine Gegenwart unterschwelligen Ärger in ihr aus. Sie wusste nicht, wie Mica es anstellte, in seiner Nähe kribbelten ihre Fingerspitzen und Fußsohlen. Es fühlte sich an wie der Aufenthalt inmitten niedergehender Gewitterblitze, unter denen gelegentlich sogar ihr Haar zu knistern schien. Damit nicht genug, haderte sie mit sich selbst. Ein wenig Dankbarkeit für ihre Rettung hätte sie wohl aufbringen sollen, aber dazu war sie nicht imstande. Stattdessen schöpfte sie aus dem Vollen, da sie den festen Vorsatz gefasst hatte, den Vampir binnen kürzester Zeit finanziell zu ruinieren, in der Hoffnung, er würde ihre Abmachung bereuen und sie zu Madame Chrysantheme zurückschicken. In Begleitung Saint-Germains, der ihr auf Schritt und Tritt folgte, ging sie auf große Einkaufstour und plünderte die Ladengeschäfte von Paris. Den Rest des Tages erstellte sie Listen für die nächste Tour. Jeden Abend las sie Mica daraus vor, doch je länger die Liste war, desto verzückter strahlte er sie an. Sein Reichtum musste sagenhaft sein, da die kalten Schweißausbrüche, die sie hervorrufen wollte, ausblieben. Es schien ein unmögliches Unterfangen, ihn in den Bankrott zu treiben. Er gab allem statt, ohne eigene Ansprüche oder Bedingungen zu stellen. Sein Verhalten war sehr eigenartig. Ihre Räumlichkeiten hatte er noch nicht betreten, zweideutiger Anmerkungen enthielt er sich und selbst der Schmelz in seiner Stimme schien nicht darauf ausgerichtete, sie stracks in sein Bett zu zwingen. Ein Vorstoß auf ihren Hals blieb aus, und allmählich geriet ihre Furcht davor in den Hintergrund. Im Grunde war sie von dem Vampir in ein Schlaraffenland entführt worden, nur um festzustellen, dass dieses ihr nicht wirklich etwas zu bieten hatte, außer die Muße, ihre Schuldgefühle zu hegen.

Wie jeden Abend, seitdem sie das Haus bezogen hatte, saß Florine vor erlesenen Speisen. Saint-Germain war nicht zugegen, da seine Gegenwart ihr den Appetit verdarb. Dieser Narr nannte sie nicht mehr kleine Mamsell, sondern Durchlaucht. Trotz dieses Aufstiegs in seiner Anerkennung mochte sie den Comte nicht. Mica saß bei ihr, vor sich ein Glas Wein, das Einzige, was er offenbar an Nahrung außer Blut zu sich nehmen konnte, und schien erpicht auf eine weitere Aufzählung all der Dinge, die ihn ein kleines Stück ärmer machten.

»Du starrst mich an«, hielt Florine ihm ohne jede Scheu oder gar Furcht vor. »Soll ich dir sagen, wonach die Austern schmecken oder störst du dich an meinen Sommersprossen? Eines ist sicher, gegen diese Verschandelung kann dein ganzes Geld nichts ausrichten.«

»Es sind entzückende kleine Pünktchen und keine Verschandelung«, erwiderte er und nippte in aller Seelenruhe an seinem Wein.

»Mir ist nicht entgangen, dass es sehr leicht fällt, dich zu entzücken. Eine neue Kommode reicht aus, um dich in Verzückungsstürme zu versetzen.«

Er lächelte noch immer, doch der Glanz in seinen Augen warnte sie, es nicht auf die Spitze zu treiben. Mica ließ ihr in allem freie Hand. Handwerker und Lieferanten gingen in seinem Haus ein und aus. Stippvisiten bei Madame Chrysantheme, Besuche bei Schneidern, Putzmachern und Juwelieren hielten Florine auf Trab. Und doch fühlte sie sich unausgefüllter als in den Jahren bei Madame Chrysantheme. Die Aufgabe, dieses alte Gemäuer herzurichten, konnte sie nicht wirkungsvoll ablenken. Lustlos stocherte sie in den Austern herum. Über die vergangenen Tage hatten sich die Worte, die sie zu Cassian gesagt hatte, zu einer Wolke hinter ihrer Stirn geballt. Sie schämte sich dessen mehr als ihrer Undankbarkeit gegenüber Mica. Eine Bestie hatte sie Cassian genannt, ein Tier. Aber das war er nicht. Er sah nicht aus wie ein Tier, er hatte sich nicht so angefühlt und trotz seines Ungestüms hatte er sie auch nicht geliebt wie ein Tier. Panik hatte sie dazu verleitet, ihn zu beleidigen. Seit ihrer Ankunft in Micas Haus sann sie über einen Weg nach, sich zu entschuldigen. Aber da sie unter ständiger Aufsicht war, wusste sie nicht, wie sie es anstellen sollte. Saint-Germain würde sie nicht zu Cassian begleiten, und Mica … Sein Lächeln war aufmunternd.

»Wir könnten heute die Oper besuchen oder ein Theater. Oder möchtest du lieber eine nächtliche Ausfahrt unternehmen? Wir könnten auch auf die Glockentürme von Notre Dame steigen. In dieser Höhe ist der Sternenhimmel über Paris prächtig.«

Es war keine Zeit geblieben, irgendwo mit Cassian im Gras zu liegen und die Sterne zu betrachten. Es war für vieles keine Zeit geblieben zwischen ihnen. Entsprechend barsch fiel ihre Antwort aus.

»Der Sternenhimmel kann mir gestohlen bleiben. Du solltest ohne mich die Nacht zum Tage machen und irgendein armes Opfer aussaugen. Das liegt deiner Natur viel näher als ein Besuch der Oper.«

Es war zu spät, sich auf die Zunge zu beißen. Sie war schlichtweg unzufrieden mit allem, zuvorderst mit sich selbst und der Zwickmühle, in die sie sich manövriert hatte.

»Ein Mindestmaß an Respekt kann ich von dir erwarten, Kind.«

Jetzt nannte er sie nicht nur Kind, sondern klang wie ein gestrenger Vater. Es war lachhaft, denn er konnte höchstens Anfang zwanzig sein. Ihm wuchs noch nicht einmal der Schatten eines Bartes.

»Soll ich jetzt Papa zu dir sagen?«

»Das würde mir gefallen, ja.«

Über die Platten und Schüsseln der Speisen starrte sie ihn an. Blut musste eine ungesunde Nahrung sein. Eindeutig war Mica vollkommen von Sinnen, wenn es ihm gefiel, von einer fremden Frau Papa genannt zu werden.

»Mich würde wirklich interessieren, was ich hier soll.«

»Du sollst hier leben und wirken. Das ist alles.«

»Wieso ich? Weshalb ist deine Wahl ausgerechnet auf mich gefallen? Ich verstehe das alles nicht. Du machst keine Anstalten …«

Flugs grub sie die Zähne in ihre Unterlippe. Sie wollte den Teufel nicht beschwören und nichts herausfordern, geschweige denn Mica zu Nachstellungen animieren, die er bisher unterlassen hatte. Seine permanente Gegenwart in den langen Nachtstunden war schon schlimm genug. Er legte seine schlanken Finger aneinander und sah über das Dach seiner Fingerspitzen zu ihr.

»Du hast vieles dulden und entbehren müssen. Du warst ein Findelkind, auf dich allein gestellt, ohne Heim und Familie. Eine erbärmliche Kindheit und eine Unterkunft in einem Bordell, mehr wurde dir nicht geboten. Dir hätte alles Mögliche zustoßen können. Du hast es verdient, verwöhnt und gehätschelt zu werden. Es steht dir zu, Kind.«

Auf diese Erklärung brauchte sie einen großen Schluck Wein. Sie trank, während sie Mica über den Rand des Glases hinweg ansah. Da saß er vor ihr, ein Vampir umgeben von einem Strahlenkranz aus Goldhaar. Sie glaubte zu wissen, worauf er hinauswollte. Hart setzte sie ihr Glas ab.

»Du glaubst, dich durch eine gute Tat von der Sünde deiner Morde reinwaschen zu können. Hoffst du etwa, der Papst würde dich dafür heilig sprechen?«

»Ich war heilig, lange bevor es den ersten Papst gab. Meine Herden lagen vor mir auf den Knien und beteten mich an. Ich war ihr Gott.«

Lange vor dem ersten Papst. Sie sammelte sich und zeigte nicht, wie erschrocken sie war. »Und sie waren die Opfer eines Untoten.«

Mica drehte den Rubinring an seinem linken Mittelfinger und lächelte hochmütig. »Weder bin ich untot, noch töte ich meine Quellen.«

Sie packte den Dekanter und füllte sich ihr Glas bis zum Rande. Ihre Hand zitterte leicht und tiefroter Wein nässte ihre Finger. Quellen nannte er die Menschen, und wenn es nach ihr ging, bestand sie nicht auf Einzelheiten. Was sich ihr offenbarte, klang durchweg widernatürlich. Eine Anmerkung dazu verkniff sie sich. Entgegen ihres Charakters hatten die Umstände sie in der letzten Zeit häufig dazu verleitet, das Falsche im falschen Moment zu sagen. Diese neu entwickelte Eigenschaft verärgerte sie maßlos und hatte ihr bisher nur Ungelegenheiten eingebracht. Sie trank und Mica sprach.

»Der Körper des Menschen ist mit etwa fünf Litern Blut gefüllt. Ich benötige höchstens drei, und dazu bediene ich mich mehrerer Quellen. Sie sterben nicht an meinem Biss. Im Gegenteil, es macht sie glücklich, mir zu dienen. Und wenn du deine Hand an diese Stelle legst«, er legte seine Hand auf seinen Brustkorb, »könntest du feststellen, dass darunter ein Herz schlägt.«

»Dann bist du nicht unsterblich«, folgerte Florine, obgleich es den Vampir nicht weniger unheimlich machte. Im Moment gruselte es sie vor ihm.

»Mein Volk ist ein sehr altes. Unsere Lebensspanne umfasst Jahrhunderte oder gar Jahrtausende. Unsere Herden nannten uns die Ewigen und sie irrten nicht.«

»Aber wenn man dir einen Dolch ins Herz stößt …«

Amüsiert lachte Mica. »Kind, gerätst du in Versuchung? Du müsstest meinen Kopf abschlagen, mein Herz herausreißen oder mich in ein Flammenmeer werfen, damit ich vergehe.«

Die Nacht stand still. Sie saßen sich gegenüber und sahen sich über den Tisch hinweg an. Faszination war das Stärkste, was Florine verspürte. Vor ihr saß ein Wesen, das sich wahrlich für einen Gott halten durfte. Fremdartig, schön und aller Gesetze enthoben, sogar denen der Natur. Ein atmendes Wunder. Er strahlte sie an, als habe er ihren Gedanken erraten.

»Für mich bist du das Wunder.«

Das Netz, das er über die letzten Tage um sie gewebt hatte, schien sich enger um sie zu schließen. Obwohl sich keiner von ihnen bewegte, spürte sie den Sog, der von ihm ausging. Es war nicht das erste Mal, doch war es bisher nie so stark gewesen. Wie lange konnte sie dem widerstehen? Laut kratzten die Beine ihres Stuhls über den Boden, als sie sich erhob.

»Nein! Du bist kein Gott, und ich werde niemals aus freiem Willen deine Quelle sein. Du wirst an mir scheitern, Mica. Du hast mein Leben genommen, es durch Schmuck und Kleider und Tand ersetzt, aber gehören werde ich dir nie. Niemals!«

Sie war den Tränen nahe, und der Ausdruck in Micas Augen war unerträglich. Ihr eigenes Unglück spiegelte sich darin wider, in klarstem Türkisgrün.

»Es gibt nichts, was ich dir nicht erfüllen könnte, Kind.«

»Dann lass mich gehen! Ich muss zu Cassian. Was ich zu ihm gesagt habe, war nicht richtig. Es war gemein. Er soll nicht denken, dass ich …«

»Das ist das Einzige, was ich dir nicht gestatten kann. Dazu liebe ich dich viel zu sehr. Denke nicht länger an den Werwolf. Es ist an der Zeit, dass du erfährst, was uns verb…«

»Aber ich liebe dich nicht!«, rief Florine in seine Worte hinein.

»Du wirst es lernen, deinen Vater zu lieben, mein Kind.«

Der Satz war ein Knüppel, der präzise zwischen die Augen traf und sie benommen machte. Was hatte Mica soeben gesagt? Eine helle, vollkommen geformte Augenbraue bewegte sich in die Höhe. Mica begegnete ihr in einer Mischung aus purem Glück und nervöser Erwartung.

»Ich bin es wirklich«, betonte er.

Gelächter brach aus ihr heraus. Laut, schallend und hysterisch. Es war schlicht unmöglich, dass diese Lichtgestalt von einem Vampir ihr Vater war. Allein ihre Vergangenheit sprach dagegen. Die Kinder mächtiger Männer, und Mica war mehr als das, lebten nicht in einem Findelheim und wurden von einer bösartigen, geizigen Frau nach Lust und Laune geprügelt und verschachert. Das waren Ammenmärchen. Mica erhob sich und kam auf sie zu. Sie ergriff seine Hand und zog ihn mit sich zu einem Spiegel.

»Sieh hinein, Mica! Zwischen uns gibt es keine Ähnlichkeit. Nicht die Geringste!«

Ihr Gesicht hatte sich unter ihrem Lachen gerötet. Sie glühte an der Seite eines Mannes, der seinem eigenen Spiegelbild auswich und unter sich sah. Es war nicht zu übersehen, wie sehr sie sich voneinander unterschieden. Eine kleine, kurvige Frau mit glattem, rotblondem Haar, die sich nie für sonderlich anziehend gehalten hatte, und daneben ein Wesen, dessen Schönheit bezwingend in seiner Übermacht war. Irgendwie ein trauriger Anblick, der Florine aufs Gemüt schlug. Sie ließ seine Hand los.

»Ich bin und bleibe ein Findelkind. Wenn es dir gefällt, dich zu meinem Vater aufzuschwingen, bitte, ich kann dich nicht daran hindern.«

»Aber …«

»Es wurde genug gesagt in dieser Nacht«, unterbrach sie ihn trocken und ließ Mica vor dem Spiegel und seinem eigenen Bildnis zurück.

Ruben ging auf respektvollen Abstand vor dem langen Schwert, das Cassian aus der Scheide zog. Die Klinge des Biehänders war mit einer Legierung aus Silber überzogen. Cassian schwenkte das Schwert mit der Kraft beider Arme, zog es erst langsam, dann schneller durch die Luft, bis das dumpfe Wusch der Klinge bei Ruben für einen Schweißausbruch sorgte.

»Das ist Silber«, ächzte er.

»Das ist der Grund, weshalb die Vampire den Namenlosen überlegen sind. Diese Waffe vollbringt mit Leichtigkeit, was einem einzelnen Wolf verwehrt ist. Sie tötet präzise.«

»Du bist endgültig wahnsinnig geworden.«

Hart lachte Cassian auf und schwenkte das Schwert mit der Kraft nur eines Armes. Er stach zu, drehte sich um die eigene Achse, wirbelte es um seinen Kopf, bis das Silber vor Rubens Augen zu flirren begann. Cassian hatte keine Schutzmaßnahme für sich selbst getroffen, trug nicht einmal Handschuhe. Zwischen seinen Fingern am Griff und der Silberklinge befand sich lediglich eine schmale Eisenblende.

»Wir waren zu dritt und hatten trotzdem kein leichtes Spiel mit dem Namenlosen. Also werde ich sie mit der Kraft eines Mannes angreifen und diesem Schwert.«

»Kein Werwolf kämpft mit Silber. Die Gefahr ist viel zu groß. Weshalb willst du unbedingt allein auf Streifzug gehen? Schließlich sind wir hier, um dich zu unterstützen. Und was ist, wenn du dich mit dieser Scheißklinge selbst verletzt? Dagegen gibt es kein Heilmittel.«

Langsam sank das Schwert herab, die Spitze auf Ruben gerichtet. Trotz der Fältchen um Cassians Mundwinkel war sein Lächeln humorlos. Statt Schalk stand Frost in seinen Augen.

»Tödlich ist es erst, wenn die Klinge tief ins Fleisch schneidet. Sieh her.«

»Lass das!«, brüllte Ruben und lief auf seinen Bruder zu, doch er konnte ihn nicht mehr daran hindern, die Hand um die Klinge zu schließen. Es zischte, ein Rauchfaden stieg auf und mit ihm der Geruch nach verbranntem Fleisch.

»Autsch«, sagte Cassian und zeigte Ruben die Brandblasen auf seiner Handfläche. Die Heilung setzte bereits ein und musste mit höllischen Schmerzen einhergehen, aber Cassian ließ sich davon nichts anmerken.

»Du bist vollkommen verrückt! Warum hast du das gemacht?«

Cassian zuckte die Schultern und schob das Schwert zurück in die Scheide.

»Es ist dieses Mädchen, es spukt dir immer noch im Kopf herum. Wenn sie dir so viel bedeutet, dass du ihretwegen darauf aus bist, den Kampf mit einer Silberklinge zu riskieren, dann hol sie dir zurück. Geh zu Mica und fordere sie für dich.«

»Woher weißt du von Mica?«, knurrte Cassian dumpf.

Ruben sah auf seine Stiefelspitzen. »Juvenal hat es herausgefunden, durch Madame Chrysantheme. Er war dort und wollte …«

»Dann weißt du ja auch, was ein Vampir mit seinen Quellen anstellt. Er trinkt nicht nur ihr Blut, er macht sie sich hörig, und in Florines Fall wird er damit nicht gezögert haben. So konnte er mir eins auswischen. Für ihn ist sie ein Mittel zum Zweck, und ich kann ihr nicht helfen.«

Diese schnelle Bereitschaft aufzugeben, hatte Ruben nicht erwartet. Angst vor dem Großmeister der Vampire konnte nicht dahinter stecken, noch mehr musste vorgefallen sein, wenn Cassian nicht einmal daran dachte, dem Mädchen zu helfen. Ruben zog es vor, keine Fragen zu stellen. Die Wirkung, die Florine auf seinen Bruder gehabt hatte, schien nahezu vorüber, und das war ein Segen. Ein kampfwütiger Bruder war ihm lieber als ein liebeskranker.

»Worum es mir mit diesem Schwert geht, ist Einschüchterung«, wechselte Cassian zurück zu den Namenlosen. »Seit zwei Dekaden treiben sie sich in meinem Revier herum und fühlten sich sicher, da ich nichts unternahm. Ihre Zahl und die Anzahl ihrer Opfer blieben überschaubar. Einige tote Bettler mehr oder weniger haben die Menschen nicht aufgestört. Aber dieser Angriff auf eine ganze Familie ist etwas anderes. Eine Herausforderung an uns und ihre Bereitschaft, Paris in Angst Schrecken zu versetzen. Sie wollen die Stadt für sich, Ruben. Sie riskieren es, ihre Existenz den Menschen zu offenbaren. Ein oder zwei weitere dieser Vorfälle, und irgendjemand wird auf Fragen kommen, die er nicht stellen darf, Bücher aufschlagen, die vergessen wurden und am Ende wird der Mensch sich nicht damit begnügen, Jagd auf die Namenlosen zu machen, sondern auch wieder auf uns und die Vampire.«

Ruben senkte den Kopf und stieß die Schwertscheide leicht mit der Fußspitze an. »Lange Rede kurzer Sinn: du wirst dich nicht umstimmen lassen.«

»So ist es.«

»Es ist Todessehnsucht«, sagte Ruben leise. »Das ist dein Antrieb.«

»Mein Antrieb ist der Wille, die Namenlosen auszumerzen.«

Daran glaubte Ruben nicht. Er kannte seinen Bruder und seine eigene Sehnsucht nach dem Tod gut genug, um sie auch an anderen wahrzunehmen. Ihre Ähnlichkeit beschränkte sich nicht auf Äußerlichkeiten, auf den hohen Wuchs von Juvenals Sippe oder die Kraft ihrer Körper. Ihr Verlangen, den Tod herauszufordern, war in ihnen allen mehr oder weniger ausgeprägt. Sein Lächeln geriet kläglich.

»Juvenal ist davon überzeugt, dass ein Werwolf mit der richtigen Gefährtin diese Sehnsucht loswird. Einige soll es gar gegeben haben, die die Bestie zähmen konnten.«

»Das ist der größte Blödsinn, den ich je gehört habe.« Cassian lachte auf.

»Tja, auf seine alten Tage wird unser Vater sentimental. Demnächst wird er uns noch etwas über schmerzende Knochen vorjammern.«

»Und das Einzige, was er sich zur Linderung ins Bett holt, wird eine Kohlenpfanne sein. Hoffentlich ist er bald wieder in seinen andalusischen Bergen.«

»Ja, Mann, so ein Elend kann uns niemand zumuten.«

Der Ernst ihrer Unterhaltung löste sich in Knüffen, die sie sich versetzten. Als Juvenal kurz darauf eintrat, jagten zwei übermütige Wölfe um das Mobiliar und übten sich im spielerischen Kampf. Ehe Juvenal den Rückzug antreten konnte, schossen sie quer durch den großen Saal auf ihn zu, ihre Geschwindigkeit machte aus ihnen lange Stromlinien. Sein gebrüllter Befehl, sie sollten diesen Unsinn lassen, führte dazu, dass sie ihn zu Boden warfen. Juvenals Söhne waren Krieger und Kämpfer und gleichwohl weit entfernt von der Distinguiertheit ihres Sippenoberhauptes.

Mica platzte schier vor Stolz. Das letzte Mal hatte er sich so gefühlt, als Marie ihm mitgeteilt hatte, dass sie sein Kind erwartete. Das Kind einer Sterblichen, doch einerlei, denn Nachkommen unter Vampiren waren eine Seltenheit, ob sie nun von einer Sterblichen geboren wurden oder von einer Lamia. Ganze Volksstämme hatte er unterworfen, er gehörte einem Volk an, dessen Macht einst grenzenlos gewesen war, aber er verspürte keine Scham, die Brust vorzuwölben und den Eindruck eines gemästeten Ganters zu machen, denn sein Menschenkind saß neben ihm.

Unten im Parkett verrenkte sich das Publikum den Hals, um einen Blick in seine Loge zu werfen, Florines wegen. Aus ihrem Haar, an dessen Glätte jede Brennschere scheiterte, hatte eine Künstlerin ihres Fachs ein labyrinthartiges Flechtwerk aus rotem Gold gemacht. Das Purpur ihrer Robe war die Farbe der Könige, und Florine trug sie zu Recht, denn Mica war ein Fürst und sie seine Prinzessin. Er war hingerissen, durch sie war der Sinn in sein Dasein zurückgekehrt.

Sein Blick schweifte umher, er suchte und fand die Vampire unter den Menschen. Ihre Augen funkelten aus den Schatten ihrer Logen, ohne die Darbietung auf der Bühne zu beachten. Zu selten zeigte sich ihr Großmeister unter ihnen, und nun sah er jeden Einzelnen von ihnen an. Durch die Logen spannen sich Fäden aus wortlosen Anweisungen. Die Vampire richteten ihre Blicke auf Florine, prägten sich ihre Züge ein, merkten sich jegliches Detail. Wo immer sie ihre Schritte hinlenkte, selbst im verbrecherischsten Viertel von Paris würde sie von diesem Abend an begleitet sein. Von sterblichen Getreuen der Vampire am Tage, von ihnen selbst bei Nacht. An diesem Abend kehrte Mica zu seinem Volk zurück, nahm sein Revier wieder in Anspruch und wusste, dass in den stummen Treueschwüren der Pariser Vampire ein Gutteil Erleichterung mitschwang.

Florine senkte das Opernglas. »Alle starren dich an.«

»Sie sehen dich an, nicht mich, Kind.«

Wann immer er sie so nannte, verkniffen sich ihre Lippen. Sie sah ihn abschätzend an. »Es ist für eine Dame kein Kompliment, wenn ihr Begleiter alle Aufmerksamkeit auf sich zieht. Die Menschen ahnen, was du bist. Ich werde mich kein zweites Mal mit dir in der Öffentlichkeit zeigen.«

Über die Garstigkeiten seiner Tochter amüsierte er sich köstlich. Ihr Temperament hatte sie am Nachmittag dazu verleitet, eine Vase nach ihm zu werfen. Mühelos hatte er sie aufgefangen und das seltene Stück vor dem Bruch gerettet. Noch nie hatte jemand versucht, ihm etwas an den Kopf zu werfen. Durch Florine gewann er an neuen, belustigenden Erfahrungen. Allerdings trug ihr Charakter auch die Schuld daran, dass sie ihm nicht glauben wollte. Sobald er die Rede auf ihre Herkunft brachte bombardierte sie ihn mit spitzen Bemerkungen oder aber – wie letzthin – begann zu weinen. Die Wahrheit machte ihr Angst, anstatt sie mit Zuversicht zu erfüllen.

»Ich wünsche Champagner.«

Florine hielt ihm ihr Glas hin, während ein Duett auf der Bühne eine Arie sang. Von Mica beobachtet, schlürfte sie Champagner und genoss die Musik. Der Opernbesuch sollte ihren Groll beschwichtigen, und der Champagner würde dazu beitragen. Als sie die Augen schloss, wusste er, dass beides die beabsichtigte Wirkung erzielte. Heute Nacht würde er den Zwist zwischen ihnen bereinigen, insbesondere was ihren Verdacht betraf, er wolle sie zu seiner Mätresse machen. Obwohl sie die Wahrheit kannte, hielt sie hartnäckig daran fest. Das war der einzige Wermutstropfen und er hatte es eilig, ihn zu beseitigen.

»Du hast gesagt, du würdest mir jeden Wunsch erfüllen, Mica. Ich habe es mir überlegt. Ich wünsche mir ein Sonnenbad, Seite an Seite mit dir.«

Was für ein provokantes, kleines Biest. Sie sagte es, ohne die Augen zu öffnen, und so entging ihr sein Grinsen.

»Ich wäre bereit, meinen Teint dafür zu ruinieren – von den Sommersprossen ganz zu schweigen, die hinzukämen – um dich in Flammen aufgehen zu sehen.«

Mica lehnte sich zu ihr. »Leider kann ich dir ein solches Spektakel nicht bieten, Kind. Vampire gehen unter der Sonne nicht in Flammen auf.«

Sie öffnete die Augen und gab sich enttäuscht. »Schade. Dann begnügt ihr euch wohl mit einem unspektakulären Verpuffen.«

»Der Einfluss der Sonne und des Tageslichts führt zu einem ganz anderen Resultat. Je heller es ist, desto träger werden wir. Wir ermüden und schlafen ein, und das Einzige, was uns wecken kann, ist die Nacht.«

»Ich bin wenig beeindruckt.«

»Oh, ein schlafender Vampir wird schnell für tot befunden. Was macht man mit unbekannten Toten? Sie werden schleunigst unter der Erde verscharrt. Vor knapp vierhundert Jahren ist mir das einmal zugestoßen. Ich war unachtsam.«

Florine musste kichern. Ein äußerst bestrickendes Geräusch, das Mica noch nicht von ihr gehört hatte. Er fuhr fort.

»Du ahnst nicht, welche Kraft es kostet, sich von etlichen Klaftern Erde zu befreien. Ich kam mir vor wie eine Wühlmaus.«

»Daher stammt wohl das Gerücht, ihr seid lebende Tote. Schlafende Vampire werden verscharrt, und leere Gräber bleiben zurück. Das ist zu albern.«

»Nun, es geschieht zu selten, als dass man es darauf zurückführen könnte. Unser Schlaf ist unser größter Schwachpunkt, denn sollte uns jemand aufspüren, der uns auslöschen will, ergäbe sich für ihn die beste, gar einzige Möglichkeit. Wir wären ihm ausgeliefert. Wehrlos. Daher meiden wir meistens das Licht.«

»Fürchtest du nicht, ich könnte deine Schwäche eines Tages ausnutzen, jetzt da du sie mir anvertraut hast?«

»Meine größte Furcht gilt deiner spitzen Zunge, Kind.«

Hölle, sie war mutig. Ihm diese durch die Blume gesprochene Drohung zukommen zu lassen, obgleich sie wusste, was er war und wozu imstande. Sie besaß den Mut einer Lamia und am Ende könnte sie es gar werden, da ihr Menschenblut mit dem seinen versetzt war. Wenn dies gelang, würde sie stets so sein, wie er sie jetzt vor sich sah.

Zu Fuß schlenderten sie nach der Oper durch die Straßen auf den Randbezirk von Paris zu, über Plätze und Boulevards, die Brücken der Seine und durch schmale Gassen. Die warme Sommernacht lockte die Menschen vor ihre Häuser. In Bauchläden boten Verkäufer ihre Waren an. Pistazien, kandierte Früchte, Orangen, süße Tartes, Säfte und Spirituosen. Mica schwenkte seinen Spazierstock und fühlte sich so wohl wie ein Fisch im Wasser unter all den Menschen, deren Blut er pulsieren, deren Herzen er schlagen hören konnte.

»Was für eine wunderbare Nacht. Wir könnten eine Bootsfahrt über die Seine unternehmen. Oder es gibt einen Jahrmarkt am Bois de Boulogne, den könnten wir besuchen.«

Die Erwähnung des Jahrmarktes beschleunigte Florines Schritte. Ihr Eifer reizte zum Lachen. »Du läufst in die falsche Richtung. Wir müssen umkehren. Florine!«

Sie hörte ihn nicht, sondern verfiel in Laufschritt. »Cassian? Cassian, warte auf mich!«

Hastig raffte sie ihre Röcke und rannte los, den verhassten Namen über die Köpfe der Flanierenden hinwegschmetternd. Verdammter Werwolf, dachte Mica und sah ein dunkles Hemd, das sich eilig von Florine fortbewegte. Nun, Cassian war klug genug, ihr auszuweichen. Sie konnte ihn nicht einholen. Daran glaubte Mica so lange, bis aus Florines Robenschleppe ein purpurnes Züngeln wurde. Sie war so schnell geworden, dass die Schleppe vom Pflaster abhob und kurz darauf um eine Ecke verschwand. Einen Fluch auf den Lippen setzte er ihr nach, hinein in eine schmale Gasse. Florine hatte sie bereits zur Hälfte durchquert. Nur Vampire und Lamia konnten noch schneller werden, wenn der Hunger sie beherrschte und sie aus großer Distanz eine besonders schmackhafte Quelle witterten. Seine Tochter brauchte kein Blut und konnte sich bei Tageslicht frei bewegen, also konnte sie auch keine Lamia sein. Er holte auf, doch einholen konnte er sie nicht. Sie preschte soeben um die nächste Ecke.

Als er diese erreichte, hatte der Werwolf sich anders besonnen und lief Florine entgegen. In einer Sturmwehe überholte Mica seine Tochter und prallte mit voller Wucht gegen Cassian. Ein Aufschrei hallte über sie hinweg, als sie ineinander verkeilt durch den Dreck rollten, sich lösten und auf die Füße sprangen. Cassian gehörte nicht umsonst einem Geschlecht an, das nahezu so alt war wie die Vampire. Er fing Micas Faustschlag ab, sein Griff um das Handgelenk des Vampirs war eisern. Das Haar zerzaust, Wangen und Kinn bedeckt von einem dunklen Bart war Cassian einem Barbaren ähnlich. Weiß und spitz blitzten seine Fänge auf. Die Drohung weckte in Mica die blanke Lust am Blutvergießen. Seine eigenen Fänge pochten, als er sie dem Werwolf zeigte. Sie stemmten sich gegeneinander, hielten sich gegenseitig auf Abstand, keiner bereit zu weichen.

»Sie gehört mir, Werwolf. Dein Instinkt weiß es bereits. Sie ist mein Geschöpf und für dich unerreichbar geworden.«

Florine hatte sie erreicht und zerrte an Micas Oberarm. »Lass ihn sofort los!«

»Er ist derjenige, der nicht loslassen kann.«

»Loslassen!«, fauchte sie und hämmerte auf Micas Schulter ein.

Es waren die Schläge eines Flohs, aber auch Flöhe konnten lästig werden. Durch einen Ruck seiner Schulter schüttelte er seine Tochter ab.

»Erkennst du nicht, was sie ist, Werwolf? Muss ich es erst aussprechen?«

Cassians Blick schnellte von Mica zu Florine und wieder zurück. Gleichzeitig stießen Werwolf und Vampir sich voneinander ab, und Florine, die erneut einschreiten wollte, stand allein an der Stelle, wo die beiden Gegner soeben noch gestanden hatten. Lange Haarsträhnen fielen über ihren Rücken, wogten an ihren Schläfen.

»Cassian, geht es dir gut?«

Der Werwolf gab keine Antwort. Er war außer sich und versuchte, es zu verbergen. Mica spürte es, witterte Cassians Anspannung, erkannte sie an der Haltung seines schlanken Körpers und spannte selbst jeden verfügbaren Muskel an.

»Ich … es tut mir so leid, Cassian.«

»Was hast du getan, Mica?«, fragte Cassian über Florines Kopf hinweg.

Er missverstand ihre Entschuldigung, und Mica schürte seine falschen Schlüsse. »Du hast gehört, was ich gesagt habe. Florine ist für dich verloren. Und auch Paris wird es bald sein. Verschwinde, Werwolf. Verschwinde aus meinem Revier.«

Florine drehte sich zu Mica um. »Du kannst nicht über mich bestimmen! Ich allein entscheide über mein Leben. Ich allein und niemand sonst! Wenn du das nicht akzeptieren kannst, musst du mich totbeißen mit deinen widerlichen Fängen!«

»Du kannst die Tatsachen nicht ändern, Kind.«

Kein Menschenkind, sondern eine Furie stürzte auf Mica zu. »Was meinst du damit? Was willst du damit sagen?«

Er wich den Hieben ihrer gekrümmten Finger aus. Seine Tochter hatte wenig von der Mutter und viel von ihm und ihrer Großmutter Selene. In einer Sterblichen steckte die Angriffslust einer Lamia. So groß sie bei Florine im Moment war, es fehlten ihr die Möglichkeiten, Mica einen

Schlag zu versetzen. Aber ihr Verhalten hatte Cassian den letzten Zweifel genommen.

»Er hat sich von dir losgesagt. Er ist nicht für dich eingetreten, sondern gegangen.«

Ihre Arme sanken schwer herab. Sie drehte sich nach allen Seiten, auf der Suche nach dem Werwolf. Aber er war schon nicht mehr in der Nähe und würde größtmögliche Distanz wahren, überzeugt davon, dass aus Florine eine Lamia geworden war. Was die bisherige Teilung ihres Reviers betraf, so konnte Mica sich später darum kümmern. Zunächst galt es, sein Kind zu beruhigen, in dem die Schwächen der Sterblichen auf das Temperament einer Ewigen trafen. Es war ein Berg aus Problemen, den Mica auf sich zurollen sah.

»In dir ist so viel von deiner Großmutter, Kind. Du bist …«

»Dein verflixten Erklärungen kannst du dir bis zum Anschlag hinten rein schieben!«

»Die Ausdrücke einer Hure will ich aus deinem Mund nicht hören!«

»Lieber bin ich Cassians Hure als dir zu Willen! Ich wollte ihm sagen, dass ich meine Worte bereue, aber selbst das hast du nicht zugelassen! Ich liebe ihn! Ja, so ist es! Aber Liebe geht über den Horizont eines verfluchten Mistbocks von einem Blutsauger!«

Sie war grandios in ihrer Wut und machte Mica mundtot. Mit Effet schleuderte sie ihre Schleppe herum, kehrte ihm den Rücken zu und ging davon. Ungeachtet ihrer durchweg menschlichen Schwächen, bot sie ihm die Stirn. Marie, wenn du das bloß sehen könntest, schickte er einen Gedanken zu den Sternen hinauf und folgte seiner Tochter in respektvollem Abstand.

An jedem Arm eine Dame betrat Saint-Germain das Haus. Ihre gezierten Stimmen waren bis in das zweite Stockwerk zu hören, an dessen Brüstung Florine stand. Die Damen bewunderten sich in den venezianischen Spiegeln und waren zu beschäftigt, um einen Blick nach oben zu werfen, von wo aus Florine lediglich die Brillantspangen in ihren aufgetürmten und gepuderten Locken erkennen konnte. Saint-Germain war häufig am Königshof, und nun hatte er Besuch von dort mitgebracht. Auf den Empfang zweier Hofdamen war sie nicht vorbereitet. Nervös strich sie über die Rockfalten ihres Hauskleides. Da sie ihr Haar nicht frisiert hatte, musste sie wenigstens eine Haube aufsetzen. Weshalb hatte Saint-Germain sie nicht über den Besuch informiert?

Auf die Antwort musste sie nicht lange warten. Anstatt die Gäste in den für Besuche vorgesehenen Salon zu führen, geleitete Saint-Germain sie in den hinteren Teil des Hauses. Am Ende des Ganges zweigten Küche, Vorratskammern, Waschstube und zur anderen Seite der Eingang zu Micas Reich ab. Da die Stimmen leiser wurden, lief Florine ein Stockwerk tiefer und lehnte sich weit über die Brüstung. Eine dumpf ins Schloss fallende Tür schnitt das Geplauder vollends ab. Wenig später kehrte Saint-Germain zurück, durchquerte tänzelnd und vor sich hinsummend das Vestibül und verließ das Haus.

Mica empfing also Damen in seinen ganz privaten Räumlichkeiten unter dem Haus. Einladungen in sein Allerheiligstes blieben offenbar den Grazien am Hof Louis XV. vorbehalten und wozu sie dienten, war an einer Hand abzuzählen. Das war wirklich allerhand. Saint-Germain brachte dem Vampir so genannte Quellen ins Haus, und Menschen verloren ihr Blut, während sie nur wenige Meter über ihnen saß und – wenn der Zufall sie nicht an die Treppe geführt hätte – nichts davon mitbekommen hätte. Florine sah sich als Gefangene, auch wenn sie den Käfig, in dem sie saß, neu eingerichtet hatte und Mica das Gegenteil behauptete. Er nannte sie die Herrin seines Hauses und beharrte auf der lächerlichen Behauptung, sie sei seine Tochter. Nun, sie würde ihn beim Wort nehmen und auf keinen Fall zulassen, dass er sich in ihrer unmittelbarer Nähe an einem Menü aus zwei Frauen labte.

Nachdem sie diesen Entschluss gefasst hatte, lief sie die Treppe hinab und marschierte auf den Eingang zu den unterirdischen Räumen zu. Ihre festen Schritte bestärkten sie in ihrem Vorhaben. Einen Moment kämpfte sie mit der schweren Tür, die ihrem Zug widerstand. Sie besaß die Größe und das Gewicht eines Portals, und es brauchte die Kraft beider Arme, um sie einen Spaltbreit zu öffnen. Als sie hindurch geschlüpft war, lehnte sie sich mit dem Rücken gegen das schwere Holz, damit es lautlos zurück ins Schloss fiel.

Hohe Steinstufen führten nach unten. Nach jeder sechsten Stufe folgte ein breiter Absatz, auf dem links und rechts Kandelaber standen. Pures Gold, in dem je ein Dutzend Wachskerzen brannte. Die Phalanx der Kandelaber setzte sich im Gang fort. Die Wände waren blank und aus hellem Sandstein. So dick, dass es angenehm kühl war, ein Labsal nach der Hitze in den oberen Geschossen. Die Stille einer Gruft herrschte hier unten. Es gab keinen Anhaltspunkt, dass Mica und die beiden Damen überhaupt in der Nähe waren. Keine Gespräche, kein Lachen drang aus den offenen Rundbögen, von denen es vier gab. Florine trat durch den ersten Bogen und stand in einem Studierzimmer. Groß und quadratisch besaß es natürlich keine Fenster. Die Wände waren von Regalen gesäumt, die bis zur Decke reichten. Auf ihnen drängten sich noch mehr Bücher, als sei Micas Bibliothek noch nicht genug. Ledereinbände in allen Farben, die meisten ohne Titel, die auf den Inhalt schließen ließen, teils ordentlich einsortiert, teils stapelten sie sich am Boden. Ein großer Globus stand auf einem Tisch, eine

Weltkarte hing an der Wand, und ein seltsames Gebilde, an dem sich unterschiedlich große Kugeln drehten, hing von der Decke im Zentrum des Raumes.

Sie trat zurück in den Gang und durch den nächsten Torbogen, der ein ganzes Stück weiter vorne auf der anderen Seite lag. Der Raum besaß die Größe eines Ballsaals, und außer Teppichen besaß er keine Einrichtung. An den langen Wänden hingen Bilder. Florine ging an der Galerie entlang. Jedes Gemälde zeigte ein und dieselbe Frau, in immer neuen Posen. Sitzend und stehend, im Profil und der Frontalen, einige waren kleine Portraits, andere wiederum Ganzkörpergemälde. Hier blickte sie aus einem Ölgemälde, dort war sie in Kohlestrichen skizziert. So unterschiedlich die Bilder waren, das Lächeln der Frau blieb stets zurückhaltend, ihr Blick etwas scheu, als wüsste sie nicht, wodurch sie in die Gunst gelangt war, überhaupt gemalt zu werden. Ein wenig hatte sie etwas von einem Geist an sich, der sich vor dem Auge des Betrachters in Luft auflösen wollte. Wer war sie? Sie musste Mica sehr viel bedeuten, wenn er einen ganzen Raum mit ihren Bildern füllte.

Lediglich ein Bild am Ende des Raumes zeigte eine andere Person. Überlebensgroß beherrschte es die hintere Wand. Der Körper der Frau war in ihr eigenes Haar gehüllt, in Kupfer und Gold fiel es über ihre Brüste und lief über ihrem Schoß zusammen. Mit Pfeil und Bogen zielte sie in den Raum, direkt auf Florine, die vor das große Gemälde trat. Dem Maler war es gelungen, der nackten Haut einen wunderbar hellen Schmelz zu verleihen. Was allerdings die Augen betraf, musste es mit dem Künstler durchgegangen sein. Von unnatürlich intensivem Grün fixierten sie Florine. Spott und Belustigung an der Oberfläche und eine unterschwellige Warnung in den Tiefen des Grüns. Die Augen und die Pfeilspitze folgten ihr, ob sie nun vor, links oder rechts von dem Bild stand. Die Frau war eine Göttin der Jagd, und sie ließ niemanden entkommen, schien die Botschaft des Bildes zu sein. Florine trat näher und las die Inschrift am rechten unteren Bildrand. Selene. War das die Malerin oder der Name der Frau auf dem Bild? Wer immer der Maler war, auf den anderen Bildnissen hatte er keine Signatur hinterlassen.

Nachdem Florine die private Galerie abgegangen war, nahm sie den nächsten Torbogen in Angriff. Was dort auf sie wartete, ließ ihren Mund offen stehen. Der Baderaum war riesig, ausgekleidet mit grünem Stein. Ein Becken war in den Boden eingelassen, darin klares Wasser, in das man über flache Stufen gelangte. Aus einem Löwenmaul sprudelte in dezenter Lautstärke noch mehr Wasser hinzu. Ruheliegen römischer Machart in vanillefarben und lindgrün, Stangen über denen weiche Tücher lagen, ein kleiner Tisch mit Flakons unterschiedlicher Öle, die die Frage aufwarfen, ob Mica sich tatsächlich einölen ließ und wenn ja, von wem. Sie trat an den Beckenrand, streifte einen Schuh ab und tauchte ihre Fußspitze in das Wasser. Kalt. Hastig zog sie die Zehen zurück, trocknete sie an einem Handtuch und zog ihren Schuh wieder an.

Sie hatte einiges entdeckt, ohne Mica und die beiden Damen gefunden zu haben. Es blieb noch ein Torbogen, und dieser war zur Hälfte von einem Samtvorhang bedeckt. Sie wollte hindurch treten, als ein Rascheln von Stoff sie davon abhielt. An der Samtdraperie vorbei lugte sie in den Raum. Das Bett, das ihn beherrschte, war riesig und die Szenerie darin nichts, was sie nicht schon gesehen hatte. Bei Madame Chrysantheme gab es viele Freier, die ihr Vergnügen verdoppelten, gar verdreifachten, indem sie sich während des Aktes mit einer Frau von ein oder zwei anderen streicheln ließen. Allerdings waren sie dabei selten so geräuschlos wie das Dreiergestirn aus Mica und den beiden Damen. Diese hatten außer ihrem Schmuck alle Kleidungsstücke abgelegt. Die Steine an ihren Halsketten, Armbändern, Ringen und den Spangen in ihren Haaren warfen das Kerzenlicht zurück. Eine von ihnen ruhte auf Händen und Knien. Einen Arm unter sie geschlungen, hatte Mica ihren Kopf zur Seite gedreht, so dass Florine direkt in ihr Gesicht sehen konnte. Dezent war es gepudert, die Lippen rosig geschminkt und der dunkel umrandete Blick ins Leere gerichtet. In den glasigen Augen stand Entrückung. Auf Florine gerichtet nahmen sie sie doch nicht wahr. Der Zustand der Dame äußerte sich in gestammelten, unverständlichen Worten. Mica kauerte über ihr, den Kopf an ihrem gestreckten Hals verborgen. Er trank das Blut seiner Quelle und zweifelsohne war diese damit einverstanden, da sie gleichzeitig von ihm beschlafen wurde. Einen anderen Ausdruck gab es dafür nicht. Von Liebe, gar Zärtlichkeit waren Micas Stöße nicht bestimmt, dazu waren sie zu kraftvoll, wenn nicht gar schmerzhaft. Bei jedem Stoß schnappte der Mund der Dame auf. Jäh verdrehten sich ihre Augen, ob durch Lust oder zunehmende Blutarmut war ungewiss.

Im Grunde war es einerlei. Micas Vorgehen, seine langsamen Bewegungen, die Gewalt darin und der Anblick seines Körpers waren erschütternd und ernüchternd. Seine geballten Muskeln waren die eines Mannes, und trotzdem war zu erkennen, dass er kein Mensch war. Auf dem Bett bewegte sich ein Block aus Marmor, die Haut sehr hell, bar jeglicher Körperbehaarung und sogar jeglichen Leberfleckchens. Jeder Makel fehlte in dieser Glätte, die von der anderen Frau liebkost wurde. Ihre Hände hoben sich dunkler von der reinweißen Haut seines Rückens ab, glitten über kräftige Beine, hinauf zu seinen Hoden. Ihre Bewegungen waren fließend, passten sich seinem Rhythmus an und kannten keine Eile. Es war ein Tanz aus sich windender Glieder und gerade das Gleichmaß daran machte die Orgie zu einer Obszönität, die Florine in dieser Form noch nie gesehen hatte – und sie hatte bei Madame Chrysantheme wahrlich alles gesehen. Es war abstoßend und gleichzeitig irgendwie anziehend.

Micas Gespielin begann sich zu winden und zu drehen, und als er sich zurückzog und sie der Stütze seines Armes beraubte, fiel sie bäuchlings in die Matratze. Schauder zogen durch ihren Körper, während sie keuchend liegen blieb und nicht weiter beachtet wurde. Mica wandte sich der anderen zu, die in seine Arme sank, als könnte sie es nicht erwarten, das Schicksal ihrer Freundin zu teilen. Florine sah einen Blutstropfen an Micas Unterlippe. Der Frau konnte es ebenfalls nicht entgehen, doch es hinderte sie nicht daran, sich von ihm in die Laken ziehen zu lassen. Sie setzte sich auf ihn, seine Hand drückte sie am Hinterkopf tiefer, und Florine wusste, dass seine Zähne durch Haut und Fleisch brachen und er zu trinken begann. Und während er dies tat, seiner Gespielin das Blut raubte, pumpte diese hektisch ihr Becken auf und ab.

Von der eigenen Faszination angewidert, die sie an Ort und Stelle gehalten hatte, riss Florine sich von dem Anblick los und machte einige Schritte zurück. Noch immer klebte ihr Blick an dem Samtvorhang, hinter dem nun kleine Aufschreie hervordrangen. Diese Laute, lustvoll und irgendwie auch verzweifelt, brachten sie zur Besinnung. Sie rannte so schnell sie konnte zurück zu der Treppe nach oben. Ohne ihren Lauf zu bremsen, warf sie sich gegen die Tür und kümmerte sich nicht um den verräterischen Laut, mit dem sie ins Schloss fiel. Auf diese Weise wollte sie nicht enden, zitternd und von Verlangen gebeutelt in den Armen eines Vampirs.

Hinter der Ekstase der Frauen hatte sie mehr erkannt: den Willen, sich vollständig auszuliefern, die Bereitschaft, das eigene Blut zu geben für einige Augenblicke überwältigender Lust. Zweifelsfrei stand fest, dass die beiden Hofdamen sogar bereit gewesen wären, ihr Leben für ihn zu lassen. Es war mehr als ein schlüpfriges Spiel zwischen einem Mann und zwei Frauen. Es war die Macht eines

Vampirs, die vollständige Unterwerfung unter seinen Willen. Vermutlich würden die Damen beschwingt und verklärt das Haus verlassen, ohne zu ahnen, was ihnen zugestoßen war.

Das Geschehen hatte Florine einen gefährlichen Abgrund gezeigt, und er schien unausweichlich. Früher oder später würde sie in diesem breiten Bett landen und am eigenen Leib erfahren, was sie soeben gesehen hatte. Ein Teil von ihr fragte sich, wie es wohl sein würde, aber der größere Teil in ihr wollte es soweit nicht kommen lassen. Noch konnte sie frei wählen – und das würde sie. Keine Sekunde länger wollte sie bleiben, ob Mica sich nun ihr Vater nannte oder nicht. Sie war sich sicher, dass es an dem ihr zugedachten Schicksal nichts ändern würde.

Ohne etwas mitzunehmen verließ sie das Haus. Sie lief über das aufgeheizte Pflaster, durch den Gestank der Gossen, der in der prallen Sonne brodelte und sich über der Stadt zu einer Glocke ballte. Sie stürzte hinein in das Gewühl aus Menschen, Karren und Sänften, wählte eine Abkürzung quer durch die Stadt, schnurstracks auf ihr Ziel zu. Sie wusste wohin sie wollte, sie wusste sehr genau, was sie wollte, und würde sich von Mica nicht daran hindern lassen, ihren Willen durchzusetzen.

# 8

Das Hemd fiel auf Cassians Oberschenkel und bedeckte einen Teil des tiefen Risses, der in seinem Bein klaffte. Die Wunde brannte, als sei flüssiges Metall hineingegossen worden. Der Namenlose hatte den Hieb seiner Pranke mit seinem Kopf bezahlt, ehe seine Krallen tiefer dringen konnten. Der Schwertkampf hatte Cassian alles abverlangt, höllisch nach verbranntem Fleisch gestunken und erfüllte ihn trotz seiner Verletzung mit Euphorie. Juvenals Tobsuchtsanfall, der aus dem anderen Ende des Hauses zu hören war, scherte ihn nicht. Den Kopf in den Nacken gelegt saß er in einem Stuhl und ließ sich von Bertrand rasieren. Ruben war Zeuge des Kampfes geworden und tigerte unruhig durch das Schlafzimmer.

»Verdammt, ich will auch so ein Schwert.«

»Mit Silberlegierung?«

»Und ob! Mit so einer Waffe sind wir auf den Vollmond nicht angewiesen. Wie geht's deinem Bein?« Ruben warf einen prüfenden Blick auf die Wunde, die sich über Cassians Oberschenkel bis zum Knie zog. »Ach, ist nur ein Kratzer. Schließt sich schon wieder. Warum ist das keinem von uns früher eingefallen? Die Vampire haben es schließlich vorgemacht.«

»Tja, wie du selbst festgestellt hast ist Silber nicht unbedingt …«

Sarah trat ein und zog eine Grimasse. »Krankenbesuch für dich, Cassian.«

Jemand rempelte Sarah an und drängte sie beiseite, ungeduldig darauf aus, sich Zugang zu verschaffen. Durch Cassian ging ein Ruck. Bertrand blieb gerade noch die Zeit, seinem Herrn den restlichen Rasierschaum von Kinn und Wangen zu wischen, ehe Cassian aufsprang und Distanz schaffte. Florine stand in seinem Zimmer. Nicht die Grand Dame, die ihm vor wenigen Nächten nachgerannt war in einer Purpurrobe und mit Juwelen im Haar, sondern ein vom Lauf erhitztes Mädchen. Falsch, korrigierte er sich. Nach allem, was Mica angedeutet hatte, war Florine kein Mädchen mehr, sondern eine Lamia. Wobei ungewiss blieb, ob Mica überhaupt eine solche Wandlung herbeiführen konnte. Soweit er wusste, wurden Vampire und Lamia geboren und nicht durch einen Biss geschaffen. Trotzdem blieb er vorsichtig. Was eine Lamia zu einem Werwolf führte, endete für einen von beiden tödlich. Äußerlich hatte sie sich nicht verändert, und der Gedanke gegen sie zu kämpfen und ihr Schaden zufügen zu müssen, um sich der eigenen Haut zu erwehren, drehte ihm den Magen um.

»Cassian, ich … Oh Gott! Was ist mit deinem Bein geschehen?«

Sie kam auf ihn zu. Cassian wechselte mit Ruben einen Blick, den dieser nicht verstand. Über die stumme Warnung runzelte Ruben die Stirn, und als er sie schließlich zuordnen konnte, rollte er mit den Augen und wies mit dem Kinn zum Fenster. Es ist taghell, besagte sein stummer Wink, wie sollte eine Lamia bei diesem grellen Sonnenlicht zu dir gelangen? Eine gute Frage, auf die es keine Antwort gab, es sei denn, Mica hatte gelogen. Ruben ging und scheuchte Bertrand und Sarah vor sich aus dem Zimmer. Im Hemd und mit nackten Beinen ließen sie Cassian zurück.

»Was machst du hier, Florine?«

»Bei allen Heiligen, du blutest!«

Die Wunde war durch seine abrupte Bewegung aufgegangen und Blut rann über sein Knie und das Schienbein. Argwöhnisch beobachtete er Florine, die sich auf den kleinen Strom aus Blut konzentrierte. Ihre plötzliche Blässe schien die Anzahl ihrer Sommersprossen zu verdoppeln. Keinem Sterblichen war es gegeben, sich einem Vampir zu entziehen, erst recht nicht einem Großmeister, der zu den ältesten seines Volkes gehörte. Trotzdem war ihr die Flucht gelungen, wozu sie zuerst einmal den Entschluss hatte fassen müssen. Sie kam auf ihn zu, ein Tüchlein in der Hand, das viel zu klein war, um das Blut aufzufangen. Cassian wollte ihr zunächst ausweichen, entschied sich jedoch anders. Vorsichtig tupfte sie an seinem Bein herum, machte keine Anstalten, sein Blut zu kosten oder sich gar an der Wunde festzusaugen. Sie war lediglich furchtbar aufgeregt, da sie den Blutstrom nicht eindämmen konnte.

»Das ist furchtbar, einfach furchtbar.«

»Es heilt schneller, wenn niemand daran herumtupft«, sagte er. »Was willst du hier, Florine?«

Sie richtete sich aus ihrer gebückten Haltung auf und sah ihn, erschrocken über seinen bärbeißigen Ton, an. »Ich wollte dich sehen.«

»Und dein Meister hat es dir erlaubt?«

»Er ist nicht mein Meister. Ich entscheide selbst, wen ich sehen will, und ihm will ich ganz sicher nie wieder begegnen. Er ist verwerflich. Er ist verkommen und niederträchtig und hat heute …«

»So verkommen wie ein Werwolf kann er nicht sein«, bemerkte Cassian und humpelte zu seinem Bett, auf dessen Kante er sank.

Es war zu viel. Nachdem es ihm beinahe gelungen war, sich von ihren Schmähungen zu erholen und sich mit ihrem Verlust abzufinden, tauchte sie bei ihm auf. Um ihn zu sehen. Als würde das etwas nützen. Sie setzte sich neben ihn.

»Mir ist es gleich, ob du ein Werwolf bist. Wirklich, das ist es. Angst hat mich … Ich meine, du hast da gestanden und dann plötzlich fliegen deine Kleider in Fetzen und ich sehe einen Wolf!« Wild warf Florine die Hände in die Luft, während ihre Stimme immer heller wurde und es aus ihr heraussprudelte. »Kannst du dir das vorstellen? Ich konnte es nicht. Ich habe es nicht verstanden und falsch reagiert. Gewiss, das habe ich und dafür entschuldige ich mich. Und Mica, ich meine, der Vampir … Du hast keine Ahnung, wie er mit seinen Quellen umgeht. Ich habe es gesehen. Es war schauderhaft.«

»Ebenso schauderhaft wie der Gedanke, bei einem Tier zu liegen?«

So wie sie blinzelte, leicht verwirrt und betreten, schien sie einen anderen Empfang erwartet zu haben. Sie war reizend, trotz ihres ungekämmten Haares, schier zum Fressen süß und so hoffnungsvoll. Andererseits würde Mica sich davon nicht beeindrucken lassen, und Cassian wollte es auch nicht.

»Du hast eine Entscheidung getroffen, die nicht allein bei dir liegt, Florine.«

Sie senkte den Kopf. »Ich weiß, aber ich hatte gehofft … Es bedeutet wohl sehr wenig, was zwischen uns …? Trotzdem dachte ich, es könnte anders sein … irgendwie«, stammelte sie.

Es war nicht nur irgendwie, sondern definitiv anders. Da Cassian nichts darauf erwiderte, unschlüssig wie er reagieren sollte, sah sie auf. Enttäuschung stand in ihrer Miene. Ihre Unterlippe bebte unmerklich, und doch dachte sie nicht an einen eleganten Rückzug. Sie berührte sein Hemd an der Stelle, wo sich die dünnen Narben über seine Rippen zogen.

»Ich weiß jetzt, woher diese Narben stammen. Ein Namenloser hat sie dir zugefügt.«

»Wer hat dir gesagt, wie wir sie nennen?«

Sie sah beiseite. »Der Vampir hat es mir gesagt. Eines dieser Höllengeschöpfe gelangte auf sein Grundstück. Er hat es getötet.«

Sie vermied es, Mica beim Namen zu nennen und wich auch Cassians Blick aus. Stattdessen betrachtete sie sein Bein, sein Fleisch hatte erneut mit der Heilung begonnen.

»Schmerzt es sehr?«

Es schmerzte unglaublich, aber sie sprach natürlich nicht von ihrer Gegenwart an seiner Seite und seinem Bedürfnis, sie zu berühren, sondern von der Wunde.

»Es juckt etwas.«

Florine nickte, beobachtete eine Weile den Heilungsprozess und sah Cassian schließlich von unten herauf an. »Ich bin davongelaufen und werde nicht zurückkehren. Es tut mir so leid, wenn ich dich verletzt habe. Darf ich … darf ich trotzdem hier bleiben, Cassian?«

Diese Frage hatte er gewünscht und befürchtet. Mica würde ihren Mangel an Treue nicht hinnehmen, geschweige denn zulassen, dass seine Quelle sich auf die Seite seines Feindes schlug. Wie war es ihr gelungen, den Bann des Vampirs abzustreifen? Er musste es wissen.

»Hat er dein Blut genommen?«

»Nein! Soweit kam es nicht. Er hat mich nicht angerührt. Bitte, sei mir nicht Gram, Cassian.«

Er war ihr nicht böse, sondern sehr erleichtert über ihre Antwort. Gleichzeitig versuchte er den Ärger einzuschätzen, den er auf sich zog. Mica war imstande, sein Haus in Schutt und Asche zu legen, sein Rudel zu verfolgen und zu töten und sollte er einige andere Vampire um sich scharen, sogar den Alpha-Werwölfen massive Probleme zu bereiten. Gleichwohl war Cassian nicht in der Lage Florine abzuweisen. Er konnte sie nicht dem Vampir überlassen, da der Grund seiner Existenz daraus entstanden war, die Menschheit vor ihnen zu schützen. Und er wollte es nicht, da die Vorstellung, sie noch einmal zu verlieren, ein Brennen in seinem Brustkorb auslöste, das stärker war als die Krallen eines Namenlosen.

»Ich bin dir nicht böse, Florine, und ich will auch nicht, dass du gehst.«

Wenn er den Ausdruck in ihrem Gesicht richtig deutete, reichte ihr ein Aufenthalt im Schutz seines Hauses nicht aus. Sie wollte mehr und sie war wagemutig genug, um es nicht vor ihm zu verbergen. Dicht rückte sie an ihn heran, achtete darauf, sein verletztes Bein nicht zu berühren, und legte die Hand auf seine Brust.

»Ich werde dich jetzt küssen, Cassian, ob du es willst oder nicht.«

Ihr Vorpreschen war entwaffnend und entlockte ihm ein Schmunzeln. Ob er es wollte oder nicht. Natürlich wollte er. Er vergaß darüber sein Bein, dessen Wunde in Narbengewebe verwachsen war, und spürte das Ziepen nicht mehr. Langsam kamen Florines Lippen näher, spitzten sich und hauchten einen Kuss auf seine Nasenspitze.

»Ich fürchte, mehr lässt dein Zustand im Moment nicht zu«, befand sie.

Cassian lachte auf und hob sie kurzerhand auf seinen Schoß. »Das soll ein Kuss gewesen sein? Wenn mich die Erinnerung nicht trügt, kannst du das besser.«

»Ich kann sie zurückholen, Goldener, sofern Ihr nicht bis zum Einbruch der Dunkelheit warten wollt. Ich bin ein guter Schütze. Für drei Werwölfe brauche ich drei Pistolen und drei Kugeln. Wenn ich die Alphas erlegt habe, wird der Rest sich nicht mehr an mich heranwagen.«

Saint-Germains Stimme kam aus weiter Ferne. Der Zorn machte Mica nahezu taub und blind. Die Frauen auf dem Bett verkamen vor seinen Augen zu bedeutungslosen Schemen auf weißen Seidenlaken. Es brauchte Stunden, bis sie zu sich kamen und Saint-Germain sie fortschaffen konnte. Florine war hier gewesen und hatte es gesehen. Eine Gier nach Blut und Frauen hatte Mica gepackt, ihn schier überwältigt nach Jahren der Zurückhaltung, ausgelöst durch sein Kind und die Freude, es gefunden zu haben. Jede Vorsicht hatte er darüber vergessen, und nun hatte Florine die Flucht vor ihm ergriffen. Ihm stand der Sinn danach, seinen Widersacher im

Herzen seiner Tochter in Fetzen zu reißen. Dem Werwolf gab er die Schuld daran, dass Florine sich seinem Einfluss entziehen wollte. Sie gehörte nicht zu den Menschen, die sich bereitwillig und fügsam formen ließen. Bereitschaft zur Unterwerfung war ihr fremd, und er war nicht bereit, sie seinem Kind abzuverlangen. Er zwang sich zu einem Entschluss.

»Du wirst den Werwolf nicht behelligen, Aymar.«

»Die Rache steht selbstverständlich Euch zu, Goldener. Bis zum Einbruch der Nacht dauert es nur noch wenige Stunden.«

»Rache!«, spie Mica aus und strich mit den Fingern durch sein Haar. »Wozu soll sie nützen? In diesem Augenblick liegt sie in seinen Armen, und ich kann nichts dagegen ausrichten. Außerdem würde sie sich endgültig von mir abwenden, sollte ich diesem verdammten Werwolf ein Haar krümmen. Sie könnte gar versucht sein, mich umzubringen.«

»Euch umbringen, Goldener? Dazu wäre sie nicht in der Lage.«

Aber den Versuch würde sie unternehmen, und das wollte er auf keinen Fall erleben. Er wollte nicht gehasst werden von seinem Fleisch und Blut.

»Du bist doch sonst nicht auf den Kopf gefallen, Aymar. Ich werde nicht zu Gewalt greifen. Hole ich sie gegen ihren Willen zurück, läuft sie bei nächster Gelegenheit wieder davon. Es kommt nicht in Frage, dass ich sie einsperre. Das alles führt zu nichts, solange meine Tochter glaubt, einen Werwolf zu lieben.«

»Selbstverständlich wird sie diesen Irrtum erkennen, Goldener.«

»Woher nimmst du diese Gewissheit?«, fauchte Mica, dem in diesem besonderen Fall nichts gewiss war, außer Florines Abneigung gegen ihn.

»In ihr fließt das Blut der Vampire, Goldener. Und die Feindschaft zwischen ihnen und den Werwölfen wurzelt viel zu tief, gründet auf zu vielen Toten zu beiden Seiten, als dass sie sich nicht eines Tages in ihr Bahn brechen wird. Sie können nicht zueinander finden.«

»Tja, Aymar, offensichtlich hat unser bisheriges Wissen eine Korrektur nötig, denn sie hat mühelos zu ihm gefunden.«

Saint-Germain hielt es für ratsam, einen Hocker zwischen sich und den Zorn des Goldenen zu bringen, auch wenn es ein lächerlicher Schutzwall war. Mica schlug mit den Fäusten auf die Wand ein, die Seidentapete riss und seine Knöchel knackten. Einmal, als sie brachen, ein zweites Mal, als sie wieder zusammenwuchsen.

»Geduld«, murmelte er zu sich selbst. »Ich muss Geduld aufbringen. Bisher ist Cassian allen Frauen überdrüssig geworden. Sobald dies geschieht, kehrt sie zu mir zurück. Ich bin ihr Vater, ich werde sie trösten, wenn es soweit ist.«

»Eure übergroße Nachsicht in allen Ehren, Goldener, aber haltet Ihr dies nicht für zu gefährlich? Gut, Cassian de Garou wird ihr kein Leid zufügen. Der Wolf in ihm vermutlich ebenfalls nicht. Aber was ist mit der Bestie? Sollte sie ausbrechen, ist sie in großer Gefahr.«

Nach diesem Einwand zog Saint-Germain die schmalen Schultern zu den Ohren hinauf. Auf Ratschläge legte Mica keinen Wert, so gut sie gemeint waren, und im Augenblick war ihm danach, seinem treusten Gefolgsmann zum Dank für seinen Hinweis den Kopf von den Schultern zu reißen.

»Bis zum nächsten Vollmond dauert es noch drei Wochen. So lange behalten wir sie im Auge. Die Zeitspanne gebe ich ihr, damit sie sich besinnen kann.«

»Das sollte sie«, stimmte Saint-Germain zu. »So ein Wolf muss nach nassem Hund oder Schlimmerem stinken. Sollte sie das länger als einige Tage ertragen können, wäre ich sehr verwundert.«

Er roch unbeschreiblich gut. Florine drückte ihre Nase in Cassians Halsbeuge und inhalierte den Geruch nach Laub, Waldboden und einem windigen Herbsttag. Im Wald zu Meudon hatte sie nicht ahnen können, dass dieser Duft von ihm kam, und in der Grotte war ihr keine Zeit geblieben darüber nachzudenken. Erst jetzt blieb ihr ausreichend Muße, die Ursache seines würzig-herben Duftes zu ergründen. An seinem Hals waren ihre Forschungen längst nicht an ihrem Ende angelangt. Sie hatte diesen Moment herbeigewünscht und wollte ihn bis zur Neige auskosten.

Um das Blut von seinem Bein zu waschen, hatte sie Cassian flach auf den Rücken gezwungen. Auf keinen Fall sollte er durch Überanstrengung den Heilungsprozess verzögern, und so hatte sie ihm das Versprechen abgenommen, ruhig liegen zu bleiben. Nachdem er mehrmals den Versuch unternommen hatte, sich über sie zu rollen, mühte er sich nun redlich, sich nicht zu bewegen. Sogar sein Murren, auf dem Rücken liegen zu müssen und dass dies einem Wolf nicht gegeben war, hatte er eingestellt. Gleichwohl beobachtete er sehr genau, was sie machte. Weitere Anzeichen, die auf einen Wolf schließen ließen, gab es nicht. Sie traf auf einen Mann aus warmem Fleisch und mit glatter Haut. Ein Adonis, an dem die Kälte von Marmor nicht zu finden war. Weitaus lebendiger, trotz seiner Reglosigkeit und um so vieles angenehmer anzusehen, als die durch nichts gemilderte Makellosigkeit eines Vampirs. Sie hauchte ihren Atem in sein Brusthaar, umkreiste seine Brustwarzen mit der Zungenspitze. Als sie die Zunge in seinen Nabel bohrte, zuckte sein flacher Bauch.

»Du sollst dich nicht bewegen.«

»Das kitzelt.«

Es war eine lahme und etwas atemlose Beschwerde. Als sie ihn umfasste, zog er scharf die Luft ein und hielt sie an. Sein Glied war groß, ein gerades, hartes Mahnmal seiner Männlichkeit, in zarte Haut gehüllt. Eine Liebesperle bildete sich an der Spitze. Mit der Zunge fing sie sie auf. Sie hörte ein Klicken in Cassians Kehle und sah in seine Augen, in denen ein leicht fassungsloser, gespannter Ausdruck stand. Das Graublau hatte den Farbton eines umwölkten Abendhimmels angenommen.

»Atme«, erinnerte sie ihn.

Cassian gehorchte, sein Atem schoss aus seinen Lungen mitsamt dem Namen des Herrn. Sie war unsicher gewesen, ob sie alles richtig machte. Erprobt hatte sie es noch nicht, obwohl die Mädchen ihr alles darüber verraten und sie es sich gemerkt hatte. Ihre Zunge umschmeichelte seine Spitze. Leicht saugte sie daran, gab ihn wieder frei und bewegte ihre Hände. Mal langsam, mal schneller, auf und ab und in einer sachten Drehung, in der sie immer wieder die Richtung wechselte. Das Ergebnis freute sie maßlos, war es doch eine Bestätigung dafür, dass sie alles richtig machte. In ihren Händen pulsierte eine Härte, die an einen sehr warmen Stein erinnerte. Cassian dachte nicht mehr daran, sich zu bewegen. Er stand kurz vor einer Klimax und hatte die Finger in die Laken gekrallt. Sie hielt inne, liebkoste seinen Bauch und seine Schenkel und wartete eine Weile, ehe ihr Spiel von neuem anhob. Cassians Kopf fiel in die Kissen zurück. Der Duft nach Herbst wurde intensiver, drang mit seinem Schweiß aus all seinen Poren. Die Muskeln in seinem Bauch zuckten, seine Beine verkrampften. Es fehlte nicht mehr viel. Zeit für eine weitere Pause.

»Gott«, stöhnte Cassian, als sie ihren Griff lockerte, ohne ihn aus der Höhlung ihrer Hände zu entlassen. Sein Glied schlug dagegen.

Wieder und wieder brachte sie ihn an den Rand einer Klippe, ohne ihm zu erlauben, sich hinunterzustürzen.

Sein Haar wurde feucht, sein Körper glänzte, und das Schauspiel, das er ihr bot, das sie aus ihm herauskitzelte, war keineswegs schlechter als ein eigener Höhepunkt. Es war ein Genuss, ihn zu beobachten. Sein Aufbäumen, die langen Muskeln unter seiner Haut, sein Stöhnen um Erlösung. So schnell sollte es nicht enden. Gewiss konnte sie ihm noch mehr entlocken. Gestammelte Wortfetzen, das unruhige Vorstoßen seines Beckens, wenn sie innehielt, das Winden und Drehen, dem er unterworfen war, und die Bereitschaft, sich ihr voll und ganz auszuliefern. Er war kein wildes Tier, denn dieses wäre dazu nicht in der Lage gewesen. Sie streichelte ihn, rieb den Schweiß zurück in seine Haut und wartete, bis er die Augen öffnete und sie ansah.

Es war der Blick eines Menschen, trotz des Quecksilbers, das in den blaugrauen Tiefen flackerte. Schwer hob und senkte sich sein Brustkorb. Rittlings setzte sie sich auf ihn, glitt über ihn und spürte die Härte, die sie dehnte und gleich ausfüllen würde. Ganz langsam wollte sie es spüren, Stück um Stück, doch Cassian vereitelte ihre köstliche Absicht. Er war dieser Langsamkeit nicht länger gewachsen. Durch seinen Körper ging eine Wellenbewegung, die ihn mit einem Ruck tiefer dringen ließ, gefolgt von einem Aufbrüllen, das ihr durch alle Glieder fuhr. Er schrie und kam, kam und schrie, wurde von heftigen Schüben aus der Matratze gehoben und fiel in die Weichheit unter sich zurück, mit einer Wucht, die das Bettgestell aufkreischen ließ. Ein Ritt auf einem Vulkan war es, und wären Cassians Hände nicht auf ihren Hüften gewesen, hätte sie sich nicht halten können. Sie spürte die Hitze, die sich in ihrem Schoß verströmte und fragte sich, ob sein Höhepunkt am Ende in einer Ohnmacht mündete, während ihre Faszination immer größer wurde. Ähnliches hatte sie noch nie erlebt. Sie besaß Macht über ihn, und das erfüllte sie einesteils mit Triumph, anderenteils mit einer Liebe, in der die Zärtlichkeit für ihn überwog. Regelrecht schmerzhaft zog sich ihr Herz zusammen. Sie wollte ihn halten, so wie er sie in den Armen gehalten hatte, ihm Schutz bieten vor seiner eigenen Wildheit. Da Cassian zu groß war, um ihn in den Armen zu wiegen, sie zudem auf ihm saß, lehnte sie sich vor und umfasste sein Gesicht, um es mit sanften Küssen zu bedecken. Er musste sich heiser geschrien haben, als er endlich erschlaffte. Seine Hände glitten von ihren Hüften zu ihren Schenkeln. Da sich sein Brustkorb bewegte, konnte sein Herz nicht stehen geblieben sein. Dennoch tastete sie danach. Seine Haut fühlte sich an, als sei er in einen Flächenbrand geraten, und sein Herz ging hart und schnell.

»Cassian, bist du ohnmächtig?«

Durch einen von Wimpern überschatteten Spalt seiner Augen sah er sie an. Vielleicht konnte er sie nicht weiter öffnen. Sie streichelte seine Wange. Er war noch immer in ihr, und im Gegensatz zu seinem Körper fühlte es sich nicht schlaff an.

»Kann ich etwas für dich tun? Vielleicht ein Schluck Wein oder …?«

Seine Mundwinkel hoben sich zu einem trägen, satten Lächeln. »Mach das nicht noch mal mit mir.«

Entgegen seiner heiseren Worte klang er ganz danach, als hoffte er auf eine baldige Fortsetzung ihres lustvollen Spiels. Es ging ihm ausgezeichnet.

Ruben nutzte einzig die Kraft seines Handgelenkes, um dem Schwert Schwung zu verleihen. Es beschrieb knappe Bögen von links nach rechts, zeichnete eine gekippte Acht in die Luft und vergrößerte sie mit jedem weiteren Schlag. Es hatte ihn Überwindung gekostet, das Schwert in die Hand zu nehmen. Mittlerweile gefiel ihm das Geräusch mit dem es die Luft durchschnitt.

»Wäre Cassian nicht in einer Blutlache ausgerutscht, hätte er den Namenlosen ohne einen Kratzer davonzutragen erledigt. Das Gezücht stürzte sich auf ihn, als er zu Boden ging und mitten hinein in das Schwert. Wir sollten uns auch solche Schwerter schmieden lassen, Juvenal. Wie lange wird ein Schmied dazu brauchen?«

»Lass mich zufrieden. Bei diesem Lärm fällt es mir schwer, mich auf irgendetwas zu konzentrieren.«

Ruben warf das Schwert in die Luft und fing es am Griff wieder auf. Es war ein gewagtes Kunststück mit dem Silber, dessen Eleganz allen entging. Das Rudel hatte sich versammelt, vier Frauen und sieben Männer, die zu Anfang noch lautstark über das nächste Theaterstück disputierten und sich nicht ganz klar darüber waren, was sie in den großen Salon gelockt hatte. Nach und nach waren sie verstummt und beschränkten sich auf die Beobachtung der Zimmerdecke, nicht länger im Unklaren, wer ihre Probe unterbrochen hatte. Es war der Duft ihres Alphas, der starke Laubgeruch, unter den sich bittersüßes Gras mischte. Im ganzen Haus war es zu riechen, und im ganzen Haus war er zu hören. Über ihnen polterte es, und das glockenhelle Lachen einer Frau drang zu ihnen.

»Zerlegen sie das Bett?«

»Das klang eher nach der Kommode am Fenster.«

Niemand aus Cassians Rudel konnte lange den Mund halten. In allem fanden sie einen Anlass zur Diskussion, und das Verhalten ihres Leitwolfs war ein interessantes Rätsel, über das sie sich die Köpfe zerbrechen konnten.

»Irgendwann müssen sie mal ruhen.«

»Seitdem wir hier rumsitzen habe ich von Ruhe nichts mitbekommen.«

»Schließlich muss jeder zwischendurch etwas trinken oder essen.«

»Oder sich einfach unterhalten.«

Alle Blicke richteten sich auf Sarah, deren Gesicht so verkniffen war, als stecke ihr ein Essigschwamm in der Kehle.

»Du wärest die einzige Mätresse, mit der er sich jemals unterhalten hätte.«

»Wir haben uns unterhalten, ausführlich und sehr lange. An dem Tag vor meiner Wandlung war es.«

»Dieses Gespräch hat er mit jedem von uns geführt. Das zählt nicht.«

Alles winkte ab und richtete die Aufmerksamkeit zurück auf die Zimmerdecke. Unartikuliert brüllte Cassian seine Lust heraus.

»Ob nicht lieber jemand nachsehen sollte? Am Ende quält sie ihn.«

»Unfug, als würde er sich freiwillig quälen lassen. Sie ist eine kleine Person. So viel Kraft hat sie nicht. Wenn er so weitermacht, müssen wir sie garantiert mit den Füßen voran aus dem Haus tragen.«

»Die ist schon etliche kleine Tode gestorben und lebt noch immer«, zischte Sarah.

»Vielleicht ist es ja Cassian, der letztendlich hinausgetragen werden muss.«

Ruben war nicht gestattet, lange über diesen Scherz zu lachen. Juvenal erstickte jede Erheiterung. Seine Stimme zwang das Rudel, enger zusammenzurücken, bis es zu einem Pulk wurde, über den das Oberhaupt der Sippe seinen Unmut ergoss.

»Respekt! Verstanden? Dort oben ist mein Sohn, dein Bruder und euer Alpha. Ihr schuldet ihm Achtung. Ihr seid Zeugen eines seltenen Augenblicks. Euer Leitwolf erwählt sich soeben seine Gefährtin, ob euch das passt oder nicht.«

Juvenal selbst passte es absolut nicht, aber zum Einschreiten war es viel zu spät. Ruben räumte das Schwert fort und bedauerte Cassian. Angeblich wurde durch eine

Gefährtin vieles leichter, aber irgendwie klang es im Moment nicht danach.

»Wie lange dauert denn diese Wahl?«

»In den nächsten zwei bis drei Tagen braucht keiner von uns mit ihm zu rechnen.«

Nicht wenig beeindruckt sah das Rudel in die Runde. Juvenal zückte seine Taschenuhr.

»In etwa zwei Stunden wird es zunächst ein Ende haben. Dann braucht er etwas zu essen. Bertrand, alles Fleisch in der Küche kurz in der Pfanne wenden, nur für das Mädchen muss es gut durchgebraten sein. Falls wir Leber im Haus haben, bekommt er sie roh. Dazu Milch.«

Bertrand, der schon auf dem Weg in die Küche gewesen war, blieb stehen. »Er mag keine Milch.«

»Diesmal wird er sie mögen. Jemand soll Milch besorgen, sitzen ja genug hier herum. Wird's bald! Ich weiß, was er braucht. Habe das selbst durchgemacht.«

Nach und nach trollte sich das Rudel, die einen um Bertrand in der Küche zu helfen, die anderen schwärmten aus, um frische Milch aufzutreiben.

»Ruben! Du kommst mit mir. Ganz in der Nähe muss ein Einstieg zu den Katakomben sein, und ich denke nicht daran, hier herumzuhocken und mich durch Cassians Treiben kirre machen zu lassen. In der nächsten Vollmondnacht werden wir die Namenlosen aus den Katakomben locken, etwa zwei Meilen von hier, befindet sich ein freies Feld, das sich für unsere Zwecke eignet. Sofern ich diesen Einstieg finde.«

»Was ist mit den Vampiren?«, fragte Ruben. Etwa ein halbes Dutzend war in der Nähe. Einer von ihnen saß sogar oben auf der Dachterrasse.

»Mica lässt das Haus beobachten, mehr nicht. Wäre er auf eine Auseinandersetzung aus, hätte er längst zugeschlagen.«

»Niemand kann das Rudel schützen, wenn wir gehen. Cassian ist kaum ...«

»Wir beide und diese schwatzhaften Komödianten können wenig gegen ein halbes Dutzend Vampire ausrichten. Mir ist nach einem Kampf. Nimm das Schwert mit. Falls uns ein Namenloser über den Weg läuft, will ich es an ihm ausprobieren. Los geht's!«

Sie spazierten durch den von Feldern beherrschten Vorort, ohne ein Ziel vor Augen. Juvenal wandte sich mal nach links, dann wieder nach rechts und fluchte und brummte im Wechsel. Es fuchste ihn, dass er nicht mehr genau wusste, wo sich der Einstieg in die Katakomben befand, falls es ihn überhaupt gab, so weit am Rande von Paris. Immer wieder fuhr er mit der Hand durch sein schwarzes Haar, bis es nach allen Seiten abstand und das Sippenoberhaupt einem Vagabunden immer ähnlicher wurde. Die Sommerhitze hatte sie auf Westen und Gehröcke verzichten lassen, und da niemand sonst sich zu dieser Stunde in den Ausläufern von Paris aufhielt, klafften ihre Hemden bis zum Bund ihrer hellen Hosen. Schweiß hatte sich in Rubens Halskuhle gesammelt, er wischte ihn fort. Bei diesem Wetter war die geringste Bewegung eine Mühsal, und der Gedanke daran, was Cassian sich derzeit abverlangte, erfüllte ihn gleichzeitig mit Mitgefühl und Faszination.

»Hat Cassian die richtige Wahl mit dem Mädchen getroffen?«, fragte Ruben.

»Die Frage verdient keine Antwort.«

»Sie ist eine Sterbliche. Mutter beispielsweise war eine Alpha.«

»Es gibt nur wenige Alpha-Wölfinnen, und das gibt nicht den Ausschlag. Es geschieht, oder es geschieht eben nicht. Es ist wie im Kampf. Entweder du überlebst es, oder du überlebst es nicht.«

»Dann könnte Cassian etwas dabei zustoßen?«

»Ihm ist bereits etwas zugestoßen, Ruben, und nun lass mich mit deiner Neugier zufrieden. Du wirst schon alles darüber herausfinden, wenn es dir eines Tages widerfährt.«

Sie waren im Schatten des Bicêtre angelangt, doch die Düsternis der hohen Mauern und die Dünste aus dem Inneren waren nicht an Rubens Schauder schuld. Er hatte bisher keine Vorstellung davon gehabt, wie die Begegnung mit einer künftigen Gefährtin verlief und war persönlich auch nicht versessen darauf gewesen. Letztendlich kam er zu dem Schluss, dass ihm nichts daran lag, in die Fänge einer Gefährtin zu gelangen, obwohl er überbordende Ausschweifungen nicht unbedingt für eine Strapaze hielt. Ihm reichte der Spaß, den er mit Frauen hatte, völlig aus, nach mehr verlangte er nicht. Geschweige denn, dass er Lust verspürte, zu einem schreienden, winselnden Etwas zu werden. Es schien ein ähnlicher Wahnsinn, wie er hinter den hohen Mauern zu finden war, vor denen er stand. Juvenal war in einem Dornengestrüpp verschwunden und raschelte darin herum.

»Ich habe den Einstieg gefunden. Hierher, und hilf mir dabei, die Steine fortzuräumen. Wo bleibst du?«

Ruben zwängte sich in das Gestrüpp und fragte sich, ob eine Gefährtin etwas an dem Befehlston seines Vaters ändern würde, der seine Söhne herumscheuchte und von ihnen den Gehorsam braver Hütehunde erwartete.

»Du raubst mir die letzten Kräfte«, hatte Cassian gesagt und war mit einem glücklichen Grinsen über diese Tatsache aus dem Bett gestiegen.

Wo immer er hingewollt hatte, sein Ziel erreichte er nicht mehr. Auf Florine machte es den Eindruck, als habe ihm jemand den Teppich unter den Füßen fortgerissen, so plötzlich kam er zu Fall und krachte zu Boden. Sie war sofort aus dem Bett gesprungen, um ihm aufzuhelfen, doch das war bei einem Mann von seiner Größe und

Gewicht kaum möglich. Sie hatte sich vergeblich abgemüht, und er hatte unentwegt darauf beharrt, es ginge ihm gut. Bertrands Eintreten hatte sie unter den Schutz der Bettdecke flüchten lassen. Der Lakai half Cassian wieder auf die Beine, und sie konnte zusehen, wie er zurück ins Bett plumpste. Die Verwirrung, die über seine Züge huschte, hatte zum Lachen gereizt.

Noch immer behielt sie ihn im Auge, aus Angst, er könne einen neuerlichen Schwächeanfall erleiden oder eher einen Würgereiz verspüren, nach all der rohen Leber, die er mit einem ganzen Krug Milch heruntergespült hatte.

»Ich hasse Milch«, teilte er ihr mit und wandte sich der Fleischplatte zu.

Die gebratenen Stücke darauf schwammen in ihrem eigenen, blutigen Saft, und er vertilgte eins nach dem anderen, ohne sich lange mit Kauen aufzuhalten. Unterdessen knabberte Florine an einem Hühnerschenkel und trank ein Glas Weißwein. Durch das offene Fenster konnte sie das Zirpen der Grillen hören. Es war windstill und die Luft im Schlafzimmer drückend.

»Kannst du dich nach Belieben in einen Wolf verwandeln?«, fragte sie, nachdem Cassian sich daran machte, auch den zweiten Milchkrug zu leeren.

»Hmhm«, war alles, was er herausbrachte. Mit dem Unterarm wischte er sich die Lippen. Er sah vor sich hin, nicht mehr ganz so bleich wie zuvor, und runzelte die Stirn. »Ich verstehe nicht, weshalb ich plötzlich dieses Verlangen nach Milch habe.«

»Ich würde es gerne sehen, Cassian. Wie du dich verwandelst.«

»Lieber nicht, beim letzten Mal hattest du Angst vor mir.«

»Hatte ich nicht«, behauptete sie. »Ich muss dich nicht fürchten und den Wolf in dir ganz sicher auch nicht, oder?«

»Du willst ihn also kennen lernen, den Wolf in mir?«

Sie nickte unter seinem forschenden Blick.

»Du weißt, wie du dich einem Wolf gegenüber verhalten musst?«

Wie hätte sie in Paris jemals einem Wolf begegnen sollen? »Ruhig?«

»Keine abrupten Bewegungen, nicht laut und schrill werden. Und egal, was geschieht, komm nicht auf die Idee, weglaufen zu wollen. Du würdest die Tür nicht erreichen und meinen Jagdtrieb wecken.«

Sie öffnete den Mund und klappte ihn wieder zu, nachdem sie einen Atemzug gemacht hatte. Natürlich würde sie seinen Rat beherzigen, obgleich sie seinen Ernst für übertrieben hielt. Schließlich blieb Cassian er selbst. Er schien ihre Überlegung zu erraten.

»Der Wolf ist in mir, aber sobald ich ihn herauslasse, übernimmt er die Führung und lässt sich nur bedingt steuern. Gegen seine Instinkte komme ich nicht an. Du darfst sie nicht über Gebühr schüren.«

Er erhob sich und trat hinter ein Kanapee am anderen Ende des Raumes. Dort duckte er sich hinter die Rückenlehne, und sie reckte den Hals, ohne etwas sehen zu können.

»Was machst du da?«

»Noch einen Moment«, kam es gedämpft und irgendwie erstickt.

Vielleicht war ihm schlecht geworden nach seiner seltsamen Mahlzeit, aber es half wenig, in der Deckung eines Kanapees seiner Übelkeit beizukommen. Dazu wäre das offene Fenster geeigneter. Ob es ihn beschämen würde, wenn sie nachsehen ging? Die Luft im Raum verdichtete sich. Druck legte sich auf ihre Ohren, und sie wurde ihn nicht los, obwohl sie fest an ihren Ohrläppchen zupfte. Es gab ein Geräusch, als würde der letzte Rest an Luft angesaugt. Dann war alles wie zuvor, der Druck gewichen und Cassian kauerte noch immer hinter dem Kanapee und kämpfte mit einem verdorbenen Magen.

»Cassian, komm zurück ins Bett. Du solltest dich hinlegen und …«

Eine Schnauze schob sich hinter der Lehne hervor. Der Unterkiefer von einer cremigen Vanillefarbe, die Nase glänzend schwarz und von honigbraunem Fell umgeben. Der Kopf folgte, noch mehr honigbraun und eine rosige Zunge, die sich wie Pastetenteig einrollte. Der Wolf schien ihr zuzulächeln.

»Oh«, entfuhr es ihr. Sie zog die Decke zu ihren Schultern hinauf. »Du bist ziemlich groß.«

Cassian stellte die Ohren auf und legte den Kopf schief. An seinen Augen war er zu erkennen, obwohl sie etwas schräger standen und durch sein dunkles Fell heller wirkten. Allerdings taxierte er sie mit einem Blick, der sie zu einer Fremden abstempelte. Seine Nasenlöcher blähten sich. Abrupt schüttelte er den Kopf. Seinem Niesen folgte ein Brummen tief aus der Kehle. Sie verzichtete nicht nur auf schnelle Bewegungen, sie hielt es sogar für klug, sich überhaupt nicht zu bewegen. Der Wolf kam hinter dem Kanapee hervor, ein Tier von gewaltiger Größe und mit seidigem Fell.

Er bewegte sich langsam in die Mitte des Zimmers, blieb dort stehen und ließ sich bewundern. An der Bereitschaft dazu fehlte es ihr nicht, ihr wurde in diesem Augenblick aber leider zu deutlich bewusst, dass sie sich nicht mit Cassian, sondern einem riesigen, wilden Tier in einem geschlossenen Raum befand. Weder die Tür noch das Fenster waren zu erreichen, und selbst ein Hilfeschrei könnte das Blatt zwischen ihnen wenden. Hitze rieselte an ihrem Rückgrat nach unten. Der Wolf ging vor dem Bett von links nach rechts, und mit jedem Schlenker kam er näher. Ohne ein Rudel, das ihn unterstützte, schien das seine Art des Einkreisens zu sein. Es war keine Erkenntnis, die sie beruhigte. Sie behielt seine langen Beine im

Auge, musterte die dicken Pfoten, die schwarzen Krallen, die auf den Teppich trafen, den langen, buschigen Schweif, der schräg nach oben stand. Vergeblich erhoffte sie sich ein Wedeln, das ihr die Angst nahm.

Cassian hatte ihr abrupte Bewegungen untersagt und den Hinweis vergessen, dass der Wolf in ihm sich nicht an dieses Gebot gebunden fühlte. Jäh machte er einen Satz auf sie zu und landete geschmeidig auf dem Bett. Im letzten Moment unterdrückte sie einen Aufschrei. Sie war zwischen vier Pfoten gefangen, einen breiten Brustkorb dicht vor Augen. Zu allem Übel schnellte die rosige Wolfszunge hervor und leckte über die lange Schnauze. Die Mär von dem Mädchen, das einem Wolf im Wald begegnete, kam Florine in den Sinn. An das Ende erinnerte sie sich nicht, dafür sah sie ihr eigenes Ende bildlich vor sich. Sie würde sich zu der rohen Leber und der Milch in Cassians Magen gesellen. Ihr Haar hob sich unter einem hörbaren Schnauben. Hoffentlich konnte er nicht nur ihre Angst riechen, sondern auch sich selbst und in ihr eine Freundin erkennen. Seine Nase wanderte von ihrem Hals zwischen ihre Brüste. Dann senkte er seinen breiten Kopf und drückte seine Nase fest und entschieden zwischen ihre geschlossenen Beine. So verharrte er, wachsam und ohne zu blinzeln. Innerlich wand sie sich vor Verlegenheit. Von diesem Beweis wölfischer Zuneigung sah sie sich überfordert.

»Also, ich …«, wisperte sie.

Ein Brummen kam zwischen ihren Beinen hervor und ließ sie verstummen. Florine starrte auf den Wolfskopf hinab, betrachtete das honigbraune Fell von dem es bedeckt war, die gespitzten großen Ohren und unterdrückte ein Zittern, da seine heftigen Atemstöße durch das Laken auf ihre Haut drangen. Sie wünschte sich Cassian zurück. Auf der Stelle.

Als erahne der Wolf die Gedanken hinter ihrer Unruhe, riss er den Kopf zurück. Sie wusste nicht, ob Wölfe zu einem Lächeln fähig waren. Sie hoffte es inständig, denn der Anblick seiner oberen Zahnreihe, eingerahmt von langen, feucht schimmernden Reißzähnen sagte ihr absolut nicht zu. Das Studium ihres Körpers war offenbar abgeschlossen. Elegant sprang er über sie hinweg, wobei sein Schweif über ihr Gesicht wischte. Florine rieb mit der Hand darüber und behielt die Bettkante im Auge, über die der Wolf verschwunden war. Als kurz darauf Cassians honigbrauner Haarschopf auftauchte, fiel sie flach auf den Rücken. Erst jetzt bemerkte sie, dass sie sich in das Laken verkrallt hatte. Ihre Finger waren verkrampft und wollten sich nicht lösen.

Cassian schob sich über sie und berührte ihre Wange. »Ich wusste, dass es dir Angst machen wird.«

»Ach, überhaupt nicht. Es war … sehr interessant.«

Über ihre schwache Stimme musste er lächeln. »Wirklich? Was habe ich gemacht?«

Sie spürte, dass sie rot wurde.

»Du hattest deine Nase hier.«

Sie legte ihre Hand auf ihren Schoß, Cassian legte seine darüber.

»Hm, ganz so neu ist das nicht.«

»Aber diesmal war es eine Wolfsnase.« Ihr war nach diesem Erlebnis nicht nach Scherzen zumute. »Ich wusste nicht, dass Wölfe so groß sind. In der Menagerie des Königs wird ein Rudel gehalten. Garantiert überragst du selbst den größten von ihnen. Dein Fell ist braun und glänzt wie Seide. Es ist bestimmt so weich wie dein Haar.«

Sie kämmte mit den Fingern durch sein Haar, hob es an und ließ es auf seine Schultern zurückfallen.

»Hast du mich denn nicht angefasst?«

»Machst du Witze?«, stieß sie aus und löste einen Heiterkeitsausbruch bei Cassian aus.

Mit den Zähnen erhaschte er den Zipfel des Lakens und zog es herab. Wieder war er dicht vor ihr, doch diesmal verspürte sie keine Furcht.

»Was machen Wölfe mit kleinen, rothaarigen Mädchen, die in ihrem Bett liegen?«, fragte er mit gefährlich tiefer Stimme und Schalk in den Augen.

»Sie verschlingen sie.«

Sein Knurren war wild. Er warf sich über sie und wurde mit offenen Armen empfangen. Ihr Schoß brannte, sie war wund. Er küsste sie hitzig. Gut, sie hatte doch noch nicht genug. Während er sie langsam und stürmisch zugleich liebte, musste sie zugeben, dass einige Liter Milch scheinbar Wunder an Werwölfen wirkten und dass sie längst nicht so wund war, um sich dieses Wunder entgehen zu lassen.

Der nächste Schwächeanfall ereignete sich im Morgengrauen. Diesmal war Cassian klug genug, das Schwindelgefühl als das zu erkennen, was es war, und blieb liegen. Florine betätigte den Klingelzug, und kurz darauf brachte Bertrand Milch und eine frische Fleischplatte. Sein Verlangen nach dem Inhalt eines Kuheuters war Cassian unverständlich. Er verabscheute Milch, und doch trank er sie in Massen. Er wusste nicht, was mit ihm los war, und als Florine im Nebenraum verschwand und dort den Abort aufsuchte, winkte Cassian Bertrand zu sich.

»Was ist los mit mir? Weshalb trinke ich Milch, und woher weißt du, dass ich sie brauche?«

»Euer Vater wusste es. Hat es selbst durchgemacht, hat er gesagt«, flüsterte Bertrand zurück und trollte sich.

Nach einer Aufklärung durch Juvenal stand Cassian nicht der Sinn. Er ahnte bereits, was los war. Er machte Florine zu seiner Gefährtin, tauchte sie in seinen Duft und tränkte sie in seinem Samen. Daher sein permanent harter Schwanz und die heftigen Ergüsse. Es war großartig und beängstigend, und er hatte nicht den Eindruck, dass er schon genug getan hatte. Sein Wolfsinstinkt würde ihm sagen, wann es genug war.

»Eines ist seltsam«, sagte Florine als sie aus der Nebenkammer zurückkehrte, in ein Laken gehüllt, das ihren Körper umlappte. Sie war merkwürdig, befand Cassian. Er erlitt einen Schwächeanfall nach dem anderen und sie, eine halbe Portion, hielt allem stand und wollte mit ihm plaudern, anstatt die Ruhephase zu nutzen, um etwas Schlaf nachzuholen.

»Du?«, fragte er halb im Scherz.

»Ich rede doch nicht von mir.«

Sie zog sich auf die Fensterbank und ließ die Beine baumeln. Eine Kindfrau, die ins Bett gebracht werden sollte, um darin zu schlafen und keineswegs den Gelüsten eines Werwolfs ausgesetzt werden sollte. Gleichwohl ließen sich seine Gelüste von seinen Gedanken nicht beirren.

»Es ist auffallend, dass Werwölfe und Vampire vieles gemeinsam haben. Ihr besitzt ähnliche Körperkräfte, eure Verletzungen heilen schnell und auch Werwölfe sind schwer zu töten, wie Vampire.«

»Wir haben absolut nichts mit Vampiren gemeinsam. Sie sind unsere größten Feinde, seit Bestand der Sippen.«

Sinnend spitzte Florine die Lippen. »Der Vampir erzählte mir eine Legende. Über Li-la-ke und Mega… Margan… Du weißt schon.«

»Lillake und Mechalath.«

»Er nannte sie die Mütter des alten Volkes. Sie waren ihre Wurzeln. Sie waren Göttinnen, sagt er. Ich glaube eher, es waren Dämoninnen.«

»Weder noch. Sie sind Legenden, denn die Geburt der Vampire lag vor der Kultur der Sumerer, in der diese Legenden ihren Ursprung haben.«

»Wer hat sie geboren?«

Cassian zuckte die Schultern. »Wer hat die Menschen geboren? Schon vor der Menschheit hat es Vampire gegeben, aus diesem Grund halten sie sich für die eigentlichen Herren der Welt. Sie haben sich selbst zu Göttern ernannt und ließen sich anbeten. Ihr Wissen ist dem der Menschheit lange Zeit weit voraus gewesen. Das machte es ihnen leicht, sie um sich zu sammeln wie ein Hirte seine Schafe. Für sie waren es Herden, und um diese Herden in der Nähe zu behalten, teilten sie mit ihnen ihr Wissen. Nicht alles, sondern nur das, was sie für angebracht hielten. Wie Felder bestellt und Eisen genutzt wird, dass Feuer nicht nur gefürchtet, sondern auch genutzt werden kann, und vieles andere. Blanker Eigennutz, sesshafte Herden nutzten ihrer Bequemlichkeit. Die Erkenntnis, die sie schenkten, dankten die Menschen ihnen mit Blut.«

»Und die Werwölfe waren ebenfalls Götter?«

Florine rutschte von der Fensterbank und setzte sich im Schneidersitz zu ihm aufs Bett. Cassian kämmte durch ihr Haar. Rot und golden glomm es im Sonnenaufgang.

»Meine Vorfahren waren schlichte Bauern und Jäger. Sie unterschieden sich nur in einem von den anderen. Sie wollten sich nicht unter das Joch der Vampire fügen und ihre Angehörigen oder Freunde an den Blutrausch ihrer Götter verlieren.«

»Mica sagte, er würde nicht töten.«

»Mica tötete wie alle anderen, in jener Zeit, da er ein Gott in seiner Herde war. Die Bereitschaft, ihre Quellen am Leben zu lassen, folgte viel später, als sie den Fortschritt ihrer Herden nicht mehr aufhalten konnten und sie statt vieler Götter, denen sie Opfer brachten, nur noch einen verehrten, der keinen Namen besaß und sein Antlitz vor den Menschen verbarg. Für diesen Frevel, den die Juden wagten, wurden und werden sie verfolgt. Sie haben die Saat gelegt.«

»Du bist Jude?«, entfuhr es Florine.

»Ich bin Werwolf. Mein Gott ist der Kampf. Meine Ahnen schlossen sich lange vor den großen Zivilisationen zusammen und traten mit Sicheln und Dreschflegeln gegen ihre Götter an. Da sie nichts anderes besaßen, verließen sie sich auf die Kraft der Tiere. Sie tanzten und griffen zu etlichen Rituale, ehe sie sich in Wolfspelze hüllten. Das gab ihnen den Mut, den sie brauchten, um gegen die Vampire zu bestehen. Das Unglaubliche daran ist, dass sie damit Erfolg hatten.«

»Gibt es noch andere Tiere, in deren Fell sie sich hüllten?«

»Es gab die Großkatzen, aber das waren sehr wenige. Eine zu erlegen, um an ihr Fell zu gelangen, war ein seltener Glücksfall. Und dann gab es einst die Berserker, die Bären. Sie …«

Cassian stockte. Die Bären. Sie hatte er vergessen. War es möglich, dass sie …

»Was war mit den Bären?«, unterbrach Florine seinen Gedankengang.

»Sie waren stark, doch Stärke allein hilft bei einem Vampir nichts, wenn es an Geschwindigkeit fehlt. Zudem kämpften sie, anders als die Wölfe, nicht im Rudel. Sie waren Einzelgänger und dadurch unterlegen. Irgendwann gab es sie nicht mehr.«

Sie schwiegen. Cassian dachte an die Bären und ihr ungewisses Schicksal, und Florine nagte auf ihrer Unterlippe. Sie stand auf, ging zum Kanapee und lugte über die Lehne, kehrte zurück und schaute unter das Bett.

»Wo ist das Wolfsfell, in das du dich hüllst?«

»Wir brauchen schon lange kein Fell, in das wir uns hüllen. In den Chroniken steht nichts darüber, wann und wodurch es geschah. Vielleicht war der Glaube der Krieger in die eigene Kraft, der eigene Erfolg so berauschend, dass eine Veränderung eintrat. Manche von ihnen, so heißt es, zahlten es den Vampiren heim, indem sie ihr Blut tranken. Eines Tages wurde ein Kind geboren, das sich verwandeln konnte. Es war ein Mädchen. Ihr Name war Luna. Die Legende sagt, dass aus ihrem Schoß die Sippen entsprangen, alle ohne Ausnahme Alphas.«

»Alfas«, wiederholte Florine.

»Nach dem ersten griechischen Buchstaben. Die Vampire hielten sich Jahrtausende für die Krone der Schöpfung, und die Alphas wurden geboren, um ihnen diese Krone zu nehmen. Das ist noch immer unser Ziel, obwohl der Mensch sich aus dem Joch seiner früheren Götter befreit hat. Die Vampire rechneten nicht mit der Intelligenz ihrer Herden, bis diese zu groß geworden waren und an Waffen gelangten, die einen Vampir in der Luft zerfetzen konnten. Natürlich geschieht das sehr selten, ein Sterblicher hat keine Ahnung, wo er Vampire aufstöbern könnte. Sie verhalten sich unauffällig, leben unerkannt unter den Menschen und bedienen sich weiter an ihrem Blut. Selbst Mica hält sich an gewisse Regeln, das alte Volk ist stark geschrumpft und jeder Verlust ist ihnen schmerzhaft bewusst.«

»Aber ihr bleibt Feinde, obwohl sie keine Gefahr mehr sind und ihr Einfluss und ihre Zahl gering. Weshalb schließt ihr keinen Frieden?«

»Das wäre ein Frieden auf den Gräbern unserer Ahnen. Es kann keinen geben, höchstens einen Waffenstillstand. Mein Vater hat einen mit Mica ausgehandelt. Er betrifft Paris und liegt lange zurück. Damals tauchten die Namenlosen zum ersten Mal auf. Eine Seuche forderte in Paris so viele Opfer, dass zunächst niemand bemerkte, dass nicht jeder Tote an ihr gestorben war. Die Namenlosen konnten unbemerkt wüten. Als es Juvenal und Mica auffiel, schlossen sie sich zu einem Bündnis zusammen.«

»Alle haben sie nicht getötet«, folgerte Florine.

»Einige sind entwischt. Mein Vater und Bruder sind hier, um sie mit mir gemeinsam zur Strecke zu bringen.«

»Und die Vampire helfen euch dabei?«

»Nein, das werden sie nicht.« Florine wirkte so betroffen, dass Cassian sie an sich zog und über ihren Kopf streichelte. »Keine Sorge. Hier im Haus bist du sicher vor den Namenlosen.«

»Ist es meinetwegen? Verweigert Mica meinetwegen die Unterstützung?«

»Nein.« Er setzte einen Kuss auf ihre Schläfe. »Mica verweigerte sie bereits, bevor wir uns begegneten.«

»Aber wie wollt ihr zu dritt gegen diese kranke Brut vorgehen? Mit wie vielen ist zu rechnen? Was, wenn sie in der Überzahl ...?«

Cassian legte den Finger an ihre bebenden Lippen. »Du brauchst Schlaf, Petite. Denke nicht darüber nach. Wir wissen, worauf wir uns einlassen, und du musst dich damit nicht befassen.«

Es brauchte den Druck seiner Hand, damit sie sich hinlegte und neben ihm ausstreckte. Sie bettete ihren Kopf auf seine Schulter und blinzelte ihn an.

»Dasselbe hat der Vampir auch gesagt«, war das Letzte, was sie hauchte, ehe ihre Augen zufielen.

Florine wurde es zu viel. Die Wände des Schlafzimmers schienen auf sie einzurücken, sie war die Mahlzeiten aus gebratenen Hühnerschenkeln leid, sie wollte etwas anderes tragen als ein um den Körper drapiertes Laken. Sie konnte sich nicht einmal waschen, ohne dass Cassian ihr den Schwamm aus der Hand nahm, um sie damit einzuseifen. Ihr Schlaf beschränkte sich auf kurze Stunden, aus denen Cassians Liebkosungen sie weckten. Ihre Nerven waren überreizt, ihre Haut ebenfalls. Cassians Unersättlichkeit machte ihr allmählich Angst. Was immer zwischen ihnen vor sich ging, normal war es nicht. Trotzdem dachte sie nicht daran, auszureißen. Die Enge und die Nähe zwischen ihnen sorgten für eine kurze Beklemmung, gleichzeitig bot sie ihr ein Maß an Geborgenheit, auf die sie ihr ganzes Leben lang verzichtet hatte. Es war schön, in dieses Gefühl hineinzufallen, und sie wollte sich dem nicht entziehen. Sie blickte zu Cassian und strich eine Haarsträhne von seiner Wange. Erstaunlich, wie schnell ihm Bartstoppeln sprossen. Vom Schlaf übermannt streckte er alle Viere von sich und sah unglaublich liebenswert aus. So friedlich, so gar nicht wie ein Mann, der sich in einen Wolf verwandeln und Schrecken verbreiten konnte.

Sie würde die Ruhephase nutzen, um in der Küche nach etwas zu suchen, das nicht nach Huhn schmeckte, und bei dieser Gelegenheit konnte sie ihm einen weiteren Krug seiner heiß begehrten Milch mitbringen. All ihre Sinne waren befriedigt, zurück blieb das zärtliche Bedürfnis, Cassian zu verwöhnen, eigenhändig sein Essen anzubraten und die rohe Leber, die er verschlang, in kleine Häppchen zu schneiden. Zu dieser frühen Stunde würde sie bestimmt keinem der anderen Hausbewohner begegnen und durfte frei in der Küche walten.

Sie hauchte einen Kuss auf seine Schläfe, wickelte das Laken um sich und schlich auf Zehenspitzen zur Tür. Weder machte sie ein Geräusch, noch hörte sie eins. Cassians Zugriff kam aus dem Nichts, so plötzlich, dass sie aufkeuchte. Jäh wurde sie vom Boden gehoben und landete an seiner breiten Brust. Sie lachte auf.

»Du hast mich erschreckt!«

»Wohin willst du?«, knurrte er an ihrem Ohr und es klang nicht spaßig.

Wohin sollte sie schon wollen, bekleidet mit einem Laken? Der Klammergriff seines Arms um ihre Taille erlaubte keine Scherze.

»Ich will nur in die Küche. Lass mich runter.«

»Du bleibst hier.«

Das klang nach einem Befehl. Reflexartig wehrte sie sich, als er sie zurück zum Bett tragen wollte. Sein Arm schlang sich fester um sie und schnürte ihr den Atem ab. Das ging zu weit. Bei allem Verständnis für seine Bedürfnisse, etwas mehr Rücksicht konnte sie erwarten. Sie strampelte, griff nach hinten, bekam sein Haar zu packen und zerrte daran.

»Hör auf damit, Florine.«

»Nein! Du tust mir weh!«

Cassian ließ so abrupt von ihr ab, dass sie sich nicht mehr halten konnte und zu Boden fiel. Sofort war er über ihr, auf allen Vieren, und diesmal diente es nicht der gemeinsamen Belustigung. Cassian sah alles andere als verspielt aus. Seine Miene wirkte steinern, düster durch die Bartstoppeln. Quecksilbrige Funken sprühten in seinen Augen.

»Du machst mir Angst, Cassian.«

»Ich mache dir keine Angst. Angst würde ich riechen«, erwiderte er mit der Logik eines Wolfes und riss das Laken von ihrem Körper.

Unter sich spürte sie den Teppich, und er war nicht so weich, wie er aussah. Seine Knie teilten ihre Beine. Warm und hart drückte sein Glied gegen ihren Schoß. Als er ihre Handgelenke packte und sie über ihren Kopf zog, wusste sie, was geschehen würde. Ihr Aufschrei wurde von einem unnachgiebigen Kuss erstickt. Tief drang er in sie ein, und obwohl ein Teil ihres Verstandes sagte, sie solle sich wehren, öffnete sich ihr Körper für ihn. Er zog sich etwas zurück.

»Du hast keine Ahnung was geschieht, Florine.«

Soeben noch hatte sie eine Ahnung gehabt und mehr als das. Er zwang ihr seinen Willen auf. Wie auch Mica seine Quellen gefügig machte. Und doch war es nicht dasselbe. Sie fühlte sich nicht benommen, sondern hellwach. Sie spürte die Teppichfasern in ihrem Rücken und an ihren Beinen ebenso deutlich wie Cassians Bewegungen. Sie glaubte in ihrem Leib jeden seiner Muskeln zu fühlen, wie sie sich spannten und lösten. Es war ein Strudel, der nicht allein aus Leidenschaft geboren war. Es ging weit über eine lustvolle Niederlage hinaus.

»Nimm mich, Florine«, raunte er an ihren Lippen.

Seine Worte ließen ihre Gedanken inne halten. Etwas in ihr gab nach. Sie zerfloss und setzte sich neu zusammen. Sie schlang die Arme um ihn, presste ihn an sich und verschmolz mit ihm, bis sie eins waren. Ein Körper, ein Atem, ein Herzschlag, sogar ein Kreislauf, der beider Blut in sich vereinte. Sie wusste nicht, wo sie begann und er aufhörte. Es war gewaltig, großartig und zutiefst verstörend in seiner Intensität. Ein Kampf um einen gemeinsamen Untergang und einen gemeinsamen Sieg. Es währte nicht lange, und als es zu Ende war, war sie so durcheinander, dass sie zu weinen begann. Cassian hob sie auf die Arme und trug sie zurück zum Bett, wo sie sich zusammenrollte, ohne begreifen zu können, was geschehen war. Sie war sie selbst, aber gleichzeitig war alles anders.

»Es ist bald vorbei, Petite. Lange dauert es nicht mehr«, versprach er.

Bei Einbruch der Nacht befanden sie sich auf einer breiten Dachterrasse zwischen Orangen- und Zitronenbäumchen, deren Zweige schwer von Früchten herabhingen. Florine saß auf der Brüstung, die Beine um Cassians Hüften gelegt, und lehnte den Oberkörper weit nach hinten über. Sie wollte nicht an sein Versprechen denken, und sollte es wirklich vorüber sein, konnte sie ebenso gut in die Tiefe stürzen. Ohnehin würde er es verhindern. Seine Hand spreizte sich sichernd in ihrem Rücken und hielt sie mühelos über dem Abgrund. Weit über ihnen zogen graue Wolken über den Abendhimmel. Er liebte sie stumm, gemächlich und schaukelte sie auf einen Höhepunkt zu, der nach all den Liebesstunden nicht mehr war als ein Summen unter ihrer Haut. Weit breitete sie die Arme aus. Die ersten Regentropfen zerplatzten auf ihrem Oberkörper. Es wurden immer mehr, ein erstaunlich kalter Guss, der Cassians ausufernde Gelüste zu löschen schien.

Florine hatte keine Ahnung, was darauf folgen mochte. Was meinte er, wenn er sagte, es sei vorbei? Durch halbgeschlossene Lider sah sie zu ihm auf, zwischen Himmel und Erde schwebend. Würde er sie verlassen? Ihr Herz zog sich zusammen. Wasser tropfte aus seinem Haar, rann über sein Gesicht und seinen Leib, klebte an seinen Wimpern. Ein letztes Zittern ging durch ihn hindurch. Kurz erstarrte er – und dann war es wahrhaftig vorbei. Ihr Körper verlor an Spannkraft, sie spürte ein Absacken, den stärkeren Druck seiner Hand, und dann richtete er sie auf. Nass klebte ihr Haar auf ihrem Rücken. Über das Rauschen des Regens hinweg, sagte er etwas zu ihr. Zwei Worte, die jeden jemals gefassten Zukunftsplan sprengten.

»Heirate mich.«

»Was?«

»Heirate mich. Werde meine Frau.« Er lachte vergnügt auf. »Nun ja, eigentlich bist du es bereits, daran führt kein Weg mehr vorbei. Aber ich dachte, eine richtige Hochzeit, mit allem, was dazu gehört, würde dir gefallen. Ich hoffe, du weißt, was dazu gehört, denn ich habe nicht die geringste Ahnung.«

Selbstverständlich wusste sie es. Gab es irgendein Mädchen, das sich keine enorm pompöse Hochzeit ausmalte, obwohl es meist nicht dazu kam, dass sich dieser Traum erfüllte, jedenfalls nicht ganz so glorreich wie in der Phantasie ausgesponnen?

»Du bist ein Chevalier, Cassian, und ich nur …«

»Es gibt Schlimmeres als die Ehefrau eines Chevalier zu werden.«

Beispielsweise die Ehefrau eines Werwolfs. Pures Glück, so strahlend wie der Himmel dunkel war, keimte in ihr auf. Sollte es noch größer werden, fürchtete sie, zu platzen. Fest schlang sie die Arme um seinen Nacken und rief ihre Zustimmung in den Donner hinein, der über den Himmel rollte.

»Ja, ich will.«

# 9

Cassian war nicht unbedingt ein anderer geworden, eher eine bessere Ausgabe seiner selbst. Das unstete Flackern in seinem Blick, die Unrast und sein aufbrausendes Temperament waren eingedämmt. Juvenal gegenüber zeigte er sich versöhnlich. Diese ganz neue Gelassenheit schlug sich auch auf seine Haltung nieder. Seine gelösten Glieder, die Lockerheit seiner Bewegungen kamen einzig für Juvenal nicht völlig überraschend. Die Nähe einer Gefährtin hatte Auswirkungen auf einen Werwolf, und Florine war es geworden, sonst säße sie jetzt nicht bei ihnen. Gegen ihre Gegenwart wandte Juvenal nichts ein, solange sie sich still verhielt, und das würde sie wohl im Beisein dreier Alphas. Allein schon aus Respekt und Achtung vor ihrem Gefährten.

»Was uns fehlt ist ein Lockvogel«, erläuterte Juvenal. »Der Ausstieg am Bicêtre ist für die Namenlosen groß genug. Auch gibt es einen Gang, durch den sie gelangen können, aber wir brauchen etwas, das sie anlockt und sie aus den Katakomben holt.«

»Ich könnte der Lockvogel sein.«

Scharf fasste Juvenal Florine ins Auge. Obwohl ihm eine Erwiderung auf der Zunge brannte, wartete er darauf, dass Cassian sie maßregelte. Dieser aber begnügte sich mit einem belustigten Grinsen und ließ sie munter drauflos plappern.

»Ich bin eine gute Läuferin. Sie werden mich nicht einholen. Bis zu besagtem Feld schaffe ich es garantiert. Zwei Meilen, das halte ich durch. Ich könnte natürlich auch ein Pferd nehmen, sobald ich die Katakomben verlassen habe.«

Was für ein unsäglich schwatzhaftes Weib. Wenige Tage im Bett mit einem Alpha und Größenwahn hielt Einzug. Mit gerecktem Kinn begegnete sie Juvenals Ingrimm.

Ruben ergriff das Wort und überging Florines Einwurf kurzerhand.

»Drei Namenlose haben wir erwischt. Höchstens noch acht oder neun sind übrig. Damit sollten wir zurande kommen. Drei Alphas und ein Rudel von elf. Sie werden ordentlich Verwirrung stiften.«

»Es sind nur sieben, die Frauen will ich heraushalten.«

»Ich habe etwas gesagt«, mischte sich Florine erneut ein.

»Und wir haben es gehört, Petite.«

Cassian zeigte keine Spur von Unmut, obwohl einst der kleinste Funke von Widerspruch zu einer Explosion geführt hatte. Dafür brodelte es in Juvenal umso stärker. Sein Sohn sollte seine Gefährtin in die Schranken weisen, anstatt ihr die Störung mit einem Tätscheln ihrer Hüfte zu vergelten.

»Drei Freunde habe ich verloren. Mir ist es genauso wichtig wie euch, die Namenlosen auszulöschen. Keiner soll überleben. Zudem habe ich einen gesehen. Somit weiß ich, worauf ich mich einlasse.«

»Gibt es im Haushalt nichts zu tun für dein Weib?«, platzte Juvenal der Kragen.

»Nennt mich nicht Weib! Ich nenne Euch auch nicht Hund!«

»Für wen hältst du dich?«, blaffte Juvenal entrüstet.

Seine Donnerstimme fruchtete nicht. Florine zog ein Gesicht, als habe sie es mit einem Nörgler zu tun und nicht mit einem Sippenoberhaupt.

»Sachte, wir wollen uns nicht in die Haare geraten. Florine will uns helfen, Juvenal, und das verdient Anerkennung. Du eignest dich nicht zum Lockvogel, Petite. Zwei der Namenlosen und ein Nest habe ich auf dem Gewissen, und uns ist bekannt, dass sie sich untereinander verständigen. Demnach müssen sie meine Markierung mittlerweile kennen. Sie warten nur darauf, meiner habhaft zu werden. Also, werde ich der Lockvogel sein.«

»Weshalb unbedingt du?«, ereiferte sich Florine.

»Das sagte ich soeben. Meine Fährte wird sie ihre Vorsicht vergessen lassen. Sobald sie glauben, mich alleine und verletzt zu erwischen, setzen sie mir nach.«

»Aber du warst schon einmal verletzt und keiner ist dir gefolgt.«

»Es ist auch nicht im Interesse der Namenlosen allzu auffällig zu werden. Sie rotten sich nicht in den Mauern einer Stadt zusammen. Außerhalb auf freiem Feld ist das etwas anderes. Ich steige in die Katakomben. Mein Blut setzt die perfekte Fährte. Es wird sie rasend machen.«

»Nicht machbar!«, lehnte Juvenal ab. »Sobald du unter freiem Himmel bist, wirst du nicht mehr dazu in der Lage sein, etwas gezielt auszuführen. Du weißt es.«

Juvenal entging nicht, dass Florine aufhorchte. Sie sah von einem zum anderen, ohne ergründen zu können, woher seine Bedenken rührten. Also hatte sie noch keine Ahnung, welche Macht der Vollmond auf ihren Gefährten ausübte. Vermutlich war es auch klüger, sie im Unklaren zu lassen, bis sie eines Tages selbst zur Wölfin wurde. Sofern Cassian es dazu kommen ließ. Nichts wies darauf hin, dass er mit ihr darüber gesprochen hatte.

»Wenn du von deinem Blut redest, meinst du dann, dass du dich selbst verletzen willst?«, schoss Florine die nächste Frage ab.

»Das hatte ich vor, ja. Allerdings stellt sich heraus, dass ich nicht zu Ende gedacht habe.«

Cassian hatte nicht zu Ende gedacht und seine Gefährtin hatte noch lange nicht alles gesagt. Sie entzog sich seinem Arm, der um ihre Hüfte lag und sprang auf.

»Das ist verrückt! Euer gesamter Plan ist verrückt! Ihr seid drei, und ihr schätzt die Anzahl eurer Gegner auf neun. Das ist eine dreifache Übermacht!«, stieß sie aus, als könnte sonst keiner zählen. »Wie wollt ihr dagegen bestehen? Ich sage euch etwas: von diesem ständigen rohen Fleisch, das ihr in euch hineinfresst, ist die Verstopfung so groß geworden, dass sie bis in Eure Köpfe hinaufreicht!«

»Welche Verstopfung?«, fragte Ruben erstaunt.

»Ihr wisst, was ich meine! Aber nur zu. Schmiedet eure verflixten Pläne und lasst euch auffressen. Ich gehe auf den Markt. Im Gegensatz zu euch hängen mir Hühner zum Hals heraus. Ich brauche Gemüse und Obst.«

Den Kopf hoch erhoben, die Hüften zackig schwingend, stolzierte sie davon. Cassian grinste in die Runde.

»Ist sie nicht süß?«

»Sie begreift absolut nichts. Du kannst sie nicht weiter im Unklaren lassen, was einmal im Monat mit dir geschieht, Cassian.«

»Ich muss sie auch nicht sofort mit allen Fakten überfallen. Also, ich habe eine Idee. Da ich den Vollmond meiden muss, um nicht zum falschen Zeitpunkt und am falschen Ort der Bestie die Führung zu überlassen, wird Bertrand für mich einspringen. Er ist der Lockvogel. Auf einem Pferd holen ihn die Namenlosen auf zwei Meilen nicht ein.«

»Wie soll das vonstatten gehen?«, wollte Ruben wissen.

»Ganz einfach, ein Aderlass.«

»Das könnte funktionieren. Wir müssen darauf bauen, dass sie die Falle zwar erkennen, aber zu begierig sind, dich einzuholen. Gut gemacht, Cassian.«

Cassian quittierte das Lob seines Vaters mit einem lässigen Schulterschlag. »Noch offene Fragen? Falls nicht, gehe ich jetzt. Wir sehen uns.«

»Will er etwa schon wieder mit der Kleinen …?«, hob Ruben an, nachdem Cassian gegangen war.

»Er geht mit ihr Obst und Gemüse kaufen«, knurrte Juvenal.

Die Neugier zog Ruben ans Fenster. Cassian und Florine traten aus dem Haus und durchquerten den Hof.

»Er trägt ihren Korb!«, stieß Ruben fassungslos aus.

»Solange unser Plan morgen aufgeht, kann er von mir aus auch ein Kopftuch tragen.«

Dunkelrot rann das Blut aus Cassians Armvene in die Schüssel. Mehrfach musste Bertrand den Dolch ansetzen, damit die Wunde sich nicht frühzeitig schloss. Von leichter Übelkeit übermannt saß Florine dabei und fragte sich, wie viel Blut es brauchte, um eine Spur über zwei Meilen zu legen.

»Du weißt, was zu tun ist, Bertrand. Nimm den Rappen, er ist schnell und wird dir trotzdem nicht durchgehen, wenn ihm die Namenlosen nachjagen.«

»Euer Vertrauen ehrt mich, Herr. Ich werde euch nicht enttäuschen«, sagte Bertrand und trug die Schüssel hinaus.

Florine war weiterhin der Ansicht, dass auch sie niemanden enttäuscht hätte, doch jedes Wort über ihre Beteiligung an dem Vorhaben der Werwölfe war von Cassian überhört worden.

Stattdessen übernahm sein Leibdiener die von ihr angestrebte Aufgabe, und sie durfte herumsitzen und sich Sorgen machen. Noch mehr Sorgen, als sie jetzt schon plagten.

Mittlerweile wusste sie, dass sie es mit einer eingeschworenen Gemeinschaft zu tun hatte. Trotz nahezu täglicher Kabbeleien bildeten sie einen Schulterschluss. Die drei Alphas kamen ihr vor wie archaische Helden, und sie befand sich mitten unter ihnen. Nach Jahren in einem geordneten Haushalt unter Frauen, war sie die Unordnung und den permanenten Lärm nicht gewohnt, die den Alltag der Wölfe prägten. Wenn das Schauspielertrüppchen nicht probte, hallte Juvenals Stimme durch das Haus. Er scheuchte seine Söhne, dirigierte ihre Waffenübungen oder verfluchte die Untauglichkeit des Rudels. Einzig Florine blieb von seinen Maßregelungen verschont, was daran liegen konnte, dass sie Juvenal meist aus dem Weg ging. Er war ein attraktiver Mann, nüchtern durch das kurzgeschnittene Haar, die scharfen Züge wie aus Holz geschnitzt und die Augen so dunkel, dass sie Kohlen glichen. Er konnte keine Unterhaltung führen, ohne sie mit Befehlen zu durchsetzen, und da niemand etwas darauf gab, wirkte seine kräftige Nase stets etwas verkniffen.

Weitaus wohler fühlte sich Florine in Rubens Gegenwart. Er war stets von freundlicher Zurückhaltung. Da sein Haar meist wirr auf seine Schultern fiel, hatte sie schon mehrfach das Bedürfnis verspürt, einen Kamm zur Hand zu nehmen. Es war dicht und seidig, und zu gerne hätte sie gewusst, ob sich die dunkelroten Strähnen anders anfühlten, als das tiefe Schwarz, in das sie eingebettet waren. Ruben besaß das schönste Haar von allen, und dazu den kältesten Blick. Vielleicht lag es an seiner Augenfarbe, die weder wirklich grün noch grau war. Was immer ihn plagte, er verbarg es hinter seinem Charme.

Sie richtete ihre Aufmerksamkeit zurück auf Cassian. Er löste den Gürtel von seinem Oberarm, war die Ruhe selbst und das angesichts eines Plans, dessen Erfolg nicht garantiert war. Der Gedanke an das, was in wenigen Stunden geschehen sollte, verstärkte ihre Übelkeit. Kalter Schweiß brach in ihrem Nacken aus. Ein Tropfen löste sich und rann ihr Rückgrat herab.

»Ich könnte doch das Schwert mit der Silberschneide nehmen und …«

»Es ist viel zu schwer für dich. Du wirst nicht mitkommen, Florine. Es ist zu gefährlich.«

Sie wischte ihre Handflächen an ihrem Rock ab. »Das gefällt mir alles nicht.«

»Komm zu mir.«

Sie setzte sich auf seinen Schoß und zog die Knie an. Unter seiner breiten Brust konnte sie seinen Herzschlag spüren. Gleichmäßig war er, während ihr eigenes Herz holperte und bis in ihre Kehle hinauf schlug. Er nannte sich Krieger – und diese fielen in Schlachten. Gewiss nicht alle, aber doch sehr viele. Obgleich sie nicht viel über Schlachten wusste, so schien ihr diese besondere gespickt von Unabwägbarkeiten. Eine falsche Bewegung reichte aus, damit lange Krallen die Brust teilten, gegen die sie sich lehnte – und Cassians Herz würde aufhören zu schlagen.

»Du hast Angst.«

»Habe ich nicht.«

»Ich kann sie riechen, Florine. Glaube mir, ich werde auf mich Acht geben. Schließlich habe ich nicht vor, auf meiner eigenen Hochzeit zu fehlen.«

Wenn dies ein Scherz sein sollte, war er schlecht gewählt. Sie drängte die Tränen zurück.

»Jederzeit kann etwas Unvorhergesehenes geschehen, ob man sich darüber sorgt oder nicht. Daher bringt es nichts, sich im Voraus zu große Sorgen zu machen. Ich will dich nicht traurig oder gar weinen sehen. Das gefällt mir nicht.«

Mit dem Handrücken rieb sie über ihre Nasenspitze. »Ich weine nicht.«

Sein Lächeln zerriss ihr schier das Herz.

»Nachdem wir das Haus verlassen haben, gehst du zu Madame Chrysantheme, wie wir es besprochen haben. Der Namenlose, der in Versailles sein Unwesen getrieben hat, ist nicht mehr. Dort bist du sicher. Sobald es vorüber ist, hole ich dich ab.«

Sie nickte, obwohl sie nicht daran dachte, sich bei Madame Chrysantheme zu verkriechen. Nachdem sie Cassian verabschiedet hatte, würde sie in seinem Haus auf ihn warten. Dies war ihr ganz eigener Plan, von dem er nichts wissen musste. Enger zog er sie an sich, während er leise in ihr Haar sprach.

»Falls ich nicht zurückkehre …«

»Was soll das heißen?«

Trotz ihres Sträubens konnte sie seine Umarmung nicht lockern, zu fest war sie von seinen Armen umschlossen, und zusätzlich legte er die Hand in ihren Nacken. Ihre Stirn kam auf seiner Schulter zu liegen. Sein eindringliches Raunen schien ihr grausam.

»Falls ich nicht zurückkehre, wirst du auf keinen Fall in die Nähe dieses Hauses kommen. Sollte uns etwas zustoßen, ist das nächste Ziel der Namenlosen mein Heim. Sie werden alles und jeden darin vernichten. Für deine Zukunft wird gesorgt sein. Es stehen dir ausreichend Mittel zur Verfügung, um Paris zu verlassen. Denn hier riecht alles nach dir, und sollten wir scheitern, will ich dich in dieser Stadt nicht wissen.«

»Nein. Ich will das nicht hören.« Ihr Widerspruch war kläglich. Sie wollte weder dieses Gespräch, noch wollte sie, dass er in diesen ungleichen Kampf zog.

»Florine, du wirst alles daransetzen zu überleben. Haben wir uns verstanden?«

Nun weinte sie doch. Sie krümmte sich auf seinem Schoß zusammen und klammerte sich an ihn. Sie konnte nicht anders. Sollte er sie für ein Kind halten und eines Werwolfes unwürdig, gegen ihre Hilflosigkeit kam sie nicht an. Sacht wiegte er sie in den Armen und küsste ihren Scheitel.

»Du bist meine Gefährtin. Ich muss Vorsorge für dich treffen, auch wenn ich nicht davon ausgehe, dass es soweit kommen wird. Ich kehre zu dir zurück. Das verspreche ich dir.«

Er konnte sagen, was immer er wollte, eine Gewissheit gab es nicht.

Schwer lehnte Mica an einem Dachgiebel. Da die Nacht noch nicht hereingebrochen war, kostete es ihn Mühe, wach zu bleiben. Immer wieder wollten seine Lider zufallen, und die Schräge unter seinem Hintern schien ihm steiler und steiler zu werden. Welcher Vampir hatte die Behauptung aufgestellt, Nachwuchs sei das größte Gut des alten Volkes? War er selbst das gewesen? Nun, er hatte sich geirrt. Sein eigener Nachwuchs zwang ihn dazu, an einem Giebel auf dem Dach seines Feindes zu kleben. Florine hatte keine Vernunft angenommen, und er konnte sie nicht länger in einem Haus belassen, das in dieser und den Folgenächten drei Bestien beherbergen würde. Mit Mühe und Not hatte er es auf das Dach geschafft, und nun fühlte er sich – so lächerlich es klang – mehr tot als lebendig. Träge sank sein Kopf in den Nacken, als er am Himmel nach dem ersten Stern Ausschau hielt. Er fand ihn nicht.

Weit unter ihm traten die Wölfe aus dem Haus. Sofern sie seine Gegenwart wahrnahmen, gaben sie es nicht zu erkennen. Allen voran ging Cassian, flankiert von Juvenal und Ruben, hinter ihnen folgten sechs Mitglieder des Rudels. Ein siebter ritt aus Richtung der Ställe heran und schloss sich ihnen an. Der einzige Reiter in einer Horde von Lumpenhunden in langen Arbeitshosen und mit bloßen Füßen. Sie erreichten den Bogen des Hoftores, als Florine unter dem Vordach hervorkam. Sie rannte ihnen nach, rief nach Cassian und erreichte ihn mit einem Satz, der sie in seine Arme warf. Sie schienen miteinander verschmelzen zu wollen, und es war dahingestellt, wer wen zu verschlingen gedachte. Dieses deutliche Bekenntnis der Zugehörigkeit erfüllte Mica mit Wut und Resignation zugleich. Das Glück seiner Tochter war nicht von Dauer. Schon jetzt stand ihr das Unglück ins Gesicht geschrieben. Immer wieder wischte sie sich über die Augen, als sie zum Haus zurückkehrte und die Wölfe den Hof verließen.

Mica beschloss, vom Dach herabzusteigen, doch die erste Bewegung in diese Richtung ließ ihn das Gleichgewicht verlieren. Seine verlangsamten Reaktionen erlaubten ihm nicht, den Giebel zu packen und sich festzuhalten. Er schlidderte über die Dachschräge und stürzte wie eine tote Fledermaus in die Tiefe. Sein Aufschlag am Boden war hart. Mit dem ersten Atemzug schluckte er Staub und musste husten. Der Großmeister der Vampire lag würdelos im Dreck und konnte sich nicht aus eigener Kraft erheben. Bis die Brüche in seinen Knochen heilten, blieb hinreichend Zeit, um sich für den größten Idioten seit Entstehung des alten Volkes zu halten.

»Mica?« Schwerfällig drehte er sich auf den Rücken und fand sich Florine gegenüber, die sich über ihn beugte. »Du bist vom Dach gefallen.«

»Das weiß ich selbst. Hilf mir auf.«

»Du solltest liegen bleiben. Deine Knochen, ich habe gehört wie sie brachen.«

Es brauchte noch etwa eine halbe Stunde, bis es völlig dunkel war, und er gedachte nicht, sie auf dem Pflaster eines Hofes zu verbringen, wie ein unter die Räder gekommener Straßenkater. Er schloss die Augen und riss sie abrupt wieder auf. Es fehlte ihm noch, hier und jetzt einzuschlafen.

»Mit meinen Knochen hat alles seine Ordnung. Ich brauche lediglich etwas Hilfe. Ich muss raus aus dem Licht.«

Nachdem Florine einen Stoßseufzer über ihn ergoss, ergriff sie seine Hände und half ihm in eine aufrechte Sitzhaltung. Mehr brachten sie trotz gemeinsamer Anstrengungen nicht zustande. Sein Gewicht war zu groß für sie, zu groß für ihn selbst und so erschöpfte er sich in leise gezischten Flüchen, die ihn Wachhalten sollten, wenn er schon nicht aufstehen konnte.

»Ich hole einen Schirm«, sagte Florine.

»Was bitte, soll ich mit einem verfluchten Schirm anfangen?«

»Du sollst dich darauf stützen. Entweder das, oder du bleibst im Hof sitzen, bis es dunkel wird.«

Wieder klappten seine Lider zu, und als er sie wieder öffnete, kehrte Florine zurück, einen großen Sonnenschirm geschultert, dessen Spitze sie dicht neben seiner Hand absetzte. An dieser provisorischen Stütze zog er sich hinauf, zunächst auf die Knie, dann auf die Füße. Es war entwürdigend, ein herber Anschlag auf seinen Stolz. Sich auf den Schirm stützend wankte er auf das Haus zu. Es kostete ihn alle Konzentration, die Stufen zu meistern. Das Vestibül war glücklicherweise dunkler. Erleichtert sank er gegen die Wand.

»Weiter kann ich dich nicht vorlassen, Mica«, sagte Florine und klang mit einem Mal unterkühlt.

»Ich habe auch nicht vor, weiter vorzudringen, es sei denn, du zwingst mich dazu.«

»Wir sollten uns gegenseitig keinen Zwang auferlegen. Du bist ganz vergeblich gekommen.«

Mica hob einen Mundwinkel in der Karikatur eines Lächelns. »Heute Nacht treten sie einem tödlichen Gegner gegenüber, Kind. Was glaubst du, wie hoch die Chancen stehen, dass sie siegreich daraus hervorgehen?«

»Hoch. Sie verstehen zu kämpfen, und der Vollmond bietet ihnen genug Licht, um ihre Feinde gut genug sehen zu können. Ich zweifle nicht an einem Sieg.«

Und ob sie zweifelte. Ihre Zweifel waren größer als seine eigenen, denn aus ihren Worten entnahm er, dass sie nicht wusste, was der Vollmond aus den Werwölfen machte. An Cassians Stelle hätte er es vermutlich ebenfalls verschwiegen. Ein Wolf mochte auf eine abenteuerlustige Frau eine gewisse Anziehung ausüben. In ihm vereinte sich die Kraft und Wildheit der Natur. Hingegen verschmolzen in der Bestie einzig Blutrausch mit Mordlust, und so versessen auf Abenteuer konnte nicht einmal Florine sein, um Gefallen daran zu finden. Der Anblick der Bestie würde ausreichen, um ihre Liebe im Keim zu ersticken.

»Ich habe dir stattgegeben, so lange es mir möglich war. Jetzt kann ich es nicht mehr, Kind. Du kannst nicht bleiben.«

»Hier ist mein Zuhause!«

»Das ist es nicht und kann es auch nicht werden.«

Voller Unmut funkelte sie ihn an. Das Licht im Vestibül schwand und mit ihm verlor sich Micas Müdigkeit. Dennoch blieb er an der Wand stehen.

»Da du dir ihres Scheiterns so sicher bist, weshalb hilfst du ihnen nicht?«

»Ich kann ihnen nicht helfen.«

»Du lügst! Es hat ein Bündnis zwischen Euch gegeben. Cassian hat es mir erzählt. Ihr habt gemeinsam gegen die Namenlosen gekämpft. Warum also diesmal nicht? Soll Cassian sterben, weil ich zu ihm gegangen bin und dich ablehnte? Ist dein Stolz so groß? Du scheinst eher ein Gockel, denn ein Vampir zu sein.«

»So redest du nicht mit mir! Du wirst sofort mit mir kommen.«

Mica machte einen Schritt auf sie zu, und flink brachte sie sich hinter einer Ritterrüstung in Deckung.

»Du willst ihn mir nehmen. Denke bloß nicht, dass ich zu dir zurückkehre. Du bekommst mich nicht. Wenn Cassian stirbt springe ich vom Dach, und ich stehe nicht wieder auf, so wie du aufgestanden bist!«

»Du hast keine Ahnung, wem du dein Herz geschenkt hast, Kind. Cassian ist nicht nur ein Werwolf, er ist ein Alpha. Du kennst nur das von ihm, was er dir gezeigt hat. Du setzt dich einer viel zu großen Gefahr aus, wenn du hier bleibst. Ob sie nun siegen oder nicht.«

»Du willst nicht begreifen, dass deine Einflüsterungen an mir fehlschlagen, Mica.«

»Kind …«

»Nenne mich nicht Kind! Wäre ich wahrhaftig dein Kind, besäße ich deine Kraft und würde sie dazu nutzen, dir einen Dolch in den Leib zu treiben und ihn in deinem Herzen umzudrehen! Du lässt diejenigen im Stich, mit denen du einst ein Bündnis geschlossen hast. Das ist niederträchtig.«

Florine besaß eine Waffe gegen ihn und setzte sie ein. Ihre Verachtung traf ihn wie ein kalter Windstoß. Er machte einen langen Schritt auf sie zu und zeigte ihr seine Fänge. Anstatt ihr Heil in der Flucht zu suchen, blieb sie stehen. Ohne mit der Wimper zu zucken begegnete sie seinem Fauchen.

»Ich nenne dich Kind, weil du mein Kind bist. Deine Mutter, Marie Brel, war drei Jahre an meiner Seite. Sie teilte alles mit mir. Das Einzige, was sie mehr liebte als mich, warst du – unsere Tochter! Und ich werde nicht zulassen, dass du aus Eigensinn und Dummheit dein Leben verwirkst! Ist das jetzt klar?«

Micas laute Stimme scheuchte die verbliebenen Frauen im Haus in die hintersten Winkel, und Florine plumpste vor ihm auf die unterste Treppenstufe, als habe sein Ausbruch sie der Kraft ihrer Beine beraubt. Endlich schien sie es zu akzeptieren.

»Die Frau auf all den Gemälden … sie ist wirklich meine Mutter, nicht wahr? Sie ist meine Maman.« Ihre Stimme mündete in einem schwachen Kieksen.

»Marie war meine Frau. Wir hatten nur wenige glückliche Jahre. Aber ich habe ein Kind mit ihr, ein letztes Geschenk, das mich an sie erinnert. Dich«, erwiderte er und ging vor ihr in die Hocke. »Du warst wenige Wochen alt, als drei Namenlose mein Haus überfielen. Es geschah eine Stunde vor Einbruch der Nacht, und ich konnte nicht einschreiten. Wir erwarteten keinen Angriff. Deine Mutter war bei Tage oft mit dir im oberen Teil des Hauses und wollte dich schützen. Sie half dem Kindermädchen mit dir zu entkommen und blieb selbst zurück um euch einen Vorsprung zu verschaffen. Ich wusste lange Jahre nicht, dass es der Frau gelungen ist, dich in Sicherheit zu bringen, ehe die Namenlosen sie einholten und zerfleischten.«

»Dann war sie es, die mich in der Kirche Saint-Julien-Le-Pauvre ablegte«, murmelte Florine.

»Wenn ich davon gewusst hätte …«

Sie starrte vor sich hin. Ihre Augen schimmerten feucht. Mit dem Handrücken wischte sie darüber und zog undamenhaft die Nase hoch. Aus ihrem leisen Murmeln glaubte Mica so etwas wie, jetzt ist keine Zeit dazu, herauszuhören. Ihr Blick klärte sich.

»Ich bin das Kind eines Vampirs. Eines mächtigen, unsterblichen Geschöpfs, dessen Kraft übermenschlich ist.«

»So kann man es ausdrücken, ja. Obwohl du nicht …«

Wieder ließ sie ihn nicht ausreden. Sie sprang von den Stufen auf. »Warte hier.«

Mica sah ihr nach, als sie davon stakste. Mit einem so schnellen Gesinnungswechsel hatte er nicht gerechnet. Seine Erleichterung wurde größer je länger er warten musste. Ohne Zweifel packte sie einiges an Habe zusammen. Womit sie allerdings zurückkehrte, war ein Schwert, das viel zu schwer für sie war. Sie schleifte es hinter sich her. Die Scheide schabte über das Bodenmosaik.

»Wenn ich wirklich dein Kind bin, kann ich kämpfen. Und wenn du wahrhaftig mein Vater sein willst, so wirst du mir dabei helfen!«

Vor achtzehn Jahren hatte ein winziges Menschenkind in seiner Armbeuge gelegen, und jetzt, groß geworden und erwachsen, leugnete es jegliche menschliche Schwäche und wollte mit einem Schwert in den Kampf ziehen, das sie nicht einmal heben konnte. Daran scheiterten schlichtweg alle Argumente. Mica riss ihr die Waffe aus der Hand und nahm sie an sich.

»Ich bin dein Vater, und wenn du es unbedingt willst, so werde ich dir die Augen öffnen«, knurrte er ungehalten.

Ohne sich nach ihr umzusehen, trat er aus dem Haus, unter den Nachthimmel, an dem der Mond hing wie ein von innen ausgeleuchteter Kürbis. Er wusste, dass Florine ihm dichtauf folgte.

Sie glichen großen Katzen, obwohl sie auf zwei Beinen durch die Nacht glitten und nicht auf vieren. Florine zählte vier von ihnen, aber genau wusste sie es nicht, da sie ständig ihre Positionen wechselten. Einmal waren sie neben der Kutsche, kurz darauf liefen sie voran, um nach einiger Zeit wieder zurückzufallen. Vor dem mächtigen Gebäude des Bicêtre teilte sich das Geleit der Vampire auf, um ein Stück dahinter wieder zusammenzufinden. Die Kutsche wurde langsamer und beschrieb einen großen Bogen durch eine Vielzahl an Schlaglöchern, um das Ziel zu umfahren, ehe sie von der anderen Seite darauf zuschaukelte. Der Umweg kostete Zeit und es blieb ungewiss, ob sie tatsächlich auf das richtige Feld zusteuerten. In geringem Abstand zu einer weiten Fläche, auf der sich außer Stoppeln und Erdbrocken nichts befand, zügelte Saint-Germain die Pferde. Darüber schwebte ein orangefarbener Mond.

Florine musterte Mica, der ihr gegenüber saß. Es war unglaublich, dass er ihr Vater sein sollte. Andererseits gab es keinen Grund, weshalb er so vehement darauf bestehen sollte, wenn er es nicht tatsächlich war. Äußerlich betrachtet konnte er eher ihr Bruder sein, vom Alter her ihr Ur-ur-ur-et-cetera-Großvater. Was daraus entstehen würde, wusste sie nicht, außer dass sie das Kind eines sehr reichen Mannes war. Vom Findelkind zur Tochter des Leibhaftigen, das war ein gewaltiger Aufstieg oder ein furchtbarer Niedergang, je nachdem, von welchem Blickwinkel man es betrachtete.

»Sind wir hier richtig?«

»Davon kannst du ausgehen«, entgegnete Mica trocken. »Sie werden jeden Moment auftauchen.«

Kaum hatte er das gesagt, dröhnten dumpfe Glocken in ihren Ohren. Tiefes Brüllen aus mehreren dämonischen Kehlen. Hastig sah sie sich nach dem Schwert um. Es lag über Micas Knien, seine Hand lag um den Griff, während er selbst zurückgelehnt in den Polstern saß.

»Du wirst gleich sehen, dass dein Liebhaber unsere Hilfe nicht benötigt.«

Zunächst sah Florine einen einsamen Reiter, der in gestrecktem Galopp das Feld erreichte. Tief über den Hals des Rappen geduckt, schleuderte Bertrand ein Behältnis von sich, beschrieb einen großen Bogen und verschwand am Ende des Feldes zwischen einer Baumreihe. Er hatte sein Versteck zum richtigen Zeitpunkt erreicht, denn kurz darauf kamen die Namenlosen angerannt. Sie zählte fünf, acht …

»Es sind neun!«, stieß sie aus und widerstand dem Drang, sich unter dem Kutschenfenster fortzuducken.

Die Monstren schwärmten über das Feld, waren in der Mitte angelangt und wurden langsamer. Vielleicht ahnten sie die Falle. Die Vampire hatten sich offensichtlich zurückgezogen, und die Werwölfe tauchten nicht auf. Wo blieben sie? Und was würde geschehen, wenn die Namenlosen in Ermangelung anderer Gegner die Kutsche entdeckten?

»Das Schwert, Mica«, raunte Florine. »Gib es mir!«

»Was willst du damit? Ihnen ein Bein stellen?«

Äste brachen, die Baumreihe rauschte und drei riesige Ungetüme brachen aus ihrer Deckung hervor. Anders als die Namenlosen besaßen sie keine Ähnlichkeit mit einem Menschen. Ihnen an Größe gleich, waren ihre Körper langgestreckt, und die breiten Schädel liefen in spitzen

Schnauzen aus. Ihr Fell war dunkel und dicht, und zwischen ihren langen Beinen wieselten kleinere Gestalten herum. Eindeutig Wölfe.

»Was …«

Die drei übergroßen Wolfsgestalten rasten auf die Namenlosen zu. Diese gelangten auf die Hinterbeine, ihr Röhren brandete in den Nachthimmel hinauf. Sie fielen auf die Vorderpfoten zurück und trabten behäbig auf ihre drei Gegner zu, einen Halbkreis um sie legend. Die Distanz verringerte sich, Erdbrocken flogen auf und Staub sank über die zwölf Ungeheuer und die um vieles kleineren Wölfe.

»Erkennst du ihn nicht? Er rennt an der Spitze, der Leitwolf, die braune Bestie. Das ist Cassian, dein Cassian, wenn das Licht des Vollmondes ihn trifft.«

Was sollte diese perfide Einflüsterung? Es konnte nicht Cassian sein. Sie hatte ihn gesehen, den Wolf, und das da auf dem Feld besaß keine Ohren und offensichtlich auch keine Augen, oder beides war zu klein, um es in der Dunkelheit erkennen zu können. Als er das Maul aufriss, schien er aus nichts anderem mehr zu bestehen als einem weit geöffneten Schlund, aus dem lange Zähne ragten. Es war wahrlich eine Bestie.

»Das ist nicht Cassian«, stammelte sie fassungslos.

»Er ist es. Er, sein Vater und sein Bruder. Das macht der Vollmond aus den Werwölfen der Alpha-Sippen. Auf das Licht des Mondes und auf diese Nacht haben sie gewartet. Du siehst also, dass sie auf mich oder ein Schwert nicht angewiesen sind.«

Sie wollte Mica nicht glauben. Mehr als einmal war ihr die melodische Überzeugungskraft seiner Stimme aufgefallen. Er konnte etliche Behauptungen aufstellen, und keine davon musste wahr sein. Sie behielt die Bestie, die Cassian sein sollte, im Blick. Sie schnellte vorwärts, hob vom Boden ab und prallte mit einem der Namenlosen zusammen. Ihr Herz setzte einen Schlag aus, und sie wusste, dass Mica sie nicht belogen hatte. Es war Cassian, sie spürte es an dem Schub, der durch ihren Körper jagte. Gerade so, als habe sie sich selbst in den Kampf hineingeworfen.

Der Kreis der Namenlosen wurde so eng, dass sie den Überblick verlor. Das weiße Fell der Ungeheuer war im Mondschein gut zu sehen, sie schienen überall zu sein, die Werwölfe zwischen sich zu erdrücken, in einem Wirrwarr aus Prankenhieben, Kreischen und aufgewühltem Erdreich. Ein Wolf flog durch die Luft, blieb liegen und kroch wenig später in den Schutz der Bäume zurück. Cassians Rudel konnte wenig ausrichten. Der Kampf fand zwischen den Giganten statt, und niemandem sonst war es gewährt, ihn anzutreten.

»Was du vor dir siehst, gehört weder in deine Welt noch in dein Leben, Florine. Es ist genug.«

In der Tat gab es mehr zu sehen, als sich ein geisteskrankes Hirn ersinnen konnte. Einen Kampf, der mit unvorstellbarer Kraft und Brachialgewalt geführt wurde. Eine Schlacht zwischen dämonischen und abartigen Geschöpfen, von deren Existenz sie vor einiger Zeit nichts geahnt hatte. Immer wieder prallten sie aufeinander, verkeilten und verbissen sich ineinander und trennten sich wieder. Mica schlug gegen das Kutschendach, und Saint-Germain fuhr an.

Ein Nachzügler raste über das Feld, ein heller Pfeil, der sich dem Kampf anschließen wollte. Wenige dunkle Streifen durchzogen sein Fell und verschwammen, als er noch schneller wurde. Weit lehnte Florine sich aus dem Fenster.

»Da kommt noch einer. Sie sind nur drei und jetzt sind es zehn Namenlose! Das überleben sie nicht! Anhalten!«

Der Neuankömmling preschte auf eine Stelle zu, wo zwei Namenlose auf einen dunklen Schatten einstürmten und ihn beinahe unter sich begruben. Florine wusste, dass sie sich auf Cassian gestürzt hatten. Tief in ihr schrie etwas seinen Namen.

»Haltet an, Saint-Germain!«

»Fahr zu, Aymar!«

Auf Micas Befehl wurde die Kutsche schneller. Die Pferde fielen in Galopp. Kurzerhand riss Florine den Schlag auf und sprang hinaus. Der Schwung warf sie zu Boden, sie rollte über die Schulter ab, schnellte auf und rannte auf das Kampfgetümmel zu, ohne eine Ahnung zu haben, was sie unternehmen sollte, wenn sie es erreichte. Sie musste zu Cassian. Was immer aus ihm geworden war in dieser Vollmondnacht, sie würde nicht davonlaufen und ihm seinem Schicksal überlassen. Sie waren miteinander verbunden, und dieses Band hielt selbst jetzt stand, trotz seiner Verwandlung in etwas, das sie noch nie gesehen hatte.

»Cassian!«, rief sie aus vollen Lungen.

Der Neuankömmling hatte ihn erreicht. Doch er ging nicht Cassian an, der sich zwischen den Namenlosen herauszuwinden versuchte, sondern stürzte sich auf diese und biss wild und unkontrolliert um sich. Cassian schnellte vom Boden auf und schüttelte sich. Florine war nah genug, um seine Augen zu sehen. Seitlich saßen sie am Kopf, weiße Augäpfel, durchzogen von roten Adern und ohne Iris oder Pupille. Sie rannte zu schnell, um ihren Lauf umzulenken oder gar stehen zu bleiben. Ihre Geschwindigkeit trieb sie einige Schritte weiter, auf ein klaffendes Maul zu, an dessen Zähnen Blut und Geifer glänzte. Ein Höllenloch war es, dem sie nicht ausweichen konnte.

»Allmächtiger!«

Sie schlidderte auf die Knie, rutschte über die Ackerstoppeln und rollte sich zusammen. Den Kopf an die Knie gezogen, die Arme im Nacken gekreuzt, machte sie sich so klein wie möglich. Es half ihr nichts. Den Sinnen der Wolfsbestie entging sie nicht. Direkt über ihr dräute ein Ungeheuer, sein Brüllen ein Vorbote des Todes. Wut, Hass und das Verlangen nach Blut lagen darin. Florine riss den Mund auf, ohne schreien zu können, drückte sich flach auf die Knollen des Erdreichs und sah zu dem Berg aus Fell über sich auf. Jeder Hoffnungsfunke erlosch. Sie glaubte nicht, dass sie es überleben würde. Sie wusste nicht, wie sie das überleben sollte. Eines jedoch wusste sie: sie würde die Augen nicht vor dem Mann verschließen, den sie liebte. Bis zum letzten Atemzug wollte sie Cassian, die Bestie, zu der er geworden war, ansehen.

Nach allem, was Florine gesehen hatte, war der Sprung aus einer fahrenden Kutsche das Letzte, was Mica von ihr erwartete. Es war Irrsinn, der ihn verblüffte und erzürnte, und so war es eine Mischung aus beidem, die ihn lähmte. Unterdessen hatte die Kutsche angehalten, und er rechnete fest damit, dass seine Tochter ihren Fehler erkennen und flugs wieder einsteigen würde.

»Goldener!«

Der Alarmschrei von Saint-Germain rüttelte ihn auf. Florine dachte nicht an Umkehr. Sie rannte quer über das Feld auf den Rand des Kampfgeschehens zu, wo ein lohfarbener Werwolf dazugestoßen und Cassian zu Hilfe gekommen war. Sie hatte ihn für einen Namenlosen gehalten, Mica erkannte in ihm Gilian, ein weiterer Sohn von Juvenal.

Mit dem Silberschwert in der Hand stürzte er seiner Tochter nach. An ihrer Seiten waren je zwei Vampire, die jederzeit eingreifen konnten. Doch sie taten es nicht, da sein Mangel an Reaktion sie unschlüssig werden ließ.

»Eingreifen!«, brüllte er einen viel zu späten Befehl.

So schnell er auch war, das Geschehen konnte er nicht mehr beeinflussen. Die Namenlosen hatten das schwächste Ziel auf dem Feld gewittert. Vier von ihnen lösten sich aus dem Schlagabtausch mit den Werwölfen und wandten sich der kleinen Gestalt im hellen Sommerkleid zu, das aus der Dunkelheit heraus stach. Drei Vampire überholten Florine, um die Namenlosen aufzuhalten, der vierte stellte sich Cassian in den Weg, der einen Satz auf Florine zumachte und den Vampir dabei zur Seite schleuderte. Zeitgleich ging Florine zu Boden und rollte sich zusammen. Die Wolfsbestie dräute über ihr, schwenkte den Kopf von links nach rechts und stieß ein ohrenbetäubendes Wutgebrüll aus, während sich ein Teil des Kampfes um sie herum verlagert hatte.

Eine Einmischung hatten die Vampire nicht geplant, und nun waren sie mitten in den Kampf hineingeraten. Ein Namenloser preschte auf Mica zu. Mit dem Schwert hielt er ihn sich vom Leib und versuchte gleichzeitig, Florine nicht aus den Augen zu verlieren. Der kleinste Fehler konnte sie das Leben kosten, denn der Mond hatte alles, was Cassian de Garou ausmachte, getilgt. Für die Bestie war sie ein leichtes Opfer. Gleichwohl drehte sich der monströse Werwolf über ihr von links nach rechts und hielt die Namenlosen auf Abstand, als wolle er Florine Schutz bieten.

Könnte es sein …?

Micas These konnte nicht greifen. Die Wolfsbestie senkte den Kopf und riss ihr Maul weit genug auf, um Florine mit einem Biss zur Hälfte darin verschwinden zu lassen. Ein dröhnendes Brüllen drückte das Mädchen tiefer in das Erdreich hinein. Dreck und Erde wirbelten um sie herum auf. Dieser Anblick, die Angst um sein einziges Kind, bündelte Micas Kräfte. Der Hieb, den er gegen den Namenlosen führte, durchtrennte dessen kurzen Hals. Der schwere Gegner fiel, und Mica setzte über ihn hinweg, ohne sich davon zu überzeugen, ob er wahrhaftig tot war.

Das blutige Schwert auf Cassian richtend, ging er auf ihn zu.

»Komm her! Komm schon und kämpfe mit mir!«, brüllte er eine Herausforderung über das Feld, während um sie beide die Schlacht tobte. »Es ist dein Ziel einen Vampir zu töten. Ich bin dein ärgster Feind. Also, kämpfe mit mir!«

Blutunterlaufene Augäpfel rollten, ein unterirdisches Grollen kam aus dem Hals der Bestie, aber sie rührte sich nicht vom Fleck. Mica hob das Schwert höher, nahe genug war er, um einen Schlag zu wagen. Das Grollen wurde tiefer, da der Werwolf die Bedrohung des Silbers spürte, aber anstatt Mica anzuspringen und Florine freizugeben, duckte er sich. Das Wagnis war zu groß, am Ende würde er die kleine Menschenkugel unter sich erdrücken. Mica ließ das Schwert sinken und änderte seine Taktik, setzte darauf, dass irgendwo in dem Koloss ein Funke des Mannes geblieben war und ihn verstehen konnte.

»Cassian, gib Florine frei. Ich bringe sie in Sicherheit.«

Ob etwas in ihm verstand oder nicht, erfuhr Mica nicht mehr. In Cassians Rücken tauchte ein Namenloser auf, reckte die Pranken nach ihm und zwang ihn dazu, herumzuwirbeln und sich dem Angriff zu stellen. Er schnappte nach seinem Gegner, und als er sich streckte, schoss Florine zwischen seinen Hinterläufen hervor, kam auf die Füße und rannte blindlings los. Weder gewahrte sie Mica noch sonst etwas von dem, was um sie herum vorging. Die Röcke bis zu den Oberschenkeln gerafft, schoss sie über das Feld wie ein Blitz. Die Angst verlieh ihr Flügel.

»Metzelt diese verdammte weiße Brut nieder. Keiner soll entkommen!«, rief Mica seinen Vampiren zu und setzte seiner Tochter nach.

Ihm war kein Sterblicher bekannt, der jemals so schnell gerannt war. Das Getöse in ihrem Rücken trieb sie voran und kitzelte aus ihr die Eigenschaften hervor, die sie dem alten Volk näher brachten. Als Mica sie eingeholt hatte, streckte er ihr die Hand entgegen, diesmal schlug Florine seine Hilfe nicht aus, sondern packte seine Finger und drückte hart zu.

»Anfahren, Saint-Germain!«

Der Befehl setzte die Pferde in Trab. Es brauchte lediglich einen kleinen Schub von Mica, und Florine sprang durch den offenen Schlag in das Innere. Er hechtete ihr nach und fiel neben ihr in die Polster. Die Pferde galoppierten an. Sie waren entkommen.

Trotz des ausgestandenen Schreckens lachte er leise auf. Florine ähnelte einer Windbraut, durch nichts aufzuhalten, flink und geistesgegenwärtig angesichts einer Todesgefahr – und das änderte alles. Die Endlichkeit des Erdendaseins sollte für sie in Zukunft an Bedeutung verlieren. In ihr hatte Mica genügend Eigenschaften entdeckt, die sie zu einem Teil des alten Volkes werden lassen konnten. Mit seiner Hilfe war ihr die Ewigkeit bestimmt. An seiner Seite.

Saint-Germain schwor auf heiße Hühnerbrühe, Florine jedoch setzte auf eine Mischung aus Wermut und Anis, um die Starre zu lösen und das Grauen in ihrem Inneren auszubrennen. Die Spirituose war dazu geeignet Katastrophen wegzuätzen. Mit dem ersten Glas spülte sie die Tatsache herunter, die Tochter des jugendlichen Blondschopf zu sein, der ihr gegenübersaß. Das zweite Glas, das Saint-Germain auf ihren Wink füllte, galt der Bestie, unter der sie gelegen hatte. In ihren Ohren hielt sich ein hartnäckiges Fiepen, das Gebrüll dicht an ihrem Kopf hatte sie nahezu taub zurückgelassen. Tot hatte sie sich gestellt, und tot fühlte sie sich weiterhin. Selbst ein Zittern, ein spürbares Nachbeben des Schocks blieb aus. Sie nippte an ihrem Glas und stierte vor sich hin. Die Benommenheit hielt an und erlaubte keine zusammenhängenden Gedanken.

»Du hattest unglaubliches Glück. Die Bestie erkennt nur sich selbst und ihresgleichen. Alles andere zählt für sie nicht in solchen Augenblicken. Cassian stand knapp davor, dich zu töten.«

Es gab einen Haken, sie kam nur nicht darauf, worin er bestand. Sie sah die kleinen Augen vor sich, die rot geäderten Augäpfel, in denen wahrlich kein Erkennen gestanden hatte, einzig blindwütige Raserei war darin zu sehen gewesen. In den Wolfsaugen hatte sie Cassian entdecken können, in dem Monster, zu dem er geworden war, war von ihm nichts mehr geblieben. Dennoch …

»Aber er hat mir nichts getan.«

»Weil er angegriffen wurde und du gerannt bist wie der Teufel selbst. Die Bestie kennt keine Bindung und lässt keine Nähe zu. Im Schein des Vollmondes reißen sie ihre nächsten Angehörigen. Cassian hatte eine Schwester. Alba griff einst ihren eigenen Vater an, und Juvenal musste sie mit eigener Hand töten.«

Ihre Glieder waren aus Eis, selbst der Alkohol in ihrem Magen konnte die Kälte nicht vertreiben. Es fiel ihr schwer, die Lippen zu bewegen und Worte zu formulieren.

»Warum erzählst du mir das, Mica?«

»Weil ich befürchte, du könntest noch immer nicht begreifen, worum es geht. Cassian folgte heute Nacht einem Trieb, den er nicht kontrollieren kann. In seiner Nähe wärest du jederzeit in Gefahr von ihm umgebracht zu werden. Die Bestie ist stärker in ihm als alles andere und solange sie besteht, darfst du das, was er für dich empfinden mag, nicht mit Liebe verwechseln. Die Bestie kennt keine Liebe – und sie wird erst mit seinem Tod verenden.«

Mit einem Zug leerte sie ihr Glas. Cassian war eine Bestie, und sie selbst nicht länger ein einfaches Findelkind, sondern Tochter eines Vampirs. Beides schien ihr im gleichen Maß monströs. Es war schlichtweg zuviel der Wahrheiten für eine Nacht.

»Wer hat den Kampf gewonnen?«

»Die Namenlosen sind ausgerottet. In den Katakomben gibt es keine weiteren Nester. Alle Vampire in Paris sind ausgeschwärmt und haben keine neue Brut gefunden. Diesmal ist uns nichts entgangen. Paris ist endgültig von ihnen gesäubert.«

Sie nickte, und erst einmal damit angefangen, konnte sie nicht mehr aufhören. Abermals hielt sie Saint-Germain ihr Glas hin, trank noch mehr Wermut mit einem Schuss Anis, ehe sie ihr größtes Unglück beim Namen nannte.

»Wir wollten heiraten.«

Noch immer hatte sie das dunkle Feld und den Kampf der Bestien vor Augen und verlor das Zeitgefühl. Es mochten Minuten oder nur ein Herzschlag vergangen sein, ehe Mica das Wort an sie richtete.

»Du kannst dich nicht an einen Mann binden, der Monat für Monat zu einem Untier wird. Bei jedem Alpha besteht die Gefahr, dass er dem Fluch der Bestie erliegt und wahllos zu morden beginnt. Keiner seiner Art ist vor diesem Schicksal gefeit. Diese Wahrheit hat er dir vorenthalten. Es sollte dir zu denken geben. Willst du jede Nacht an seiner Seite liegen in dem Bewusstsein, was er ist und was er an Unheil über die Menschheit bringen kann?«

»Aber Cassian würde niemanden willentlich, gar ohne Grund verletzen.«

Sie hätte energischer klingen sollen, konnte es jedoch nicht. Einer Antwort auf Micas Frage war sie ausgewichen, weil sie nicht länger wusste, was richtig und was falsch war.

»Die Bestie ist nicht Cassian. Sie ist nicht einmal der Werwolf. Sie empfindet nichts, außer dem Verlangen zu töten und kennt nichts, außer ihrer Gier nach dem Fleisch und Blut ihrer Opfer. Kind, ich bitte dich inständig, nimm Vernunft an und vergiss mit ihm alles, was du heute Nacht hast sehen müssen. Ich werde dir dabei helfen.«

In Micas Zügen forschte sie nach der Wahrheit. Ein makelloses Gesicht, erstarrt in ewiger Jugend. Er wirkte rührend jung, das Türkis seiner Augen wiederum sehr alt. Es war ein entsetzlicher Gegensatz. Gewiss konnte er ihr helfen. Ihm schien nichts unmöglich. Trotzdem wollte sie nicht auf ihn hören. Diese Nacht wollte sie vergessen, hingegen keinen der Tage und Nächte, die sie zuvor mit Cassian verbracht hatte. Sie wärmten auch jetzt noch ihr Herz.

»Durchlaucht, sobald Cassian de Garou erfährt, wer Ihr seid, wird er ohnehin sein Versprechen zurücknehmen«, mischte sich Saint-Germain ein. Was sagte er da? »In Euch fließt das Blut des alten Volkes, und dieses ist allen Werwölfen verhasst. Seine Sippe ist alt, und was immer es ihn kosten mag, er würde nicht wagen, ihnen Schande zu machen. Die Ehre ist einem Werwolf mithin das Wichtigste. Keiner von Ihnen würde auch nur mit dem Gedanken spielen, eine Verbindung mit einem Vampir einzugehen.«

»Aber ich bin kein Vampir.«

»Er wird sich von dir abwenden, Kind. In dir steckt viel von deiner Großmutter Selene. Sie ist eine Lamia und direkter Spross aus der Linie der Mechalath. Die Anzahl der Werwölfe, die sie töten wollten und dabei ihr Leben ließen, gehen in die Hunderte. Und was mich betrifft, nicht umsonst bin ich der Großmeister der europäischen Vampire.«

Zu gern hätte sie etwas dagegengehalten, doch das Wermut-Anis-Gemisch vernebelte ihre Sinne und der Pfeifton in ihren Ohren erschwerte das Denken. Zwischen ihr und allem anderen schien eine Kluft zu entstehen, die immer größer wurde. Alles, woran sie geglaubt hatte, war ihr plötzlich fremd. Cassian, die Welt, aus der sie kam und sogar sie selbst. Es gab keine Sicherheit mehr, nichts worauf sie sich verlassen konnte.

»Ich bin zu müde, um darüber nachzudenken.«

»Du solltest schlafen, Kind. Morgen wird alles anders sein. In diesem Haus gibt es alles, was du dein Leben lang entbehrt hast, und es gehört dir.«

Fürwahr an Prunk war alles vorhanden. Saint-Germain hatte ihr versprochen, sie dem König vorzustellen und bei Hofe einzuführen. Dort konnte sie dann glänzen bis ans Ende ihrer Tage. Einzig die Liebe würde sie dort nicht finden.

»Gute Nacht«, murmelte sie und schlurfte aus dem Raum, zu einem Bett, nach dem sie sich trotz ihrer Erschöpfung nicht sehnte, weil es kalt und einsam sein würde.

Mica wartete, bis Florines Schritte im Haus verklungen waren, ehe er sich an Saint-Germain wandte. »Sie wird ihn nicht wieder sehen, Aymar. Morgen konfrontiere ich ihn mit den Tatsachen, damit diese leidige Angelegenheit ein Ende hat. Er weiß noch nicht, dass Florine in meine Obhut zurückgekehrt ist. Du wirst ihm eine Note von mir überbringen.«

Auf ein neuerliches Aufflammen des alten Krieges hatte Saint-Germain in den letzten Wochen hingearbeitet. Nun rieb er sich die Hände.

»Dem Werwolf steht eine bittere Niederlage bevor, Goldener.«

»Unendlich bitter, davon kannst du ausgehen. Werwölfe reagieren empfindsam auf den Verlust ihrer Gefährtin. Juvenal hat es einst bis nach Spanien getrieben, und was

Cassian betrifft, so wird er gleichzeitig mit meiner Tochter auch sein Revier aufgeben.«

»So scheint der Verlust seiner Gefährtin den Werwolf in größte Verzweiflung zu stürzen, ja?«, vergewisserte sich Saint-Germain mit einem hämischen Feixen.

»Du sagst es, Aymar.«

Erinnerungsfetzen waren Cassian von der vergangenen Nacht geblieben. Der Verlauf des Kampfes gegen die Namenlosen war nicht im Detail in seinem Gedächtnis haften geblieben. Das unerwartete Eingreifen von Gilian einerseits und der Vampire andererseits hatte eine schnelle Entscheidung und ihnen den Sieg gebracht. Die Vampire waren für ihn lediglich Schatten gewesen, und dem Flirren ihrer Silberschwerter war er instinktiv ausgewichen. Noch etwas anderes war auf dem Feld gewesen und hatte eine kurze Irritation ausgelöst, da es nicht dorthin gehörte, doch er konnte sich noch so sehr den Kopf darüber zerbrechen, er kam nicht darauf, was es gewesen sein könnte.

Eine tiefe Müdigkeit und ein Ziehen in überbeanspruchten Muskeln und Sehnen waren das einzig konkrete Überbleibsel seiner Verwandlung und der Kämpfe. Juvenal linderte es mit einem heißen Bad, während Ruben sich von Sarah massieren ließ. Gilian zog es vor in Wolfsgestalt den Tag auf einem Kanapee zu verschnarchen. Solange der Vollmond über Paris stand, konnte Cassian Florine nicht ins Haus zurückholen. Für sich selbst konnte er garantieren, für seinen Vater und seine Brüder wollte er es nicht. Vier Bestien und eine Frau unter einem Dach waren ein unberechenbares Risiko. Bei Madame Chrysantheme war Florine in den nächsten beiden Nächten besser aufgehoben, aber nichts sprach dagegen, dass er nach Versailles ritt, um den Tag mit ihr zu verbringen. In ihren

Armen würde er den Schlaf finden, den er dringend benötigte.

»Diese Blutsauger kann niemand durchschauen«, sagte Ruben. »Sie mischen sich zu einem Zeitpunkt ein, da ihre Unterstützung nicht mehr nötig ist, und dann beanspruchen sie den Sieg für sich und schleppen die Kadaver der Namenlosen vom Feld als seien es Trophäen. Das Freudenfeuer, das sie mit ihnen entfachen werden, sei ihnen gegönnt.«

»Sie werden kein Freudenfeuer entfachen, sondern die Namenlosen erforschen, um herauszufinden, woher sie kommen und was sie sind«, brummte Juvenal und drückte den Schwamm aus. Dampfendes Wasser floss über sein Gesicht.

»Ob sie das herausfinden, indem sie in ihren Köpfen herumstochern? Sarah, pack fester zu. Die Schulter war ausgerenkt.«

Sarahs ölige Hände bearbeiteten Rubens rechte Schulter. Feste Griffe wechselten mit zärtlichen Liebkosungen ab. Ohne eine Spur von Besitzdenken nahm Cassian es hin, dass seine Favoritin an seinem Bruder Gefallen fand. Er zog sein Justaucorps über und knöpfte es zu.

»Cassian! Du verbreitest Unruhe«, hielt Juvenal ihm vor. »Setz dich und ruh dich aus. Deine Gefährtin ist bei dieser Madame Kakadu gut aufgehoben.«

»Chrysantheme.«

»Was?«

»Sie heißt Chrysantheme.«

»Wie immer sie heißt, du solltest ruhen.«

»Ich werde schlafen, bei Florine. Wir sehen uns heute Abend.«

»Eher wohl mit Florine«, spottete Ruben. »Eine Gefährtin beansprucht wahrlich viel von den Gedanken eines Werwolfs. Die Aussicht zu ihr ins Bett zu steigen, macht dich allem anderen gegenüber gleichgültig. Du willst nicht mal wissen, woher die Namenlosen kamen.«

»Ich brauche keine Vampire, die mir eine Antwort darüber ohnehin vorenthalten werden. Ich weiß, woher sie kamen.«

In seinem Zuber streckte Juvenal den Rücken durch, Ruben hob den Kopf von seinen Unterarmen und selbst Gilian stellte sein Schnarchen ein und öffnete ein Auge.

»Spuck schon aus, was du darüber weißt, Junge!«

»Es sind die Bären. Aus den Berserkern sind die Namenlosen geworden.«

»Blödsinn! Die Bären sind seit Jahrhunderten ausgerottet. Ihre Behäbigkeit wurde ihnen zum Verhängnis. Gegen die Vampire hatten sie auf Dauer keine Chance.«

»Das glaubte ich vor kurzem selbst noch. Ihre Existenz war mir sogar völlig entfallen. Erst eine Frage von Florine brachte sie mir wieder in Erinnerung. Die Bären verfolgten dasselbe Ziel wie wir, und das legt die Vermutung nahe, dass auch sie in der Lage waren, sich in Bestien zu verwandeln.«

»Wir sind nicht dazu in der Lage! Wir sind dazu verdammt!«, brauste Juvenal auf. »Es ist der Fluch des Vollmondes, der alle Alphas trifft. Weder auf die Berserker noch auf die Namenlosen hatte sein Licht Auswirkungen.«

»Alba hat den Vollmond auch nicht gebraucht.«

Juvenal wurde blass, während Gilians Kopf in die Höhe ruckte. Sein lohfarbenes Nackenfell sträubte sich. Er zeigte seine Fänge und knurrte Cassian an. Alle warteten sie reglos und schweigend darauf, dass der Wolf sich beruhigte. Es brauchte geraume Zeit, bis Gilian den Kopf zurück auf seine Pfoten senkte. Um seinen Bruder kein weiteres Mal gegen sich aufzubringen, fuhr Cassian mit gedämpfter Stimme fort.

»Überlegt doch. Die Namenlosen blieben lange Zeit Einzelgänger, anstatt Rudel zu bilden. Sie konnten auf den Hinterbeinen stehen, ihre Schnauzen waren stumpf, ihre Trägheit machten sie durch immense Kräfte wett. Sie verkrochen sich in Höhlen unter der Erde. Alles Hinweise darauf, dass sie einst Bären waren.«

Ruben runzelte die Stirn. »Dagegen spricht, dass sie letzte Nacht sehr wohl in der Lage waren, uns als Rudel anzugreifen, und obwohl ich mich an vieles nicht erinnere, träge oder gar dumm kamen sie mir nicht vor.«

»Weil sie genügend Zeit hatten dazuzulernen. Sie verbargen sich über nahezu zwei Jahrhunderte, bis sie bereit waren zuzuschlagen. Und ihr erster Angriff galt Mica, einem der Verantwortlichen der letzten Säuberung. Es fügt sich alles zusammen.«

»Auf den ersten Blick erscheint es so, aber wodurch sollte ihre Wandlung eingetreten sein?«, grübelte Juvenal und kratzte über seine Bartstoppeln.

Wortlos sah Cassian seinem Vater in die Augen. Keiner von ihnen wusste, wie es bei Alba geschehen war, und sie hatte ihrer Sippe angehört. Die unausgesprochene Antwort hing im Raum.

»Vielleicht hat sie die Wut über zu viele Niederlagen dazu gemacht und irgendwann war eine Rückkehr ausgeschlossen«, brach Ruben schließlich das ungute Schweigen.

Bertrand unterbrach ihr Rätselraten und überreichte Cassian ein Billet aus cremefarbenem Büttenpapier. Statt eines Namens stand ein Satz darauf: *Sie ist bei mir.* Cassian starrte auf die kantige Schrift, die ihn aus dem Papier anzuspringen schien.

»Was ist?«

»Mica. Er hat Florine. Er muss hier gewesen sein.« Cassian verstummte, stürmte auf Sarah zu und hätte sie gepackt, wäre Ruben nicht von seiner Liege aufgesprungen, um sich vor die Frau zu stellen.

»Weshalb hast du es verschwiegen? Du hast kein Wort darüber gesagt! Kein einziges, gottverfluchtes Wort!«

Wasser platschte, als Juvenal aus dem Zuber sprang und Cassian zurückhielt. Sarah ergriff schleunigst die

Flucht, die Deckung der beiden Werwölfe nutzend, die Cassian aufhielten.

»Beruhige dich!«, übertönte Ruben Cassians Gebrüll.

»Sie hat meine Gefährtin verraten und damit mich!«

»Verliere jetzt nicht die Nerven, Cassian. Wir holen sie zurück.«

Cassian riss sich von Juvenal los und fiel beinahe rücklings über Gilian, der aufgeregt um ihn herum sprang.

»Ich werde sie zurückholen und niemand sonst. Mica hat mich herausgefordert.«

»Du kannst nicht alleine …«, hob Ruben an.

»Ich kann es, weil ich Florine kenne. Sie wird Mica nicht im Unklaren gelassen haben. Sie weiß, zu wem sie gehört. Hier geht es einzig um den Stolz eines Vampirs, der in Florine eine Basis zur Verhandlung sieht. Sie, gegen was auch immer.«

»Du wirst nicht auf Paris verzichten!«, ereiferte sich Juvenal.

»Ich werde auf absolut nichts verzichten, das mir gehört.«

»Wie fühlst du dich, nachdem die Macht des Mondes durch deine Adern geflossen ist, Werwolf?«

Mit diesen Worten begrüßte Mica in seinen unterirdischen Räumen Cassian. Eine große Anzahl von Kerzen ersetzte das Tageslicht. Auf einem Tisch neben einem Globus standen zwei Gläser, die der Vampir mit Rotwein füllte. Ohne Umschweife hatte Saint-Germain Cassian eingelassen und in einen Raum voller Bücher geführt. Florine hatte er nicht zu Gesicht bekommen.

»Ich bin nicht hier, um mit dir zu plaudern oder zu trinken. Ich will Florine sehen. Jetzt.«

»Sicher, wann hätte unsereins jemals Wert darauf gelegt, miteinander zu trinken und einen Plausch zu halten. Florine wirst du zu gegebener Zeit sehen, sofern es dein Wunsch ist.«

»Als Wunsch würde ich es nicht bezeichnen. Ich nehme sie mit«, erwiderte Cassian gereizt.

»Wie es beliebt. Doch zunächst werden wir uns unterhalten. Ihr zuliebe sollten wir versuchen, uns zivilisiert zu benehmen. Nimm Platz, Cassian de Garou.«

Die Ruhe des Vampirs war verdächtig. Noch ehe ihre Verhandlung begonnen hatte, schien er sich über ihren Ausgang sicher zu sein. Cassian setzte sich und zügelte seine Ungeduld. Mica würde alles daransetzen, für sich selbst die größten Vorteile herauszuziehen, und die bevorstehende Unterredung würde Cassian alles an Geistesgegenwart abverlangen.

»Florine ist beachtlich, das ist dir hoffentlich bewusst. Sie hat einen Mut bewiesen, der den meisten Sterblichen abgeht.«

Cassian hüllte sich in Schweigen. In seinen Augen besaß Florine einen ganz eigenen Wert, der weder durch Mut noch durch andere Tugenden gesteigert werden konnte.

»Welches dieser armselig schwachen Geschöpfe wäre je soweit gegangen, sich in einen Kampf zwischen Namenlosen und zu Bestien gewordenen Werwölfen einzuschalten? Wahrlich, mir ist noch kein einziger Sterblicher begegnet, der das von sich behaupten kann. Florine hingegen sprang aus meiner Kutsche und rannte schnurstracks auf eine Bestie zu, da sie dich darin erkannte. Das für sich genommen ist ein Wunder, denn die Ähnlichkeit war gering. Genau genommen, war sie nicht vorhanden.«

Die Wirkung von Micas kurzer Rede entfaltete sich langsam. Aus einem schwachen Wellenschlag wurde eine alles mit sich reißende Woge, die Cassian unter sich begrub. Die Irritation der vergangenen Nacht war Florine gewesen. Vor ihm blitzte ein Bild auf, von einer kleinen Gestalt, die auf ihn zu rannte. Die Bestie hatte sie nicht erkannt, sondern nur eine Fremde hinter einem Scharlachschleier aus Mordlust wahrgenommen. Ohne Gewissensbisse hätte sie Florine getötet und er hätte erst viel später erfahren, was er angerichtet hatte. Cassian nahm an, dass Mica eingeschritten war.

»Weshalb hast du sie dorthin gebracht?«, fragte er mit tauben Lippen.

»Sie ließ sich nicht abbringen«, erwiderte Mica und trank von seinem Wein. »In ihrer Hartnäckigkeit erinnert sich mich an eine Frau, die mir teuer war. Ihr Name war Marie Brel. Sie war von demselben Willen beseelt. Um meinetwillen verließ sie ihre Familie, ihre Freunde und ihre Heimat. Furcht vor mir kannte sie nicht. Sie hat ihr Leben mit dem meinen verbunden und wurde meine Gemahlin.«

Alarmiert straffte Cassian die Schultern. »Florine ist meine Gefährtin. Wenn du glaubst …«

»Marie war ein unscheinbarer Mensch – auf den ersten Blick. Den meisten wurde nicht offenbar, was in ihr steckte. Sie besaß das Herz einer Löwin und den Kampfgeist eines Kriegers. Daher muss ich meine Worte korrigieren. Florine ist nicht der erste Mensch, der sich den Namenlosen entgegenstellte. Auch das hat sie mit Marie gemeinsam. Meine Gemahlin setzte ihr Leben ein, um das ihres Kindes zu retten. Daher gedenke ich nicht, mit dir um Florine zu kämpfen, denn von ihrer Geburt an war sie ein Teil von mir und wird es immer bleiben.«

Was der Vampir da andeutete, konnte nicht sein. Es durfte nicht sein. Orientierungslos schweifte Cassians Blick über die Bücherstapel und die Regal, hinauf zu dem sich drehenden Sonnensystem aus Gold und Silber. Die Planeten kreisten um sich selbst und umeinander, während in ihm alles zum Stillstand kam.

»Willst du etwa behaupten …?«

»Sie ist meine Tochter. Das ist weder eine Behauptung, noch eine Lüge, sondern eine Tatsache. Weshalb, glaubst du, konnte sie dein Interesse wecken? Seitdem dein Vater dir Paris vermacht hat, bedienst du dich der schönsten Frauen, Werwolf. Meine Tochter ist ein hübsches Kind, doch den langbeinigen, fragilen Rehen, denen du nachgestellt bist, ähnelt sie absolut nicht. Bist du jemals einer Lamia begegnet, Cassian? Ich nehme es nicht an, sonst würdest du heute nicht hier sitzen.«

Wieder schien der Themenwechsel abrupt, und Cassian hatte Schwierigkeiten zu folgen. Florine war die Tochter eines Vampirs, an nichts anderes konnte er denken. Daran und an die Konsequenzen. Es war nahezu unmöglich sie zu fassen, sie sich vor Augen zu führen. Der Versuch drückte in nieder und hinterließ ein Gefühl der Leere. Die Erwähnung der Lamia schreckte ihn auf.

»Sie ist keine Lamia.«

»Sie verfügt über eine Eigenschaft, die sie mit der Lamia gemein hat, Werwolf. Es ist ihr Duft. Er ist eine unverzichtbare Waffe, die nie versagt. Meine Mutter benötigte einst ihren Duft und einen kleinen Silberdolch, mehr nicht. Mit dem einen lockte sie die Werwölfe zu sich, mit dem anderen durchschnitt sie ihre Kehlen. Ich bin mir nahezu sicher, dass ihre Opfer selbst im Sterben darauf achteten, sie nicht mir ihrem Blut zu besudeln. Nun kennst du den Grund, weshalb du meinem Kind nicht widerstehen konntest und sie gar markiert hast, Werwolf.«

Der Duft nach grünem, frischem Frühlingsgras schien Cassian in die Nase zu steigen. Er löste kein Hochgefühl in ihm aus, sondern eine niederschmetternde Erkenntnis.

»Es erfüllt mich mit großer Dankbarkeit, meine Tochter wohlbehalten wieder gefunden zu haben. Sie ist so unermesslich, dass ich über das Sakrileg, das du an ihr begangen hast, hinwegsehen und dich nicht zur Verantwortung ziehen werde. Du konntest nicht anders, Werwolf, und das werde ich hinnehmen. Allerdings frage ich mich …«

»Weiß sie es?«

Mica neigte den Kopf zur Seite und schien zu zögern. Er trank und schluckte, die irisierenden Augen auf Cassian gerichtet.

»Natürlich weiß sie es. Zudem ist ihr bewusst, was es für sie bedeutet. Sie bringt es nicht über sich, ihr Versprechen an dich zurückzunehmen, Werwolf. Obwohl sie nach allem, was sie in der vergangenen Nacht sehen musste, jedes Recht dazu hat, die Bindung zu dir zu lösen. Doch sage mir, wo in euren alten Chroniken steht etwas über eine Bindung zwischen Werwolf und dem Kind eines Vampirs geschrieben? Ein sterbliches Menschenkind ist sie – noch. Aber die Frage bleibt bestehen, ob diese Tatsache sich über eine Jahrtausende währende Feindschaft hinwegsetzen kann. Eine Verbindung, die auf den Knochen unser aller Toten gründet, wäre das nicht zuviel des Hohns und der Schmach für beide Seiten?«

Die dicken Wände des unterirdischen Studierzimmers schoben sich auf Cassian zu und drohten ihn zu ersticken. Mica musterte ihn abwägend, die Miene bar jeglichen Hohns, von dem er gesprochen hatte. Florine war von seinem Blut, war ein Abkömmling des ältesten Feindes, den die Werwölfe kannten und den die Menschheit vergessen hatte. Die Wahrheit war niederschmetternd und drückte Cassian die Luft auf. Es war unmöglich, die Einsicht unerträglich. Er konnte nicht mehr atmen und erhob sich, ohne Micas rhetorische Frage einer Antwort zu würdigen. Er benötigte Licht und Luft, er musste raus aus diesem Loch unter der Erde.

Im Vestibül eilte er im Laufschritt auf den Ausgang zu. In einem venezianischen Spiegel, der daneben hing, begegnete er seinen eigenen, von Fassungslosigkeit und Pein verzerrten Zügen. Und direkt dahinter spiegelte sich die Treppe und Florine, die an der Brüstung stand. Sie trug ein leichtes, hellblau gestreiftes Kleid und keine Haube. Ihr Haar war zu einem Zopf geflochten. Im Spiegel kreuzten sich ihre Blicke. Langsam drehte er sich zu ihr um und blieb unter dem Absatz stehen, auf dem sie stand. Sie sah auf ihn herab, bleich, sommersprossig und zutiefst erschrocken. Gewiss sah sie nicht ihn vor sich, sondern die Bestie. Und zu dieser wollte sie sich nicht bekennen, wie Mica erwähnt hatte. Sie sprach kein Wort, geschweige denn, dass sie herabkam, um für ihn die Arme auszubreiten und den Vampir der Lüge zu bezichtigen. Bewegungslos stand sie da, die Hände so fest um die Brüstung gespannt, dass er ihre Fingerknochen hart und weiß hervortreten sah. Die Tochter eines Vampirs, Enkelin einer Lamia, die Jüngste aus einem uralten Geschlecht konnte nicht seine Gefährtin sein. Die Konsequenz war ihnen beiden bewusst.

Cassian gab sich einen Ruck. »Wir … wir können nicht zusammenbleiben. Niemals. Es ist vorbei, Florine.«

Ohne eine Erwiderung abzuwarten, kehrte er ihr den Rücken zu und ging.

Durch die Buntglaskuppel fiel das Mondlicht in silbergrauen Schattierungen, zu stark gedämpft, um den Mosaikboden darunter zu erreichen. Die Augen auf die vagen Strahlen gerichtete, durchquerte Cassian den weiten Gang. Schweiß nässte sein Hemd, während die Harfenmelodie durch sein Blut zog und seine Schritte lenkte. Die Musik des Mondlichts war betörend und brachte Vergessen, strömte durch ihn hindurch und drang aus seinen Poren, um ihn mit einem unsichtbaren Netz zu umweben. Er war bereit, dem Ruf zu folgen. Ein Schatten tauchte vor ihm auf und hielt ihn mit einem dumpfen Knurren auf.

»Gilian, geh mir aus dem Weg.«

Das helle Fell des Wolfes sträubte sich um seinen Hals und auf der Brust und wurde zu einem aufgerichteten

Kamm auf seinem Rücken. Seine Aggression war mit Händen zu greifen. Wieder sah Cassian zu den Silberstrahlen auf. Sie schwebten und tanzen in der Luft. Sein nächster Schritt darauf zu entlockte seinem Bruder eine Art Schrei, die Wölfe selten hören ließen. Cassian musste hastig zurückweichen, um dem Schnappen der Zähne zu entgehen, die knapp vor seinem Oberschenkel aufeinander schlugen.

»Gilian, hör auf damit!«

Taub für den harschen Befehl, machte Gilian einen Satz auf ihn zu und verbiss sich wahrhaftig in seinen hastig gehobenen Unterarm. Nicht so fest, um den Knochen zu brechen, doch energisch genug, um Blut fließen zu lassen. Cassian schlug mit der Faust auf Gilians breiten Schädel ein, ohne etwas bewirken zu können. Sein Bruder wollte ihn zurücktreiben, ihn nicht hinauslassen unter das Licht des Vollmondes.

»Gottes Knochen, Gilian!«

Die Faust erhoben, um sie Gilian auf die empfindliche Nase zu schmettern, berührte etwas Heißes seine Kehle. Sein Fleisch zischte, und jäh roch es verbrannt. Sein Aufschrei löste Gilians Zähne von seinem Arm.

»Du wirst nicht hinausgehen und dich der Bestie ausliefern.«

Juvenal hielt den Silberdolch weiterhin auf Cassians Kehle gerichtet, ohne sie zu berühren. In der Dunkelheit des Ganges wirkte sein schweißfeuchtes Gesicht wie ein Totenschädel mit hohlen Wangen und schwarzen Augenhöhlen. Die Hand, in der er den Dolch hielt, zitterte nicht.

»Seid ihr beide wahnsinnig geworden? Gilian ist außerstande sich zurückzuverwandeln und du bedrohst mich mit Silber.« Cassian rieb über seine Kehle.

»Du bist es, der sich nach dem Wahnsinn sehnt, Junge. Doch bevor ich das zulasse, töte ich dich. Du wirst die Bestie nicht in Paris wüten lassen. Du kehrst zurück in dein Gelass und wirst dich mit dem abfinden, was geschehen ist.«

»Ich verlasse Paris.«

»Das ist deine Entscheidung. Heute Nacht jedoch wirst du weder Paris, noch dieses Haus verlassen. Wir haben unser Leben nicht in die Waagschale geworfen, damit du zu einem neuen Schrecken dieser Stadt wirst.«

Als wolle Gilian das bekräftigen, knappte er Cassian in die Waden. Die Bisse der spitzen Zähne und der Dolch seines Vaters drängten ihn zurück, tiefer in die Dunkelheit des Ganges hinein und in das Gelass, aus dem er gekommen war. Juvenal stieß ihn kraftvoll über die Schwelle und schlug die Tür zu. Mehrere Riegel schnappten zu. Cassian stieß sich von der Wand ab, gegen die Juvenals Stoß ihn geschleudert hatte, und hämmerte mit den Fäusten gegen die verstärkte Tür.

»Mach sofort diese verfluchte Tür wieder auf, Juvenal!«

Stille antwortete ihm. Die verstärkten Riegel hielten seinen mit aller Kraft geführten Faustschlägen stand. Feuchtigkeit rann über seine Hände. Er leckte darüber, schmeckte sein eigenes Blut und warf den Kopf in den Nacken. Sein Jaulen dehnte sich in unendliche Tiefen, und vor der Tür vernahm er die Antwort seines Bruders Gilian, ein schwacher Abklatsch seiner eigenen Frustration.

# 10

Die Bereitschaft der Menschen zu Unterordnung und Gefälligkeit war für Mica zu selbstverständlich, um sie in Frage zu stellen, und so machte ihn Florines Mangel an beidem ratlos. Unzugänglich und nicht bereit, sich trösten zu lassen, vergoss sie wahre Tränenfluten. In ihnen hätte er den Werwolf und Auslöser ihres Kummers mühelos ertränken können. Über Wochen waren die Augen seiner Tochter geschwollen und rot, so dass sie kaum etwas sehen konnte. Sie verbarrikadierte sich selbst dann noch in ihren Zimmern, nachdem er ihr vorgeführt hatte, wie gering das Hindernis von Schlössern und Riegeln für ihn war. Ihr Widerspruchsgeist und ihr enormer Wille erschöpften sich in einem Daueraufenthalt in ihrem Bett. Jeder Versuch sie aufzumuntern, schlug fehl. Seine Lieder konnten sie nicht besänftigen, stattdessen presste sie die Hände oder Kissen an ihre Ohren. Sobald Mica das Gespräch mit ihr suchte, konnte er davon ausgehen, dass irgendein Gegenstand nach ihm geworfen wurde.

Im Oktober war es ausgerechnet Saint-Germain gelungen, Florine aus ihrer tiefsten Lethargie zu reißen, indem er ihr eine Schar abgerissener Menschen zuführte, die er in den Armenvierteln der Stadt aufgelesen hatte. Aus diesem Gossengesocks sollte sie eine versierte Dienerschar machen, wozu sie aus ihrem Bett steigen und sich einer neuen Aufgabe zuwenden musste. Die Finte funktionierte und zum Dank erhielt Saint-Germain einen großen Schluck Blut aus Micas Handgelenk. Seitdem vibrierte sein treuer Gefolgsmann vor Freude und Tatendrang.

Mit den Dienstboten kehrte Unruhe in das Haus ein. Den ganzen Tag über war ein Trappeln und Klappern, Geschwätz und Lachen zu hören. Der Lärmpegel aus Kochtöpfen, Putzeimern und Stimmen legte sich erst zur Nacht, wenn die Dienstboten ihre Unterkünfte unter dem

Dach aufsuchten. Den Hausherrn bekamen sie selten zu sehen, und Fragen wagten sie ob ihres großzügig bemessenen Lohnes, der sie aus dem Elend geholt hatte, ohnehin nicht. Wenn Mica aus seinem unterirdischen Hort hervorkam, empfing ihn der Duft von Seifenlauge, Möbelpolitur und das Unglück seiner Tochter.

Eine wächserne Blässe hatte die Schwellung ihrer Augen abgelöst. Die mädchenhafte Rundung ihrer Wangen war verloren, ihre Wangenknochen traten scharf hervor und ihre kleine, aufstrebende Nase war spitz geworden. Micas größte Befürchtung jedoch bestätigte sich nicht. Florines Appetit war die ganze Zeit über nicht gewichen, und so schloss er eine ernsthafte Erkrankung aus. Regelmäßig zur Mitternacht – er konnte seine Taschenuhr danach stellen – orderte Florine ein üppiges Menü. Die Köchin erhielt doppelten Lohn, damit sie auf Wunsch frisch zubereitete Mahlzeiten auftrug. Bei ihren ausufernden Gaumenfreuden leistete Mica ihr Gesellschaft. Nachdem Florine über Wochen nur das Nötigste gesprochen hatte, bestand ihr erster Ansatz zu einer längeren Unterhaltung in einem bitter hervorgestoßenen Vorwurf, den sie wohl der Gazette entnahm, in der sie während ihrer Schlemmerei las.

»Madame Balbeuf ist tot!«, Sie warf die Zeitung von sich und fixierte Mica. »In ihrem Haus hat es einen Brand gegeben. Sie erstickte im Rauch. Warum hast du das gemacht?«

»Wer ist Madame Balbeuf?«, erkundigte er sich und richtete seine Aufmerksamkeit auf eine kleine Suppenterrine, die ein treffliches Wurfgeschoss abgeben könnte. Sollte es dazu kommen, würde er sie zu Bruch gehen lassen. Ihm lag nichts daran, mit heißer Zwiebelsuppe übergossen zu werden.

»In ihrem Haus verbrachte ich meine Kindheit, das weißt du! Du hast sie büßen und es nach einem Unfall aussehen lassen. An die Kinder unter ihrem Dach und welcher Gefahr du sie aussetzt hast, hast du nicht gedacht! Das ist niederträchtig!«

»Ich zweifle stark, dass ihre Kamine gut funktionierten, Kind. Bei dieser Kälte hat sie vermutlich ihre Kammer zu stark geheizt. Ich jedenfalls neige nicht dazu einen Störenfried aus der Welt schaffen, indem ich Brände lege.«

»Das kannst du erzählen, wem du willst«, fauchte sie ihn an und wandte sich einer Schale mit überbackenen Muscheln zu. Sie nahm eine große Gabel voll und kaute wild darauf herum.

»Liebes, ist es nicht allmählich an der Zeit, deinen Groll mir gegenüber hintan zu stellen? Wir müssen uns unterhalten. Über deine Zukunft.«

»Morgen suche ich Madame Chrysantheme auf.«

Zwar war dies ein kurz gefasster Zukunftsplan, aber nach den vergangenen Wochen immerhin ein erstes Vorhaben, das sie sich gesetzt hatte. Mica griff es umgehend auf.

»Das ist eine sehr gute Idee. Ich würde gerne sehen, wohin das Vermögen geflossen ist, das diese Frau mich gekostet hat.«

»Du wirst mich nicht begleiten«, schnappte sie nach ihm. »Auch Saint-Germain wird sich diesmal nicht an meine Fersen heften. In Gustave habe ich einen zuverlässigen Kutscher, und ich gedenke nicht, mich auf Schritt und Tritt beobachten zu lassen, sobald ich das Haus verlasse.«

Dass sie das Haus verließ, war allein ein großer Fortschritt, und so erhob Mica keine Einwände.

»Ganz wie es dir gefällt.«

Florine gefiel es, den kurzen Wortwechsel für beendet zu erklären und widmete sich ihren Speisen, deren Platten und Schüsselchen die Hälfte des Speisetischs vereinnahmten. Ihr übermäßiger Hunger verblüffte Mica immer wieder. Es schien ein Vernichtungsfeldzug, der erst mit dem letzten Krümel endete. Florine wurde von dem

Heißhunger einer Lamia beherrscht, obgleich sich der ihre nicht auf das Blut ihrer Opfer richtete. Er erlaubte sich ein verstohlenes Lächeln. Seine Tochter begann, sich mit ihrer Herkunft abzufinden, indem sie ihren Neigungen die Zügel schießen ließ. Sehr bald würde sie dazu übergehen, ihm die ersten Fragen zu stellen. Er war bereit sie zu beantworten, und sie mit einem Angebot zu beschließen, welches sie nicht ablehnen konnte. Er kannte keinen Sterblichen … Marie kam ihm in den Sinn. Sie hatte seinerzeit abgelehnt. Andererseits lag der Fall dieses Mal anders. Er würde seinem Kind nicht allein das ewige Leben schenken. Es war ein weitaus größeres Geschenk, das er ihr zugedacht hatte.

Beim Anblick der Ornamente auf der hellen Hausfassade hätte Florine am liebsten kehrt gemacht. In diesem Haus hatte es seinen Anfang genommen. In seinem Inneren - prächtiger denn je zuvor war es geworden - verbargen sich zu viele Erinnerungen. Drei Monate lag es zurück, als ein ihr fremder, nahezu nackter Mann sie auf die Schulter gehoben und mit ihr in eine Sommernacht geflohen war, um sie auf einer verlassenen Landstraße zurückzulassen. War dies bereits ein erstes Omen dessen gewesen, wohin ihre Liebe zu Cassian führen würde? Flirrende Hitze war einem frühen Wintereinbruch gewichen. Die Tristesse der lautlos rieselnden Graupel fand in ihr einen Widerhall. Mit dem Ende des Sommers hatte Cassian mit ihr gebrochen, und seit jenem Tag hatte sie nichts mehr von ihm gehört.

Sie musterte die farbenprächtigen Fresken an den Wänden und die vier neuen Grazien, die Madame Chrysantheme in ihren Dienst genommen hatte. Die Namen der vier, die ihr in scheuer Bewunderung begegneten, hatte sie schon wieder vergessen. Natürlich waren die neuen Mädchen über ihr Schicksal informiert. Für sie mochte Florine ein Sinnbild all dessen sein, wonach sie selbst strebten: ein sorgenfreies Leben unter dem Schutz eines reichen Mannes. Niemand im Haus von Madame Chrysantheme kannte die ganze Wahrheit, geschweige denn, dass jemand wusste, um wen es sich bei Mica handelte.

»Ein Kunstwerk ist es geworden«, plapperte Madame Chrysantheme aufgeräumt und kurzatmig zugleich, da dieses Werk ihr den Atem nahm. »Wenige Wochen und sie haben Unglaubliches geleistet. Tag und Nacht wurde daran gearbeitet. Morgen begehen wir die offizielle Eröffnungsfeier. Du bist selbstverständlich eingeladen, Florine. Du und dein großzügiger Gönner gleichfalls. Es wird ein Ereignis, zumal mir zugetragen wurde, dass Louis XV. inkognito zugegen sein wird, um sich mein Haus von innen anzusehen. Ist das nicht unfassbar?«

»Es ist in der Tat bezaubernd«, stimmte Florine zu und gedachte gleichzeitig der drei Menschen, die die neue Pracht nicht mehr sehen konnten, da sie in Gräbern ruhten.

So beeindruckend das Haus geworden war, sie war nicht hier, um es zu bewundern oder die neuen Mädchen kennen zu lernen. Nervös rutschte sie auf ihrem Sitz herum und wünschte sich, Madame Chrysantheme würde sie alle hinausschicken, damit sie unter vier Augen mit ihr reden konnte. Eine Ahnung war in ihr gekeimt, zusammen mit etwas anderem, für das sie eine Bestätigung brauchte. Deshalb war sie hier und fühlte sich fiebrig. Sie brauchte Gewissheit. Unbedingt. Nach einem kurzen Räuspern rückte sie näher zu Madame Chrysantheme auf und senkte die Stimme zu einem Flüstern. »Allerdings bin ich aus einem anderen Grund hier, Madame. Früher habt Ihr bei den Mädchen … ich meine, könntet Ihr nachsehen, ob meine Vermutung zutrifft?«

»Wonach soll ich denn sehen?«

Florine rollte mit den Augen, um auf die Mädchen hinzuweisen, die sich im Halbkreis um sie versammelt hatten. Sybille, Kalinka, Bella und Aimée hatten sich bereits nach vorne gebeugt, um etwas aufschnappen zu können. Madame Chrysanthemes Augen wurden rund, und ihre korallenrot geschminkten Lippen formten sich zu einem von Fältchen eingefassten O. Ihre Handbewegung sollte die Mädchen aus dem Salon wedeln. Die Neuen bauten noch auf Folgsamkeit, während die versierteren Kurtisanen über den Wink hinwegsahen und sich nicht von der Stelle rührten.

»Worum geht es denn?«, fragte Kalinka im Namen der anderen.

»Das geht dich nichts an«, polterte Madame Chrysantheme und bemühte sich gleichzeitig darum, den dunklen Samt von Florines Kleid mit Blicken zu durchdringen.

»Lucas?«, hauchte sie wenig erbaut hervor.

»Natürlich nicht«, zischelte Florine zurück.

»Ah, dann mag es noch zu früh sein.« Um sich zu vergewissern zählte Madame Chrysantheme ihre Finger ab. »Eindeutig zu früh. Soweit reicht meine Erfahrung damit nicht aus.«

Enttäuscht über diese Auskunft rückte Florine von ihr ab.

»Aber ich kenne eine andere Methode, die Aufschluss geben kann. Erprobt habe ich sie noch nicht. Ich kenne jedoch die Vorgehensweise und weiß worauf zu achten ist. Aimée, reiche mir eine der großen Champagnerschalen.«

»Na, endlich! Champagner«, jubilierte Bella und sprang auf. »Wurde auch Zeit, dass wir deinen Besuch gebührend begießen. Wie viele Flaschen, Madame? Eine reicht gewiss nicht aus.«

»Der Champagner bliebt im Keller«, sagte Madame Chrysantheme und drückte Florine eine Champagnerschale in die Hand. Dann erhob sie sich, klatschte in die

Hände und trieb die Mädchen vor sich her zur Tür. »Allez, Mädchen, hinaus mit euch!«

Mit sichtlichem Widerwillen trollten sich die Kurtisanen, während Florine das Bleikristall in den Fingern drehte. Sie war sich nicht sicher.

»Soll ich etwa …?«

»Gewiss doch, gewiss! Nur keine Scheu.« Madame Chrysantheme nickte heftig. »So, und ihr anderen an die Arbeit. Was immer es für euch zu tun gibt, hier findet es nicht statt. Hinaus mit euch!«

Nach eingehender Betrachtung der Champagnerschale hantierte Florine umständlich mit ihren Röcken und dem Kristall. Da kauerte sie in einem Salon von bestechender Eleganz und zielte blind in ein Glas. Was für eine Situation, an die sich gleichwohl neue Hoffnung knüpfte. Nach endlosen Wochen voller Gram, Kummer und Gewissensbissen hatte sie einen Grund zu lächeln und verspürte sogar einen Lachreiz als es darum ging, das gefüllte Glas unter ihren Röcken hervorzuholen, ohne den neuen Teppich zu bekleckern. Die Verbiegungen, die sie dazu machen musste, brachten sie zum Kichern.

»Fertig!«, rief sie und ordnete ihre Röcke.

Madame Chrysantheme hatte auf diesen Ruf gewartet und trat ein. Bedächtig umfasste sie die Unterseite der Schale mit beiden Händen und roch daran, als gelte es, ein köstliches Bukett zu ergründen. Leicht schwenkte sie die Schale, hielt sie gegen das karge Licht, das der Nachmittag durch die Fenster sandte, und roch noch einmal daran. Schließlich tippte sie die Spitze ihres kleinen Fingers in die Flüssigkeit und leckte mit der Zunge darüber. Florine zog eine Grimasse und konnte gleichzeitig nicht den Blick vom Inhalt der Champagnerschale abwenden. Weshalb dauerte es nur so lange, bis Madame Chrysantheme zu einem Schluss kam? Ungeduldig wippte sie auf den Fußballen.

»Könnt Ihr etwas … herausschmecken, Madame?«

»Könnte sein. Gut möglich. Sicher bin ich nicht.« Madame Chrysantheme zückte ihren Kneifer und setzte ihn auf ihre Nase, als könnte dieses Vorgehen die Geschmacksnerven anregen. Sie wiederholte die Prozedur. »Hm. Wenn mich nicht alles täuscht …«, Ein drittes Mal kostete sie. »Deine Vermutung ist zutreffend, Florine. Ich muss dir gratulieren, du bist …«

»Ich wusste es!«, stieß Florine aus und fiel Madame Chrysantheme um den Hals. Erleichterung, Freude und pures Glück erfüllten sie in schneller Folge. Ihr fehlten die Worte, um es zum Ausdruck zu bringen. »Oh, das ist so … wundervoll. Einfach grandios! Danke, Madame. Vielen, vielen Dank!«

»Ja, nun, etwas dazu beigetragen habe ich eigentlich nicht.«

»Ich kann nicht bleiben, Madame. Aber ich werde wiederkommen. Ja, das werde ich. Nicht zur Eröffnungsfeier, denn das geziemt sich wohl dann nicht mehr für … Ich muss gehen. Ich muss es ihm umgehend sagen! Auf Wiedersehen! Au Revoir!«

Florine eilte zur Tür, schwenkte herum, kehrte im Laufschritt zurück, da sie ihren Umhang vergessen hatte, schoss Madame Chrysantheme ein letztes, strahlendes Lächeln zu und hastete zu ihrer Kutsche. Sie hatte nicht das Gefühl als berührten ihre Füße den Boden. Eher schwebte sie eine Handbreit darüber hinweg. Der Kutscher Gustave trieb das Gespann zu Höchstleistungen an, um auf schnellstem Wege nach Paris zurückzukehren.

Im Becken des Springbrunnens trieben vergessene Herbstblätter und verliehen dem Wasser eine schmutzigbraune Farbe. Die Fontäne in seiner Mitte war abgestellt worden. Schmutz und altes Laub hatte sich in den Hofecken und sogar auf den Eingangsstufen gesammelt. Florine betrachtete den kupfernen Türklopfer, einen Wolfskopf mit klaffendem Maul, ohne ihn zu betätigen. Cassian de Garou hatte sein Haus und Paris verlassen.

»Demoiselle, die Läden sind vorgezogen, ich glaub nich, dass jemand da is«, rief Gustave ihr hilfsbereit vom Kutschbock aus zu. Er hatte den Dreispitz gegen den Graupelschauer tief in die Stirn gezogen und seinen Kragen hochgeschlagen.

»Warte hier auf mich, Gustave.«

»Sauwetter«, brummelte er seine Art von Zustimmung.

Sie umrundete das Haus auf der Suche nach einem Seiteneingang oder einem offenen Fenster. Versuchsweise nestelte sie an einem Fensterladen, doch ihre Finger waren selbst in den Handschuhen zu klamm und das Metall saß fest in seiner Verankerung. Viel zu lange hatte sie eine Aussprache hinausgezögert, verstört durch Cassians endgültige Abkehr und wie gelähmt von ihrer eigenen Furcht vor der Bestie. Er war davor zurückgescheut es ihr zu erklären, und so war sie unvorbereitet gewesen. Ein Wort von ihm, und ihr Schrecken wäre nicht so groß, geschweige denn so nachhaltig gewesen. Ihre Angst und das Bewusstsein, dass er ihr nicht vollständig vertraute, schließlich der unerwartet schnelle Bruch zwischen ihnen, hatte sie verunsichert und zaghaft werden lassen. Wochen hatte es gedauert, um seine Zurückweisung und alles andere zu verdauen und einen Entschluss zu fassen, und ohne Madame Chrysanthemes Bestätigung stünde sie am Ende nicht vor seinem verlassenen Haus. Das zugeben zu müssen, beschämte sie am meisten. Sie setzte ihren Rundgang fort, nicht bereit, aufzugeben und sich eingestehen zu müssen, dass sie zu spät gekommen war.

Ein eisiger Wind blähte ihren Umhang, als sie die Hintertür entdeckte und darauf zueilte. Graupel traf gleich kalten Nadelspitzen in ihr Gesicht, zusammen mit einer Haarsträhne, die ihr über die Augen wehte. Die Tür war nicht abgeschlossen, und ein Windstoß drückte sie weit auf. Am Ende des gähnend leeren Gangs stand etwas – und es war kein Mensch. Florine hörte das gedämpfte Auftreffen von vier Pfoten auf Stein, vernahm das Geräusch von Krallen und sah ein helles Schemen aus dem Zwielicht auf sich zukommen. Bis sie begriff, dass das helle Fell zu einem ihr fremden Wolf gehörte, war es zu spät die Tür zuzuschlagen. Es blieb ihr nur, die Beine in die Hand zu nehmen und auf den nächsten erreichbaren Baum zuzurennen. An ihm sprang sie in die Höhe, erhaschte einen dicken Ast und zog sich daran hinauf. Aus sicherer Warte spähte sie auf den Wolf hinab, der den breiten Kopf in den Nacken gelegt hatte und zu ihr aufknurrte. Sein Fell besaß die Farbe geschlagener Vanillecreme, durchzogen von vereinzelten dunklen Streifen.

Sie raffte ihren Umhang um sich, als er nach oben sprang, um nach einem Zipfel zu schnappen, und kletterte höher hinauf. Das hatte ihr wahrlich noch gefehlt. Es war kalt und nass und sie saß in einem Birnbaum, von einem ihr unbekannten Wolf hinauf getrieben, der sie aus freien Stücken gewiss nicht unversehrt entkommen lassen würde. Ihre Ledersohlen rutschten über feuchtes Holz, und sie war gezwungen, ihr Gewicht einem kräftigen Ast anzuvertrauen, den sie zum besseren Halt unter die Achseln klemmte.

»Geh weg! Verschwinde!«, rief sie wider besseres Wissen hinunter.

Das Knurren wurde lauter. Einen Verdacht hatte sie bereits gehegt und nun bewahrheitete er sich. Es half absolut nichts, die Tochter eines Vampirs zu sein. Weder brachte es Vorteile, noch konnte sie dadurch einen Werwolf verschrecken.

Einige wenige harte Birnen hingen noch an den Zweigen. Sie pflückte eine, wartete, bis der Wolf seinen Rundgang beendet hatte und schleuderte die Birne nach ihm. Das kleine Geschoss prallte wirkungslos von seinem breiten Kopf ab. Er schüttelte sich, sah zu ihr auf, und wurde von der nächsten Birne auf das rechte Auge getroffen. Die lächerlichen Treffer, die sie verzeichnen konnte, machten ihn rasend. Er stemmte sich mit den Vorderpfoten gegen den Baumstamm. Borke splitterte unter seinen Krallen, während er nach den auf ihn zielenden Birnen und nach Florine schnappte. Mit jedem Satz, den er machte, schien er ihren Füßen näher zu kommen. Da ihr die Birnen ausgingen, setzte sie auf Lautstärke.

»Pfui! Böses Tier! Aus! Gustave! Gustave!«

Es war nicht Gustave, der auftauchte, was ihm wahrscheinlich das Leben rettete, sondern ein Mann, der aus der Hintertür trat. Er trug nur ein Hemd und enge Reithosen, die in kniehohen Stiefeln steckten. Im ersten Moment glaubte sie, in der schlanken Gestalt Cassian zu erkennen. Aber das Haar, das im Wind aufwehte, war tiefschwarz, von dunkelroten Strähnen durchzogen und gehörte zu seinem Bruder Ruben.

»Gilian! Stop it!«

Die fremd klingenden Worte hatten keine Wirkung auf Gilian, den Wolf. Er war versessen auf ihre Kalbslederstiefelchen und noch mehr auf die Füße, die darin steckten. Ruben war unter dem Baum angekommen, verschränkte die Arme und sah zu ihr hinauf. Die Kapuze ihres Umhangs war über ihr Gesicht gerutscht, doch er erkannte sie.

»Ich habe nicht erwartet, dich jemals wieder zu sehen, Mädchen, geschweige denn in einem Baum.«

Es schien ihn zu erheitern, denn er grinste zu ihr auf. Florine wischte die Kapuze zurück.

»Dieses Riesenvieh hat mich hinaufgejagt. Treib ihn weg.«

»Es ist schwierig, einen Wolf zu vertreiben. Er könnte mich beißen.«

»Dann binde ihn an, Herrgott noch mal!«

»Ich neige nicht dazu, meine Brüder zu fesseln, obwohl es gelegentlich klüger wäre. Komm herunter. Gilian wird dir nichts tun.«

Daran hegte sie berechtigte Zweifel angesichts des kräftigen Gebisses, das der Wolf ihr zeigte. Andererseits wollte sie nicht länger in einem Baum hocken und nass werden. Ruben legte sacht die Hand auf den Wolfskopf, was seinen Bruder soweit beschwichtigte, dass er sich ein Stück mit ihm entfernte und sein pelziges Hinterteil auf den Boden setzte.

Anstatt zu Klettern wurde der Abstieg aus dem Birnbaum eine Rutschpartie, bei der sie strauchelnd auf festem Erdreich ankam. Ruben streckte nicht die Hand aus, um sie zu stabilisieren, und der Wolf schien sogar zu grinsen.

»Was suchst du hier, Vampirkind?«, fragte Ruben verächtlich.

Der Wolf sah zu ihm auf und knurrte.

»Was denkst du wohl? Ich suche Cassian. Ich muss mit ihm reden.«

»Cassian hat noch vor dem Wintereinbruch Paris verlassen. Er kommt nicht mehr zurück. Das kannst du deinem Vater ausrichten. Er wird begeistert sein, wie leicht Paris an ihn zurückgefallen ist. Sein Glück wird allerdings nur so lange währen, bis ein anderer Alpha die Gelegenheit ergreift und sich dieses Revier aneignet.«

Ihr Ärger über die unwirsche Begrüßung und den Empfang durch einen Wolf, der sie auf einen Baum gescheucht hatte, wich herber Enttäuschung. Vergeblich hatte sie sich ihre Begegnung, die Wirkung ihrer frohen Botschaft, ihre Versöhnung ausgemalt. Cassian war nicht länger in der Stadt und ihre Hoffnungen sollten Wunschträume bleiben. Um sich nicht allzu viel vor Ruben anmerken zu lassen, stellte sie eine Frage, die sie im Grunde nicht interessierte.

»Gehört Paris jetzt dir?«

Ruben verzog die Lippen. Sie waren sinnlich, voller als Cassians Mund, und ohne seine markanten Züge hätten sie ihn weibisch wirken lassen.

»Ich lege keinen Wert auf Paris oder ein anderes Revier, Mädchen. Ich bin lediglich noch hier, weil ich meinen Bruder nach England zurückgeleiten werde – sobald er dazu in der Verfassung ist. Mit einem Wolf zu reisen ist nicht unbedingt einfach.« Augen, deren Farbe zwischen Grün und Grau changierte, bohrten sich in Florines Blick. »Tja, eigentlich geht dich das alles nichts an. Ist wohl typisch, dass ein Werwolf vor Micas Tochter ins Schwafeln gerät. Geh nach Hause, Mädchen. Du hast hier nichts zu suchen.«

Ruben wandte sich ab, und der Wolf folgte ihm auf das Haus zu. Sie ließen sie einfach im Graupelschauer stehen. Tränen brannten unter Florines Lidern. So schnell wollte sie sich nicht dreinfügen. Sie setzte den beiden nach.

»Ruben! Ich muss mit Cassian sprechen. Wo finde ich ihn?«

»Hörst du das, Gil? Sie klingt wie unser Vater.« Er sah über die Schulter zurück. »Cassian ist auf unserem Familiensitz in der Auvergne. Lass ihn zufrieden, Mädchen. Du hast schon genug Unheil über unsere Sippe gebracht.«

Das hatte sie nicht! Unglück und Kummer resultierten daraus, dass sie Cassian viel zu lange zufrieden gelassen hatte.

»Wo in der Auvergne? Wie heißt der Ort?«

»Es gibt keinen Ort in der Nähe. Er ist oben im Zentralmassiv, und dort liegt vermutlich zu viel Schnee, um zu dieser Jahreszeit dorthin zu gelangen.«

Nachdem er dies gesagt hatte, wollte er kurzerhand die Tür vor ihrer Nase zuschlagen. Geschwind setzte sie ihren Fuß in den Spalt und hinderte ihn daran. Abermals traf sie ein eiskalter Blick aus schmalen Augen. Sie ließ sich davon nicht beirren. Es war nicht an Ruben darüber zu entscheiden, ob sie Cassian wieder sah oder nicht. Eine Chance, mehr verlangte sie nicht. Eine Chance, ihre Liebe zurück zu gewinnen.

»Ich erwarte sein Kind. Er muss es wissen. Mehr will ich nicht, nur dass er davon weiß.«

Hörbar zog Ruben die Luft ein. Dann stieß er den Atem aus, wischte sich das feuchte Haar zurück und ließ sie eintreten. Wortlos ging er voran in die Bibliothek, entrollte eine Landkarte und wies mit dem Finger darauf. Es lag wirklich mitten im Massiv der Auvergne, fernab jeder Ortschaft. Florine prägte es sich ein.

»Danke, Ruben.«

»Ich habe nichts gesagt.«

»Und ich habe nichts gehört«, stimmte sie zu und ging ohne ein Wort des Abschieds davon, hinaus in den Graupelschauer, der zugenommen hatte und ihr in Böen unter die Kapuze fegte.

Ein Rumpeln weckte Mica aus seinem Schlummer. Mit geschlossenen Augen spürte er dem Kitzeln auf seinem Brustkorb nach, ohne zu wissen worum es sich handelte. Als er Saint-Germains schmetterndes Organ hörte, schlug er die Augen auf und sah direkt in das Gesicht eines sehr anziehenden, jungen Mannes.

»Ich liebe Euch«, gestand dieser.

Mica gab nichts auf diesen Liebesschwur, zumal Saint-Germains Stimme ihn zu sehr ablenkte.

»Nicht doch! Durchlaucht, das geht nicht an! Nein, ich lasse es nicht zu! Ihr werdet umgehend damit aufhören!«

Hölle, offensichtlich war Florine abermals hier gewesen, um Mica mit einem jungen Burschen zu erwischen, seinen zarten Händen nach Sprössling eines Aristokraten. Und jetzt schien sie ihre Koffer zu packen. Es musste aufhören. Ein anderer sicherer Ort musste gefunden werden, an dem er seinen Hunger stillen konnte, solange seine Tochter ihn nicht nachvollziehen konnte. Er lauschte auf Saint-Germains Zetern und überlegte sich gleichzeitig, wie er den jungen Mann ungesehen aus dem Haus schmuggeln konnte.

»Nein, sagte ich! Bring die Sachen wieder zurück, wo sie hingehören, du dumme Trine!«

Das Schimpfwort musste Florines Zofe gelten, einem Pariser Gör mit einem Mundwerk, das scharfe Spitzen in alle Richtungen verschoss.

»Hört auf Marielle anzuschreien! Sie handelt nach meinen Anweisungen.«

»Ihr überschreitet Eure Kompetenzen, Durchlaucht!«

»Und Ihr habt nichts anzumelden, Saint-Germain. Geht mir aus dem Weg!«

»Da Ihr davon überzeugt seid, zwingt ihr mich zu anderen Maßnahmen.«

»Geht schon fort mit Euren Maßnahmen, Ihr alberner Laffe!«

Der laute Zwist war beendet, und das schöne Gesicht seiner Quelle näherte sich Mica, um ihm einen Kuss zu rauben. Achtlos schob er den Kopf des jungen Mannes beiseite.

»Steh auf und zieh dich an«, sagte er.

Seinem Befehl wurde sofort Folge geleistet. Der junge Mann stieg aus dem Bett und kleidete sich zu dem Trommelwirbel, den Saint-Germains Absätze auf der Marmortreppe veranstalteten, an. Wenig später stürmte der Comte auf das Schlafgemach zu.

»Goldener!«, trompetete er schon von Weitem. »Es ist eine Katastrophe! Ihr müsst einschreiten und ihr Einhalt gebieten. Auf mich will sie nicht hören!«

Saint-Germain trat ein, erblickte den jungen Mann, der angekleidet war und auf weitere Befehle wartete, und nahm sich zunächst seiner an. Wenig sanft stieß er ihn hinaus, drückte ihm einige Münzen in die Hand und hieß ihn, zu verschwinden. Mica setzte einen Gedanken hinzu, um Saint-Germains Aufforderung größeren Nachdruck zu verleihen.

»Sie hat den Burschen gesehen, nehme ich an«, folgerte er, nachdem seine Quelle gegangen war.

»Ach wo«, gab Saint-Germain lax zurück, viel zu aufgewühlt, um auf seinen Tonfall zu achten. »Sie will abreisen, das stimmt. Den Grund hat sie mir vorenthalten. Die Dirne, die sich ihre Zofe nennt, hat bereits die Koffer gepackt.«

»Wie spät ist es?«

»Die fünfte Nachmittagsstunde, Goldener.«

Dann war es dunkel genug, um sich hinaufwagen zu können, ohne einen Tiefschlaf zu riskieren. Mica erhob sich und schlüpfte in den von Saint-Germain hingehaltenen Hausmantel. Auf dem Weg zu Florine redete Saint-Germain ohne Unterlass, um seiner Aufregung Herr zu werden. Er entfachte sich selbst bei seiner kleinen Rede über Mangel an Respekt und Gehorsam und die Notwendigkeit, Florine diese beiden unerlässlichen Eigenschaften beizubringen. Ein grauer Schleier aus Schnee und Regen legte sich über die Fenster und verdunkelte das Haus.

»Lass dieses Geschwätz, Aymar. Dir ist meine Tochter nichts schuldig«, knurrte Mica und schob Saint-Germain beiseite, um Florines Zimmer zu betreten.

Drei offene Schrankkoffer füllten den Raum. Kleider lagen auf dem Bett verstreut, und die Zofe schleppte einen weiteren Arm voller Stoffe an. Als sie Mica gewahrte, schlug sie einen raschen Haken und kehrte in das Ankleidezimmer zurück. An ihrer Stelle kam Florine herein, in einer Hand eine Hutschachtel, in der anderen eine Flut von Haarbändern in allen denkbaren Farben.

»Dies ist dein Zuhause, Kind. Ich bin es leid, diesen Fakt ständig wiederholen zu müssen. Du wirst nirgendwo hinreisen, weder zu dieser Jahreszeit noch zu einer anderen, es sei denn, ich gestatte es dir.«

Als könnte sie daraus Kraft schöpfen, drückte sie die Hutschachtel an sich. Bleich und entschlossen zugleich wich sie seinem ernsten Blick nicht aus.

»Du kannst mich nicht für immer und ewig festhalten, Mica.«

»Was braucht es noch, damit du es endlich einsiehst?«, fuhr er auf. »Der Werwolf legt keinen Wert auf dich. Er hat dich verschmäht und sich von dir losgesagt. Ich ahne, wohin du reisen willst, und ich sage dir, es endet in einem Fiasko. Er mag dich begehrt haben und ich erklärte dir, weshalb. Es war keine Liebe, Florine. Willst du etwa zu ihm fahren, um eine weitere Demütigung einzuheimsen?«

»Dem entnehme ich, dass du von seiner Abreise aus Paris gewusst und sie mir verschwiegen hast.«

»Ob du davon weißt oder nicht, ändert nichts. Er hat dich verlassen!«

»Weil du ihn vertrieben hast. Ich kenne dich, Mica. Du hast ihm etwas eingeflüstert, das ihn dazu brachte, Paris zu verlassen. Es ist alles deine Schuld.«

Mica setzte sich auf die Bettkante. Der Frage, die ihn am stärksten beschäftigte, konnte er nicht nachgehen: weshalb war ausgerechnet seine Tochter eine solche Plage? Kinder sollten doch ein Segen sein.

»Ich musste nicht zu Lügen greifen. Die Wahrheit reichte vollkommen aus. Er ist ein Werwolf, du bist meine Tochter, es ist vorbei«, betonte er jede Silbe. »Du wirst ihm nicht nachlaufen. Es würde absolut nichts ändern und dich nur unglücklich machen.«

In ihrem Gesicht arbeitete es. Gram traf auf Hoffnung, und es schmerzte ihn, diesem Kampf beizuwohnen. Es mündete in einem Patt und brachte Florines Stimme zum Beben.

»Er soll mir selbst ins Gesicht sagen, dass er mich nicht liebt.«

»Und das würdest du dann endlich akzeptieren?«

Schwer sank sie gegen einen Bettpfosten und enthielt sich einer Antwort. Ihre Augen wurden zu dunkelblauen Ozeanen aus Tränen.

»Kind, du wirst dich dem nicht aussetzen und dir weiteren Kummer zufügen. Bei diesem Wetter erreichst du dein Ziel ohnehin nicht. Warte bis der Schnee geschmolzen ist.«

»Das dauert bis zum Frühjahr.«

Diese Aussicht knickte ihre Knie ein. Sie sank neben ihm auf die Bettkante. Liebevoll streichelte er über ihren Rücken, eine der ersten Berührungen, die er wagte. Unter seiner Handfläche spürte er ihr Rückgrat und fragte sich, wie sie trotz ihres Heißhungers so schmal sein konnte. Sie rieb sich die Augen und sah ihn an, ohne seine Hand beiseite zu schieben. Die Ablehnung erfolgte durch ihre trockenen, harten Vorwürfe.

»Du sagst das alles nur, weil du nicht willst, dass er mich liebt. Du bist froh um seine Abkehr von Paris, da es nun alleine dir gehört. Das alles hast du geplant. Ich gehe, Mica, ob nun zu Cassian oder irgendwo hin in die Fremde, bleiben werde ich nicht. Ich ersticke in diesem Haus!«

Mica zog seine Hand zurück. »Sag das nicht, Kind.«

»Das willst du nicht hören, nicht wahr? Der Großmeister aller Vampire verträgt es nicht, dass sein übermächtiger Wille ignoriert wird. Aber mich kannst du nicht beugen, dazu musst du mich brechen, Vater.«

»Du widersetzt dich meinem Willen, um deinen eigenen durchzusetzen«, zischte er. »Denkst du, es hilft dir, vor einem Werwolf auf den Knien zu rutschen? Du magst vergessen, wer dein Vater ist, er wird es nicht. Alles willst du verschleudern um seinetwillen. Obwohl er es nicht verdient. Obwohl du weißt, was ich dir geben kann.«

»Das wonach ich mich sehne kannst du mir nicht geben.«

Seine Armbewegung umfasste den Raum, die Kleider in den Schrankkoffern und die Schmuckschatullen, die auf ihrem Platz standen, da Florine sie offenbar hatte zurücklassen wollen.

»Dieser Tand ist nicht alles, was ich dir bieten kann, Kind. Mit Geld kann sich kein Sterblicher den größten aller Wünsche erfüllen, und ein jeder, der der Vergänglichkeit ausgeliefert ist, hegt eine einzige Sehnsucht. Dem Schicksal seines Alterns, der Krankheiten und des Todes zu entkommen.«

Ein Anflug von Faszination huschte über ihre Züge. »Du bietest mir Unsterblichkeit?«

»Unsterblichkeit, ewige Jugend und noch viel mehr, Liebes. In dir fließt das Blut eines sehr alten Volkes. Genug, um dich zu einer Lamia zu machen, zu einem der mächtigsten Geschöpfe, die es auf Erden gab und gibt. Manche unter ihnen, und deine Großmutter gehört dazu, werden sogar von ihrem eigenen Volk gefürchtet. Wenn es vollbracht ist, wird dein Kummer über eine verlorene Liebe nichts mehr bedeuten.«

Sie blickte auf ihre Hände hinab, verschränkte sie, löste sie wieder, ballte sie zu Fäusten. Aus ihr strömte eine Mischung aus Unglaube und Argwohn. Mica kannte die Macht seines Köders. Niemand konnte ihn ausschlagen.

»Du hast zugegeben, dass Vampire nicht unsterblich sind.«

»Wie würdest du eine Lebensdauer über Jahrtausende hinweg nennen?«

»Jahrtausende …«, wiederholte sie tonlos.

Stück um Stück schluckte sie den Köder. Ziellos irrte ihr Blick durch den Raum, ohne eine festen Punkt fixieren zu können.

»Wie geht es vonstatten?«, wollte sie wissen.

»Du müsstest mein Blut trinken. Sehr viel davon.« Endlich fand sie einen Fixpunkt und richtete ihre Aufmerksamkeit gebannt auf seinen Hals. »Es müsste nicht die Halsschlagader sein, Kind. Mein Handgelenk taugt dazu ebenso gut.«

»Wie viel?«, krächzte sie matt.

»Nahezu alles.«

»Du würdest … ausbluten?«

Sie wurde bleich und rieb sich die Schläfen. Ob ihrer Sorge um ihn musste er lächeln. Zumindest nahm er an, dass es ihr darum ging. Sie hatte den Köder geschluckt und zugestimmt, einzig die Vorgehensweise machte ihr zu schaffen.

»Für mich besteht keine Gefahr. Kurz darauf würde ich einige Quellen brauchen, um mir frisches Blut zuzuführen.«

»Und sie würden dabei ihr Leben lassen.«

Die Schlussfolgerung war zutreffend, denn nahezu ohne Blut war die Gier danach am größten und das Leben der Quellen trat dahinter zurück. Sie wusste es, ohne dass er es ihr sagen musste. Das Wissen darüber lag in ihr verankert und musste nur geweckt werden, damit es ihr bewusst wurde.

»Was sind schon einige Quellen, im Vergleich zu dem, was dich erwartet, Kind? In der Zeit, die dir zur Verfügung stehen wird, schrumpfen die Sterblichen zur Bedeutungslosigkeit. Sie sterben ohnehin wie die Fliegen, ob durch meinen Biss oder etwas anderes. Sie wurden für uns geschaffen, Kind. Um uns zu ernähren.«

»So wie das Schaf geschaffen ist für Wolle, die Kuh für die Milch und das Schwein für sein Fleisch?«

»Keines dieser Tiere würde dir darin zustimmen, aber so ist es, weil der Mensch es beschlossen hat. Ebenso haben die Vampire ihre eigenen Beschlüsse gefasst.«

Zunächst blieb ihr Kopfschütteln vage. Allmählich wurde es stärker, nachdrücklicher und geradezu vehement. Mica hüllte sie in die einlullende Melodie seiner Stimme.

»Nichts würde mir größeres Glück bringen, als dich zu dem zu machen, wozu du bestimmt bist, Kind. Deine Mutter ist für dich gestorben, und es würde sie mit Freude erfüllen, ihre Tochter vor Krankheiten und einem viel zu frühen Tod geschützt zu wissen. Sie liebte dich so sehr.«

Ein Zittern erfasste ihre Schultern. Über ihre Mutter hatte sie noch nichts gesagt und auch keine Fragen gestellt. Nahezu jeden Tag ging sie hinunter in den Raum voller Bilder und betrachtete sie. Hingegen schenkte sie dem Bildnis ihrer Großmutter kaum Beachtung.

»Meine Mutter hat sich darauf nicht eingelassen, nicht wahr? Sie war eine Sterbliche, die Tochter eines Schäfers, Saint-Germain hat es mir gesagt. Sie wollte die Tagstunden nicht missen die Sonne auf ihrer Haut, die Wärme des Lichts. Auch dafür war sie bereit, ihr Leben zu lassen, und ich bin es ebenfalls. Ich glaube, ich habe mehr von Maman, als du dir vorstellen kannst.«

Maman sagte sie und wiederholte es stumm. Mica konnte es an ihren Lippen ablesen. Wie oft hatte sie es schon gesagt, vor den Portraits, nachts in ihrem Bett? Ihrer Miene nach zu schließen sehr häufig. Eine Träne kullerte aus ihrem Augenwinkel. Sie wischte sie nicht fort. Ihr Argument und die Sehnsucht nach einer Mutter, die sie nur von Bildern kannte, setzten Mica für den Augenblick schachmatt. Er hatte Maries Gründe nie nachvollziehen können, weil sie sie nie genannt hatte. Die Liebe nach Licht und Sonne sollte stärker gewesen sein, als ihr Wunsch die Ewigkeit an seiner Seite zu verbringen? Dafür war Marie bereit gewesen, schwach und sterblich zu bleiben? Ob dem so war oder nicht, war unerheblich. Seine Tochter bedeutete ihm mehr als Marie ihm jemals bedeutet hatte.

»Die Gabe einer Lamia erschöpft sich nicht in einem langen Leben, Kind«, setzte er die letzte Verlockung ein. »Kein Mann und kein Werwolf kann sich ihrem Ruf entziehen. Cassian würde vor dir in die Knie gehen und dich anbeten, in einer Eindringlichkeit und Hingabe, die alles übertrifft, was du bisher von ihm erhalten hast. Seine

Sippe könnte ihn nicht davon abhalten. Du hast mein Wort darauf.«

Dieses Versprechen machte ihre Miene blank. Sie starrte ins Nichts, und Mica glaubte die Bilder in ihrem Kopf sehen zu können. Er hatte nicht gelogen, sondern ihr lediglich vorenthalten, dass sie keinen Wert mehr auf die Liebe eines Werwolfs legen würde, sobald sie sich gewandelt hatte. Zu ihrer Entscheidung fehlte nicht mehr viel.

»Du hast so recht, Mica. Du hast ja immer Recht. Cassian könnte mir nicht widerstehen. Und dafür würde ich ihn töten, da ich eine Lamia geworden wäre. Den Mann, den ich heiraten, mit dem ich mein Leben verbringen wollte. Denkst du wirklich, daran ist mir gelegen? Du hast noch immer nicht begriffen, was ich für ihn empfinde. Wenn Kummer das einzige ist, was mir von meiner Liebe bleibt, ist es mir lieber als nichts.«

Ihr Instinkt war zu sicher, um sich täuschen zu lassen. Sie durchtrennte in aller Schärfe das Webwerk, das er um sie geschlungen hatte und zerschmetterte seine Verheißungen ohne Bedauern.

»Kind …«

»Nein. Ich will nichts hören von Unsterblichkeit und der Macht, die du mir schenken willst. Ich lege keinen Wert darauf. Ich kann keine Lamia werden und ich will es auch nicht.«

»Dann warte wenigstens noch eine Weile, bis …«

»Denn niemand kann mir garantieren, dass ich dadurch nicht sein Kind verliere. Um das zu verhindern, würde ich Jahre meines Lebens geben, anstatt die Ewigkeit zu wählen.«

Die Neuigkeit schickte Mica beinahe auf den Rücken, hinein in den Kleiderberg, der sich auf dem Bett stapelte. Eine Schwangerschaft hatte er nicht in Erwägung gezogen. Vielmehr hatte er sie nicht erwägen wollen und ihrem auffälligen Heißhunger eine andere, erträgliche Bedeutung gegeben. Diesmal hatte er sich selbst etwas eingeflüstert. Dabei lag es auf der Hand, nach all den Nächten und Tagen, die Florine mit Cassian verbracht hatte. Details waren eine Zumutung und auch nicht nötig, um sich vorzustellen, wozu ein Werwolf verleitet wurde, wenn es galt, seine Gefährtin zu wählen. Mica stand auf, der Geschmack von Bittermandeln füllte seinen Mund. Sein Glaube daran, dass er Florine im Laufe der Zeit enger an sich binden konnte, war fest in ihm verankert gewesen. Die Frucht in ihrem Leib verhöhnte seine Hoffnung und machte alle Pläne zunichte.

»Ich gratuliere. Du hast den einzigen Weg aufgetan - das Ehrgefühl eines Werwolfs - um ihn unter deinen Willen zu zwingen. Er wird an deiner Seite bleiben, ob ihm an deiner Gegenwart gelegen ist oder nicht.«

»Ich habe nicht vor, ihn damit unter Druck zu setzen. Ich werde ihn zu nichts zwingen«, begehrte Florine auf.

»Mein Haus steht dir immer offen, Tochter. Solltest du jemals deinen Fehler erkennen, bist du und mein Enkelkind stets willkommen.«

»Es ist kein Fehler, Mica. Er hat ein Recht darauf, von unserem Kind zu wissen. Allein darum geht es mir!«, rief sie ihm nach.

Er gab nichts darauf, sondern ließ sie zwischen ihren Schrankkoffern zurück, außerstande, ihr Lebwohl zu sagen oder gar Glück zu wünschen.

Auf dem Weg den karg bewachsenden Hügel hinauf, hatte Florine eigentlich mit einer alten Burg gerechnet. Stattdessen bestand der Stammsitz der Wolfssippe Garou aus grob geschlagenem Mauerwerk unter einer unübersichtlichen Anzahl von Giebeln und Erkern. Schnee bestäubte wie Puderzucker die vielen Giebel und verlieh ihnen einen pittoresken Anstrich. Auf den Mauern hatte sich eine grüne Patina aus Moos abgelagert. Der steil ansteigende Weg, in dem gefrorene Pfützen die Schlaglöcher bedeckten, lief direkt in einen weiten Platz aus, dessen Mittelpunkt das Haus bildete. Von dort aus sah man auf die Hügel und Wälder einer von Menschenhand unberührten Landschaft, deren Gestein unter einer dünnen Schneeschicht verborgen lag. Schneeflocken fielen aus einem niedrig liegenden Himmel, und verleiteten Marielle dazu, beim Aussteigen aus der Kutsche einen Schirm aufzuspannen.

Trotz der Fürsorge ihrer Zofe wurde Florine das Gefühl nicht los, in unmittelbarer Nähe einer Steinlawine zu sein, die jeden Moment über sie hinwegrollen konnte. Was das Wetter betraf, so hatten sie alle zur Übertreibung geneigt. Von den Unterkünften auf ihrem Weg hierher hatte niemand gesprochen. Sie waren das eigentliche Übel gewesen, und einige Nächte in unsauberen Betten hatten sie erschöpft zurückgelassen. Sie fühlte sich ausgewrungen wie ein unbrauchbarer Putzlappen.

»Vor dieser Ruine packt mich das kalte Grausen«, fasste Marielle die Fakten punktgenau zusammen. »Gustave muss eine falsche Abzweigung genommen haben. Ein Gentilhomme würde doch nie in so einem alten Gemäuer hausen.«

Auf dem Weg von der letzten Ortschaft mitten in diesen unberührten Teil der Auvergne hatte es keine Abzweigungen gegeben. Die schmale Landstraße hatte sich in Schlangenlinien die Hügel hinauf und hinunter gezogen. Marielle schlang ihren Umhang fester um sich und verbarg nicht ihren Widerwillen angesichts des wenig einladenden Zieles ihrer Reise.

»Was machen wir jetzt, Demoiselle? Wir können nicht stehen blieben, bis wir festgefroren sind, und lange wird das nicht dauern.«

Der stärker werdende Schneefall erforderte eine Entscheidung, entweder die Rückkehr in die nächste Ortschaft – eine Fahrt von mehreren Stunden – oder der Schutz des Hauses, zumindest unter sein Vordach. Sie biss die Zähne aufeinander und stapfte über den gefrorenen Boden auf die Haustür zu. Weder gab es einen Klingelzug noch einen Klopfer. Das Türholz war nahezu schwarz verfärbt und wirkte abweisend. Als sie mit dem Fingerknöchel dagegen schlug gab es einen dumpfen, kaum hörbaren Laut. Marielle klappte den Schirm zu und hämmerte mit dem Griff eifrig auf das Holz ein.

»Ihr müsst ins Warme«, sagte Marielle und eingedenk der Gewichtigkeit, die sie ihrer Stellung zuschrieb, schlug sie umso heftiger auf die Tür ein.

Quietschend öffnete sie sich, und der Schirmgriff traf auf Bertrands breite Brust. Marielle senkte den Schirm und musterte den schwarz gekleideten Lakaien, der sich in all seiner Großspurigkeit vor ihnen aufbaute und sie beide von oben herab musterte.

»Besuch wird nicht erwartet und ist auch nicht erwünscht. Erst recht nicht, wenn Ihr es seid.«

Marielle legte die Hand trichterförmig hinter ihr Ohr, als sei ihr durch das eigene Klopfen das Gehör abhanden gekommen. Florine mahnte sich zur Ruhe. Für ein Wortgefecht mit Bertrand fehlte ihr die Kraft. Garantiert würde sie diesmal den Kürzeren ziehen.

»Wir haben eine lange Reise hinter uns, Bertrand. Sie war ermüdend und anstrengend. Also, sei so gut …«, hob sie in aller erforderlichen Höflichkeit an.

»Niemand hat Euch hergebeten, und so müsst Ihr wohl unverrichteter Dinge die Rückreise antreten.«

»Hä?«, machte Marielle.

»Melde mich deinem Herrn, Bertrand.«

»Mein Herr will mit Euch nichts zu tun haben, und es wird ihm auch nicht gefallen, wenn Ihr vor seinem Haus herumlungert. Wir haben zwar keine Bordeauxdoggen, aber ich schätze, gegen Euch reicht ein Besen aus.«

In Marielle kam Bewegung, und sie erfolgte mit der Geschwindigkeit, die Pariser Gossenkinder von klein auf erlernten. Kurzerhand trieb sie Bertrand die Schirmspitze in den Rist seines Fußes.

»Aus dem Weg, Canaille! Dir steht es nicht zu, meine Herrin durch Frechheiten zu kompromittieren. Wo sind wir denn, wenn ein Lakai das Maul soweit aufreißt, dass ich mir das Flattern seines Gaumenzapfens antun muss?«

Überrumpelt von der Angriffslust einer Pariser Zofe gab Bertrand die Tür frei. Die Schirmspitze hatte so gut getroffen, dass er humpelte. Sie traten in eine lang gezogene Halle. Die Wände waren schmucklos und saugten das wenige an vorhandenem Tageslicht auf. Vor der Kälte schützten Kaminfeuer, deren Wärme bis in die Halle zog und den Winter ausschloss.

»Wie ihr wollt«, bellte Bertrand aufgebracht. »Die Treppe hinauf, nach rechts und den nächsten Gang links. Letztes Zimmer am Ende. Dort werdet Ihr ihn finden.«

Die jähe Auskunftsfreude trug ihm eine Kopfnuss ein. Marielle musste sich recken, um sie ihm zu verabreichen, doch ihr Schlag war dadurch nicht weniger hart. Bertrand drückte die Hand auf die schmerzende Stelle.

»Au! Was habe ich jetzt schon wieder gesagt?«

»Das war für deinen despektierlichen Tonfall!«

»Das solche Ausdrücke einem Gossengewächs überhaupt geläufig sind …«

»Ich bin kein Gossengewächs, sondern Zofe, du jämmerlicher Prahlhans.«

Der Zank setzte sich fort und lockte die anderen Mitglieder des Rudels aus dem hinteren Teil des Hauses. Mit ihnen füllte der Duft von Glühwein die Halle. Florine achtete auf niemanden. Sie nahm die Treppe, und mit jeder Stufe wurde ihre Müdigkeit weniger. Cassian war hier, wenige Schritte trennten sie voneinander. Seine unmittelbare Nähe wirkte wie ein Magnet. Das Band zwischen ihnen mochte sich gelockert haben, geschwunden war es nicht. Es war ein Ziehen in ihrem Herzen, ein Wirbel aus Aufregung und Ungeduld in ihrem Magen. Je näher sie dem Zimmer kam, desto schneller wurde sie. Ohne sich durch ein Klopfen anzukündigen, stürmte sie hinein.

Die Szenerie, obgleich nicht ganz so eindeutig, hatte sie schon einmal vor Augen gehabt. Zwar wusste sie nicht, was sie erwartet hatte, doch gewiss war es nicht Cassian und seine dunkle Mätresse in eng umschlingender Umarmung. In einem Liebesnest aus Decken und Kissen vereinten sich ihre nackten Glieder in einem anziehenden Kontrast aus heller und dunkler Haut. Sie lagen reglos, schienen geschlafen zu haben und hoben gleichzeitig die Köpfe. Zwei Augenpaare richteten sich auf Florine, das eine dunkel, das andere hell, einzig die Abwehr darin war ihnen gemeinsam. Stumm starrte Florine zurück. In ihr kam alles zum Erliegen. Sie hatte nicht das Gefühl, überhaupt noch zu existieren und wusste auch nicht, wie lange sie dastand. Es blieb ausreichend Zeit, das Tableau auf dem Bett hinter ihre Stirn zu gravieren.

»Bitte, Sarah, zieh dich zurück«, sagte Cassian und entließ die Frau aus seinen Armen.

Ohne Eile stieg Sarah aus dem Bett, hüllte sich in einen Umhang und streifte Florine im Hinausgehen. Die Berührung war eine wortlose Provokation, die eine Wiederholung in Cassians Verhalten fand. Über Florines Anwesenheit hinweggehend, zog er ein Paar Hosen an und streifte ein Hemd über. Dann steckte er etwas in den Mund, das einer Zigarre ähnelte, nur um vieles dünner, und entzündete es an einer Kerze. Er zog daran und inhalierte tief. Der Geruch war Florine bekannt. Im Haus von Madame Chrysantheme verlangten manche Gäste nach Hanf und hatten stets die beste Qualität erhalten. Cassian riss ein Fenster auf. Kälte strömte herein und mit ihr ein Windstoß, der sein Haar zauste und zwei der Kerzen löschte. Er beobachtete den Tanz der Schneeflocken.

»Was willst du von mir?«

Die Frage machte aus ihr ein lästiges Übel, dem man nur beikommen konnte, indem man es schnellstens loswurde.

»Dieselbe Frage habe ich mir soeben auch gestellt«, kam es ihr über die Lippen.

Cassian sah zu ihr und hob eine Augenbraue. Er blickte von ihr zu dem zerwühlten Bett, zurück zu ihr und zuckte die Schultern.

»Was hast du erwartet? Dir müsste aufgegangen sein, dass ich keinen sonderlichen Wert auf Keuschheit lege.«

»Sicher, und wahrscheinlich legst du noch weniger Wert auf meine Entschuldigung.«

»Wofür willst du dich denn entschuldigen?«

Wie konnte jemand nur lächeln und dabei so vollständig ungerührt bleiben? Seine Augen waren so kalt wie der Schnee.

»Ach das«, fuhr er nach kurzem Schweigen fort. »Nun, dafür braucht es keine Entschuldigung. Du hast etwas gesehen, das die wenigsten Menschen verkraften. Natürlich führte dich dein Weg direkt zu Mica. Wer könnte dich besser vor einer Bestie schützen als dein eigener Vater?«

Er klang nüchtern und trocken, und darüber hätte sie beinahe übersehen, wie sein angewinkeltes Bein wippte. Die wenigen glücklichen Momente, die langen Stunden in seinem Schlafzimmer und in ihren Armen konnte er nicht leugnen.

»Warum machst du mir etwas vor?« Sie wagte einen Vorstoß und offenbarte sich. »Ich bin auch hier, weil ich es nicht ertragen konnte, ohne dich zu sein. Der Anblick einer Bestie hat mich verstört, das gebe ich zu. Und ich habe falsch reagiert, auf jeden Fall zu langsam, als du bei Mica warst. Weshalb warst du dort, wenn nicht meinetwegen? Und dann gehst du einfach fort.«

»Du bist, was du bist, und ich bin, was ich bin, darauf läuft es hinaus. Es wäre mir lieb, wenn du jetzt gehen würdest.«

Er schickte sie fort und sah ihr dabei nicht einmal ins Gesicht. Er blickte aus dem Fenster, verbreitete würzige Rauchwolken und hieß sie, zu gehen. Das würde sie, aber nicht, ohne sich zuvor Luft gemacht zu haben.

»Ich trage keine Schuld an meiner Abstammung.«

»Du kannst sie auch nicht ändern«, gab er prompt zurück, als habe er sich seine Entgegnungen zurechtgelegt. Und dies bedeutete, dass er ähnliche Gespräche bereits in Gedanken durchgespielt hatte. Florine trat näher.

»Ich bin noch immer ich, gleichgültig wer mein Vater ist. Schließlich war er es schon immer, auch wenn es niemand wusste! Nur, weil du ein Werwolf bist und ich die Tochter eines Vampirs, soll alles zwischen uns nichts gelten?«

»Nur?«, kam es knapp über Cassians Lippen. »Er wird dir erklärt haben, was es bedeutet.«

»Selbstverständlich. Ewig währende Feindschaft zwischen Werwölfen und Vampiren. Wie überaus praktisch, dass ihr allesamt so gut wie ewig leben dürft, so muss eure Feindschaft niemals enden! Das ist grotesk, Cassian. Du überlässt Paris kampflos deinem größten Feind, und dieser hat dich nicht bedroht, sondern den Werwölfen im Kampf gegen die Namenlosen beigestanden. Ob er es vorhatte oder nicht – er hat es getan! Wahrlich, das scheint eine unüberbrückbare Kluft zu sein. In meiner Kindheit habe ich Gassenbuben gesehen, die weitaus heftiger aneinander gerieten. Euer Stolz ist es, der euch darin hindert, Frieden zu schließen. Die Menschen schätzen weder Vampire noch Werwölfe, die meisten glauben nicht einmal an eure Existenz. Euer Kampf ist beendet, und ihr wollt es nicht wahrhaben.«

»Du weißt nicht, worüber du sprichst.« Cassian zog ein letztes Mal an seiner schmalen Zigarre und warf den Stummel aus dem offenen Fenster.

»Nein, ich weiß es nicht. Um es zu wissen, müsste ich dazugehören. Ich besitze keine Fänge, und ich kann mich auch in nichts verwandeln. Ich habe noch nie einen Menschen getötet oder sein Blut getrunken. Das Einzige, was mir jemals zum Opfer fiel, waren Gartenschnecken.«

Quecksilber stieg in Cassians Augen, zusammenfließende Funken, die sich zugleich wieder trennten. Endlich hatte sie eine kleine Regung aus ihm herausgekitzelt. Das Sprühen in seinen Augen machte ihr keine Angst. Sie wollte den Mann, der langsam auf sie zupirschte. Sie wollte den Wolf, der sich in ihm verbarg, und sie wollte auch den Fluch der Bestie hinnehmen.

»Du lehnst mich für etwas ab, an dem ich keine Schuld trage. Ich kann ebenso wenig aus meiner Haut wie du aus deiner. Darum bin ich hier. Weil ich gehofft habe, dass unsere Liebe stärker sein kann als jegliche Feindschaft. Der Gedanke, dich zu verlieren, zerreißt mein Herz.«

Sie hatte alles offenbart und fühlte sich entblößt und schutzlos. Cassian war vor ihr angekommen und beugte den Kopf. Er war ihr so nah, dass sie seinen Atem auf ihrer Haut spürte. Wenn er sie nur in die Arme nehmen, sie halten würde. Spürte er denn nicht die Bindung zwischen ihnen? Er hatte es doch selbst geknüpft, diese Band, das sie zu ihm zog und durch nichts zu durchtrennen war.

»Deine Lügen mögen süß sein, aber sie fruchten nichts. Weiche aus meinem Haus, Lamia.«

Die Zurückweisung löste körperliche Schmerzen aus. Mica hatte es vorhergesehen und verhindern wollen. Er war so viel klüger als sie selbst und konnte sich nicht nur des Aussehens einer Lichtgestalt rühmen, sondern auch ihrer Weisheit. Die Demütigung war vollständig. Schritt um Schritt ging Florine zurück, bis sie mit den Schultern gegen die Tür prallte. Cassian blieb dichtauf und hielt ihren Blick fest. Ein Grollen kam aus seiner Kehle.

»Da du mich für eine Lamia hältst, weshalb tötest du mich dann nicht, Werwolf?«

Blitzschnell schloss sich seine Hand um ihre Kehle und drückte zu. Anstatt sich zu wehren, sah sie ihm ins Gesicht. Sollte er sie doch umbringen und damit ihre Bindung zerschlagen. Wenn ihr sonst nichts blieb, wollte sie seinen Anblick mit ins Jenseits nehmen. Die markanten Züge in denen sich der Bartschatten hartnäckig hielt. Die dichten Wimpern um seine Augen, die gerade Nase und seinen entschlossenen, scharf geschnittenen Mund. Sie bekam keine Luft mehr und stellte das Atmen aus freiem Willen ein.

»Warum ich dich nicht töte?«, flüsterte er an ihrem Ohr. »Ist das nicht offensichtlich? Ich töte dich nicht, weil ich dich liebe.«

Jäh löste er seinen Würgegriff. Um Luft ringend sank sie gegen ihn, umklammerte seine Taille. Tränen kitzelten auf ihren Wangen. Tief atmete sie ihn ein, den Waldgeruch, der diesmal vage aus Cassians Haut drang. Es war die letzte Gelegenheit, ihn in Erinnerung zu bewahren.

»Du hast mich nicht getötet, weil du genau weißt, dass ich keine Lamia bin«, krächzte sie und löste sich von ihm. Kraftlos taumelte sie auf eine Kommode zu, nahm den Wasserkrug und trank daraus. Da sie danach gierte, ihre ausgetrocknete Kehle zu befeuchten, floss etwas Wasser über ihr Kinn und versickerte ihm Kragen ihres Umhangs. Sie musste husten. Hart setzte sie den Krug ab und wischte sich mit dem Handrücken über Mund und Kinn.

»Deine Ausreden fruchten ebenso wenig wie meine vermeintlichen Lügen, Cassian. Ich denke, ich habe hier wirklich nichts mehr verloren.«

Entschlossenheit vortäuschend, wo lediglich ein großes Zittern war, ging sie auf die Tür zu. Cassian versperrte ihr den Weg.

»Du bist Micas Kind. Du musst eine Lamia sein. Er hat selbst angedeutet, dass er dich dazu machen wird, und weshalb sollte er damit warten?«

Da sie nicht länger stehen konnte, und Cassian sie nicht hinaus ließ, setzte sie sich auf einen Stuhl nahe dem Kamin. »Wäre ich eine Lamia, würdest du vor mir auf die Knie sinken und mich anbeten! Ist das nicht Beweis genug?«

Der Laut aus seiner Kehle klang amüsiert und verzweifelt zugleich. Es konnte ein Lachen oder auch ein trockenes Schluchzen sein.

»Gottes Knochen, weshalb glaubst du wohl, habe ich dich für eine Lamia gehalten?«

»Weil ...« Sie verstummte. Von oben bis unten unterzog sie ihn einer eingehenden Musterung, unsicher, ob sie seine Antwort richtig deutete. »Du betest mich an?«

»Können wir uns darauf einigen, dass ich dich liebe?«, fragte er und kam zu ihr.

Ohne es wirklich begreifen zu können, da es viel zu unerwartet kam, sah sie zu, wie er vor ihr in die Knie ging. Seine Hände umspannten ihre Hüften, und er drückte den Kopf in ihren Schoß. Unter ihrem Streicheln löste sich die Härte seiner Schultermuskulatur. Sie kämmte durch sein weiches Haar und hauchte einen Kuss hinein.

»Ich liebe dich auch.«

Ein warmer Atemstoß traf ihre Schenkel, bevor er den Kopf hob und sie anlächelte. »Wir werden gewaltige Probleme bekommen, Florine.«

»Wie gewaltig werden sie sein?«

»So gewaltig, dass wir sie nur gemeinsam durchstehen können.«

»Das wird uns gelingen.«

Sie kam nicht mehr dazu, ihm die größte Überraschung mitzuteilen, oder gar ihre Neugier zu befriedigen, was den Biss eines Werwolfs und die Folgen für sie selbst betraf. Cassians Lippen zogen sie in einen Aufwärtsstrudel und erfüllten sie mit einer Hitze, die bis in ihre eisigen Zehen hinab kroch. Sein Kuss war von einer Art, über die alles andere in Vergessenheit geraten wollte. Sie legte die Hände auf seinen Brustkorb und schob ihn sacht von sich.

»Da ist noch etwas.«

Er äugte zu dem zerwühlten Bett. »Bertrand wird die Bettwäsche wechseln. Das mit Sarah war … es hatte eigentlich … nun, eine wirklich zufrieden stellende Erklärung habe ich nicht für …«

Ein Knurren aus ihrem Magen unterbrach ihn. Sie nahm seine Hände und lenkte sie auf ihren Unterleib, wo sie die ihren darüber legte. Wenn sie noch länger mit der frohen Kunde warten musste, würde sie zerplatzen wie eine Laugenblase.

»Und nun lasse ich dich auch noch verhungern«, merkte er mit einem verlegenen Lächeln an.

»Nach diesem weiten Weg in die Auvergne verlangt unser Kind schlicht nach seinem Recht. Wir beide haben großen Hunger.«

Zunächst blieb seine Reaktion aus, als müsse er ihre Worte auseinander nehmen und sie neu zusammensetzen, damit sie einen Sinn ergaben. Dann weiteten sich seine Augen. Ein undefinierbarer Laut kam über seine Lippen.

»Ich bekomme ein Kind?«

»Vielmehr bin ich diejenige, die unser Kind be…«

Schon lag sie in einer Umarmung, die sie eng an seine Brust presste. Vor wenigen Minuten noch hatte er Anstalten gemacht, sie zu erwürgen, und nun drehte er sich mit ihr wild im Kreis herum. Sie klammerte sich an seinen Nacken, während ihre Beine wie die einer Stoffpuppe durch die Luft schlenkerten. Ein Jubelschrei gellte in ihren Ohren, so laut, dass es ebenso gut ein Kriegsschrei der Werwölfe hätte sein können.

Er setzte sie schwungvoll ab. »Von nun an musst du vorsichtiger sein, Florine. Kein wildes Herumtoben mehr.«

Atemlos gab sie ihre Zustimmung. »Ich werde es mir merken.«

Die Tür flog auf. Cassians Schrei hatte das Rudel alarmiert. Sie drängten sich auf der Türschwelle, bewaffnet mit Holzscheiten, einem Bratspieß und sogar einer Suppenkelle. In ihren Rücken hob sich Marielle auf die Zehenspitzen und reckte den Hals. Lachend breitete Cassian die Arme aus.

»Tragt Speisen auf. Es gibt etwas zu feiern. Ich werde Vater. Das beste Fleisch für die Mutter meines Kindes!«

»Wir haben noch Hühnchenfilet, das kann ich für Mademoiselle – äh, Eure Gefährtin zubereiten«, schlug Bertrand vor.

»Hühnchen?«, rief Cassian und sah sie erwartungsvoll an.

Sie musste lachen. »Ausgezeichnet. Hühnchen hatte ich schon lange nicht mehr.«

Sarah setzte die Speiseplatte vor Florine ab. Dabei vollführte sie einen ehrerbietigen Knicks.

»Herrin, ich hoffe, es mundet Euch.«

Am Tisch hielt alles den Atem an. Wie würde die Gefährtin ihres Leitwolfs auf seine Favoritin reagieren? Selbst Cassian spürte eine leichte Anspannung zwischen den Schulterblättern. Sarah war ein Mitglied seines Rudels. Er hatte sie dazu gemacht, und damit die Verantwortung über ihr Schicksal übernommen. Obgleich die Vorrangstellung der Favoritin von diesem Abend an nicht mehr galt, war es ihm unmöglich, sie gänzlich aus seinem

Rudel auszustoßen. Trotz Florine musste er dieser Pflicht nachkommen und konnte nur hoffen, dass sie es verstehen würde.

»Es wird mir munden, solange du weißt, wo dein Platz ist, Sarah«, erwiderte Florine und schwächte ihre Antwort ab, indem sie Sarahs Hand nahm und freundlich drückte. Insgeheim atmete die ganze Tischrunde auf, als Sarah nickte und sich dann an das andere Ende der langen Tafel setzte.

Das Rudel mühte sich redlich um manierliche Tischsitten. Sie nahmen ihr Besteck zur Hand, anstatt die Finger zu benutzen, und erinnerten sich gar ihrer Servietten, um sich die Mundwinkel zu betupfen. Niemand schlürfte das Mark aus den Knochen, niemand wagte einen Rülpser.

»Wenn ich keine Gäste habe, essen wir oft gemeinsam. In Zukunft wird es natürlich nicht mehr vorkommen«, raunte Cassian Florine zu.

»Weshalb nicht? Sie gehören zu dir und damit auch zu mir. Wir sind doch so etwas wie eine Familie. Wir alle, meine ich.« Sie hob ihr Glas und ihre Stimme, so dass alle am Tisch sie hören konnten. »Noch nie hatte ich eine richtige Familie, und es erfüllt mich mit Freude, die Truppe des Theaters Gargantua, das Rudel meines Gefährten, so nennen zu dürfen. Santé!«

Alle nahmen ihre Gläser auf und donnerten aus einer Kehle. »Santé!«

Bertrand fühlte sich bemüßigt, von seinem Stuhl aufzuspringen und öffnete den Mund, um einen Trinkspruch auszusprechen, angespornt von zu viel Wein. Etwas schwappte von seinem Glas über den Rand, und Cassian wollte seinen Leibdiener eben bremsen, damit er nichts Falsches sagte, als er etwas verspürte, das seine Nackenhaare aufstellte. Bertrand klappte den Mund zu, als Cassian aufschnellte und aus dem Raum stürmte.

Im Laufschritt preschte er auf die Haustür zu, die Serviette noch in der Hand, und riss sie weit auf. Ein Windstoß trieb ihm Schnee in die Augen und blähte sein Hemd. Eiseskälte empfing ihn, und sie nahm zu, da er seine Ahnung bestätigt sah. Etwa fünf Schritte von ihm entfernt stand eine hoch gewachsene Gestalt. Ein Eiszapfen in Menschengestalt, dessen Haar in der Winternacht silbrig aufleuchtete. Schneeflocken und ein langer Militärmantel umwehten ihn. Reglos stand Mica ihm gegenüber, mit Augen, die in der Dunkelheit übernatürlich funkelten. Weder eine Kutsche noch ein Reittier waren zu sehen. Der Vampir musste den ganzen Weg von Paris aus zu Fuß gekommen sein, dicht auf Florines Fährte. Wortlos maßen sie sich.

»Was will ein Vampir vor dem Haus eines Werwolfs?«, rief Cassian ihm zu. Der zunehmende Schneesturm riss ihm die Worte vom Mund. Mica gab keine Antwort. Sein Blick richtete sich auf das Haus.

»Es ist entschieden, Mica. Deine Tochter ist meine Gefährtin. Solltest du mich deswegen herausfordern wollen, stehe ich zur Verfügung.«

»Er ist hier, weil er sich Sorgen macht. Mica will nicht kämpfen!«, stieß Florine hinter ihm aus.

Ehe Cassian sie aufhalten konnte, rannte sie auf Mica zu. Tatenlos musste er zusehen, wie sie den Vampir umarmte. Dieser blieb mit hängenden Armen stehen. Überraschung zeichnete sich auf seiner sonst so starren Miene ab.

»Florine, komm sofort an meine Seite«, verlangte Cassian rau.

Sie löste sich von Mica, doch einzig, um seine Hand mit beiden Händen zu umfassten. Zwischen ihren von der Kälte roten Fingern wirkte sie wie Marmor.

»Er ist mein Vater. Er ist hier, weil er fürchtet, ich könne enttäuscht werden. So wie ich meinem Kind alles vergeben würde, vergebe ich auch ihm. Ich bin glücklich und andere sollen es auch sein.«

Sein Blick kreuzte sich mit Micas, als Florine auch Cassians Hand in ihre nahm und ihn näher zog. Sie überstrapazierte die Situation nicht, indem sie versuchte, die Hand des Vampirs in die seine zu legen. Schnee verfing sich in ihrem Haar und setzte sich auf ihre Wimpern. Die Kälte schien sie nicht zu stören.

»In mir wächst ein Kind heran, das Mensch ist, Werwolf, und auch das Blut der Vampire in sich trägt. Der Krieg zwischen euch muss ein Ende finden.«

Mica entzog ihr seine Hand, aber nur, um seinen Mantel abzustreifen und ihn Florine um die Schultern zu legen. Der Mantel lappte an ihr herab und schlug Falten am Boden. Micas Geste war von einer Fürsorge, die Cassian niemals von einem Vampir vermutet hätte. Sie waren die größte Gefahr für die Menschheit, unbarmherzige Jäger und Mörder der Wolfssippen, und doch schien ausgerechnet Mica mehr als das zu sein.

»Du wirst noch krank hier in der Kälte, Kind. Geh ins Haus zurück.«

»Ich gehen nirgends hin, ehe ihr ein Versprechen geleistet habt.«

Mica musterte Cassian. Eines hatten sie gemeinsam: den nicht sonderlich ausgeprägten Wunsch nach einem Frieden zwischen ihren Völkern.

»Du erkennst meine Tochter als deine einzige und ausschließliche Gefährtin an und wirst sie mit deinem Leib und deinem Blut beschützen, Werwolf?«

»Das ist mein Wille.« Cassian zog Florine zu sich und legte den Arm um ihre Taille.

Mica machte einen tiefen Atemzug. »Für das alte Volk kann ich nicht sprechen und somit auch nichts garantieren. Was mich betrifft, so gewähre ich den von Florine gewünschten Frieden und werde alles daransetzen, dass er über Paris hinausgehen wird. Um meiner Tochter und meines Nachkommen Willen.«

Mit diesem Eingeständnis streckte Mica den Arm aus. Zögernd packte Cassian seinen Unterarm. Die Berührung ließ zwei verfeindete Welten kollidieren und führte dazu, dass sie alle Kraft hineinlegten. Cassian spürte blanken Stahl zwischen seinen Fingern, und zweifelte nicht daran, dass Mica seinen Griff ebenso schmerzhaft spürte wie er den seinen. Sie lächelten sich an, klug genug, die Lippen geschlossen zu lassen und sich nicht die Zähne zu zeigen.

»So sei es«, sagte Cassian.

»So sei es.«

Sie hatten ihr Wort gegeben, es besiegelt und ein letztes Mal ihre Kräfte gemessen. Florine legte ihre Hände über die gekreuzten Arme.

»So sei es. Wir sind nun eine Familie.«

»Du musst es nicht gleich übertreiben, Kind.«

Cassian zog seine Hand zurück. Eine Weile standen sie unschlüssig in der Kälte. Florine trat von einem Fuß auf den anderen. Verharschter Schnee knirschte unter ihren Sohlen.

»Möchtest du ins Haus kommen, Mica, und uns Gesellschaft leisten?«, bot Cassian schließlich an. Florine schien auf diese Geste zu warten.

Mit leicht gerunzelter Stirn sann Mica darüber nach. »Ich denke nicht. Florine, umarme mich noch einmal zum Abschied.«

Es war eine bescheiden vorgetragene Bitte, der Florine sofort nachkam. Inmitten eines Schneesturmes, der pfeifend an ihren Haaren und Kleidern riss, umarmte sie ihren Vater, den Großmeister der Vampire. Cassian musste an sich halten, um nicht dazwischenzugehen, bis er sah, wie etwas auf Micas Gesicht schimmerte. Eine Träne. Auf seiner Wange wurde sie sofort zu Eis. Florine löste sich von ihm und reichte ihm seinen Mantel zurück.

»Wir werden nach Paris zurückkehren, und du wirst zu unserer Hochzeit kommen, Vater?«

»Das werde ich«, stimmte Mica zu und wischte die erhärtete Träne von der Wange.

Glitzernd fiel sie in den Schnee. Elegant verneigte sich der Vampir, drehte sich um und ging mit wehendem Mantel in die Nacht hinein, die einzig durch den Schnee erhellt wurde. Kurz darauf war er nicht mehr zu sehen.

»Er hätte ins Haus kommen und sich aufwärmen sollen«, befand Florine.

»Vampire spüren die Kälte nicht«, sagte Cassian, der sie ebenfalls kaum spürte.

Ganz im Gegensatz zu Florine, deren Nase rot angelaufen war. Sie wischte sich mit dem Handrücken darüber. Die Vampirträne glitzerte noch immer im Schnee. Cassian hob sie auf. Es war ein winziger Diamant, so scharfkantig, dass er ihm die Haut am Zeigefinger aufritzte.

»Was hast du da, Cassian?«

Er ließ den Diamanten zurück zu Boden fallen. Es gab manches, das in keiner Chronik stand, zumindest nicht in der der Werwölfe, und das ein Geheimnis bleiben sollte. Dazu gehörten die Tränen eines Vampirs.

»Nichts, Petite«, entgegnete Cassian.

Arm in Arm eilten sie in die Wärme des Hauses und an die gedeckte Tafel zurück. Die Träne des Vampirs fing trotz des Schneefalls einen Strahl des halbvollen Mondes ein, als würden auch sie ein Bündnis miteinander schließen, ehe der kleine Diamant unter einer Schneewehe begraben wurde.

**Die Autorin**

Unter dem Pseudonym Lara Wegner schreibt Antonia Munoz im Bereich Dark Romance. Im Bann des Wolfes ist der erste Teil der Serie Söhne der Luna. Die Autorin, Jahrgang 1967, ist seit vielen Jahren in der Personalberatung tätig und lebt in der Nähe von Frankfurt. Weitere Informationen finden Sie auf der Homepage: www.antonia-munoz.de.

**Danksagung**

Zuerst danke ich meiner Mutter, die zu meinem größten Fan geworden ist, neuerdings Bücher nicht nur liest, sondern auch analysiert, und diesmal so gar nicht weiß, was mit diesem Buch auf sie zukommen wird. Danke, Mama.

Weiterhin danke ich Susanne für das Gespräch über die Existenz oder auch Nicht-Existenz von Karabinerhaken und Eisenspiralen und ihrem Beitrag zur Lösung einer wichtigen Szene. Da sage noch einer Wein hilft nichts. Du hast es schwarz auf weiß, das nächste Mal beim Griechen geht auf mich.

Auch meinen Testleserinnen Nicole und Christine danke ich, die zwar diesmal nicht zum Zug kamen, weil alles viel zu schnell ging, aber sehr viel Durchhaltevermögen bei anderen Werken und meinem Gequassel darüber zeigten und hoffentlich auch in Zukunft zeigen werden.

Auch geht mein Dank an meine Kollegin Jutta für den Austausch über den Namen Vivian, Vivien, Vivianne oder Vivienne. Und das, obwohl der Name dann doch nicht benutzt wurde. Vielleicht ein anderes Mal.

Zudem danke ich Steffi Sieber, Schulkollegin und Grafikerin und verantwortlich für meine wunderschöne Homepage. Ich weiß noch, dass meine sehr konkrete Vorstellung so ähnlich klang wie: ich hätte es gerne irgendwie blau. Hast du phänomenal umgesetzt.

Last but not least danke ich meiner Verlegerin und der Lektorin für die enorm hilfreichen Tipps, die für den nötigen Feinschliff sorgten, und die gute und rasante Zusammenarbeit, nicht zu vergessen die verbalen Streicheleinheiten in besonders schlimmen Momenten. – Die Fichtennadeln verfolgen mich bis in den Schlaf.

**Wolfsängerin**
**Lykandras Krieger 1**
**Kerstin Dirks**

ISBN: 978-3-940235-27-5

Remierre de Sagrais streift seit Jahrzehnten als einsamer Jäger durch Europa und hat sein Dasein allein dem Kampf gegen die Mächte des Bösen verschrieben. Joli Balbuks Leben hingegen wechselt nach einem plötzlichen Lebenszeichen von ihrem verschollen geglaubten Vater von eintönig zu aufregend. Ein Strudel aufregender Ereignisse führt sie in die dunkle Welt von Remierre de Sagrais. Sie kann sich seiner faszinierenden Aura nicht entziehen und muss bald erkennen, dass auch sie ein Teil dieser dunklen Welt ist.

**Blutsklavin**
**Lykandras Krieger 2**
**Kerstin Dirks**
ISBN: 978-3-940235-84-8

Die Blutsklavin Theresa Straub ist der Vampirgesellschaft bedingungslos ausgeliefert. Als sie jedoch von den Plänen der Vampire erfährt, die Welt zu unterwerfen, weiß sie, dass sie das verhindern muss. Der charismatische Privatdetektiv und Werwolf Correy Blackdoom spürt in ihr seine Wolfsängerin und kommt ihr zur Hilfe. Correy muss erkennen, dass durch Theresas Verbindung zu den Vampiren weder eine Chance auf eine Verschmelzung mit dem Wolfsauge besteht, noch der Vampirbann gebrochen werden kann. Werden die beiden die Bedrohung abwenden können und wird Correys Liebe stark genug sein, seine Wolfsängerin zu erlösen?